蔡丹君 著

百问红楼

人物众生相

A Hundred Questions about
A Dream in
Red Mansions

人民文学出版社

图书在版编目（CIP）数据

百问红楼．人物众生相／蔡丹君著．－－北京：人民文学出版社，2025． －－ ISBN 978-7-02-019069-0

Ⅰ．I207.411-44

中国国家版本馆CIP数据核字第2025T79M70号

责任编辑	陈　莹
装帧设计	刘　远
责任印制	宋佳月

出版发行	人民文学出版社
社　　址	北京市朝内大街166号
邮政编码	100705
印　　刷	三河市宏盛印务有限公司
经　　销	全国新华书店等
字　　数	259千字
开　　本	890毫米×1290毫米　1/32
印　　张	13.125　插页3
印　　数	1—8000
版　　次	2025年5月北京第1版
印　　次	2025年5月第1次印刷
书　　号	978-7-02-019069-0
定　　价	59.80元

如有印装质量问题，请与本社图书销售中心调换。电话：010-65233595

目　录

序　言　共宴红楼最深处
　　　　——叩开《红楼梦》的三重门　　　　　　　　　　001

第一编　情僧宝玉

1. "顽石"和"神瑛侍者"到底哪个才是贾宝玉？　　　003
2. 贾宝玉与林黛玉是一见钟情吗？　　　　　　　　　007
3. 贾宝玉为何爱林黛玉却不爱薛宝钗？　　　　　　　012
4. 脂批中评价贾宝玉"情不情"是什么意思？　　　　016
5. 警幻仙子说贾宝玉"意淫"，是指他心性淫乱吗？　019
6. 贾宝玉的"叛逆"是没有担当的表现吗？　　　　　023
7. 贾宝玉和甄宝玉，到底谁是真，谁是假？　　　　　026
8. 贾宝玉为什么会从"富贵闲人"变成"情僧"？　　031
9. 贾宝玉在"复还本质"的过程中经历了哪些"关卡"？　035
10. 如何理解贾宝玉弃世出家的人生选择？　　　　　039

第二编 "林下"黛玉

1. "神仙似的"林黛玉到底长什么样? 045
2. "盐政千金"林黛玉的家产去哪儿了? 047
3. 林黛玉为什么自称"草木之人"? 053
4. 林黛玉是怎么成为"林怼怼"的? 056
5. 林黛玉和贾宝玉开玩笑,为什么总是薛宝钗"躺枪"? 059
6. 林黛玉后来为何与薛宝钗成了好朋友? 065
7. 林黛玉的"母蝗虫"之喻为何被称作"雅谑"? 069
8. 林黛玉是大观园中最会写诗的人吗? 072
9. 林黛玉为什么不喜欢李商隐的诗? 077
10. 林黛玉有理家的能力吗? 080
11. 林黛玉为什么总是哭? 084
12. 林黛玉是"恋爱脑"吗? 089
13. 林黛玉得的是什么病? 093
14. 木石姻缘是怎样走向破灭的? 097
15. 林黛玉的人生真的终结于"婚礼掉包计"吗? 103

第三编 高士宝钗

1. 薛宝钗为什么不喜欢脂粉打扮? 109
2. 薛宝钗想进宫当皇妃吗? 112
3. "冷香丸"能治好薛宝钗的病吗? 114

4. 薛宝钗爱贾宝玉吗? 118

5. 一向温和的薛宝钗会因为什么事发脾气? 122

6. 薛宝钗是宝黛爱情的破坏者吗? 128

7. "宝钗百科"是怎样炼成的? 132

8. "好风频借力,送我上青云"是在写薛宝钗的野心吗? 136

9. 薛宝钗是如何受到王夫人重用的? 139

10. "端水大师"薛宝钗如何应对大观园中的冲突? 142

11. 薛、林二人性格相反,为什么说"钗黛合一"? 148

第四编 神秘的秦可卿

1. 秦可卿是否真的出身神秘又高贵? 155

2. 秦可卿与公公贾珍是什么关系? 160

3. 秦可卿的房间布置有何深意? 163

4. 秦可卿为什么会成为贾宝玉进入太虚幻境的引路人? 167

5. 秦可卿到底是怎么死的? 171

6. 秦可卿托梦王熙凤有何深意? 175

7. 最早去世的秦可卿,为何排在十二钗的最后一位? 177

8. 书中透露秦可卿"淫丧天香楼",是在批判这类女子吗? 181

第五编 "机关算尽"的凤姐

1. 王熙凤是美女吗? 187

2．"假充男儿教养"的凤姐为什么不识字？ 191

3．王熙凤的判词暗示了她怎样的结局？ 194

4．王熙凤与贾琏之间有过真感情吗？ 201

5．王熙凤与邢夫人的婆媳矛盾从何而来？ 204

6．王熙凤的口才为什么成为她身败名裂的原因之一？ 207

7．王熙凤的权力欲望是如何膨胀起来的？ 212

8．凤姐放账是为了把贾府的家私搬到娘家去吗？ 214

9．王熙凤究竟是善还是恶？ 218

第六编 "原应叹息"话三春

1．迎春的悲剧源于她懦弱的性格吗？ 225

2．探春为什么对生母赵姨娘如此冷漠？ 230

3．"结社"为何是由探春提出？ 235

4．探春理家是如何"兴利除宿弊"的？ 239

5．抄检大观园为何让探春气愤至极？ 242

6．惜春为什么会对画大观园感到为难？ 246

第七编 "槛外人"妙玉

1．妙玉为何会从"幽居小姐"成为"出家女尼"？ 253

2．妙玉自称"槛外人"是什么意思？ 255

3．妙玉对宝玉抱有怎样的复杂感情？ 261

4．面对妙玉的刻薄，黛玉为什么从不生气？ 265

5．妙玉的结局真的是"走火入魔"吗？ 269

6．妙玉名中带"玉"，她与宝玉、黛玉是同类人吗？ 272

第八编　副册群芳

1．香菱是不祥之人吗，《红楼梦》为什么要写这样一个角色？ 277

2．晴雯撕扇是因为太过骄纵吗？ 280

3．晴雯被撵出大观园是袭人告的密吗？ 285

4．贾政为什么说袭人的名字刁钻？ 291

5．袭人对宝玉到底有怎样的感情？ 295

6．为什么袭人与黛玉的生日在同一天？ 300

7．为什么说"晴有林风，袭乃钗副"？ 304

8．应对"贾琏之俗"和"凤姐之威"，平儿是怎么做到的？ 308

9．尤三姐是"淫奔浪女"吗？ 317

10．为什么贾宝玉会在"婚前调查"中给尤三姐致命一击？ 321

11．芳官是怎么日渐"膨胀"的？ 326

12．为什么说芳官是宝玉的"影子"？ 334

13．作为"影子"的副钗是小说中的"工具人"吗？ 339

第九编　"套中人"贾政

1．贾政真的是"假正经"吗？ 345

2．贾政身边的清客真的"清"吗？ 348

3．贾政真的受贾母偏爱吗？ 351

4．贾政是一个"怕老婆"的丈夫吗？ 356

5．贾政到底喜不喜欢贾宝玉？ 359

6．贾政是一个拿女儿当政治筹码的无情父亲吗？ 364

7．贾政的结局会是官复原职吗？ 368

第十编 "富贵闲人"贾母

1．贾母是如何无声"炫富"的？ 375

2．为什么说贾母是《红楼梦》中情商最高的人？ 378

3．贾赦为什么会说贾母偏心？ 384

4．贾母是看不出贾府的衰败还是故意装糊涂？ 388

5．贾母是宝黛恋爱的支持者吗？ 393

6．贾母为什么没有促成宝黛的婚事？ 397

序　言　共宴红楼最深处

—— 叩开《红楼梦》的三重门

红楼深几许

在我们今天的生活中，处处有《红楼梦》的影子。网上有用林黛玉的声音做视频配音的，有学林黛玉讲话风格的，也有拿《红楼梦》来编笑话的。我最近听到的一个笑话是：老师夸学生论文"写得好"，像曹雪芹自己眼中的《红楼梦》。学生开心地问："老师，这多不好意思，我这么厉害吗？"老师回复："可不是吗—— 你的'满纸荒唐言'，让我'一把辛酸泪'啊。"

除了这些网络流行语，还有人用十六型人格来分析红楼人物，以《红楼梦》为蓝本解析职场经验、财务管理法则……甚至有新一代的读者说："我们就靠《红楼梦》长心眼子呢！"这些新角度、新解读，在网络上掀起了一波又一波"红学热"。可以说，很少有作品能像《红楼梦》一样，生发出如此旺盛而长久的生命力。从问世之初的手抄本,到当下利用AI声音、图像衍生出的"二次创作",《红楼梦》的内容与精神都与普罗大众毫无隔阂地紧密相连,而且随着时代的发展、观念的变化,演绎出越来越多元、越来越丰富的解读。

但是,在"网络红学热"流行的同时,我们也要认识到,尽管这些停留在《红楼梦》表层的符号式的狂欢非常有趣,但要真正理解《红楼梦》,我们首先要读懂其文化精神。若非如此,就像一个人吃葡萄,却只吃葡萄皮,不吃葡萄肉。

要想理解《红楼梦》的文化精神,真正有效的方式仍然是阅读原著。眼下,大多数青少年或多或少接触过《红楼梦》。因为这部作品被列入语文整本书阅读计划,成了高中生必须完成的功课。所谓"整本书阅读",主要是基于百二十回本《红楼梦》,也就是"程高本"。

一部《红楼梦》将近八十万字,拥有一百二十个回目,四百多个人物,多层叙事线索。这样体量庞大的小说到底该如何进入;如何深入了解其文本内涵,从深层把握《红楼梦》的思想精髓呢?在这样一个课题面前,我们的心态或许可以用李贺的一句诗——"共宴红楼最深处"来概括。

唐代诗人李贺有一首《神仙曲》,写的是幻梦中的神话故事。全诗云:

> 碧峰海面藏灵书,上帝拣作神仙居。晴时笑语闻空虚,斗乘巨浪骑鲸鱼。春罗翦字邀王母,共宴红楼最深处。鹤

羽冲风过海迟，不如却使青龙去。犹疑王母不相许，垂露娃鬟更传语。

"春罗翦字邀王母，共宴红楼最深处"是这场神游中最为曼妙的想象。曹雪芹深爱李贺诗歌。在《红楼梦》第五回中，宝玉梦入太虚，赏听"《红楼梦》曲十二支"，是全书中非常关键的情节。太虚幻境是仙境，宝玉在太虚之中品"千红一窟""万艳同杯"，与仙子们"共宴红楼最深处"。这场盛宴中，警幻仙子真正的目的，是希望让宝玉终能"一悟"，从"薄命司"中"金陵十二钗"的命运判词和《红楼梦》曲中参透人生命运的真谛。这场"共宴"直抵红楼故事的深邃处。这样的情节安排预示着，在"悲凉之雾，遍被华林"的人间红尘中，宝玉既是亲历者，也是旁观者。在小说遗佚的后半部中，他或许还会重回太虚幻境。在已知大观园中青春女性命运结局的情况下，再度展读那些曾懵懂不知所谓的簿册，他又会作何感慨？

直到今天，作为长篇人情小说的《红楼梦》仍是让后世读者相对全面、直观地了解封建社会的最佳样本之一。从表层符号到深层意涵，《红楼梦》之"最深处"，究竟是何处？

要共探"红楼最深处"，小说文本是开启我们探索之旅的第一重门。真正读懂《红楼梦》的文本并非易事。书中的人物关系错综复杂，故事情节多线并行，叙事结构精巧繁复，故事背景更涉及制度、风俗、典故、名物等各种"硬核知识"。想要读懂故事内核，就需要对这些内容有抽丝剥茧、提纲挈领式的分析和把握。

第二重门是作者曹雪芹寄寓其中的"言外之意",也就是书中隐约浮现的种种象征与隐喻。《红楼梦》究竟想表达什么,是否真的有所影射,我们该如何评判、取舍书中的价值立场……对"言外之意"的探寻往往是最难把握的,因为即使是研究《红楼梦》的专业人士,有时也难免会陷入过犹不及、过度解读文本的窠臼。当我们进入这一重门时,需要始终牢记一条原则——《红楼梦》并非孤立的小说,我们不能脱开历史局限去审视作者对时代的思考,其寄寓在书中的文化精神始终深植于时代之中。

《红楼梦》与我们今天的生活究竟会产生何种关联?这个问题需要反复思考方能得到答案。而这也是探索《红楼梦》"最深处"的第三重门。若能在理解文本、理解时代的基础上进入这道门,读者会发现,我们能从书中看到自己的影子。可以说,《红楼梦》本身就是一座"太虚幻境"——宝玉在幻境中饮芳醪、闻仙曲之时,完全没有意识到,自己也是"大地一片白茫茫真干净"的"曲中人"。同样,在欣赏这部宛如复调乐章的小说时,深入其中的读者终将萌发对自身命运的观照和对人生况味的思考,以及对人性的体察、对爱与美的理解、对中国传统文化基因的寻根溯源,等等。

幽梦同谁近

有一次，我的社交账号收到一位初中生朋友的私信。他说："爸爸有很多顾虑，不准我看《红楼梦》。我做梦都希望快点升高中，以高考的名义来读《红楼梦》。"这条私信让我想起，自己正是在上初中时开始阅读《红楼梦》的。那一年，我十二岁。

一开始，这本"大书"我根本读不进去。开篇第一回、第二回的情节与主角贾宝玉、林黛玉等人的故事看似毫不相关。当时的我无法理解曹雪芹的写作用意，完全不知道这几回在讲什么，干脆直接跳了过去。好不容易翻到第五回，第一次接触到书中人物的判词、曲子时，我所感受到的无聊程度，比初入太虚的贾宝玉丢开簿册时还要强烈。囿于古文功底薄弱，书中的诗、词、曲、赋也基本草草略过。初读时，令我感到一头雾水的还有人物关系。比如"大太太""太太"这两个称呼就令人迷惑：既然邢夫人是"大太太"，那排在后面的王夫人应该是"二太太"，为何大家都省略了"二"字，只叫她"太太"呢？为了证明自己能读懂《红楼梦》，我还特意下功夫去背出现在秦可卿葬礼上的贾府宗族名单，以知道这些生僻的人名为荣。现在想来，纯属本末倒置。

直到升入高中，我才初步摆脱蒙昧状态，稍稍理解了作者的用意，但当时仍然只喜欢读自己感兴趣的部分。青春时代读《红楼梦》，对书中提及的贾府生活尤其着迷，其中的戏曲、园林、风俗、物产等，都令人心驰神往。我读高中的时候，"乌进孝的交租单"还被写进了思想政治课本，我津津有味地读了许多遍，想弄清楚清单上列出的小动物都是什么；它们被送进贾府后，是会被做成食物还是被当作宠物？我还很想知道，王熙凤给刘姥姥夹的茄鲞是何种滋味；也特别想尝尝柳嫂子给芳官做的虾丸鸡皮汤、酒酿清蒸鸭子、胭脂鹅脯、奶油松瓤卷酥和那"一大碗热腾腾碧荧荧蒸的绿畦香稻粳米饭"。我觉得书中人穿的衣服都特别好看，但又很困惑，为什么宝玉的衣服上会有蛱蝶穿花的图案，这不是女性的打扮吗？我也好奇"虾须镯"是什么样式，为什么平儿会说"倒是这颗珠子还罢了"。贾府上下都喜欢听戏，他们听的戏都是些什么故事？这些戏和宝黛的爱情有什么关系？这样看，通过《红楼梦》去了解古人的日常生活，竟比读史书要有趣得多。史书有时很抽象，少有普通百姓日常生活的细节描写。《红楼梦》虽然是虚构的，但故事背后的时代背景、生活场景、民俗文化却是真实存在的，是我们了解历史和传统文化的一扇窗。

现在，我已为人母，又遇到了新问题：要不要让孩子读《红楼梦》？我认为可以。

我的孩子最初接触《红楼梦》，是在三岁时观看《小戏骨：红楼梦之刘姥姥进大观园》。小孩子记忆力好，不知不觉记住了剧中的很多段台词。有一次在外吃饭，菜刚上桌，她竟然站起来说："老刘，老刘，食量大如牛。"我当时很尴尬，因为在座的就有一位姓刘的老师。她还能背很多书中的酒令和诗句，有些很冷僻，连我都记不住。她最喜欢背诵书中的菊花诗。有一次突然问我："'一从陶令平章后'是什么意思？"由此记住了"陶令"是何许人也。事实上，平日里我从未刻意让她背诵过什么文章典故。由此可见，文学作品对孩子的影响是潜移默化的。生活在现代社会中，我们很容易对遥远的古代产生疏离感，对流传了几千年的文化产生陌生感。阅读古代小说，会在不知不觉间与那个代远年湮的时代产生某种联结，在某种程度上消解了时间与空间造成的文化疏离感与陌生感。

或许有人会问，让孩子过早接触《红楼梦》，你不担心早恋问题吗？我想，一部小说未必就是引发孩子早恋的根本原因，二者之间并无必然的逻辑关联。作者自谓，《红楼梦》的主旨是"大旨谈情"。所谓"谈情"，其主要目标是要告诉读者什么是真正的情，真情和"皮肤滥淫"有何区别，产生爱情的情感根基是什么。比如，贾宝玉为什么爱林黛玉，却不爱薛宝钗？因为宝黛之间的感情基础，是他们对生命同一的热爱。

有的家长不赞成男孩子读《红楼梦》，觉得男主角贾宝玉成日混在脂粉队里，少了阳刚之气。而不赞成女孩子读《红楼梦》的家长，则很怕孩子变成他们印象中的林黛玉。

在很多人眼中，林黛玉的形象是非常刻板的。一些读者认为她性格软弱、精神抑郁。事实上，书中描写的林黛玉不仅容貌出众、满腹才华，而且冰雪聪明、洞明世事。她并非传统意义上的封建闺阁女性，而是希望主动选择、把握自己命运，在书中有着完整的成长线。读者能从中看到女性精神的觉醒和自我成长。

《红楼梦》中塑造了众多女性形象。在大厦将倾的封建末世，无论是协理宁国府的王熙凤，还是兴利除宿弊的探春、宝钗，甚至是勇补雀金裘的晴雯，无不具有"补天"的象征意味。她们身上美好的品质和过人的才华，为今天的我们树立了模范的标杆。满腹才华却无施用之地，她们的命运悲剧是当时闺阁女性的缩影，也足以为今日之鉴。同时，面对情感和婚姻的难题，她们的选择和处理方式也有诸多警示意义。

而向来为刻板印象所累的贾宝玉，却拥有着超越时代的先进女性观。他对待女性的态度、与女性相处的方式，足以为当代人所省思、借鉴。学者刘梦溪先生曾写过一部《红楼梦的儿女真情》，细致解读了书中的爱情主线。如今的生活节奏越来越快，青年男女谈恋爱怕错付真情，迷茫困惑于如何找到真爱，也可以读一读《红楼梦》。当你理解了贾宝玉为什么爱林黛玉，却不爱薛宝钗，想必会对何为"真情"有自己的答案。当你读懂了贾宝玉"爱红"是出于对女性平等的尊重与珍视，想必也会对如何与恋人相处有更多的经验和领会。

所以，如果家长对《红楼梦》有疑虑，不妨自己先读一读。当《红楼梦》已成为学生课内必读书目，家长就更需要了解这是一部怎样的作品。当我们逐渐走进"红楼最深处",就会发现,那些"皮肤滥淫"的部分正是《红楼梦》要去除、要批判的"欲",作者真正呼唤的是真情与性灵的复归。

何处叩"红门"

那么,普通读者该如何叩开一重重"红楼之门"呢?根据近几年与网上红迷们交流的心得,我发现,"发问"是叩响《红楼梦》大门的有效方式。先发现问题,再提出问题,进而去思考问题、寻找答案,才能得入"幽梦",与书中人物共情、真正理解作者的用意,也了解自己作为读者的心境。

青春时代关于《红楼梦》的记忆,原本已经很遥远了。未曾料想,却在2019年的某天,被学生一次偶然的提问唤醒。那日课后,一位学生跑到讲台下问:"宝钗参加选秀,是不是因为她特别有野心?"我的研究方向是汉魏六朝文学,在大学里开设的本科生课程主要与先秦两汉文学史有关。但提问的同学却颇有几分"英雄不问出处"的意思,执着于同我分享阅读《红楼梦》的心得,经常在课后追根究底地发问。

我被这个问题吸引住了。回想自己的少年时代,初读《红楼梦》时,也积攒了满肚子的问题,无处询问。后来年岁渐长,忙于学业、工作,并没有足够的时间去梳理当年的疑问。关于薛宝钗选秀,我也曾有过相似的困惑。这是只有纯粹的读者视角才能提出的问题，本身就带有批判色彩，隐含着对宝钗负面评价的预设。而作为文学研究者，我早已习惯以"平视"的视角看待文学史和文学作品中的人物，很久不曾有过以个人性情、好恶来评价人物的阅读体验。这种视角固然能让研究得利，却也在某种程度上削弱了阅读的兴味。

《红楼梦》给了我一次重新成长的机会，让我能回归纯粹读者的身份，不抱功利目的地重读小说文本，重寻爱上阅读古典小说的初心。为了解答学生的疑问，我研读了一些关于清代旗人选秀制度和婚姻制度的资料，最终给出了答案。这种无关功利目的、纯粹萌生自阅读兴趣和师生情谊的问答，带给我一种别样的充实感。

后来，我录制了解读《红楼梦》的相关视频，传到网络平台上，来交流《红楼梦》阅读心得的读者越来越多。他们不吝与我分享在阅读中发现的各种问题，而我也乐于回答。这种教学相长的关系，打开了我重读《红楼梦》的新视角——以问题导向出发，紧紧围绕阅读需求，去解决读者之困。

在学科内部，我们习惯视领域分野为研究藩篱，一般不会触及研究方向之外的其他领域。对《红楼梦》这样的专门之学，张口谈论更要无比谨慎。而今，我之所以能鼓起勇气谈"红"，倚靠的是百年"红学"研究的坚实根基。因为很多问题的答案，前人已经研究解决，形成定论。百年"红学"风风雨雨，走过的很多路，都是在解决问题。而把百年"红学"的研究成果以通俗的方式介绍给更多的人，正好是我可以做的工作。我就像在工作之余，选修了一门《红楼梦》阅读课一样，慢慢学习、积累，再以通俗的方式把研究心得介绍给专业领域之外的普通读者，去解答当今时代我们对《红楼梦》的种种好奇，并试图重新发现《红楼梦》带给今人的精神文化价值。

我想用平实的语言解答盘桓在人们心中关于《红楼梦》的问题。既然一切从问题出发，那么本书的读者就是所有喜爱《红楼梦》的读者们——不分男女老少，不分年龄，不分职业。初入"红楼"，试游"红海"，我们都是问题的探寻者和发现者。

为了和读者共赴《红楼梦》盛宴，我为这次"百问筵席"拟出了一道"菜单"。

《百问红楼》共三册。"人物众生相"主要解读《红楼梦》中的重要角色。有些人物是读者比较熟悉、本身已有定论的，比如贾宝玉、林黛玉、薛宝钗等。这一次，我不想简单地评价他们，而是试图挖掘角色所承载的文化意义和精神价值。但囿于篇幅与精力，本书尚未覆盖到《红楼梦》中所有特色人物，尤其是小人物群体，有待之后再加以展开。

"情节名场面"剖析了《红楼梦》中的十个重要情节。比如常被普通读者"跳过"的前五回究竟暗藏何种玄机；《红楼梦》的五个书名分别有何种深意；何谓"一加三"精密叙事结构；"宝玉挨打""抄检大观园"等事件有怎样"草蛇灰线"的伏脉和余波等，都值得深入分析。

"文化风俗志"聚焦《红楼梦》背后中的典故、诗词、风俗、文化等。前辈学者对这些问题已经有过大量注释和探讨。本书在进行"翻新"介绍时,主要结合《红楼梦》的叙事展开,重点发掘典故、诗词等内容在叙事中的作用。这部分内容很多,因为书中富含的文化背景实在太过丰富,难免挂一漏万。

总之,这三本书列出的两百余个问题,很多是在"互联网教学"过程中由网友们提出的普遍困惑。为了方便行文和阅读,这三本面向大众读者的《红楼梦》普及读物并未采用学术论文体。书中的参考文献亦未采用随文注释的方式,我们会在三本书出齐之后,给读者开列一份《红楼梦》参考书目提要。这份参考文献,也是我关于《红楼梦》的推荐阅读资料。

很荣幸,这三本书最终由人民文学出版社出版。人民文学出版社出版了多种版本的《红楼梦》原著,包括大家最为熟悉的百二十回点校本,权威可靠。感谢本书的责任编辑陈莹博士,她以极强的责任心投入稿件的编辑工作中。此外,邢乐萌博士为书稿做了周密细致的梳理和校对工作,付出了大量劳动。"红楼深处"曼妙绚烂,"红楼一梦"叙之不尽,本书或有未尽和不当之处,请读者朋友们不吝批评指正,我们会不断精进、修订。

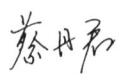

2024年4月7日于北京

第一编

情僧宝玉

1. "顽石"和"神瑛侍者"到底哪个才是贾宝玉？

在《红楼梦》开篇的神话故事里，顽石变成通灵宝玉下凡，神瑛侍者也要下凡，他们到底哪个才是贾宝玉呢？其实，顽石、神瑛侍者、贾宝玉之间构成了一个三位一体的系统，顽石是贾宝玉的灵魂象征，神瑛侍者则是附加在贾宝玉身上的神话前情。顽石要体会红尘中的物事枯荣，神瑛侍者要经历红尘中的悲欢离合，所以贾宝玉必然要同时见证富贵繁华和美好真情的双重毁灭。

翻开《红楼梦》这本书，出现在读者眼前的第一个形象，并不是我们熟悉的贾府人物，而是一块女娲炼石时弃用的石头。它被女娲遗弃在大荒山无稽崖的青埂峰之下，经过自己的锻炼通了灵性，因见众石俱得补天，独自己无材不堪入选，于是自怨自叹，日夜悲号惭愧。

直到有一天，它遇到了远游而来的一僧一道。石头听他们说到红尘中的荣华富贵，便动了凡心，也想到人间去享受一番，于是竟口吐人言：

> 如蒙发一点慈心,携带弟子得入红尘,在那富贵场中、温柔乡里受享几年,自当永佩洪恩,万劫不忘也。

一僧一道听到顽石开口说话,竟然没有觉得奇怪,还劝他说,那红尘中的确有些乐事,但不能永远依恃,终究是到头一梦,万境归空,倒不如不去的好。可石头此时"凡心已炽",完全听不进这番劝说,仍旧百般央求。一僧一道拗不过,便把它幻化成了一块鲜明莹洁的美玉,又缩成扇坠大小,揣在袖中,继续远游而去。

转眼间,这一僧一道已经来到了太虚幻境。僧人说,现在这里正好有一段风流公案要了结,有些风流冤家正准备投胎入世,我们就把这块石头夹带在其中,顺势让它也去经历经历吧。这桩"风流公案",就是指神瑛侍者与绛珠仙子的故事了。

原来,在这个神话世界中有一座赤瑕宫,里面住着一位神瑛侍者,他大概对美丽柔弱的事物有着天然的怜悯之心,见到在西方灵河岸上、三生石畔的一株绛珠仙草,便日日用甘露浇灌。时间一久,这株仙草竟然修成了人形,而且一直想要偿还他的灌溉之恩。后来神瑛侍者"凡心偶炽",想要"下凡造历幻缘",在警幻仙子处挂号登记。警幻仙子听闻,就通知了绛珠仙子,让他们一起下凡,借此机会偿还这段恩情,由此又安排了许多风流冤家陪他们了结此案。

由此可见，顽石与神瑛侍者原本生活在两个不同的神话时空之中，因为一僧一道的牵引，这两段故事才有了交叉点。而这两个仙灵相遇之后，共同附着在贾宝玉这个人间的角色之上，与贾宝玉形成了三位一体的关系。可以说，神瑛侍者是贾宝玉的"前世"，而石头则化作"通灵宝玉"，跟随他降落到贾宝玉的"今世"，被那些肉眼凡胎视为贾宝玉的"命根子"，还埋伏下了宝黛钗三人围绕"木石前盟""金玉良缘"发生的种种纠葛。

但通灵宝玉并不仅仅是贾宝玉佩戴的一个"人间照相机"，它对贾宝玉来说是灵魂一般的存在，一旦丢了玉，贾宝玉就像失了魂魄一般似傻如狂。以前流传着一种说法，认为贾宝玉是石头，不是神瑛侍者，林黛玉还泪还错了，实际上并非如此。因为顽石和神瑛侍者这两个仙灵之间具有一定的互通性。它们都是贾宝玉的象征，是他的一体两面。

石头与神瑛侍者之间的互通性在于他们都是自然的象征。石头未经雕琢、无材补天，只有自身锻炼出的一段"灵性"。而神瑛侍者则对美丽的事物有着天然的追求——在仙界，他会去灌溉美丽的绛珠仙草；在尘世，这种喜爱就变成了对清洁如水的女儿世界的认可，他们之间就是这种"一而二，二而一"的关系。

贾宝玉的一生，就是石头与神瑛侍者共同体验的人间经历，他们走过的路是相同的："携入红尘、引登彼岸"，"待劫终之日，复还本质，以了此案"。无论是神仙体系、佛教体系还是凡人求道悟道,最终都会"渺渺茫茫兮,归彼大荒"。他们注定在这场经历中去寻找自己的答案,来平息进入红尘之初的困惑和心魔。从这个神话逻辑来说,贾宝玉的结局注定是走出红尘,完成这场"因空见色,自色悟空"的悟道历程。同时,顽石与神瑛侍者的双重象征也给贾宝玉的人生带来了不同的任务:顽石要体会红尘中的物事枯荣,神瑛侍者则要经历红尘中的悲欢离合,所以贾宝玉必然要同时见证富贵繁华和美好真情的毁灭。

《红楼梦》给自己的定位是:"说起根由虽近荒唐,细按则深有趣味。"这种趣味就在于其象征性。石头无材补天,象征着贾宝玉是一个见弃于世道的乖僻者,而它被一僧一道称作"蠢物",则照应着佛教思想中"顽石点头"的典故。《莲社高贤传》中记载过这样一个故事:"(竺道生)入虎丘山,聚石为徒,讲《涅槃经》……群石皆为点头。""顽石点头",就是没有慧根的蠢物最终也被佛教点化的象征。

因此,《红楼梦》有另外一个书名叫作《石头记》,其中的一层寓意就是石头记录自己随贾宝玉在尘世中经历的故事。这段经历本质上也是一个"顽石点头"的过程,是贾宝玉从不能悟道到最终了悟的过程。从这个意义上说,贾宝玉既是下凡历劫证道的神瑛侍者,也是那块经过点化终于悟道的顽石。

2. 贾宝玉与林黛玉是一见钟情吗？

贾宝玉与林黛玉并非一见钟情。他们虽然有着前世因缘，但在尘世中的缘分却是从两小无猜开始逐渐加深的。在这一过程中，他们意识到生命本真意义上的惺惺相惜才是爱情的基础。宝黛的爱情是建立在长期的深刻理解与怜惜同情的基础上的。

宝黛的爱情在他们相遇之前就已经种下了前世宿因，因为神瑛侍者的灌溉之恩，绛珠仙子便决定以一生眼泪偿还，而且"绛珠"的名字也暗含着"血泪"的意思，宝黛爱情的缠绵与悲剧结局早在他们相遇之前就已经埋下了伏笔。

宝黛的第一次相遇是在第三回，在这里，作者用到了"一见钟情"式的才子佳人套路，却又不完全相同，他们只有朦胧的熟悉感，并没有萌生确凿的爱情。他们彼此都觉得"倒像在那里见过一般"，"虽然未曾见过他，然我看着面善，心里就算是旧相识，今日只作远别重逢，亦未为不可"。这一方面照应了神话中的前世因缘，另一方面也让二人的关系迅速从初见过渡到了青梅竹马、两小无猜的阶段。

我们再次看到宝黛相处的细节，已经到了第五回。此时宝黛的相处模式，是"寝食起居"一概相同，"亲密友爱处，亦自较别个不同,日则同行同坐,夜则同息同止,真是言和意顺,略无参商"。虽然如此,但此时宝黛还是懵懂的孩提年纪,爱情还没有萌生,书中写到此时宝玉是"视姊妹弟兄皆出一意,并无亲疏远近之别",只是"因与黛玉同随贾母一处坐卧,故略比别个姊妹熟惯些"。这种熟悉感给宝黛爱情的萌芽提供了土壤,因为"既熟惯,则更觉亲密;既亲密,则不免一时有求全之毁,不虞之隙",这就是爱情诞生的前奏阶段了。

宝黛的故事写到这里却暂时停了笔,从第十二回到第十五回,林黛玉父亲病重,她离开贾府回扬州奉亲侍疾、处理父亲丧事,一走便是一年。等到第十六回黛玉重回贾府的时候,宝玉眼中的她忽然从那个身量尚小的玩伴长成了一位妙龄少女:"宝玉心中品度黛玉,越发出落的超逸了。"从这里开始,爱情的种子才开始在宝黛心中悄然萌发。

而后便发生了"误剪香囊袋"的误会、"静日玉生香"的温馨、"俏语谑娇音"的争吵,这次争吵也促成了贾宝玉在"自色悟空"道路上的第一次觉悟。在这个阶段,贾宝玉和林黛玉的感情是在争吵与和解中逐渐升温的。总体来说,他们争吵的立足点仍然是青梅竹马的情谊——林黛玉的心结在于贾宝玉不断出现的"新朋友",薛宝钗、史湘云的出现都让她十分担忧,害怕失去自己在宝玉心中作为"知己"的位置;而贾宝玉的心结则在于林黛玉的怀疑,他认为自己从小便和黛玉是最亲密的朋友,黛玉却总因为那些外面来的亲戚质疑他们之间"亲不间疏，先不僭后"的情谊。在一次次争吵与和解的过程中，他们在不断成长，也在从头学习"爱情"究竟为何物。《西厢记》才子佳人的故事，《牡丹亭》令人心动神摇的曲词，成为宝黛爱情的"启蒙资源"，让他们开始重新思考对彼此的感情究竟为何物。

在这个过程中，还发生了一个关键事件——"听曲文宝玉悟禅机"。正是这件事，让宝玉开始意识到，自己对黛玉的感情和对其他姊妹的感情是有冲突的，自己不仅无法照顾到所有人的感受，还会被这种"兼爱"所累，再加上刚听到"赤条条来去无牵挂"的曲文，便写了一些参禅的诗句。在这次事件中，虽然宝玉只是在说气话，并没有真的了悟，但正是这一次对"禅机"的初探，让他由此进入了"以情悟道"的历程。

贾宝玉对林黛玉感情的又一次升华，是在"埋香冢飞燕泣残红"这一回。在这一回中，黛玉因为与宝玉的矛盾，在葬花过程中触景生情，想到自己身世的飘零、生命的短暂，在《葬花吟》中动情地吟出"侬今葬花人笑痴，他年葬侬知是谁"这样有关死亡的哀音。贾宝玉听到后，早已"恸倒山坡之上"。因为黛玉的这番思考也让宝玉认识到，黛玉的花容月貌，以及宝钗、香菱、袭人等姐妹终有一日会无可寻觅，从这种离散的预设出发，他也开始怀疑自己和自己身处的环境存在的意义。黛玉葬花对贾宝玉来说是一次充满人生哲思的爱情启蒙，宝玉由此对黛玉自然的天性和对人生的思考有了更进一步的了解,因此他们的"知己"之情也得到了深刻的升华。宝黛之间的爱情之所以深刻,正是因为这种爱情是在精神世界的惺惺相惜中逐渐深入的。

然而,宝黛的爱情中还横亘着一个"金玉良缘"的魔咒。从宝钗进贾府开始,贾府中就有这样一种传闻,宝钗的金锁要等未来遇到一个有玉的方可配成一对,很显然就是指贾宝玉了。黛玉虽然并不在乎那些"劳什子",但这种关于宝玉的传闻却让她十分悬心。对宝玉来说,他也时常想要挣脱这种俗世谶言带来的枷锁,在初见黛玉听说她并没有玉的时候,就有过一次激烈的"砸玉"行为。后来,元妃通过中秋节礼将"金玉良缘"搬上了台面,再加上清虚观打醮时又出现了一对金麒麟,桩桩件件俗世因缘的牵连加剧了黛玉心中的不安,宝黛二人又因清虚观事件大吵一架,引发了宝玉第二次砸玉。

这次砸玉,也意味着宝黛爱情所面临的外部环境正在逐渐变得复杂,但这些外界的阻隔非但没能离间二人,反而促使他们加深了相互之间的理解。在第二十九回宝黛大吵的情节中,曹雪芹插入了一大段心理分析:此前二人虽然心中都有亲近之意,却都将心事藏起,每每用"假情试探",因此才会产生一次次的误会与口角。不久,他们就迎来了感情的重要转折。

二人感情升华的关键在第三十二回"诉肺腑心迷活宝玉",宝黛二人由此确定,彼此才是真正的知己,他们的人生观与赞同仕途经济道路的湘云、宝钗等人有着根本的区别，而之前的误解，都是"因总是不放心的原故，才弄了一身病"。此时宝黛二人终于了解了彼此的心意，书中用"轰雷掣电"四个字形容他们心意相通这一刹那的感受，其实就是表白所带来的心理冲击。此前，宝黛二人经历了复杂的心灵拷问，他们一遍遍地叩问自己的真实心意，又一遍遍地试探对方的感情态度。到了这时，才终于确定彼此在心灵上的吸引和呼唤。

自此之后，宝黛之间的争吵就很少了，但是对贾宝玉来说，他的感情洗礼并没有就此结束。虽然确定了自己与林黛玉的感情态度，但他仍未分清"爱情"与"爱美之情"的关系。第三十回"龄官划蔷"为宝玉认识自己的感情敲响了警钟。而在第三十六回中，宝玉来到梨香院求小旦龄官唱一段《袅晴丝》，当他十分自然地像与其他女孩子玩闹时一样，坐在龄官身边时，没想到却被龄官十分厌弃地躲开了。后来，他看到龄官对贾蔷百依百顺，又想起之前龄官在大雨中的蔷薇架下，反复描画着一个"蔷"字，才终于醒悟，原来自己的"泛爱"并不能得到所有美好女子的回应，即使是贾蔷那样"皮肤滥淫之蠢物"也能得到秉性刚强的龄官的真心，当真是"人生情缘，各有分定"，自己不能再为每一个女子平等地倾尽心中感情，自己真情的归属，只有黛玉一人，从此应当"各人各得眼泪罢了"。这次"识分定"对贾宝玉来说是对爱的重要领悟，他逐渐分清了无差别的"泛爱"与具有排他性的"爱情"之间的区别，从此之后，他对黛玉的感情变得更为明确、集中了。

宝黛爱情是《红楼梦》的主要线索之一，也是全书中最吸引读者的部分。曹雪芹的成功之处在于突破了以往才子佳人"一见钟情"的模式，细腻地将恋爱的全过程和曲折微妙的心理状态铺展开来，并且将主人公对人生价值的思考与爱情的发展过程相联系。作为初读《红楼梦》的读者，不妨沿着宝黛爱情的发展路线，去体会这个过程中他们的思想所发生的变化，在这个过程中去思考，爱对一个人的成长究竟有着怎样的意义，我们又该如何带着这份爱走入复杂的现实世界。

3. 贾宝玉为何爱林黛玉却不爱薛宝钗？

常有人问，为什么贾宝玉爱林黛玉，不爱薛宝钗呢？难道他是受虐体质，偏喜欢被小性儿的女孩折磨？当然不是如此。贾宝玉与林黛玉的爱情是建立在"草木之人"的相同本质之上，在互相试探中逐渐升温的；而贾宝玉的思想与薛宝钗有着根本性的分歧，并且宝钗对礼法的在意也不会允许宝玉与她之间产生这样炽热的感情。

从现实层面上看，贾宝玉对林黛玉的感情有着时间的积淀，他们的感情是以长期的陪伴和亲密相处为基础的。他们从小就在贾母身边同吃同住，到了第十九回"意绵绵静日玉生香"中写二人躺在一张床上聊天，是何等的纯洁又亲密，而后来宝玉一次次向黛玉吐露自己的心意时，也说"亲不间疏，先不僭后"。这些亲密无间的相处时刻，在贾宝玉与薛宝钗之间是很少存在的，而且这些行为在端肃的宝钗那里也是绝对不被允许的。

一开始，出于对美丽事物的天生喜爱，宝玉也时常被宝钗吸引。宝玉对宝钗的喜爱，主要在她丰腴的容貌、渊博的知识和出众的才华，但这仅仅停留在表层，与其说"爱慕"，不如说是"敬慕"。比如在"羞笼红麝串"一回中，宝玉看着宝钗"雪白一段酥臂"，"动了羡慕之心"，心想"这个膀子要长在林妹妹身上，或者还得摸一摸"。宝玉对宝钗的感情是很简单的，这和他喜欢吃胭脂膏子没有什么本质区别，还没有涉及"情"或者"淫"的层面，只是出于他对美好事物本能的喜爱。这些举动都在无知无觉之中，他从未将这种"羡慕"当作爱情，反而对宝钗愈发尊重，认为不可亲近、不可唐突。

再进一步说，宝黛二人与宝钗有着截然相反的价值观。宝玉与黛玉作为"草木之人"，都非常在意自我天性的真纯，并不拘泥于外界礼法，面对人生的风雨，他们宁愿"质本洁来还洁去，强于污淖陷渠沟"，这种精神上的惺惺相惜，让宝黛二人视彼此为"知己"，以相知为基础产生了无可替代的感情。在第二十八回中，黛玉葬花时吟诵的《葬花吟》让宝玉"恸倒山坡之上"，听到宝玉的悲声，黛玉心下想道："人人都笑我有些痴病，难道还有一个痴子不成？"宝玉这番恸哭，正是两人心性相合的明证。宝黛心底真正能够相通的，是这种天性中的"真"。他们对世界、对情感、对生命的敏感、颖悟和体察，有着极为强烈的共鸣，这种本真意义上的"惺惺相惜"才是他们爱情的基础。他们看到的世界，和大观园里其他人看到的世界是不一样的。

宝钗心中原本也有这样一份炙热的感情，但她坚定地选择了儒者式的"务实"，会用冷酷而不近人情的礼法观念来克制躁动的感情。自父亲去世之后，她便将那些"移人性情"的杂书丢开，秉持着"不自弃"的人生信条，追求"好风频借力，送我上青云"的人生境界。宝黛钗三人对自己的选择都是极其坚定的，在第三十二回中，我们通过袭人的转述得知，当宝玉听到宝钗劝他走仕途经济道路的时候，"咳了一声，拿起脚来走了"，将宝钗晾在一边尴尬得面色通红，而且宝玉还当着湘云的面说，林姑娘从来不说这样的"混帐话"。在读书和人生道路的选择上，宝玉与宝钗之间横亘着一道鸿沟，决定了他们不可能在心灵层面产生真正的爱情。

黛玉的风流气质与灵慧性情、宝钗的丰腴容貌与高士品格都曾深深吸引着宝玉，围绕这两段关系形成了"木石前盟"与"金玉良缘"的冲突，但从性质上看，"木石前盟"是神话性的，是前世的宿因；而"金玉良缘"则是一段俗缘，是人为的偶合。

贾宝玉与林黛玉的爱情是神话世界中神瑛侍者与绛珠仙草澄明之爱的投影，早在他们降生人世之前就已经有了一段"缠绵不尽之意"。"木"与"石"分别代表着林黛玉与贾宝玉的本质,"既受天地精华,复得雨露滋养"的绛珠仙草,与自经锻炼、灵性已通的顽石,是自然木石的对应;"食蜜青(觅情)果为膳,渴则饮灌愁海水为汤"的绛珠仙子,与"凡心偶炽"的神瑛侍者,又是仙灵的对应,神话前情中的映照关系,决定了宝黛二人天生就有精神上的契合与认同。

而贾宝玉与薛宝钗之间的"金玉良缘"则完全出于人为的解释。贾宝玉是"假"的宝玉,那块"通灵宝玉"不过是石头伪装而成,却被众人视作珍宝;而薛宝钗的金锁则是源于癞头和尚赠的两句吉利话,那和尚让他们将"不离不弃,芳龄永继"八个字錾在金锁上,等日后有玉的方可结为婚姻,因此薛家的人便照做,这才有了"金玉良缘"的说法。这段缘分完全是今世的、后天的,联系着它的也并非精神上的契合,而是外物的匹配和人为的撮合。

贾宝玉与林黛玉之间的爱是不掺杂任何人间尘滓的,因此它在污浊的尘世中无法生根、发芽、结果,注定是悲剧一场。贾宝玉经历过如此刻骨铭心、超凡脱俗的爱以后,如何还能接受"举案齐眉"的世俗之爱?因此,等待宝黛钗三人的结局是"空对着,山中高士晶莹雪;终不忘,世外仙姝寂寞林",宝黛的爱情最终落空,林黛玉未婚而亡,薛宝钗在婚后始终过着寂寞的生活。贾宝玉最终选择出离红尘,重归青埂峰无稽崖,因为他的爱情是"世外"的,在人间没有真正永久的存身之处。

4. 脂批中评价贾宝玉"情不情"是什么意思？

脂砚斋批语中多次称宝玉是"情不情"，如第八回中，脂砚斋有一条眉批写道：

> 按警幻情榜，宝玉系"情不情"。凡世间之无知无识，彼俱有一痴情去体贴。

第十九回夹批中又有：

> 后观《情榜》评曰"宝玉情不情"，"黛玉情情"，此二评自在评痴之上。

这则案语本应出自《红楼梦》的佚稿，在全书的末尾应当会写到警幻仙子出的另一本评点全书人物的簿册，名曰《情榜》，而"宝玉情不情"和"黛玉情情"就是其中相对应的两则评价。"情不情"是对贾宝玉情感态度的总体概括，它的意思是说，贾宝玉除了对林黛玉的爱情以外，对一切无情之物都有着广泛的爱怜之情。

贾宝玉"情不情"的表现在后文中还有很多。如第十九回中，他想到书房内挂着一幅美人图,"那里自然无人,那美人也自然是寂寞的,须得我去望慰他一回";再如宝玉看到落红成阵,也担心脚步会将这些落花践踏了;关于晴雯撕扇,他也有一番道理:"只是别在生气时拿他出气。这就是爱物了。"周汝昌先生曾总结宝玉之用情"不但及于众人,而且及于众物","情不情"最基本的方面就是"爱物",是对身外之物的珍惜,而向深层说去,则是与自然万物休戚相关的体贴之情。

贾宝玉天生与众不同,他的性格中天然有一种诗性。第五十八回中,宝玉大病初愈,去找黛玉的路上,看到"一株大杏树,花已全落,叶稠阴翠,上面已结了豆子大小的许多小杏",于是就自然地想起"邢岫烟已择了夫婿一事,虽说是男女大事,不可不行,但未免又少了一个好女儿"。他替邢岫烟担忧婚后的生活,想到几年后她就"未免乌发如银,红颜似槁了,因此不免伤心,只管对杏流泪叹息"。就在他悲叹的时候,有只小雀飞了过来,落在树枝上乱啼,他便想道:

> 这雀儿必定是杏花正开时他曾来过,今见无花空有子叶,故也乱啼。这声韵必是啼哭之声,可恨公冶长不在眼前,不能问他。但不知明年再发时,这个雀儿可还记得飞到这里来与杏花一会了?

这里贾宝玉的心理活动非常曲折，他先是从杏树结果想到邢岫烟的出嫁，然后又因幻想着邢岫烟出嫁之后的离散场景，认为眼前的雀儿也是因为见不到去年之花，所以才发出啼哭之声。这段心理活动就像杜甫在千年前写下的"感时花溅泪，恨别鸟惊心"一般，是一种带有诗心的通感。

贾宝玉"情不情"的源头是他的"赤子之心"，是他对天地万物与生俱来的赤诚；但在世俗众人眼中，宝玉的"情不情"却构成了他性格中最为乖僻的一面。如第三十五回"白玉钏亲尝莲叶羹"中，有两个婆子议论宝玉，说他是：

> 千真万真的有些呆气。大雨淋的水鸡似的，他反告诉别人"下雨了，快避雨去罢"。你说可笑不可笑？时常没人在跟前，就自哭自笑的；看见燕子，就和燕子说话；河里看见了鱼，就和鱼说话；见了星星月亮，不是长吁短叹，就是咕咕哝哝的。

在宝玉的性格中，痴、狂、疯、傻这样的特点一再被强调，周汝昌先生曾总结贾宝玉的乖僻是"薄利名，鄙流俗，重性情，爱艺术，不务正业，落拓不羁，敢触名教，佯狂避世"，指向了他的用情至深。他常常不顾一切，有一种令人动容的坦诚，用清人涂瀛的话来说就是"圣之情者也"。

5. 警幻仙子说贾宝玉"意淫",是指他心性淫乱吗?

"意淫"是贾宝玉的本性,在《红楼梦》中是一个完全褒义的概念。"意淫"与"皮肤滥淫"相反,是对美好女性的爱护之情,是对"真"与"美"的强调。

在《红楼梦》第五回中,警幻仙子要启发贾宝玉"以情悟道",向他阐释了一番关于"情"与"淫"的关系,说到自古以来的轻薄浪子都打着"好色不淫""情而不淫"的旗号行淫乱之事,而贾宝玉的可贵之处就在于他是"古今第一淫人"。这话着实将宝玉吓了一跳,他赶紧向警幻解释道,我年纪还小,实在不懂得"淫"是什么,而且平时父母已经因为我懒于读书而频频责骂了,我怎么还敢沾染这项罪名呢?但警幻并没有收回这个评价,还进一步提出了一个"意淫"的概念:

> 非也。淫虽一理,意则有别。如世之好淫者,不过悦容貌,喜歌舞,调笑无厌,云雨无时,恨不能尽天下之美女供我片时之趣兴,此皆皮肤滥淫之蠢物耳。如尔则天分中生成一段痴情,吾辈推之为"意淫"。

"意淫"是一个有点奇怪、有点难懂的词。"意"有心思、心愿的意思，又指人或事物表露出来的情态；"淫"的本意是"过度"，后来发展出放纵情欲的意思，用来指男女之间不正当的交媾关系。但是，《红楼梦》将这两个字组合起来，却并不是用来表达"放纵情欲"或者"性幻想"的意思，而是用来与"皮肤滥淫"形成对比，指的是一种纯洁的爱慕之情。脂砚斋在这个词旁边解释道：

> 按宝玉一生心性，只不过是"体贴"二字，故曰"意淫"。

"体贴"可谓是"意淫"的最佳注解。警幻仙子提出的"意淫"完全是一个褒义的概念，是为了将贾宝玉与那些"皮肤淫滥之蠢物"区别开来，而这种区分的标准就是贾宝玉天生的一段"痴情"。所谓的"痴情"，也就是贾宝玉平时不被人理解的平等地体贴身边所有人的博爱之心。

"意淫"是贾宝玉天生就具备的，是对女子的亲近之情，并非淫乱之情。他说出"女儿是水作的骨肉，男人是泥作的骨肉"这样的话时，年纪还非常小，没有经过警幻的点拨，尚不懂得"情""淫"为何物。而且贾宝玉这种纯粹的感情也让贾府的长辈们感到不解。贾母就曾说过，本来怀疑他喜欢和丫头们玩必是"知道男女的事了"，但是冷眼观察下来，竟然完全不是为此，还开玩笑说难道贾宝玉原是个丫头错投了胎不成。清人陈其泰也曾指出："宝玉之爱姐妹，是其天性。……要知宝玉与黛玉、宝钗、湘云契好，其意全不在夫妇床笫之间。故不嫌于泛爱，与俗情自是不同。"贾宝玉喜欢在内闱厮混、喜欢吃胭脂膏子，都是出于这种"意淫"的心理，它完全与淫无涉，而是对美的追求。

贾宝玉的"意淫"是一种比较复杂的感情，它既不是淫情，也不同于爱情，而是一种包含怜悯、同情、敬爱、宽容、救赎等性质，看到美丽事物便想要自觉亲近、同时又担忧它受到污染的心情。从本质上看，这也是贾宝玉"情不情"秉性的一种体现，只不过"情不情"囊括了自然万物，而"意淫"则更针对人与人的关系，是对那些与己无关、对己无情的人也抱以同情之心。

贾宝玉对那些遭到"皮肤淫滥之蠢物"荼毒的女子更是有着怜悯之情。当他看到平儿受了凤姐和贾琏的冤枉，便替这两人向平儿赔罪，还邀请她到怡红院中，殷勤服侍她整理好残妆。事后他在心中反思：

> 且平儿又是个极聪明极清俊的上等女孩儿，比不得那起俗蠢拙物……忽又思及贾琏惟知以淫乐悦己，并不知作养脂粉。又思平儿并无父母兄弟姊妹，独自一人，供应贾琏夫妇二人。贾琏之俗，凤姐之威，他竟能周全妥帖，今儿还遭涂毒，想来此人薄命，比黛玉犹甚。想到此间，便又伤感起来，不觉洒然泪下。

他对身世凄凉的香菱也有着怜悯之情。当他看到香菱跟着黛玉学诗，甚至学到了夙兴夜寐、辗转反侧的程度，也发自内心地为香菱高兴：

> 这正是"地灵人杰"，老天生人再不虚赋情性的。我们成日叹说可惜他这么个人竟俗了，谁知到底有今日。可见天地至公。

由此可见，贾宝玉"意淫"的对象是一切具有美好属性的女儿，这种感情是平等的，不夹杂任何情欲目的，而是将她们视为具有独立人格、完整灵魂的女性，抱以平等的尊重和体贴。鲁迅先生曾经评价贾宝玉对众女儿是"昵而敬之，恐拂其意，爱博而心劳，而忧患亦日甚矣"。贾宝玉对女子的"意淫"也是如此，是为了"爱其真"而甘愿忍受劳碌，并且担忧她们"丧其真"而心生忧患。

与贾宝玉的"意淫"相反的，则是贾琏、薛蟠等人的"皮肤淫滥"，他们从未考虑过这些女子真实的想法，而只是将她们的美色"供我片时之趣兴"，只知道"淫乐悦己"。相比之下，"皮肤滥淫"的出发点是利己的，是满足自己无休止的欲望；而"意淫"的出发点则是利他的，是对女儿无私的付出，是对美的追求和关爱。《红楼梦》的作者已经对当时社会上男女风月关系中的不平等有所知觉，想要借贾宝玉的"意淫"观批判这种女性得不到尊重的社会现象。

6. 贾宝玉的"叛逆"是没有担当的表现吗？

贾宝玉并不是真的不明事理、没有担当，只是面对人生的道路选择时，他宁愿用叛逆的方式来维护心中与生俱来的"真"。

贾宝玉从出生开始，他的家族就已经面临着非常严重的继承人危机。第二回冷子兴"演说荣国府"时，便概括说贾府这样的"钟鸣鼎食之家，翰墨诗书之族，如今的儿孙，竟一代不如一代了"。宁国府的第三代继承人贾敬，如今只一味沉溺于烧丹炼汞，甚至搬出贾府住到了城外，每日与道士们胡羼，对家族的兴亡一概不放在心上。他的儿子贾珍没有了父亲管教，更是沉溺于声色犬马，"把宁国府竟翻了过来，也没有人敢来管他"。而荣国府这边，第三代继承人贾赦也是挥霍浪费、荒淫无度。这种情况足以说明，子孙不肖是贾府发展到如今要面临的一个巨大挑战，当日荣国公和宁国公靠军功挣来的基业急需一个像样的后辈来传承。

贾宝玉正是在这样的家族背景中出生的，而且他出生时还衔着一块五彩晶莹的美玉，于是贾府众人便视之为祥瑞，将延续家族荣光的希望寄托在他的身上。但是，贾宝玉作为贾代善次子贾政的儿子，实际上是没有袭官机会的，他想要振兴门楣，就只能通过科举挣前程，这也是他和父亲冲突的根源。

从表面上看，贾政在母亲面前是一个平庸的乖儿子，他曾有着与贾宝玉相似的童年。书里有交代，贾政年少时也是个顽皮的，但面对家族严苛的教育和期待，沿着世俗与家族预设的道路来安排自己的人生，勤勤恳恳地为举业而钻营计划，最终因为皇帝对贾代善的体恤而被赐了个主事之衔。贾政在自己的成长过程中，履行着撑起贾府门楣的责任，自然也希望贾宝玉能肩负起家族下一代的担子。

但贾宝玉并不认同父亲选择的道路，他有着对天生性灵的坚守，决意维持内心的本真。小说里有一个"名场面"，贾政要他去大观园里题对额的时候，宝玉讥讽大观园中的景致是人力穿凿而非自然本真，贾政怒道："叉出去！"两代人之间的鸿沟，就浓缩在这句"叉出去"里了。贾宝玉不想成为他眼中的父亲，而父亲在宝玉身上看到了过去的自己。如果贾宝玉按照贾政的要求走上科举的道路，那么等待他的人生终点大概就是贾政的样子，成为一个既无才华、又无灵性的庸人，这是贾宝玉走上"叛逆"道路的现实原因。

贾宝玉的叛逆性格是在成长过程中逐渐形成的。他通过观察周边的世界，逐渐发现心中那个本真的世界与现实世界并不一样，但他没有办法去改变现实环境，才一步步走向了思想上的叛逆。贾宝玉的性格之中，与厌恶"仕途经济"相对应的，是独喜"内帷厮混"，而内帷这个环境，也是其叛逆性格形成的土壤。他在这里见证过女孩子们最美好的生命时刻，也见证了这些美好走向凋零的过程，见证了那些出身低微的婢女奋力挣扎却最终被黑暗现实吞噬的种种事件。那些按照世俗规则安顿一生的女子，最终都迎来了悲剧性的结局。这些女子的悲惨命运在时刻警醒着宝玉，这个污浊的世界并不值得留恋。

从思想层面上说，贾宝玉从根本上否定入世的选择，他认为仕途经济道路是"钓名沽誉，入了国贼禄鬼之流"，这种在《红楼梦》的世界中被视为"异端"的思想，和明代思想家李贽著名的"童心说"很接近。李贽在《焚书》卷三《童心说》中说：

> 夫童心者，真心也。若以童心为不可，是以真心为不可也。夫童心者，绝假纯真，最初一念之本心也。若失却童心，便失却真心；失却真心，便失却真人。

李贽的"童心说"与朱熹的学说是针锋相对的，他否定仁、义、礼、智、忠、孝等封建伦理观念，认为人应当跟随自然本性中的"真"。贾宝玉不愿走仕途经济的道路，同样出于这样一种认识。在儒学方面，他认为"除四书外无书"，否定朱熹对"四书"的解释，这就决定了他无法接受以朱子学说为考核标准的科举。在人生哲学方面，贾宝玉甚至在实践层面上发展了李贽的学说，他平等地尊重每个人的选择，认为"你爱这样，我爱那样，各自性情不同"是一件很正常的事情，用当时思想家戴震的话说，就是应"使人各得其情，各遂其欲"。他还主张人格平等，"凡女子前不论贵贱，皆亲密之至"，认为那些地位低微的女子所引发的争端是"物不平则鸣"，支持她们反抗阶级身份带来的委屈。

因此，贾宝玉的率性而为，不能简单地理解为不负责任，也并不完全等同于逆反心理。贾宝玉对自己在生命旅程中感受到的真情，以及对自己与世界之间的关系，都有着深刻的思考。但是在当时的环境中，他找不到一个可以自我树立、自我安顿的方式，他和这个世界始终保持着一种矛盾的对抗感。最终，贾宝玉认识到这种矛盾的复杂性，并且经历过人生的聚散离合，领悟了美好事物难以长保的道理，才主动走上悬崖撒手、复还本质的出家之路。

7. 贾宝玉和甄宝玉，到底谁是真，谁是假？

《红楼梦》里有两个"宝玉"，除了贾宝玉这个男主角以外，还写到一个和他几乎一模一样的甄宝玉，他们有很多相似的行为，比如不喜欢读书、喜欢和姐姐妹妹厮混。江南甄家也是作为贾家的镜像出现的，经历了接驾、抄家等种种起伏，像是贾家的影子。

"贾宝玉"谐音"假宝玉"，他的本质只是一块石头而已，被一僧一道幻化成了玉的样子，夹带在神瑛侍者的风流公案中入世；而

"甄宝玉"才是"真"宝玉,这种真假的对应关系决定了他们二人在性格本质和终极选择上必然是相反的。在甄、贾"宝玉"的对比之中,"玉"象征的是"欲",指的是人间那些纷繁复杂的欲望,而"石"才是自然天性的象征。贾宝玉的欲是假的欲,他只是来这个温柔富贵之乡体验人间的欲望而已,所以他最终会复还自然本质,变回青埂峰上那块无材补天的石头;而甄宝玉拥有真实的欲望,所以他未来会走上科举的道路,去完成那一桩桩、一件件世人希望他获得的欲望。

在《红楼梦》前八十回中,甄宝玉的故事被写得影影绰绰,他从未在贾府的现实世界中出现过,而是活在他人的讲述、宝玉的梦境中,就像警幻仙子一样,像是活在另外一个平行时空中一般。甄宝玉的故事似乎与《红楼梦》的主体情节没有什么关联,因此有学者认为这段故事可以全部删去。但实际上,甄宝玉这个人物是曹雪芹精心设计的。贾宝玉与甄宝玉的思想个性前同后异,最终彻底分化,表现出离经叛道与回归仕途两种不同的人生模式。

书中对甄宝玉第一次集中描写,是通过贾雨村的讲述。在第二回中,贾雨村提到自己曾经入甄府教导甄宝玉读书的情景,说这个学生让人十分劳神,因为他有一些可笑的想法,读书时一定要两个女儿伴着才能认得字,不然"自己心里糊涂";还对小厮们说"女儿"两个字比阿弥陀佛、元始天尊的宝号还尊贵清净,每次说这两个字之前,一定要用清水香茶漱口;当父亲责打他时,就满口中乱叫"姐姐""妹妹",说这样叫上一声便不觉得疼了。这个甄宝玉平时的性格是"暴虐浮躁,顽劣憨痴,种种异常",但一见了女儿们,就变得"温厚和平,聪敏文雅",贾雨村认为他"必不能守祖父之根基,从师长之规谏"。贾雨村口中的甄宝玉与冷子兴口中的贾宝玉几乎是一个模子雕刻出来的。他们不爱读书喜欢亲近女儿的秉性,反映着二人胸中都有一段赤子之情,都天生对自由和美好充满了渴望,自觉地承担起对女儿世界的维护之责。

甲戌本在第二回中有一条侧批称:

> 甄家之宝玉乃上半部不写者,故此处极力表明,以遥照贾家之宝玉,凡写贾宝玉之文,则正为真宝玉传影。

所谓"上半部不写",说明在佚稿中,甄宝玉应该还会正面登场,与贾宝玉的结局遥相照应。有研究者认为,在上半部中亦步亦趋、互为形影的两位宝玉,在下半部中会走上分道扬镳的道路。后来在第二十二回中,凤姐和贾琏商议如何给薛宝钗过生日,贾琏说"往年怎么给林妹妹过的,如今也照依给薛妹妹过就是了",庚辰本在这里有一条畸笏叟留下的眉批:

> 将薛、林作甄玉、贾玉,看书则不失执笔人本旨矣。

这两条批语都向我们暗示了甄、贾宝玉的关系，也是"名虽两个，人却一身"的关系。但正如薛宝钗与林黛玉之间的对照关系，甄宝玉在本质上与贾宝玉有着根本的不同——贾宝玉和林黛玉的人生态度是自然的、出世的；而甄宝玉与薛宝钗所代表的，则是后天的、入世的人生选择。有学者总结说，贾宝玉作为无材补天的顽石，他反反复复在探求的，是如何成为一个真我；而甄宝玉则是按照世俗社会的要求去违背本性，成为一个伪我。

甄宝玉第二次出现是在第五十六回，甄家进京朝贺，打发四个女人进贾府请安，向贾母众人讲到自己家中也有一位宝玉，与贾宝玉"模样是一样""淘气也一样"。贾宝玉却并不相信有这样巧合的事情，在心中默默盘算，然后就在梦中真的见到了自己的这位"对子"。在梦中，他来到了一座与大观园一般无二的花园之内，看到了一群与鸳鸯、袭人、平儿一样灵巧的丫鬟，把贾宝玉错认成了自己家的宝玉，但是当她们发现此"宝玉"非彼"宝玉"之后，便改口叫他"臭小厮"，还说和他讲话会"把咱熏臭了"。这话对贾宝玉来说简直闻所未闻，从前只有他保护着女孩子们不要受到污染，还从来没有体会过被人当作"浊物"的感觉。所以他有点委屈地想："从来没有人如此涂毒我，他们如何竟这样？"这样想着，他走进了一处院落，看到榻上卧着一个少年，口内还说着自己在梦中去找"宝玉"，但他找到的那个宝玉正在睡觉，"空有皮囊，真性不知那去了"。而宝玉的"真性"就在这个梦中，在这里，甄宝玉与贾宝玉第一次相遇了。

这段对梦境的描述离奇梦幻，颇有"不知庄周之梦为蝴蝶，还是蝴蝶之梦为庄周"的寓言意味。这段梦境也是贾宝玉的一次"自我观照"。很多学者认为，《红楼梦》以第五十五回为分界，此前贾宝玉经历了初试云雨、可卿病故、秦钟夭亡、金钏儿投井等一系列变故，与林黛玉的爱情也经历了升华，对自己的真性已经有了一定的认识。因此作者在这里安排了一次真假宝玉梦中相见的情节作为全书的分界线，甄宝玉所说的"真性不知那去了"，就是暗示贾宝玉内心的赤子之心最终会让他告别这个混沌的世界。

从情节设计上说，甄宝玉与贾宝玉的相遇和重逢似应承担着结构上的对称功能。第十八回中元妃省亲时点了一出叫作《仙缘》的戏，这出戏出自《邯郸梦》，脂批说这是"甄宝玉送玉"的伏笔。在佚稿中，甄宝玉和贾宝玉应当还会重逢，甄宝玉将那块被视为"命根子"的玉交还给贾宝玉，而此时的甄宝玉已经走上了与贾宝玉相反的道路：甄宝玉将人世的绝望转变为对仕途的希冀，而贾宝玉看到这位灵性已失、空有皮囊的"旧相识"，应当会再一次加深对人生虚幻的思考。甄宝玉是贾宝玉悟道过程中的一面镜子，他的存在既给了贾宝玉站在旁观的视角重新审视自我行为的机会，也让他最终认清了自己的人生归宿。

8. 贾宝玉为什么会从"富贵闲人"变成"情僧"?

从贾府中的"混世魔王"到最终遁入空门,贾宝玉经历了一段完整的了悟历程,也就是如同空空道人一般"因空见色,由色生情,传情入色,自色悟空"的过程。

在曹雪芹笔下,贾宝玉初登场时活脱脱是个纨绔子弟。他首次出场时,书中就用两首《西江月》来总结他的性格,并没有像其他小说、戏文一样写主人公如何剑眉星目、才高八斗,而是用了"草莽""愚顽""偏僻""乖张""无能""不肖"等词。当然,读完全书后我们会发现,《红楼梦》的作者并不是真的要批评贾宝玉,而是认为这是一个人在性格上去伪存真的表现。但是这些带有贬义的词汇,也代表了旁人对贾宝玉的第一印象:他荒疏学业,结交优伶,喝醉了便耍性子拿下人撒气,还特别喜欢调戏丫鬟——母亲的大丫鬟彩霞、金钏儿他都没放过。薛宝钗后来给贾宝玉起了一个诗号叫"富贵闲人",用以概括他在大观园中的生活:

> 天下难得的是富贵,又难得的是闲散,这两样再不能兼有,不想你兼有了……

这样的一位"公子哥儿",最终选择走上出家的道路,当然不会是突然之间就做出了四大皆空的决定,这种了悟是在他的成长过程中逐渐加深的。

在《红楼梦》第一回中,空空道人看了石上记录的贾宝玉故事,产生了一系列的心理变化:

> 因空见色,由色生情,传情入色,自色悟空,遂易名为情僧……

贾宝玉的了悟也经历了相同的过程。

首先,贾宝玉的天性中自然地带有"空"的成分。他前世是凡心偶炽的神瑛侍者,下世时又带着大荒山上一块未经历练的石头,这两个未经红尘沾染的仙灵赋予了他一段天生的"痴意"。但也正因为这种本质上的"空",贾宝玉很容易受到世俗色相的迷惑,沉溺于女儿世界的美丽温柔之中。第二十五回中,癞头和尚说那块"通灵宝玉"无法阻挡邪祟的原因是"他如今被声色货利所迷,故不灵验了",也是其"因空见色"的总结。

在这个阶段,贾宝玉受到了很多次点拨,但由于他的慧根已经被红尘乐事所迷惑,故而终不能悟。在太虚幻境中,他看到了一众女子的命运判词,听到了总结众人宿命的《红楼梦》十二支曲,还被警幻仙子告诫面对"云雨之事","作速回头要紧",但他始终未能理解其中的真意，醒来后还和袭人初试云雨情。

　　当然，贾宝玉的了悟也离不开林黛玉、薛宝钗二人的"点拨"。在这个阶段，贾宝玉开始展现出对佛道思想的兴趣。一开始，他读完《庄子·胠箧》之后，续了一段"焚花散麝，而闺阁始人含其劝矣，戕宝钗之仙姿，灰黛玉之灵窍，丧灭情意，而闺阁之美恶始相类矣"。这段话的意思和贾宝玉前文说的气话是一致的，"便权当他们死了，毫无牵挂，反能怡然自悦"。贾宝玉此处续《庄子》是一时气话，因此睡了一觉后继续和袭人说笑，已然忘记了自己写的这篇文字。因此黛玉读过之后又气又笑，续了一首诗总结贾宝玉这种似悟非悟的行为：

　　无端弄笔是何人？作践南华《庄子因》。
　　不悔自己无见识，却将丑语怪他人！

　　偶然引领他走向佛教之悟的人却是薛宝钗。第二十二回中，宝钗为讨好贾母，点了一出热闹的水浒戏，演的是鲁智深醉闹山门的故事。这出戏虽然是以插科打诨的方式表演出来的，表现的却是鲁智深对人生孤独感的思考。贾宝玉不知其中的典故，只一味嫌弃这种热闹戏，而博学的宝钗告诉他，戏上也有好文章，将戏中一支《寄生草》背诵给他听：

> 漫揾英雄泪，相离处士家。谢慈悲剃度在莲台下。没缘法转眼分离乍。赤条条来去无牵挂。那里讨烟蓑雨笠卷单行？一任俺芒鞋破钵随缘化！

曲文是鲁智深对自己以往经历的概括。他本是经略府提辖，因见义勇为打死镇关西而成为逃犯，在避难五台山的时候剃度出家，又因为两度喝酒破戒、醉打山门而被驱逐。此时鲁智深还处在人生的困顿阶段，尚不能预料未来坐化的解脱结局，因此这支《寄生草》中充满了空落无着、孤独悲寂的情绪。

宝玉听完，很认同其中一句——"赤条条来去无牵挂"，这句戏文的意思是不受身外之累。后来，他在宴席上同时惹恼了林黛玉、史湘云两个人，又反复咀嚼起这段戏文，还流着泪对袭人说："他们有'大家彼此'，我是'赤条条来去无牵挂'。"然后他写了一首偈语，填了佛教味道很浓的词，说"肆行无碍凭来去"。宝钗和黛玉看后说他竟然"悟了"，意思是自此贾宝玉开始意识到，自己与黛玉等人之间的感情无论如何去"证"，都是相互依赖的，只有万境归空、不需再证的时候，才是真正的解脱之时。这些片段告诉我们，宝玉心性中有超脱尘世浮华的通透之气，出世"随缘化"只是时机与境遇的问题。

自此，宝玉的"佛性"被激发出来，开始了"自色悟空""复还本质"的历程。

9. 贾宝玉在"复还本质"的过程中经历了哪些"关卡"?

《红楼梦》的故事主线之一,就是贾宝玉从陷入红尘到登上彼岸的过程,用书中的原话概括,是"复还本质"。这个结果并非一蹴而就,他先后经历了欲的消解、情的醒悟和色的看破三个阶段,方才"悬崖撒手"。

"复还本质"的第一阶段是对"欲"的消解。有学者认为,"玉"象征着"欲",是"石"所代表的自然天性的反面。小说的前半段,宝玉尚未看清自己的情缘分定,经常见了姐姐便忘了妹妹,而且这时,他还受到欲的支配。但此后的故事发展中,欲望与死亡如影随形,给了宝玉很大的冲击。先是秦可卿之死,继而是秦钟之死,这对姐弟都死于"欲"。而宝玉此时也为"欲"所困,看了很多茗烟弄来的"淫书",有些走火入魔,还对着黛玉说出《西厢记》里唐突的浑话。他对着宝钗雪白的胳膊浮想联翩,甚至生出"这个膀子长在林妹妹身上,或者还得摸一摸"的欲念。这一阶段的宝玉对"欲"是沉迷的,这种沉迷一直持续到他亲自酿成的金钏儿之死。

金钏儿之死是宝玉消解"欲情"的转折点。"宝玉挨打"一回中,贾政对他动家法时,历数了几条罪状:不爱搭理贾雨村、不喜欢读书、参与放走琪官、淫辱母婢致死，前面几条他都不以为意，还说"便为这些人死了，也是情愿的"。唯独金钏儿自杀，对他的冲击很大。金钏儿死后，他做了好几件事：一是让金钏儿妹妹玉钏儿亲尝莲叶羹，这是委婉的道歉；二是让晴雯送了几条丝帕给黛玉，这是对黛玉情感的交代；三是去井台祭拜金钏儿，这是对金钏儿本人直接的告慰。这件事也让宝玉醒悟：放任自己的"欲"是极其危险的，甚至会导致他人的死亡。

自此之后，他的行为发生了很大的变化，不再做越轨的举动。人间常见的"皮肤滥淫"之事逐渐从他的世界里隐去了。相对应的，宝玉独特的"意淫"在此后则愈来愈强烈。"意淫"是干净纯粹的"爱美之心"，是对美的欣赏、对女性悲惨命运的同情。晴雯之死是宝玉最悲愤的事情。因为这时他才发现，即便是清白的男女关系，也会被"欲"这种莫须有的罪名所毁灭。当他对源于"欲"的罪恶体会得越来越深时，自身原本的"欲情"也就逐渐消解了，随之生发出对生命的深切理解和同情。

"复还本质"的第二阶段是对"情"的醒悟。当宝玉听到黛玉的《葬花吟》时，他从黛玉的自伤自怜推想到了一众女子的流散，从而推知了一旦群芳流散、物是人非，作为精神寄托的大观园也将不复存在，感受到了自己的生命价值和这个世界的空无。在这次感悟中，宝玉虽未彻底悟透，但已萌发了对人之存在、人之归处的模糊思考。后来，袭人、金钏儿、黛玉、宝钗、龄官、晴雯等许多人的遭遇也推动着宝玉的了悟。宝玉的天性是"爱博而心劳"的，他很博爱，想要照顾到所有人的心情。但他逐渐发现，在所有姐妹中，自己对黛玉情有独钟。至第三十六回"情悟梨香院"，习惯了被女子众星捧月的宝玉，第一次在龄官这里尝到了被人弃厌的滋味。他发现倨傲的龄官一心都在贾蔷身上，方才领悟到"人生情缘，各有分定"，世上的女孩子并非都像黛玉、袭人那般全心爱他、给予他积极的回应。此番"悟情"，使他一改前番与袭人对话中希冀得到众人眼泪的痴愿，转而生出"各人得各人眼泪"的感慨。清人洪秋蕃《红楼梦抉隐》中如是说：

> 葬我之泪，只可属望于黛玉，不能兼望于袭人矣，故曰"不能全得"。贾蔷得龄官之泪，我得黛玉之泪，推而至于天下万世之人，各有专爱之心，即各有葬身之泪，故曰"各人得各人眼泪"。

这番"悟情"之后，宝玉对年轻女子的感情开始萌发出界限意识，在后文的"平儿理妆""香菱解裙"等情节中，他已没有要占有这些女孩子眼泪的想法，只是单纯地付出。面对这些命途多舛的女孩子，他的爱护更多是出于对她们身世的怜悯和处境的理解与同情。

宝玉"复还本质"的第三阶段是对"色"的看破。"色"与"空"

相依，源自佛教中"色即是空"的概念，指的是一切可知可感的事物。大观园中的"色"，就是那些美丽的事物——宝玉是执迷于此的，最为直接的体现就是他爱吃胭脂。在大观园中，贾宝玉是最擅长"淘漉胭脂膏子"的，在太虚幻境里，他也吃过叫作"千红一窟"的茶，饮过名为"万艳同杯"的酒，闻到了被称为"群芳髓"的熏香——它们都是由各种仙花林叶烹成，名字都是谐音——"千红一哭""万艳同悲""群芳碎"，这些事物都有象征意义，是花之精华积聚、提炼而成的。吃胭脂的象征意义，就是宝玉对女子命运的理解。

　　贾宝玉对女性命运的理解与同情也有一个渐进过程。最开始，他猴在鸳鸯脖子上，闻她头上的香油气，满口说着"好姐姐，把你嘴上的胭脂赏我吃了罢！"此时的他对女性之美有懵懂的欣赏，但对同时代女性的命运遭际尚一无所知。到后面为平儿理妆，他拿出自己制作的胭脂，说市面上卖的不干净，颜色也薄。这里作者写了一大篇宝玉的心理活动：他认识到，平儿是个极聪明极清俊的上等女孩儿，孤身供应贾琏夫妇二人，还遭荼毒，此人薄命，比黛玉犹甚，"想到此间，便又伤感起来，不觉洒然泪下"。此时，宝玉已经能够站在年轻女子的立场，体察她们的悲苦和隐痛，担忧她们受侮辱、受损害、受压迫的处境。小说一再写到宝玉对很多女子的关怀和怜惜，也写到他的无能为力。尤其是晴雯之死，让他一再纪念和反思，但最终也只能发出"薄命与多情"这样无可奈何的感叹。

贾宝玉"复还本质"的过程是与"以情悟道"息息相关的。"情"在贾宝玉了悟的过程中有着很重要的意义,是思想境界实现转化的触发点。这里的"情"不只是指他与黛玉之间的爱情,还包括对其他女子甚至世间万物的情。宝玉天生有一种"少女崇拜",在大观园群芳之间,他给自己的设定是一棵看坟的老杨树。然而,随着这些女子命运的发展,他看到的是源源不断的凋零与伤害。他在大观园中见证着"色"的消亡,确如鲁迅所言:"悲凉之雾,遍被华林,然呼吸而领会之者,独宝玉而已。"

10. 如何理解贾宝玉弃世出家的人生选择?

《红楼梦》为我们创造了一个千古未有的男主角贾宝玉。初读《红楼梦》的时候,我们好像很难理解这个男孩子。他喜欢在内帷厮混,喜欢吃女孩子嘴上的胭脂,他有时候性格狂躁、疯疯傻傻,甚至因行为越界间接害死了母亲的丫鬟金钏儿,有的人还会鄙薄他不愿意承担家族复兴的责任、逃避科举取仕。他在小说的前半段表现得很像一个纨绔子弟,最后却又弃世出家。只是因为课本上说这个人反封建、反科举,因此有进步的意义,那也只好懵懵懂懂地先接受下来,但是很难看透他到底是一个什么样的人。

早在宝黛两位小"冤家"互相拌嘴的时候,宝玉就说出过预示着其人生结局的谶言。在第三十回，两人刚经过一番"情重愈斟情"的大吵，宝玉发狠砸玉，黛玉大哭大吐，甚至惊动了贾母、王夫人。待到第二日，宝玉上门求和，黛玉仍说着气话，让宝玉权当自己死了，宝玉脱口说出："你死了，我做和尚！"这一问一答已经预言了黛玉之死、宝玉出家的结局。除此以外，脂批也为我们留下了一些线索，比如宝玉失玉、凤姐扫雪见玉、甄宝玉送玉等，从这些只言片语看来，贾宝玉的归宿是在林黛玉死后，跟随一僧一道出家，最后"复还本质"，还原为青埂峰下那块"无材补天"的顽石。

曾有人问，贾宝玉的结局是出家，而不是殉情自杀，是不是说明他的爱不够强烈呢？

对这一点，王国维先生说，如果贾宝玉感愤而自杀，那么这本书就毫无价值了。因为作者在书中寄托的深意与佛教思想一脉相承，认为人生的一切痛苦来自个人的欲望，人都是为自己的欲望所苦，而人生最高的境界是从欲望中超脱出来。通过自杀的方式结束梦幻很简单，但这并不是真正的解脱，自杀不过是"求偿其欲而不得"，并没有从欲望中解脱出来。

相比于将死亡作为解脱的方式，宝玉更加注重的是死亡的价值。第三十六回中，他与袭人讨论到的"死谏死战"问题时，提出"人谁不死，只要死的好"，认为那些古往今来"文死谏，武死战"的官员都是为名节而死，只顾用死亡邀名，丝毫没有承担起属于自己的责任，是弃国、弃君的行为，"这皆非正死"，"竟何如不死的好"。由此可见，贾宝玉虽然最终会见证人生的绝望境地，但他从根本上是否定死亡的，尤其是为他人、他事而主动放弃生命的行为，在他看来是毫无意义的沽名钓誉。

而且在这里，贾宝玉还做了一个预设，说如果自己要"死的得时"，那一定是在此时此刻，"趁你们在，我就死了，再能够你们哭我的眼泪流成大河，把我的尸首漂起来，送到那鸦雀不到的幽僻之处，随风化了，自此再不要托生为人"。贾宝玉的思想中带有空无色彩的，他最后并没有得到群芳的眼泪，而是见证了群芳的流散，因此他不会主动走上死亡的道路，而是会走向那茫茫大地，在精神而非肉体上走向空无的终点。

以出世的方式解决个人志趣与社会要求之间的矛盾，也并不是《红楼梦》独特的发明，而是带有时代的烙印。比如在吴敬梓的《儒林外史》中，那些带有正面色彩的人物无不是酷爱琴棋诗画，蔑视功名富贵、以礼乐兵农的政治使命为理想，而又不拘小节，笑傲天地，或隐于山林、隐于朝市、隐于诗、隐于酒、隐于佛、隐于道。在当时社会的主流思想中，只有礼教鼓励人为了所谓的天道而放弃生命，这种观念恰是《红楼梦》等小说所反对的。

贾宝玉的人生选择具有象征意义。《红楼梦》的故事主线之一，是贾宝玉从陷入红尘到登上彼岸的过程，这个过程用书中的原话来概括就是"复还本质"。作者将贾宝玉置于大观园的群芳之中，让他见证这个温柔富贵之乡的繁华与毁灭，在这个过程中，他成长、反思、向内探索，从迷惑于红尘到坚定内心情志，完成了对人生和时代的思考，最后的弃世出家，正是这种探求的结果。整个探索过程都是自发、自主的，这种自主性也是宝玉这趟"复还本质"的人生之旅的意义所在。所以说，在《红楼梦》中得到"真正解脱"的只有贾宝玉。他经历了与林黛玉的幻缘，见证过"悲凉之雾，遍被华林"的一系列悲剧之后，终于领悟了太虚幻境中那些判词、曲子的意义，彻底看透了人世间的道理，自发地放下心中的"欲"，完成了"自色悟空"的精神探索历程。

在贾宝玉身上还有很多我们关于人生的共同困惑，比如：我们应该做怎样的人？我们应该给自己的情感怎样的归属？我们如何才能去除那些反复袭来的欲念？《红楼梦》在塑造贾宝玉这个人物的时候加入了深刻的哲学思考，这种思考就像那些最基本的哲学问题：我是谁？我从哪儿来？我要往何处去？在《红楼梦》中，曹雪芹给出了一个"自色悟空"的答案，这是他在那个封建时代寻找到的一条精神解脱之路，但未必适合今天阅读《红楼梦》的每一位读者。对我们而言，最重要的是理解贾宝玉这种领悟的过程，培养独立思考的能力，敏锐地感受自己所处的环境，独立追寻属于自己的答案。

第二编 「林下」黛玉

1. "神仙似的"林黛玉到底长什么样?

在小说中,林黛玉在众人的评价中是相貌绝伦的。宝黛初见时,宝玉说她是"神仙似的妹妹",王熙凤也说"天下真有这样标致的人物",可她到底长什么样呢?

在她出场的时候有这么一首诗:

> 两弯似蹙非蹙罥烟眉,一双似泣非泣含露目。态生两靥之愁,娇袭一身之病。泪光点点,娇喘微微。闲静时如姣花照水,行动处似弱柳扶风。心较比干多一窍,病如西子胜三分。

关于这一段描写,不同版本中还有很多异文,"罥烟"有写作"笼烟""罩烟"的,"似泣非泣"有作"似喜非喜"的,"含露目"有的版本又作"含情目"。但是总体来说,在这一大段描写中,没有一句在具体写林黛玉的脸型、五官,我们可以将之与同一回中写到的王熙凤容貌进行对比：

> 彩绣辉煌，恍若神妃仙子。头上戴着金丝八宝攒珠髻，绾着朝阳五凤挂珠钗；项上带着赤金盘螭璎珞圈；裙边系着豆绿宫绦双衡比目玫瑰珮；身上穿着缕金百蝶穿花大红洋缎窄裉袄，外罩五彩刻丝石青银鼠褂；下着翡翠撒花洋绉裙。一双丹凤三角眼，两弯柳叶吊梢眉，身量苗条，体格风骚。粉面含春威不露，丹唇未启笑先闻。

同样是"恍若神仙"，但是王熙凤是重彩描金勾勒出的神仙妃子，写她的笔墨全是落到实处的；而在写林黛玉的样貌时，却仿佛是一幅写意画，重点在于突出一种神韵和状态。读过之后，我们可能会记住她的泪痕和娇弱，去想象什么叫作"罥烟眉""含情目"，但这一切都是朦胧的、模糊的，是一种意象化的表达。

对林黛玉容貌的写法，曹雪芹借鉴了曹植的《洛神赋》。在《洛神赋》中，曹植描述的洛神是这样的：

> 其形也，翩若惊鸿，婉若游龙。荣曜秋菊，华茂春松。髣髴兮若轻云之蔽月，飘飖兮若流风之回雪。远而望之，皎若太阳升朝霞；迫而察之，灼若芙蓉出渌波。

读完之后，我们仍然不知道洛神生得怎样的脸型、长着什么样的眉毛、什么样的嘴巴，只能感叹她的光华灿烂。她的美丽只能通过想象去感受，是无法用白描的方式形容出来的。

在《红楼梦》中，林黛玉的容貌是通过宝玉的口吻写出来的，而林黛玉的形象在宝玉的眼中是神化的，只可远观不可亵玩，也是凡俗一切描述手段无法概括的。对林黛玉容貌的描述，蕴藏着宝玉心中"魂飞天外"的震撼情感体验。书中还写到宝玉眼中的许多女子，但她们的美都没有黛玉这种神仙品格。比如书中对宝钗美貌的描写，第二十八回中写宝钗羞笼红麝串，说她"肌肤丰泽"，有"雪白一段酥臂"，"脸若银盆，眼似水杏，唇不点而红，眉不画而翠，比林黛玉另具一种妩媚风流"。这段文字将宝钗与黛玉的容貌进行了一番对比，书中却从来没有用这样具体的文字描绘过黛玉的长相，正是因为黛玉容貌的写法来源于与《洛神赋》一脉相承的"神女"描写传统。这种写法主要被用在诗赋之中，而在通俗小说中是很少见的，正如鲁迅先生所说，"自有《红楼梦》出来以后，传统的思想和写法都打破了"。

2. "盐政千金"林黛玉的家产去哪儿了？

林黛玉的母亲贾敏是贾母最疼爱的女儿，王夫人后来想起她这位小姑子时曾感叹:"你林妹妹的母亲,未出阁时,是何等的娇生惯养,是何等的金尊玉贵,那才像个千金小姐的体统。"从贾敏曾经的生活条件来看,贾府在挑选女婿的时候,也一定会选择一个既有家势、又有才华的青年才俊,才配得上这位金尊玉贵的公府小姐。林黛玉作为独女,在她父亲去世后,似乎理应继承林如海全部的祖产。过去关于林黛玉的财产曾有很多猜测。她的父亲真的是一位"有钱人"吗?

贾府为贾敏找到的夫婿林如海是怎样一个人呢? 第二回借贾雨村之口介绍了林如海的家世背景,我们可以从中提炼出这样几条信息:

第一,林如海是家族中的第五代,此前林家四代都袭封列侯,与贾府一样是勋爵显贵之家。

第二,林如海本人很有能力,他没有袭爵,而是科举出身,中了"探花",也就是全国总榜的第三名。

第三,林如海官居要职。他先是做到"兰台寺大夫"——这是一个古代的官名,相当于"御史台大夫",主管纠察、弹劾官吏;后来又钦点了"巡盐御史"。这个身份信息非常重要,巡盐御史不是盐商,而是管理盐务的官员,管理范围包括食盐的运销、征课、钱粮支兑拨解以及各地贩卖私盐的案件缉查、审理和考核。所有的盐商都需要缴纳盐课银,取得巡盐御史开具的盐引才能经商。林如海被钦点的盐务之职是清代最阔的职务之一,当时全国税收将近十分之一的银子都来自两淮盐课。

"巡盐御史"这个官职对曹雪芹来说有着非同一般的意义。曹雪芹的祖父曹寅为了迎接康熙帝南巡的御驾,银子像是海水一般花出去。康熙帝为了弥补曹家的支出,就让他做过巡盐御史。据当时的秘折称,盐政一年盈余"五十八万六千两零",填补了曹家"五十四万九千两零",不仅把花出去的钱补了回来,甚至还有结余。这样看来,林如海似乎很有钱。但如果以这样的方式积聚钱财,就意味着他是个贪官。这是曹雪芹想要塑造的黛玉出身吗?

在第二回中,贾雨村曾交代林府境况:林如海膝下只有林黛玉一位独女,而且没有任何"亲支嫡派",仅几个堂族,早在前几代就分家出去了。在第五十七回中,黛玉身边的大丫鬟紫鹃也说:"林家实没了人口,纵有也是极远的。族中也都不在苏州住,各省流寓不定。"根据当时的继承制度,林如海去世之后,林黛玉似应是顺理成章的家产继承人。

有学者认为,林如海临终的时候,应当是对贾母以及她派来的贾琏有过一番托孤的安排。在第十四回中,贾母让贾琏带着只有十岁左右的林黛玉回老家看望病中的父亲。林如海死后,贾琏又陪同黛玉把灵柩送回苏州安葬。这一回对林如海去世的日期写得十分明确,贾琏专门打发人回贾府告诉王熙凤,林如海死在"九月初三日",而丧葬事宜要一直忙到"年底",因此让王熙凤从家里拿"大毛衣服"送去。贾琏和林黛玉回家的这三个月,有可能清点了林家的家产。

如果林黛玉真的继承了这样一大笔钱,为什么从来没见她提起过呢？前人曾这样分析：

林黛玉的钱应有部分由贾母保管,以保障她的日常开销,并且预备未来婚嫁支出。在第二十六回中,怡红院的小丫头佳蕙说,袭人让自己去给黛玉送茶叶,"可巧老太太那里给林姑娘送钱来",林黛玉"正分给他们的丫头们呢",还顺手"抓了两把给我"。可见林黛玉的钱不是由王熙凤根据定例统一分发,而是从贾母那里单独支出的。从这段话透露出的意思看,林黛玉这时每个月拿到的钱应该比较多,她也不计较多少,能够随手抓两把来赏赐下人。在第五十五回中,王熙凤也说过："宝玉和林妹妹他两个一娶一嫁,可以使不着官中的钱,老太太自有梯己拿出来。"贾母的梯己钱,或许也有林父早就给女儿准备好、寄存在贾母处的嫁妆钱。

还有一种推测是,林如海的大部分家产应是被并入了贾府。这种观点认为,在林黛玉从扬州回来后,贾府马上迎来了一件"鲜花着锦、烈火烹油"的大喜事——元妃省亲。建造这座省亲别墅究竟要花费多少银子,书中没有明说,只提到两项比较小的开支：下姑苏聘请教习,采买女孩子,置办乐器行头,支取了三万两；置办花烛彩灯并各色帘栊帐幔,用了二万两。元妃看到这些排场布置之后都说："以后不可太奢，此皆过分之极。"在第五十三回中，贾蓉向乌进孝解释贾府经济拮据时也提到："头一年省亲连盖花园子，你算算那一注共花了多少，就知道了。再两年再一回省亲，只怕就精穷了。""内囊却也尽上来了"的贾府早就面临着巨大的财务危机，怎么能够在短时间内建起如此奢侈靡费的省亲别墅呢？这其中或许就用到了林黛玉继承的家产。

甚至于有人推想，如果林黛玉真的继承了林家的遗产，那么对贾府来说，这笔钱来得是非常及时的。很有可能正是因为这笔家产，让贾母等人早就预定了黛玉和宝玉的婚事。在第二十五回中，凤姐对着黛玉开玩笑说"你既吃了我们家的茶，怎么还不给我们家作媳妇"，还煞有介事地分析了宝黛联姻的现实条件：

> 你给我们家作了媳妇，少什么？……你瞧瞧，人物儿、门第配不上，根基配不上，家私配不上？那一点还玷辱了谁呢？

就像林如海能娶到贾敏一样，黛玉继承了其父的门第、根基与家私，嫁入贾府是绰绰有余的。从这些细节入手，持这种观点的人们甚至认为，随着林黛玉这笔遗产逐渐耗尽，黛玉在贾府中的处境也在逐渐恶化。在第四十五回中，宝钗来探望黛玉的病，给她详细介绍了一个用燕窝调养的法子。林黛玉听说之后，却说自己身无分文，不敢这样多事：

> 我是一无所有，吃穿用度，一草一纸，皆是和他们家的姑娘一样，那起小人岂有不多嫌的。

如果林黛玉真的将家产尽数交给了贾府，那么她日常的吃穿住用自然应当由贾府照管，可她为什么会感叹自己"一无所有"呢？这里的写法是意味深长的。清代的涂瀛最早就在《红楼梦问答》中指出过这个问题："黛玉之死，死于其才，亦死于其财也。"他认为，在林黛玉尚有家产傍身的时候，贾府众人对林黛玉这位未来的孙媳秉持的是争取的态度，因为一旦黛玉嫁与他姓，林家的这笔钱肯定是要还的。但是，一旦资财耗尽，宝黛婚姻的这层保障也就不复存在了。

但是，关于林黛玉家产的分析，很可能是基于小说多种抄本之间的异文而产生的联想。人们最终会将证据指向贾琏的一句话，认为其中似乎透露了一些"玄机"。在第七十二回中，有的版本里写到，贾琏说过一句："这会子再发个三二百万的财就好了。"三二百万两银子不是一个小数目，这样一笔财产，除了林家祖上积累下来的家资以外，基本上没有其他机会，能让贾琏一次性获得这么大一笔资金。而在贾琏做如此感叹的时候，这三二百万的财产应当已经花得一分不剩了。但是，需要注意的是，这里的"三二百万"

在众多版本的《红楼梦》中又有异文，有些版本写作"三五万"。所以真实情况究竟如何，难以一言笃定。这也就意味着，贾琏是否真的曾经转挪过黛玉家产，会因为这样的一条不稳定的证据，而变得扑朔迷离，无有定解。

《红楼梦》中对黛玉的家产始终停留在暗示层面，更不会让黛玉本人与这些铜臭往来产生过多的关系。书中林黛玉葬父归来，只写她带回许多书籍、器用、纸笔之类的东西，而她也从没提过自己生活的优渥。因为她是"草木之人"，所在乎的只是人与人之间澄澈的真情，对这些基于利益关系的人际往来，她即使心中了然，也从来不会为这种事奔走。

关于黛玉的财产问题也成了一桩公案，后人反复讨论，却仍没有定论，我们也只能作"存疑"处理。黛玉是"世外仙姝"，曹雪芹在写她的时候，常常会有意让她与世俗保持距离，因此，就算曹雪芹想要给黛玉一些基本的"人设"条件，他也未必想要在这些具体的金钱财富背景上刻意描摹。"存疑"看似无解，但也是种相对客观的态度，是阅读文本时需常常抱定的一种心态。

3. 林黛玉为什么自称"草木之人"？

"草木之人"可以说是林黛玉在《红楼梦》里的"基本人设"，既隐喻着她备受摧折的脆弱，也概括了其自身的生命追求。

"草木之人"的提法是黛玉自己说出来的。在第二十八回中，元春给贾府众人端午节赏礼，宝玉和宝钗礼物相同，宝玉怕黛玉不自在，特地命人将自己的赏赐拿去，任她挑选。对此，黛玉说道：

> 我没这么大福禁受，比不得宝姑娘，什么金什么玉的，我们不过是草木之人！

在这段话中，黛玉的本意是用"草木"将自己与宝钗进行对比，形容自己无依无靠、无所傍身，比不得宝钗金尊玉贵的地位。

"草木之人"的设定，呼应了《红楼梦》开篇的还泪神话。林黛玉的前身是绛珠草，她下世为人，是要报偿神瑛侍者的灌溉之恩。之前我们说过神瑛侍者与顽石之间有一定的共通性。草木和石头都是自然之物，玉是天地的精华，对草木有滋养作用。《荀子》中说："玉在山而草木润。"它们象征着自然最为纯粹的本真。而金锁是人力所为，象征着红尘富贵。嵇康《与山巨源绝交书》中有"虽饰以金镳，飨以嘉肴，愈思长林而志在丰草也"，也是拿金和草木做对比。

与金玉不同，草木不具备价值交换的功能，因此在中国文化中，草木也被视为与庙堂对立的意象，比如有一个象征民间的词叫"草野"，东汉的王充在《论衡·书解》中说："知屋漏者在宇下，知政失者在草野。"唐代张九龄在《感遇》诗中说:"草木有本心,何求美人折。""美人折"的意思是说将山中草木折下来进献给达人显贵。"草木之人"是不求功名显达的,也不会计较世俗意义上的得失,因为它们有着独立于世俗功利之外的价值标准,也就是它们的"本心"。所谓"本心",就是人心未受功利污染的自然状态,在这个层面上,"草木"与"顽石"一样,都是未经雕琢的自然之物。

当然,草木的本性也是柔弱的,必须有水和土壤才能存活,而且容易受风霜的摧折,不像石头,可以孤独地伫立在大荒山上。《楚辞》有云:"惟草木之零落兮,恐美人之迟暮",便是在说美人与草木这种美好而脆弱的本性。林黛玉常以花木自况,她会因花的零落而惋惜,为它们寻找一个干净的去处。《葬花吟》中"一年三百六十日,风刀霜剑严相逼。明媚鲜妍能几时,一朝漂泊难寻觅"也是作为"草木之人"的黛玉在人世间的切实感受。当黛玉哭泣的时候,书中的描写则是"花魂默默无情绪"。大观园中的女儿们虽然都参与饯祭花神、抽花签的活动,但从来没有哪个人如黛玉一样将自己的生命体验完全与草木的枯荣联系起来。

知道了草木的这些特点,就能懂得为何小说要将林黛玉设定为"草木之人"了。这种设定一是为了呼应神话故事的前情;二是为了强调林黛玉身上的自然本性,她与世俗社会是对立的;三是用草木的敏感脆弱来象征黛玉生命的脆弱,她和草木一样,需要土壤和水,不可轻易迁移,却很早便成了孤儿,既无父母兄弟,又无本家扶持,漂泊无依,断根迁移来到贾府。

以前有人说,如果林黛玉也找一件金银宝物戴上,不也是金玉良缘吗?做出这种假设,就是没有理解"草木之人"的象征意义。林黛玉不仅不会这样想,而且对这些事情也是极为不屑的。书中多次写到薛宝钗人情练达的一面,她善于揣摩迎合老祖宗贾母的喜好,点热闹的戏、挑软甜的食物,并且告诉贾母这都是自己喜欢的,既不会让人难堪,也不会让人感到谄媚,但小说从没有写过黛玉的相关行为,其实这是一种不写之写,说明她不屑于这一套处世之道。

4. 林黛玉是怎么成为"林怼怼"的?

大多数读者都是从"林黛玉进贾府"这段情节开始认识林黛玉的。在这段情节中,我们看到的是一个谨言慎行的小女孩,她步步留心、时时在意,不肯多说一句话、多行一步路,唯恐被人耻笑。可是到了第七回,她却突然像是变了一个人,常常能将人说得哑口无言,还被现在的很多网友称作"林怼怼"。是什么导致了林黛玉的这种变化呢?

林黛玉初进府时谨言慎行,是出于大家闺秀的身份教养。她个性自尊敏感，如履薄冰般的处世态度是为了保护自己、适应环境，但并不意味着这就是她的自我。进入贾府后，黛玉的心情应当有过一段欢乐的"上升期"，贾母对她万般怜爱，对她的重视程度与宝玉一般无二，甚至连迎春、探春、惜春三个亲孙女也靠后了，加之黛玉本身才貌品格、言谈举止出众，其他人自然对她礼遇非常、称赞有加。在这个时期，黛玉寄人篱下的不安似乎有所消退，比较迅速地适应了作为贾府小姐的生活。

黛玉的转变发生在宝钗进府之后。第五回中说：

> 不想如今忽然来了一个薛宝钗，年岁虽大不多，然品格端方，容貌丰美，人多谓黛玉所不及。而且宝钗行为豁达，随分从时，不比黛玉孤高自许，目无下尘，故比黛玉大得下人之心。便是那些小丫头子们，亦多喜与宝钗去顽。因此黛玉心中便有些悒郁不忿之意，宝钗却浑然不觉。

这里有一处细节值得注意，即"人多谓黛玉所不及"，"比黛玉大得下人之心"。黛玉感受到周围人的评判和疏离，才有了"悒郁不忿之意"。

在第七回收宫花时，黛玉的表现招致不少批评。之前收到花的人都没有什么强烈反应，迎春、探春"都欠身道谢"；惜春说笑一句，便命丫鬟收了；平儿代王熙凤收宫花，也是客气的交流，还称呼周

瑞家的为"你老人家",毕竟她是太太的陪房,也是有身份的人。唯独黛玉"只就宝玉手中看了一看",然后问:

> "还是单送我一人的,还是别的姑娘们都有呢?"周瑞家的道:"各位都有了,这两枝是姑娘的了。"黛玉冷笑道:"我就知道,别人不挑剩下的也不给我。"

有学者分析说,周瑞家的这趟是为讨好王熙凤,绕了一个大圈子,最后才到林黛玉这里的。但从周瑞家的的送花路线来看,她并没有绕路。薛姨妈居住的梨香院在王夫人居所的东北角,所以周瑞家的先到了王夫人正房后头贾氏三春的居所。书中特别指出,是"顺路先往","后有一半大门,小小一所房室"即为王熙凤住所,然后穿过一个东西穿堂,就到了贾母后院。可见,周瑞家的送宫花时并未故意绕路,她最后送花给黛玉,似乎也非有意为之。

但是,在黛玉看到盒子中仅剩的两朵花时,这种"不刻意"大概就显得比较轻慢了。宝钗进府之后,关于钗黛二人的比较开始在贾府舆论中蔓延,周围的仆妇、下人们也会从中觉察一二,然后反向投射到对待黛玉的态度中。黛玉如此敏感,当然不会完全不在意。关于"送宫花"一节中黛玉的微妙心理,我们在《百问红楼:情节名场面》中还有进一步的分析和讨论。

林黛玉是林家来的孤女，贾府只管照顾她的生活，在她的成长过程中，一直缺少一个能引导她的人，虽然有宝玉的陪伴，但这种无所依怙的孤独感是没有办法消除的。而宝钗有母兄在侧，在京中也有自己的族产，一举一动又是那样的随分从时。对孤女黛玉来说，这在无形中加剧了她内心的不安。

　　而且，黛玉的语言就是她所思所想的真实流露。就黛玉的性格来说，她始终保持着真实与自然，性情往往是自然流露、不假伪饰的。她不愿受礼教的约束，无视世俗荣华及陈规，这样的黛玉，是一定会将自己感受到的悒郁不忿之意表达出来的。而宝钗的"浑然不觉"是对黛玉这种性格的反衬——圆融如宝钗，或许并非真的没有意识到这种对比，而是即便有所感知，也会不动声色。

　　小说对黛玉儿时这些尖刻语言的描写，是在突出她作为"草木之人"的性格特质。她寄人篱下的孤女处境，性格中的敏感多疑、率真自然，都在这些尖锐言辞中得到了"不写之写"。

5. 林黛玉和贾宝玉开玩笑，为什么总是薛宝钗"躺枪"？

　　林黛玉说得最多、最刻薄的玩笑话，都是围绕贾宝玉和薛宝钗这对"金玉良缘"而发。

这个现象从宝钗刚进贾府不久就已经有所表现。第八回的回目名叫作"探宝钗黛玉半含酸",当时黛玉要去探望身体抱恙的宝钗,但是到了梨香院,却发现宝玉已经在那里了,而且这个时候宝玉刚看完宝钗的金锁,还在问宝钗身上怎么这么香。宝玉对宝钗的关心,黛玉早看在眼里,所以在这一回中,黛玉再次化身"林怼怼",而且还"怼"了不少人。

刚一进门,黛玉就说了一句:"嗳呦,我来的不巧了。"这话的潜台词是:你们私下见面,显得我来得多余,打扰你们说悄悄话了。然后又说:"早知他来,我就不来了。"其实是在反问宝玉:你就是想独自来找你的宝姐姐吧? 宝钗装傻,你在说什么呀,我听不懂。黛玉又解释道:"要来一群都来,要不来一个也不来;今儿他来了,明儿我再来,如此间错开了来着,岂不天天有人来了? 也不至于太冷落,也不至于太热闹了。"黛玉在这里说的三段话,全是正话反说。她拿"冷落"和"热闹"来做解释,其实真正所指的并不是探望宝钗这件事,而是在宝钗住进贾府后,自己受到冷落的感受。宝玉是孤女黛玉在贾府唯一的知己和伙伴,宝钗的到来给飘蓬一般的黛玉带来了极度的不安全感,所以宝玉和宝钗的相处,从一开始就让黛玉心存芥蒂。

在这一回中,黛玉将语言艺术发挥到极致,是在雪雁奉紫鹃之命送来小手炉的时候。当时黛玉和宝玉正在薛姨妈处吃饭,宝玉想吃冷酒,宝钗给他讲了一番道理,说吃了冷酒要用五脏去暖。她反问宝玉,平日里杂学旁收,怎么还不懂得这个道理呢?宝玉一听这话,就乖乖把冷酒放下了。

刚好这个时候,小丫鬟雪雁给黛玉送来了暖手炉,于是黛玉便说了一大段"你""我""他"的话,完全是借题发挥,借送手炉这件事敲打宝玉。她先是问了一句:

谁叫你送来的?难为他费心,那里就冷死了我!

这是针对宝钗关于"冷酒"的议论,意思是:难为你这么费心,喝两口冷酒哪里就冷死人了呢。然后雪雁老老实实地回答,是紫鹃姐姐怕姑娘冷,让我送来的。黛玉便又说:

也亏你倒听他的话。我平日和你说的,全当耳旁风;怎么他说了你就依,比圣旨还快些!

这一段则是说给宝玉听的:原来你这么听宝姐姐的话,平时我也劝过类似的,你怎么就不听呢?

黛玉的这种表现该怎样理解?是不是说明她很刻薄、很不合群呢?其实并不是。黛玉虽然心里"半含酸",但此时她的一番话全程都是笑着说的,看着宝玉和宝钗的对话像看戏一样,"嗑着瓜子儿,只抿着嘴笑",而宝玉听了也是"和宝黛姊妹说说笑笑的"。

因为这个时候，黛玉、宝玉的年龄都还非常小，这些完全是小孩子之间的打趣拌嘴而已。根据周绍良先生为《红楼梦》做的年谱来推算，第八回林黛玉只有七岁，贾宝玉是八岁左右。这个年龄推算可备一说，有助于我们理解这一段情节。无论当时宝黛钗三人是否真的只有七八岁，但有一点是无疑的：他们尚在少年懵懂的年纪，言谈举止都是天真烂漫的做派。后文黛玉帮宝玉戴帽子，也是"站在炕沿上"，由此可以想见当时黛玉稚嫩的模样。知道了黛玉的年龄，才能理解她的行为和语言。黛玉与宝玉从小一起长大，两小无猜的孩子之间开一些这样的玩笑是无伤大雅的。

同样的玩笑在第九回中也曾出现。宝玉要去上私塾，出门前来辞别黛玉。黛玉说："你怎么不去辞辞你宝姐姐？"这样一次简单的告别，黛玉也要拉上"宝姐姐"，而此时宝玉的反应是"笑而不答"，然后就和秦钟一起上学去了。可见宝玉对这种对话模式早就习以为常，他知道黛玉并没有真的生气，只是在打趣他而已。

这类玩笑话持续了很长一段时间，到第十九回迎来了一个小高潮。此时他们年龄大了些。若参考周绍良先生的年谱来推算，黛玉此时应该在十一岁左右，宝玉在十二岁左右。宝玉和黛玉在午休时闲话，宝玉突然闻到黛玉袖中有一股幽香，就拉住要闻是什么东西这么香。黛玉冷笑道：

难道我也有什么"罗汉""真人"给我些香不成？便是得了奇香，也没有亲哥哥亲兄弟弄了花儿、朵儿、霜儿、雪儿替我炮制。我有的是那些俗香罢了。

接下来还说：

我有奇香，你有"暖香"没有？……你有玉，人家就有金来配你；人家有"冷香"，你就没有"暖香"去配？

这竟与几年前金玉初逢时的情景对应上了。黛玉当时或许在窗子外听到了宝钗说自己身上的是药香。而此时的宝玉也不再回避这类玩笑，他笑说："凡我说一句，你就拉上这么些，不给你个利害，也不知道，从今儿可不饶你了。"说着就去挠林黛玉的痒。

在第二十回中，作者又借湘云之口为这类小孩子之间的玩笑做了一次总结。黛玉笑湘云说不清"二"这个字，总是把"二哥哥"叫成"爱哥哥"。史湘云反击道："你自己便比世人好，也不犯着见一个打趣一个。我指出一个人来，你敢挑他，我就服你。"湘云认为黛玉不敢打趣的人是谁呢？当然是宝钗了。湘云又继续说："我只保佑着明儿得一个咬舌的林姐夫，时时刻刻你可听'爱''厄'去。"湘云说起"林姐夫"，也说明他们此时已经到了感情萌发的年纪。从这一回可以看出，黛玉对宝钗的态度，似乎不再像是开玩笑了，她在这种长期的对比之中，非但没有放下芥蒂，反而随着年纪渐长、感情发展，对"金玉良缘"的防备心和纠结感越来越重。

成长过程中，林黛玉针对宝玉的玩笑话，大部分都围绕着"金玉良缘"。比如第二十八回，林黛玉和贾宝玉之间闹了一个很大的误会。因为前一天夜里黛玉去找宝玉，而晴雯没有开门，黛玉就疑心是宝玉故意不开门，所以很生气，第二天哭着葬花。当他们和好的时候，黛玉还说："今儿得罪了我的事小，倘或明儿宝姑娘来，什么贝姑娘来，也得罪了，事情岂不大了。"说着抿嘴笑了起来。宝玉一听就知道，林妹妹又和他开玩笑了，说明心中已经放下了芥蒂。所以此时的宝玉是咬着牙笑，一副又爱又恨的样子。这处小细节也反映出他们之间日常相处的模式和情感上的亲厚关系。大概是因为她这样的话说得实在是太多了，所以本来对什么金、什么玉并不在意的宝玉，也对这件事介意起来，在梦中都喊出"什么是金玉姻缘，我偏说是木石姻缘"。

当然，在这个阶段，黛玉的玩笑也并非完全没有刻薄的一面。比如在第三十四回中，她就当面刻薄过宝钗。在这一回中，宝玉挨了打，宝钗因在家和哥哥薛蟠置气而哭了一夜，第二天，黛玉看见她无精打采、泪痕未干，疑心她是因为宝玉挨打而哭，所以在后面笑她：

姐姐也自保重些儿。就是哭出两缸眼泪来,也医不好棒疮。

细读林黛玉所有关于宝钗的玩笑,竟然都不是在说宝钗,而是在说自己与宝玉。会为了宝玉哭泣一夜、哭出一身病来的,从来都只有黛玉一人而已。

6. 林黛玉后来为何与薛宝钗成了好朋友?

《红楼梦》中的人物关系总是变动发展的,林黛玉对待薛宝钗的态度也是如此。钗黛的和解始自宝钗对黛玉的一次"教育"。

刘姥姥二进大观园的时候,众人在酒席上玩起了牙牌令。这个游戏的规则是,宣令者每说一句,受令者就要答一句押韵的话。黛玉有两句说的是"良辰美景奈何天""纱窗也没有红娘报",前一句出自《牡丹亭》,后一句出自《西厢记》,都是反对传统婚姻礼教、宣扬自由恋爱的戏文,在当时社会被视作"淫书",贾母后来就明确批判过这样的"才子佳人"故事。行令时,黛玉只顾着怕被罚,当着所有人的面说出这样的典故来,无异于向众人宣称:我是看过这些淫书戏文的。

在行令当场,宝钗回头看着黛玉,黛玉却没有意识到自己口无遮拦。于是,在第四十二回,宝钗把黛玉带到自己的房间,对黛玉笑道:"你跪下,我要审你。"这话听得黛玉哑然失笑,还是像往常那样夹枪带棒地开着玩笑:"你瞧宝丫头疯了! 审问我什么?"

我何曾说什么? 你不过要捏我的错儿罢了。你倒说出来我听听。宝钗继续提醒,你别装傻,行酒令的时候说的是什么话,我听着生疏,不知道出处。这时黛玉终于意识到自己的失言,登时羞得满脸绯红,上来搂着宝钗,一口一个好姐姐地央求起来:

> 好姐姐,原是我不知道随口说的。你教给我,再不说了。……好姐姐,你别说与别人,我以后再不说了。

宝钗看见黛玉又羞又愧,就没有再说什么来刺激黛玉了,而是推心置腹地讲起了自己的经历,说这些书自己小时候也背着大人看过,而且当时看的还不止这些,后来大人知道了,打的打,骂的骂,烧的烧,才丢开了。宝钗很少主动交代自己幼年的事情,尤其是这种悖于礼教的经历,她愿意这样剖析给黛玉听,是非常难得的。然后她又规劝黛玉,我们女孩子本该做些针黹纺织的事才是,读书也该拣那正经的看,不要被这些杂书移了性情,以至于最后无可挽救。

黛玉此时的反应是"心下暗伏",连连称是。

我们很少在书中看到黛玉表现出如此顺服的样子，蒙府本在这里有侧批云："尊重之态，姣痴之情，令人爱煞！"蒙府本的批语往往比较"毒舌"，像这种好话是不多见的，说明此处批者也认为黛玉受教是一件绝对的好事。

但也有一些评点家对黛玉在这段情节中的表现相当不满，比如清代评点家张新之就在这里写了两个字："蠢材！"他觉得林黛玉这句话没有答好，认为黛玉在这里应该不承认，怼回去。但是在这种涉及礼仪风化的地方强作争辩是于事无补的，也不符合黛玉所处的环境。在清代的家庭教育中，女孩子是不被允许阅读《西厢记》《牡丹亭》这类书籍的，因此连黛玉都定义自己的行为"失于检点"。

这件事发生后的几天里，黛玉应当一直是满心担忧的，她会担心这件事传扬出去。而到了四十五回，黛玉发现自己"失于检点"的事确实没有走露一点儿风声，宝钗并没有将此事作为把柄散布出去，还谆谆教诲，对她多有保护，这时她对宝钗有了更深刻的认识。

在第四十五回中，黛玉明确地剖白了自己对宝钗的态度转变：

> 你素日待人，固然是极好的，然我最是个多心的人，只当你心里藏奸。从前日你说看杂书不好，又劝我那些好

话,竟大感激你。往日竟是我错了,实在误到如今。

在这里,黛玉对前四十回中写到的几年间发生的事情做了一次总结性的反思,说自己观察到宝钗待人极好,而自己一直误会她是当面一套、背后一套的人,经过前日"看杂书"一事,才意识到自己一向错怪了她。黛玉自陈,自己听到宝钗的劝谏大为感激:

细细算来,我母亲去世的早,又无姊妹兄弟,我长了今年十五岁,竟没一个人像你前日的话教导我。

黛玉这段话说得让人十分心疼,她在贾府虽然过着锦衣玉食、姊妹相伴的日子,却一直处于"野蛮生长"的状态,始终是一个无父母教养的孤女。宝钗以身作则的劝解,让林黛玉感受到了爱和保护,所以在这一回中黛玉才敢把自己最真实的想法告诉宝钗。正因为钗黛二人开始走向互相理解与支持,所以回目名中才会选用"金兰契"这三个字。

第四十二回"被审"之后,黛玉虽然仍是那个牙尖嘴利的"颦儿",却很少再讲"金玉良缘"的笑话了。当她看到宝钗为惜春洋洋洒洒地写了一篇购置绘画工具的单子,其中有"生姜二两,酱半斤",就向众人说"你要生姜和酱这些作料,我替你要铁锅来,好炒颜色吃的",还向探春咬耳朵说,宝姐姐这是把嫁妆单子都写上来了。这些话惹得众人都笑倒了,宝钗走过来将黛玉按在炕上,要拧她的脸。这些调侃和当初含着醋意拿"金玉良缘"开玩笑不同,是黛玉和宝钗和解之后愈加亲厚的表现。

到第六十二回,钗黛之间已经亲密无间了。当时袭人来给宝玉和黛玉送茶,但她不知道宝钗也在场,于是刚好少了一杯,这时候宝钗说,我不渴,只要一口漱一漱就够了,说着先拿起来喝了一口,剩下半杯递在黛玉手内,而黛玉也很自然地将剩下的半盏一饮而尽。钗黛的关系总是通过宝玉的眼睛写出来的,这种用同一只杯子喝茶的行为,以前只在黛玉和宝玉之间发生过,也难怪宝玉要问"是几时孟光接了梁鸿案"。

此后,黛玉与宝钗打趣的频率越来越少,深刻的交谈则越来越多。一方面是因为黛玉得到了宝玉多次笃定的表白,对这段感情越来越安心,对"金玉良缘"不再戒备;另一方面也是因为黛玉的身体每况愈下,她和宝钗也都感受到了家族危机山雨欲来,她们要去面对成长过程中更为复杂、困难的事情了。

7. 林黛玉的"母蝗虫"之喻为何被称作"雅谑"?

关于黛玉的语言艺术,有一处常常令人感到不解,就是第四十二回中她将刘姥姥比作"母蝗虫"这件事。

"母蝗虫"是形容刘姥姥吃饭、说话之"粗"与"快",就像蝗虫过境一般。在当代读者看来,这个比喻有"过分"之嫌,认为黛玉这样形容刘姥姥,或许太刻薄、太没有礼貌了。当代社会尊重劳动人民,如果我们再用这种典故来形容刘姥姥,肯定有失厚道。但在封建时代,这只是无伤大雅的玩笑,而且因为它的贴切,所以这一回的回目就叫作"潇湘子雅谑补余香"。

所谓"雅谑",是指有文化的说笑,宝钗在这里就对"雅谑"做了一个注解:

> 世上的话,到了凤丫头嘴里也就尽了。幸而凤丫头不认得字,不大通,不过一概是市俗取笑。更有颦儿这促狭嘴,他用"春秋"的法子,将市俗的粗话,撮其要,删其繁,再加润色比方出来,一句是一句。

"爱哭"是林黛玉身上最鲜明的标签,甚至让她成了多愁善感的代名词。但是,若论起《红楼梦》中最爱说笑话的人,黛玉的幽默水平绝不在凤姐之下。

"余香"指黛玉的玩笑是对这段欢乐情节的收束。在前一回中写到了关于刘姥姥的很多玩笑,黛玉的笑话是这段情节的压卷之作。

在大观园中，黛玉所说的大部分笑话都属于"雅谑"。比如，在前一回中，当刘姥姥跟着音乐跳起舞来的时候，黛玉就曾笑道："当日圣乐一奏，百兽率舞，如今才一牛耳。"众姐妹听了也都会心一笑。她曾在结社起诗号的时候，说要让众人牵了探春去"炖了脯子吃酒"，因为探春起的诗号叫作"蕉下客"。古人有"蕉叶覆鹿"的典故，讲的是春秋时期有一个樵夫把自己打猎得来的鹿藏在芭蕉叶底下，最后却忘记了藏的地方，便以为自己是在梦中猎来的鹿。黛玉巧妙地化用了这个典故的字面意思，说"蕉下客"可不就是一只鹿吗，因此要牵探春去做"鹿脯"吃。

在日常生活中，黛玉深谙寓劝讽于说笑之中的语言艺术。宝玉小时候总是说"你死了，我做和尚去"的话，袭人等都不喜欢听，但是劝不住。而黛玉并不与宝玉讲大道理，只是笑着说"我从今以后都记着你作和尚的遭数儿"。第二十二回中，宝玉在黛玉和湘云两处都碰了钉子，回去后闷闷地做了些参禅的诗，袭人虽不懂，但感觉到宝玉这种自弃的情绪，在一旁暗自着急。黛玉看到后，笑问宝玉："至贵者是'宝'，至坚者是'玉'。尔有何贵？尔有何坚？"宝玉答不上来，于是黛玉和宝钗两人一唱一和地给宝玉讲了一通佛教的典故，说他连这些都不知道，竟还好意思参禅呢。宝玉听了，意识到自己并不是真的到了了悟的程度，厌世情绪顿消，连忙说只是玩笑罢了。宝玉曾经说"林妹妹再不说这些"，其实黛玉对宝玉那些不妥的行为并非全然不管，而是她懂得讽谏的艺术，能够将深刻的道理寓于轻松的言谈之中。

就像冯其庸先生总结的：黛玉说话新而尖，是俏皮而非刻薄。"新"是指语词新颖，常常抛出一些我们想不到的词，这是基于她读书的广博。"尖"则是指说话犀利，也就是李嬷嬷亲自认证过的："真真这林姐儿，说出一句话来，比刀子还尖。"这反映了黛玉能够看透事物表象、犀利地概括其中症结的能力。

黛玉的玩笑就像《诗经·卫风·淇奥》中的"善戏谑兮，不为虐兮"，从容戏谑、不事矜持也被视为君子的美德之一，其中的文化底蕴最能代表公侯小姐的教养。和其他人相比，黛玉的笑话虽然尖锐，却没有任何功利、讨好和矫饰，"比刀子还尖"的言语源自一片真诚，因此贾府众人对黛玉的讽刺艺术往往是包容甚至宠溺的。

8. 林黛玉是大观园中最会写诗的人吗？

林黛玉是大观园中诗才最高的女子，更为关键的是，她从不轻视作诗这件事情，而是将自己全部的生命体验付诸诗歌表达。

从林黛玉进贾府开始，作者就暗示了她的才学与贾府女儿们的不同。来到贾府之后，王熙凤、王夫人和贾母三位长辈分别问过黛玉此前的学习情况。从她们的询问和反馈中，黛玉看出了贾府长辈并不重视女子读书，认为女孩子读书只是为了认字而已，但在私下里也不会限制她们读书。因此，当宝玉问黛玉"妹妹可曾读书"的时候，她的回答是"不曾读，只上了一年学，些须认得几个字"。但是很显然，黛玉从小就接受了良好的家庭教育，在林家，中过进士的贾雨村对她进行过一对一的辅导。这些问答都是在为后文黛玉的诗才做铺垫，说明她的才华与贾府其他女子相比是绝高其上的。

在元妃省亲时，黛玉的诗才就已有所展露，而且这一次她不准备再自谦了：

> 林黛玉安心今夜大展奇才，将众人压倒，不想贾妃只命一匾一咏，倒不好违谕多作，只胡乱作一首五言律应景罢了。

黛玉说自己的诗是"胡乱"作的，但元妃看完了所有的诗以后说："终是薛林二妹之作与众不同，非愚姊妹可同列者。"

黛玉这首诗究竟好在哪里呢？她题的匾额叫作"世外仙缘"，诗歌的内容也是这个主题：

> 名园筑何处，仙境别红尘。
> 借得山川秀，添来景物新。

香融金谷酒，花媚玉堂人。

何幸邀恩宠，宫车过往频。

不同于探春等人用到"蓬莱""瑶台"等典故，黛玉直接将大观园当作仙境来描绘，一切都写得自然、朦胧而有意境，充满着富贵清丽的气象。黛玉此时写的还只是应制诗，因为这类诗字数少，题材无非是颂圣，极大地限制了表达空间，所以还远没有她后来的诗歌那么惊艳。但这也说明黛玉的诗才和丰厚的积淀，她对应制诗并不陌生，在刘姥姥二进大观园时，她说的酒令"双瞻玉座引朝仪"就属于台阁体的范本。

在这个场合中，曹雪芹还安排了一场薛、林之间的诗才比赛。她们作完诗之后，一回头发现宝玉正在那里焦急地拭汗，于是这两位元妃"钦点"的才女便分别帮助宝玉"作弊"。宝钗为宝玉贡献了一个"绿蜡"的典故，而黛玉则悄无声息地直接帮他代写了一首《杏帘在望》。元妃看过后非常喜欢这首诗，还将它评为四首之冠。这首诗着眼于盛世，和黛玉自己作的那首《世外仙源》内容、风格完全不同，这也反映出黛玉作诗水平很高，代他人写诗都可以不留痕迹。

在大观园中，能与黛玉的诗才一较高下的只有宝钗一人，黛玉也特别在意和宝钗的比较。那为什么说大观园中最会作诗的人是黛玉而非宝钗呢？因为宝钗作诗大多数是应制之作，只有在元妃省亲、众人结社这种集体场合才会写，而且大多数时候是写限定的题目。宝钗对诗歌的看法与贾府长辈们相同，认为"就连作诗写字等事，这不是你我分内之事"，因此她并不特别在意作诗这件事的输赢，面对香菱和湘云的作诗热情，也只是作壁上观。

而黛玉对待作诗的态度是极其认真的，她将这件事视为自己生命的寄托。除了在社交场合写诗以外，黛玉常有自歌自吟之作，或用歌行，或为绝句组诗，用以抒发内心的抑郁和愤懑。

黛玉是书香世家、簪缨之族的独女，自小受到的关爱和重视非同一般。她的父母甚至不自觉地超越了封建社会"女子无才便是德"的古训，专门请先生教她读书识字，"假充养子之意，聊解膝下荒凉之叹"。所以较之其他同龄少女，黛玉少有封建大家庭中女子与生俱来的卑微感、麻木感和混沌感。

在第三十七回中，探春起社之后，大家在诗歌世界中见到了另外一个黛玉。她一上来就给大家立了一条规矩，让大家把叔嫂姐妹字样改了，全部另起别号。这就意味着跳出了封建宗法秩序，在诗歌面前人人平等。第一期诗社的主题是咏白海棠，众人悄然思索时，"独黛玉或抚梧桐，或看秋色，或又和丫鬟们嘲笑"，待众人都有了，才"提笔一挥而就，掷与众人"。接下来咏菊花、螃蟹，她的表现也类似：先"令人掇了一个绣墩倚栏杆坐着，拿着钓竿钓鱼"，后又去吃酒，对赶来服侍的丫鬟说："你们只管吃去，让我自斟，这才有趣儿。"

黛玉在作诗的场合中总表现得轻松、愉悦，真正在享受作诗的过程，而对诗的评比排序反而没有那么在意。菊花诗夺魁后她说："我那首也不好，到底伤于纤巧些。"在诗歌世界里，我们看到的是一个自信、乐观、极富才情的黛玉，"是真名士自风流"，行动无所拘束。历来人们想象中的黛玉是病弱的，但原著给我们呈现的黛玉形象却是风流袅娜、飘逸如仙的，她在世俗世界中感到身心煎熬，但在诗歌世界中是神采飞扬的。

林黛玉还是一个有着明确诗学观念的人。香菱刚开始学诗时说自己喜欢陆游的"重帘不卷留香久，古砚微凹聚墨多"，黛玉便马上制止，说这种"浅近"的格局一旦进去就再也学不出来了。钱穆先生曾经对"浅近"这个评价有过详解，意思是虽然对得工整，但只有字面堆砌，而诗的背后没有"人"，也就没有特殊的意境和情趣。相比之下，黛玉更喜欢出奇制胜的立意，喜欢那些视野开阔的格局，所以她说"不要以词害意"，要学习王维"大漠孤烟直，长河落日圆"的盛唐气象。

中国传统诗歌理论认为，诗人应当与自然相连接。六朝时期的文学理论家刘勰在《文心雕龙》里提到"春秋代序，阴阳惨舒，物色之动，心亦摇焉"，意思是说，诗人的"诗心"与四季时序的变化是相连的。林黛玉就是这样的"自然之人"，她会为春花的凋零、秋雨的凄切而牵动感情，她是大观园中真正将自己的生命体验融入自然变化之中的人。可以说，林黛玉的人生是一种诗性的人生。

9. 林黛玉为什么不喜欢李商隐的诗？

在《红楼梦》第四十回中，林黛玉曾经明确表示过对李商隐的厌弃：

> 我最不喜欢李义山的诗，只喜他这一句："留得残荷听雨声"。

李商隐那些描写爱情的无题诗历来为人所称道，而林黛玉又是《红楼梦》中最重情的女子，为什么她偏偏说自己不喜李商隐的诗呢？

过去有一种观点认为，这是因为林黛玉最像李商隐，因为相似，所以才故意说自己不喜欢。实际上，这种推断缺乏客观上的论据。黛玉与李商隐诗的批评，更多是出于诗学观念的相左。

从诗学发展的角度来看，林黛玉的诗学观念接近明代以来的性灵派，论诗不重格律而重立意，这一点与李商隐的写作风格是相反的。黛玉崇尚盛唐气象，也喜欢六朝诗中的名士风流、壮有骨鲠。所以当香菱找她学诗时，她首先给香菱分析的是王维的"大漠孤烟直，长河落日圆"，她喜欢这种从胸臆中自然流出的诗句。黛玉还说过："若是果有了奇句，连平仄虚实不对都使得的。"她自己常常因为感兴而作诗，不像宝钗几乎只有场合诗。黛玉有满腹的情感需要在诗中抒发，她的诗多有取法李贺之处，学习那种长歌当哭之感，格外真挚动人。

而李商隐的诗歌律法严整、好用典故，在表达方式上迂回曲折、冷僻难解。在第四十九回中，湘云和香菱没日没夜地讨论古代的诗人，令宝钗不堪其扰，总结她们讨论的内容是"满嘴里说的是什么：怎么是杜工部之沉郁，韦苏州之淡雅，又怎么是温八叉之绮靡，李义山之隐僻"。这句话实际出自明代高棅的《唐诗品汇》，李商隐用词绮艳、用典繁复、寄托隐晦在当时可谓共识，这与林黛玉所提倡的盛唐诗风大不相同。

相较于雕琢和工巧，诗歌的"风骨"对林黛玉而言更为重要。林黛玉这个人物形象之所以经典，诗情洋溢、才思敏捷、为情而死固然是重要方面，但更重要的是她身上的清净本色、高洁品格。她非常在意不屈服的气骨和不妥协的精神，这种气骨和精神也反映在她的诗作中。《红楼梦》中那些属于黛玉的诗歌，并不全是哀伤的语词，还有许多地方透露出抗争的决心和英雄的气概。比如《葬花吟》中"未若锦囊收艳骨，一抔净土掩风流。质本洁来还洁去，强于污淖陷渠沟"就明确表达出了虽然质本柔弱、但不愿随波逐流的决心；再如她有感于古史中那些"终身遭际令人可欣可羡可悲可叹"的女子而创作的《五美吟》，其中咏虞姬曰："肠断乌骓夜啸风，虞分幽恨对重瞳。黥彭甘受他年醢，饮剑何如楚帐中。"咏红拂曰："长揖雄谈态自殊，美人具眼识穷途。尸居余气杨公幕，岂得羁縻女丈夫。"无不表现出巾帼英雄的气概。

黛玉从最不喜欢的义山诗中挑出了"留得残荷听雨声"一句，说是她所欣赏的。这句诗出自李商隐的七绝《宿骆氏亭寄怀崔雍崔衮》，原诗是：

竹坞无尘水槛清，相思迢递隔重城。
秋阴不散霜飞晚，留得枯荷听雨声。

这是一首怀念友人的诗，末句借雨打枯荷的声音，衬托诗人辗转难眠的心情，独听雨声的又何尝是荷叶呢，其实是孤独的诗人自己。然而，黛玉在引用这句诗时改了一个字，将原诗的"枯荷"改作"残荷"。"残"的意思是残缺、剩余，是虽不完整仍存留于世的状态，而"枯"则是枯槁、憔悴。在这里，曹雪芹有意将李商隐和他的诗歌与林黛玉建立起互文的关系，通过诗评和一字之改，让人去琢磨黛玉在"耿耿秋灯秋夜长"的环境中的所思所感。

曹雪芹在塑造林黛玉这样一位才女时，似乎结合并吸收了清代的诗论。当时的性灵派诗人袁枚就说"诗之传者，都是性灵，不关堆垛"，主张诗歌要抒写个人的"性情遭际"。在中国古典文学中，诗格常常也象征着诗人的人格，六朝古风、盛唐气象是黛玉性格中重要的文化底色，有这样的阅读背景和诗学理念的黛玉，人生境界是极其高远的，而独抒性灵的诗歌主张也与其"草木之人"的真实、自然相辅相成。林黛玉作为书中的人物，不能说她归属于某一派诗人，但却可以看出这个人物塑造过程中的诗学背景，通过这些背景知识来更深刻地理解林黛玉的形象。

10. 林黛玉有理家的能力吗？

第五十五回中，凤姐因为生病，要找人暂代管家之职，女孩子中她首先想到的就是林黛玉："再者林丫头和宝姑娘他两个倒好，偏又都是亲戚，又不好管咱家务事。况且一个是美人灯儿，风吹吹就坏了……"抛开"亲戚"和病弱因素，林黛玉给我们的印象一向是"世外仙姝"般的超尘出世，为什么凤姐反而会说她有理家的才能呢？

这就涉及林黛玉这个人物的性格侧面。虽然就本质而言，黛玉是超脱世俗的"草木之人"，但在贾府的现实生活中，她也是一个出身大家、身处诗礼簪缨之族的贵族小姐，同时又极其聪慧、敏感，因此黛玉在现实生活中，其实是颇具智慧和大局观念的。

从进贾府开始，林黛玉在人际关系上就比较谨慎，但同时也表现出了名门闺秀的从容。进贾府的当天，到了晚饭时间，黛玉刚好

在贾赦府上,面对邢夫人"苦留吃过晚饭去",她笑回道:

> 舅母爱惜赐饭,原不应辞,只是还要过去拜见二舅舅,恐领了赐迟去不恭,异日再领,未为不可。望舅母容谅。

这段婉拒入情入理,黛玉首先给足了邢夫人面子,说是舅母"爱惜"自己,之后拒绝得不卑不亢、有理有据,说是因为要去拜访二舅舅,所以才不便在此用饭。后来在贾府的饭桌上,她看到这里许多事情不合家中之式,也都暗暗记住,并且一一改了过来,书中从未写到黛玉这个从南方来的小姐有哪个举动不符合贾府规矩,受到哪个人的议论,这就体现出黛玉敏锐的洞察力和学习能力。

在与贾府众人相处时,黛玉也总是礼数周详。刘姥姥进大观园时,贾母领着众人第一站便来到了潇湘馆,黛玉的接待恭敬周到:

> 紫鹃早打起湘帘,贾母等进来坐下。林黛玉亲自用小茶盘捧了一盖碗茶来奉与贾母。王夫人道:"我们不吃茶,姑娘不用倒了。"林黛玉听说,便命丫头把自己窗下常坐的一张椅子挪到下首,请王夫人坐了。

当贾府上下人人嫌恶的赵姨娘来探望黛玉时，她也能第一时间洞察其意，客气地接待：

> 一语未了，只见赵姨娘走了进来瞧黛玉，问："姑娘这两天好？"黛玉便知他是从探春处来，从门前过，顺路的人情。黛玉忙陪笑让坐，说："难得姨娘想着，怪冷的，亲身走来。"又忙命倒茶，一面又使眼色与宝玉。

我们很难想象平时泼妇一般的赵姨娘怎么会和神仙般的林黛玉产生关联，但从这段看来，黛玉对这位姨娘始终保持着谦让、尊敬的态度，这并不是出于阿谀，而是在写黛玉的教养。

在全书的后半部分，黛玉渐渐长大，她也展现出对家族事业的清醒认知。在第六十二回中，宝黛二人站在花下遥遥地看着探春理家，黛玉赞许探春"是个乖人"，也就是非常善于周旋的意思。宝玉说，在你病着的时候，她还做了好多事呢，然后一一讲给黛玉听。黛玉听得频频点头：

> 要这样才好，咱们家里也太花费了。我虽不管事，心里每常闲了，替你们一算计，出的多进的少，如今若不省俭，必致后手不接。

宝玉听了，还像小时候一样笑嘻嘻地说："凭他怎么后手不接，也短不了咱们两个人的。"黛玉听他又说起"咱们"之类越界的话，便转身离开，找宝钗说话去了。在这一段对话中，我们首先可以看到黛玉平时的观察，她对这个家族中各个姊妹的品性都把握得非常准确，也像王熙凤一样很早就鉴别出了探春的才能；而且她还曾实际地为贾府的开支算过一笔账，虽然这份账单作者并没有写出来，但是黛玉得出的结论却道破了贾府目前经济上的危机。这段描述可以作为王熙凤在挑选管家人选时的补充，证明黛玉确实有管理家业的能力，却因为身体的原因，在生病期间无法处理任何事情，以至于病中的事情还要宝玉告诉她才知道，这就是王熙凤所说的"倒好"和"美人灯儿"的具体表现了。

黛玉比宝玉更早一步表现出对贾府经济状况的担忧。凤姐说宝玉"他又不是这里头的货，纵收伏了他也不中用"，上面这一段宝黛的对话也将凤姐的判断表现得淋漓尽致。同样作为追求性灵的"草木之人"，宝玉没有关心过家业的状况，而黛玉对这些事情有着敏感的认识。在第七十九回中，黛玉听完宝玉写的《芙蓉女儿诔》，对其中的谶语心有所感，便想将话题岔开，对宝玉说"快去干正经事罢"。"正经事"指的是迎春出嫁的事情，因为她听说太太打发人叫宝玉明儿一早快过大舅母那边去，因此推测是与迎春的婚事相关。这时候宝玉还在搪塞，说自己身上不大好，明天未必能去。黛玉劝道："又来了，我劝你把脾气改改罢。一年大二年小……"这些言语和口吻竟然有些类似宝钗平日里对宝玉的劝告，只不过黛玉的劝告只说了一半便被咳嗽遮掩过去了。曹雪芹笔下的黛玉就像现实世界中的人一样，她的阅历和处事方式随着年龄渐长而有所发展。到了可堪婚嫁的年纪，黛玉比宝玉表现出更为成熟的心智，她在此时已逐渐对贾府的运行体制、家常事务熟稔于心了。

　　分析黛玉的理家能力，是要将这个人物放回到她所处的历史环境中来认识。她之所以能受到贾母的喜爱，不仅仅是因为才华，也是因为她正是贾母口中那种"见了外人，必是要还出正经礼数来的"孩子。通过这些侧写也可以看出，《红楼梦》的故事最终发展到"弃黛选钗"的结局，并不是因为黛玉处理事务的能力不如宝钗，而是由于她日渐衰弱的身体、让人忌讳的疾病以及身后的家世背景等复杂因素。这些不由人力主导的客观因素使得黛玉难以符合这个极度衰落的大家族的利益需要，导致了本来有着理家才能的黛玉最终在婚姻一事上的落空。

11. 林黛玉为什么总是哭？

　　提起林黛玉，浮现在读者眼前的总是一个闪着泪光的女孩子，从一出场，她就是"泪光点点""态生两靥之愁"的样子。林黛玉爱哭到让人感到不理解，这位锦衣玉食的小姐心中究竟有什么不满，为什么她总是哭哭啼啼的？是不是因为她太矫情了？其实，林黛玉的眼泪有着神话与现实两方面的关联。

在林黛玉本人还没有出场的时候，身上就已经有了一个"还泪"的前世因缘。第一回中写道，因为神瑛侍者的灌溉，绛珠仙草修成了人形，成了绛珠仙子，而在神瑛侍者要下凡的时候，她便想要趁机报答灌溉之恩：

> 他是甘露之惠，我并无此水可还。他既下世为人，我也去下世为人，但把我一生所有的眼泪还他，也偿还得过他了。

下凡之后，神瑛侍者化作贾宝玉，而绛珠仙子就是林黛玉。因此，林黛玉在尘世中降生是带着任务的，那就是将一生的眼泪偿还给贾宝玉。

还泪神话给黛玉的生活蒙上了一层朦胧的感伤基调。宝黛初见时，宝玉发痴摔了玉，她晚上便暗自"淌眼抹泪"，这是黛玉第一次还泪。庚辰本在这里有夹批云："应知此非伤感，来还甘露水也。"后来又借紫鹃、雪雁的观察写到黛玉的性情是"好端端的不知为了什么，常常的便自泪道不干的"。这是因为黛玉的眼泪是带有神话色彩的，是伴随黛玉生命始终的一个标志。

但是，林黛玉毕竟不是一个神话角色，她为贾宝玉落泪也有着现实的原因。第一次还泪时,袭人就在一旁劝道:"若为他这种行止,你多心伤感,只怕你伤感不了呢。快别多心!"蒙府本的侧批说"后百十回黛玉之泪,总不能出此二语",黛玉为宝玉落泪,几乎都是出于"多心"与"伤感"。

一开始的时候,孤女黛玉的内心是很缺乏安全感的。书中多次写到黛玉和宝玉吵架,而且大多数还是因为宝玉和其他姐妹一起玩儿的事情,吵着吵着黛玉就哭起来。有人认为这多少有点儿无理取闹,好像是吵不过就要用眼泪取胜,也有人觉得这是黛玉占有欲强的表现。黛玉的"多心"和"伤感"真的可以理解为一种占有欲吗?

黛玉和宝玉之间的种种矛盾,其实是"知己"之间体贴、珍重,但又未能将心意传达给对方时的一种状态。黛玉和宝玉青梅竹马,从小一起长大,是最亲密的一对兄妹,而且在贾府中,再没有第三个人懂得他们两个的想法了。因此,在爱情尚且没有产生的时候,黛玉就十分在意宝玉和自己的关系。在第二十回中,黛玉因为听说宝玉去找宝钗,和宝玉吵了架,拿话激他,意思是现在有了一个比我"又会念、又会作、又会写、又会说笑"的人陪着你玩儿,以后你不用再理我了,说着说着,越想越气,就哭起来。宝玉一听,有点儿着急了,说你怎么不明白"亲不间疏,先不僭后"的道理,我怎么会为了一个亲戚而疏远你呢。黛玉这时说:"我难道为叫你疏他?我成了个什么人了呢!我为的是我的心。"宝玉也说道:"我也为的是我的心。难道你就知你的心,不知我的心不成?"这里说到"我的心""你的心",云里雾里的,其实是对彼此的关心和理解。

二人未曾互通心意时,黛玉常常担忧宝玉不能理解自己的一片真情。第二十九回中,宝黛两人围绕着"金玉良缘"的问题吵架,宝玉一着急又开始砸玉,这时袭人劝道:"你同妹妹拌嘴,不犯着砸他;倘或砸坏了,叫他心里脸上怎么过的去?"这话一下子说到了黛玉的心坎儿里,黛玉想,自己对宝玉的关心和在意,连袭人都看得出,而自己一向视为知己的宝玉竟然还不如袭人,于是又伤心大哭起来。

后来,宝黛之间逐渐产生了爱情,这种感情也是建立在彼此的体贴和理解的基础上的。宝玉挨打后,黛玉哭得十分厉害,书中写到她"两个眼睛肿的桃儿一般,满面泪光","无声之泣,气噎喉堵",抽噎得连话也说不出,在宝玉床畔哭泣了很久,最终说出一句:"你从此可都改了罢!"这是知己之间的珍重之言,类似于一种"同体连心"的心情。黛玉对宝玉的关心,往往是超过人之恻隐之心的,而是完全将宝玉的痛苦视作自己的痛苦。

书中常常写到黛玉和宝玉"对称"的状态。他们吵架之后,往往是一个"临风洒泪",一个"对月长吁"。后来紫鹃"情辞试忙玉"引起了宝玉的狂病,黛玉听说宝玉"不中用"了,也是"哇的一声,将腹中之药一概呛出,抖肠搜肺,炽胃扇肝的痛声大嗽了几阵,一时面红发乱,目肿筋浮,喘的抬不起头来",几乎也要跟着死过去,还对紫鹃说:"你竟拿绳子来勒死我是正经。"黛玉为宝玉而落泪是为了"他自己不爱惜,遇知己替他爱惜",正像第三回戚序本总评中所说:"绛珠之泪偏不因离恨而落,为惜其石而落。……所以绛珠之泪至死不干,万苦不怨。所谓'求仁而得仁,又何怨'。"

宝玉挨打后,遣晴雯给黛玉送旧帕子,黛玉通过这件信物认清了宝玉对自己的感情,以眼泪为题写了三首题帕诗。这三首诗可看作此前黛玉为宝玉落泪做出的总结:

其一

眼空蓄泪泪空垂,暗洒闲抛却为谁?
尺幅鲛绡劳解赠,叫人焉得不伤悲!

其二

抛珠滚玉只偷潸,镇日无心镇日闲;
枕上袖边难拂拭,任他点点与斑斑。

其三

彩线难收面上珠,湘江旧迹已模糊;
窗前亦有千竿竹,不识香痕渍也无?

黛玉哭宝玉,不完全是出于类似小情侣吵架的占有欲,而是出于"知己"之间的珍惜、珍重之情,这一点与"眼泪还债"的初衷是一致的。

眼泪的消失，也寓意着黛玉的生命走向终结。当黛玉感到"只觉心酸，眼泪却像比旧年少了些的。心里只管酸痛，眼泪却不多"的时候，就意味着还泪任务已经接近尾声，暗示着黛玉在这一世的生命也将走到尽头。

林黛玉的结局应当是"泪尽而亡"。第三十七回中，探春为黛玉起了个诗号叫作"潇湘妃子"，这个典故讲的是舜的妃子娥皇、女英因思念死去的丈夫而日夜哭泣，是对黛玉结局的一种隐喻。探春说"他住的是潇湘馆，他又爱哭，将来他想林姐夫，那些竹子也是要变成斑竹的"。有研究者认为，在黛玉临终之际，宝玉或许正漂泊他乡，而黛玉依旧日日为其悬心哭泣，以至于身体每况愈下，最终还未等到宝玉归来，便独逝闺中。到那时，来人间还泪的绛珠仙子也回到警幻仙子处销案，结束了这段因甘露恩泽而起、以一生眼泪为偿的报恩历程。

12. 林黛玉是"恋爱脑"吗？

脂批中多次用"情情"来评价林黛玉。比如第十九回夹批中有"说不得情痴情种，恰恰只有一颦儿可对……后观《情榜》评曰'宝玉情不情'，'黛玉情情'，此二评自在评痴之上"。可见，"情情"

似是佚书末尾为黛玉所做的一句定评。

"情情"何解？其实就是说黛玉只专情于宝玉一人。在第二十七回中，宝玉来探望黛玉，黛玉故意装作没听见，反而转头去嘱咐紫鹃一些杂事，侧批写道："不见宝玉，阿颦断无此一段闲言，总在欲言不言难禁之意，了却'情情'之正文也。"在第二十八回中，黛玉本在因宝玉前一晚不给自己开门的事伤心，听到宝玉又说起托生转世的话，"不觉将昨晚的事都忘在九霄云外了"，脂批说这是"'情情'本来面目"。在第三十一回中，又说"金麒麟"让黛玉迷惑担忧的原因也是因为"情情"。这些提到"情情"的地方，基本都是黛玉为了宝玉"关心则乱"的场景。黛玉带着还泪的任务来到人间，她的感情全系于宝玉一身，是专情于"情之所钟"者。可以说，她是为情而生、终生为情而活的。

那么，既然林黛玉只关心贾宝玉，又总是为了爱情伤心流泪，她是不是类似于我们今天说的"恋爱脑"呢？

其实，林黛玉面对爱情的时候，不只有深情这一个特征。我们可以看到，面对爱情，她始终是坚持自我、一往无前的。虽然黛玉带着还泪的使命来到世间，但她在自己的生命历程中并非一无所获。在那个炎热的夏天，她在怡红院门外听到宝玉在湘云面前称扬自己，内心大受震动，"不觉又喜又惊，又悲又叹。所喜者，果然自己眼力不错，素日认他是个知己，果然是个知己。所惊者，他在人前一片私心称扬于我，其亲热厚密，竟不避嫌疑"。可以说，宝玉和黛玉的爱情至此已真正成熟了,他们之间没有内部的芥蒂和嫌隙。此后,宝玉又对黛玉说出了令其如轰雷掣电、震动肺腑的"你放心"三个字。为表明心迹,宝玉让晴雯悄悄送了几条旧帕给黛玉,黛玉对此再一次心醉神痴,又喜又悲,又惧又愧。黛玉恐惧的是什么呢?她惧的是他们这种私相传递的情感于封建礼法所不容,真是"尺幅鲛绡劳解赠,叫人焉得不伤悲"!

还有读者感到疑惑,《红楼梦》中的爱情为什么如此曲折迂回,既然宝黛二人从一开始就互相喜欢,他们为什么不早早表白心迹呢?

"郎才女貌,一见倾心"是当时的古典戏曲、小说中最常见的写法,包括对黛玉、宝玉有爱情启蒙作用的《牡丹亭》《西厢记》,也都是按照这种套路写就的,而曹雪芹在全书的开篇就批评了这种"胡牵乱扯忽离忽遇,满纸才人淑女、子建文君红娘小玉等通共熟套之旧稿"。但黛玉对宝玉的爱情并不是因为郎才女貌、私相授受而产生的,事实上,论才华,宝玉远不及黛玉。黛玉对宝玉的爱情,是在真实的相处中产生,因为彼此理解才逐渐加深的。《红楼梦》中的宝黛爱情虽然也有着"才子佳人"的外壳,但它却有着从无到有、从浅到深的完整发展过程,爱情过程中双方的接触、成长和心灵上的共振也都是无比真实的。

一方面,《红楼梦》的真实性在于作者是在大家族礼仪范围之内来描写男女爱情发生发展有可能出现的情境的。一开始,宝玉和黛玉共读了《西厢记》，宝玉总拿戏文中"才子佳人"的话来形容自己与林妹妹之间的关系，说"我就是个'多愁多病身'，你就是那'倾国倾城貌'"，还对紫鹃说"若共你多情小姐同鸳帐，怎舍得叠被铺床"，这些台词是非常露骨的。我们可以看到，黛玉的反应和戏文中的女主角大不相同，她对这种话从未表现出欣喜，都是警觉、气愤甚至是感到委屈的，说宝玉"学了这些混话来欺负我"，"看了混帐书，也来拿我取笑儿"，这些都是非常真实的反应，因为这种表白相当于男同学在拿女孩子开黄色玩笑，林黛玉听到这种话的气愤绝不是佯装。

黛玉对这些不得体的暧昧台词并不买账，让她有所触动的，是察觉到宝玉真正理解自己心意的时刻。她听到宝玉在湘云面前毫不掩饰地说出自己与其他姐妹的不同："林妹妹不说这样的混帐话"；见到宝玉追上来，说出"你放心"三个字，还说黛玉是因为"不放心"的缘故才弄出一身的病；宝玉挨打后，遣晴雯送来两条旧帕，就是这些时刻才让黛玉心中的爱情萌芽真正破土而出。

黛玉在爱情中受到触动，是因为她明白了"宝玉这番苦心，能领会我这番苦意"，"素日认他是个知己，果然是个知己"。黛玉想要的是真正被理解、被珍重的情谊，宝黛二人之间的感情基于互相理解、互相尊重，至于什么利益计较、予求平衡，乃至于"皮肤滥淫"之事，在黛玉这里是完全不重要的。这些纯粹的情感追求植根于"草木之人"的人格内质，他们在爱情中追求的是去伪存真，需要的是"一片冰心在玉壶"的澄澈真情。

在那个尊奉"父母之命、媒妁之言"的时代，对爱情的自由追求并不常见。当时出现在戏曲、小说中的爱情描写，往往被视为淫辞邪说而加以抵制，尽管作者们希望通过宣扬爱情来倡导人格的自由和真实。林黛玉这个人物形象也有着同样的意味，与黛玉的生命紧密相连的不仅仅是她对宝玉的爱情，还有她对整个世界的敏感体察。黛玉的哭不仅是"伤情"，也是"自伤"。与其说眼泪是孤女的自怨自艾，毋宁说眼泪是黛玉与世界联结的一种方式，她永远将自己的真心与真情袒露在世界之中，将自己的生命感悟融入自然的时序变化之中。

西园主人在《红楼梦论辩》中评论："以情言，此书黛玉为重。"林黛玉是整部《红楼梦》中最彻底地投入爱情的人物，但她的爱情并非表面的男欢女爱之情，她也并未沉溺其中失去主见，她的爱情观中最重要的信条是追求独立、平等和互相理解。只有理解了黛玉在爱情世界中表现出的人生追求，走进她澄澈高洁的生命境界，才能理解这个人物形象的价值所在。

13. 林黛玉得的是什么病？

从症状来看，林黛玉的病类似于肺痨，但是《红楼梦》采取了

"烟云模糊"的手法,并且让疾病与宝黛爱情的发展阶段相联系,使得疾病成为塑造人物形象、暗示人物命运的一种象征。

林黛玉在书中尚未正面出场的时候,其病弱形象就已展现在读者眼前。第二回中贾雨村说他的这位女学生"身体又极怯弱",在母亲逝后更是"哀痛过伤,本自怯弱多病的,触犯旧症",以至于连日无法上学。在第三回中,黛玉首次正面出场,她的病就已被众人看在眼里。众人因看到黛玉"身体面庞虽怯弱不胜","便知他有不足之症",宝玉眼中的她也是"娇袭一身之病","病如西子胜三分",这些形容从不同侧面勾勒出黛玉"病美人"的形象。

经一些医学专家及红学先贤考证,林黛玉所患疾病其实就是肺痨,这在当时被视为不治之症。林黛玉一直被这种疾病折磨,"浑身火热、面上作烧","每岁至春分秋分之后,必犯嗽疾","大约一年之中,通共也只好睡十夜满足的(觉)",包括她平时表现出的易怒、易悲等,也都是肺痨病人的心理状态。

但是,《红楼梦》始终没有明确提及黛玉病症的名字,书中写到的许多病症都使用了"烟云模糊"的手法,比如黛玉、秦可卿等人皆是如此,小说会反复描述她们的病症,却不坐实她们得的究竟是什么病。这种写法意味着,按照现实症状去一一考证小说人物得的是什么病意义不大,因为这些病症主要承担的还是文学上的象征功能。肺痨与清代文人所追求的病态美相联系,文学作品中常用这种疾病突出人物的敏感、忧郁和孤独,患上肺痨的人往往还伴随着一个显著特征——容貌异常美丽。黛玉的病虽然让她身体怯弱，但是病容又使得她"却有一段自然的风流态度"，在当时人们的眼中具有一种异样的美丽。

而且，小说还将黛玉的病与木石前缘联系起来。第二回中她自述道：

> 我自来是如此，从会吃饮食时便吃药，到今日未断，请了多少名医修方配药，皆不见效。那一年我三岁时，听得说来了一个癞头和尚，说要化我去出家，我父母固是不从。他又说："既舍不得他，只怕他的病一生也不能好的了。若要好时，除非从此以后总不许见哭声；除父母之外，凡有外姓亲友之人，一概不见，方可平安了此一世。"疯疯癫癫，说了这些不经之谈，也没人理他。

意思是说，如果黛玉不见宝玉，不为他流尽眼泪，那么病自然也就好了。然而，黛玉并没有选择那样一条解脱的道路，仍旧如同宿命一般来到贾府，因此从神话预设的角度来说，只要宝黛二人感情的萌动，黛玉的病就会成为她未来命运的一个伏笔，她的身体会随着感情的深入而逐渐衰弱，最终应验还泪的誓言，了结她在此世的尘缘。

随着与宝玉的感情日渐浓烈，黛玉的病也一直在发展。在第三十四回中，黛玉收到宝玉赠的旧帕，题诗后"觉得浑身火热，面上作烧，走至镜台揭起锦袱一照，只见腮上通红，自羡压倒桃花，却不知病由此萌"，表明肺痨症状逐渐显现。在第四十五回中，宝玉在黛玉将寝之时来探病，闲谈时开玩笑说，戴上斗笠就成了渔翁、渔婆的夫妻扮相，黛玉"羞的脸飞红，便伏在桌上嗽个不住"，暗示出顽疾渐深，病症加重。庚辰本脂砚斋夹批说："本是闲谈，却是暗隐不吉之兆。"有研究者推测，在佚稿中，黛玉的病势还会加重，或许会出现咯血等症状。

在古代，身患这样的恶疾，是一定会被疏远和厌弃的，因为这是传染病，会导致灭门。虽然贾府上下没有人直接说出来，但作者还是在一些细节中透露了家长们的态度。在第四十五回中，宝钗建议黛玉炖燕窝，黛玉马上想到这样太生事了，可见黛玉已经意识到了众人对自己这病的种种意见。

"晴为黛影"，晴雯的结局在前八十回是写完了的，晴雯死了，王夫人说她是女儿：

> 即刻送到外头焚化了罢。女儿痨死的，断不可留！

宝玉与身患这种恶疾的黛玉朝夕相处，作为母亲是否会介意、嫌恶是不言自明的。她也时刻记得黛玉有病在身。第三十二回中金钏儿自杀，出殡时需要妆裹，王夫人为难，因为当时只有黛玉新做了两套衣裳。她对前来安慰的宝钗说：

> 我想你林妹妹那个孩子素日是个有心的，况且他也三灾八难的，既说了给他过生日，这会子又给人妆裹去，岂不忌讳。

言外之意其实是忌讳黛玉的病。

第七十四回中王善保家的在王夫人面前告状，数落晴雯的轻狂和不成体统，触动了王夫人心事，当众流露出对晴雯的憎恶："上次我们跟了老太太进园逛去，有一个水蛇腰、削肩膀、眉眼又有些像你林妹妹的，正在那里骂小丫头。我的心里很看不上那个轻狂样子。……我一生最嫌这样的人，况且又出来这个事。好好的宝玉，倘或叫这蹄子勾引坏了，那还了得。"后来见了晴雯又说："站在这里，我看不上这浪样儿！"王夫人这些话，表面上是骂晴雯，但是联系黛玉与晴雯长相相似、性格相类、病况相同这些事实，读者会作何联想？从一定意义上说，王夫人对晴雯的态度，是潜意识中对黛玉真实态度的外化。

14. 木石姻缘是怎样走向破灭的？

木石姻缘的破灭有很多方面的原因，黛玉自身的疾病、"草木之人"对礼法的突破都让贾府的家长们心有芥蒂。有研究者推测，在佚稿中，黛玉有可能陷入流言纷扰，连一向喜爱黛玉的贾母也无法挽救。

在宝黛爱情发展的过程中，周边的环境也在不断发生变化。在宝黛儿时，贾母以平等的喜爱态度对待这一双小儿女，让他们住在自己的套间暖阁里，为他们的青梅竹马之谊提供了生长的土壤；在宝黛感情最不稳固的阶段，贾母时常充当矛盾的调解人，还为他们的关系下了一句"不是冤家不聚头"的断语。而王熙凤更是充当了宝黛感情的催化剂，频频将他们的关系通过玩笑的方式宣之于众。"你既吃了我们家的茶，怎么还不给我们家作媳妇"，"'黄鹰抓住了鹞子的脚'，两个都扣了环了"之类的玩笑话，在心有所系的宝黛听来，愈发触动着他们心中的爱情防线。

但是，随着大观园中姊妹们年齿日长，众人对宝黛爱情的态度也出现了分化，而且总体上是向着不利的方向发展。在贾府长辈眼中，宝黛日渐笃定的爱情反而变成了"才子佳人"一般有违礼教的私情，连贾母都时常借机敲打，明里暗里指责这种逾矩的关系。宝玉的母亲王夫人更是始终表现出不支持的态度，她对宝玉名声的担忧，其实是出于对宝黛关系的提防。而且，大观园中的姊妹在成长的过程中逐渐表现出不同的志向，如薛宝钗、史湘云、袭人都是务实的一派，第三十二回中曾经写到湘云、宝钗劝宝玉留意仕途经济学问，宝玉则毫不留情地指责她们说的都是"混帐话"，还说黛玉从不说这些话。可以看出，宝黛二人出于性灵的人生主张，甚至连同龄人都无法理解。

贾府中最介意宝黛关系的当数王夫人。从林黛玉刚进贾府的时候开始，王夫人就对这位外甥女有一种本能的戒备。虽然贾母一开始看见宝黛关系亲密，会说："更好，更好，若如此，更相和睦了。"但王夫人却告诫黛玉要离宝玉远一点，说宝玉经常会说一些疯话傻话，嘱咐黛玉"只休信他"，两次强调"你别睬他"，还吓唬黛玉说"这些姊妹都不敢沾惹他的"。这话说的和事实完全相反，宝玉与贾家姊妹的关系向来十分和睦。这些话对初入贾府的黛玉来说，可以看作是亲戚间的客套，但按常理说来，没有哪位母亲会对第一次见面的外甥女这样形容自己的儿子，此时的王夫人心中似乎已有所预感。

王夫人第一次表露出对宝黛私情的芥蒂，是通过与袭人的对话。袭人是第一个发现宝黛私情的人，第三十二回"诉肺腑心迷活宝玉"中，宝玉一时迷糊，错把袭人当成了黛玉，向她倾诉爱情的"肺腑"，吓得袭人"魄消魂散"，喊出了一声"神天菩萨"。这样的男女"不才之事"实在是"可惊可畏"，袭人的态度代表的就是当时社会一般人对儿女私情的正常反应，她满心想的都是怎样才能避免这场"丑祸"。到了第三十四回，宝玉挨打的当天晚上，袭人终于向王夫人汇报了她始终"记挂着"的、让她"日夜悬心"的这"一件事"。她是这样说的：宝玉和姑娘们都大了，"林姑娘，宝姑娘"又是表姐妹，到底有"男女之分"，"叫人悬心"，须得"预先防着"，为了"保全"宝二爷的"声名品行"，现在就"防避"为是。因此她率先提出了"教二爷搬出（大观）园外来住"的建议。王夫人当然知道所谓的"丑祸"是指宝黛之情，所以她一听汇报，"雷轰电掣"，马上把"保全"宝玉的差事"交给"了袭人。

至于贾母，她虽然一向喜爱甚至纵容宝玉和黛玉这两个"冤家"，但绝不会纵容二人私定终身。即便是对一向疼爱的宝玉，贾母都讲"必是要还出正经礼数"，"若一味他只管没里没外，不与大人争光，凭他生的怎样，也是该打死的"。可以说，贾母绝不会允许她最疼爱的孙子、外孙女做出触及礼法根本的出格举动。

在第五十四回"史太君破陈腐旧套，王熙凤效戏彩斑衣"中，贾母命宝玉在家宴上斟酒："连你姐姐妹妹一齐斟上，不许乱斟，都要叫她干了。"宝玉听说，答应着，一一按次斟了。至黛玉前，偏她不饮，拿起杯来，放在宝玉唇边，宝玉一气饮干，黛玉笑说："多谢。"封建社会礼法制度是何等森严，大庭广众之下，青年女子喂青年男子喝酒实属不宜。有读者说，宝黛二人青梅竹马，更亲密的言行也有过，互相喂酒何足道来？其实不然。按第四十五回中林黛玉自谓十五岁，已是及笄之年，他们两个人都没有意识到这件事情的严重性，于是凤姐和贾母出于一种保护心理，都开始尴尬地为他们找补。凤姐说：

> 宝玉，别喝冷酒，仔细手颤，明儿写不得字，拉不得弓。

贾母的态度也非常值得玩味，她借批评女先儿所说的才子佳人故事，旁敲侧击地说："只一见了一个清俊的男人，不管是亲是友，便想起终身大事来，父母也忘了，书礼也忘了，鬼不成鬼，贼不成贼，那一点儿是佳人？"接着便澄清贾府世家大族礼仪周全，断然不会有公子小姐互通情意之事。贾母对才子佳人小说中那些不遵父母之命、媒妁之言而"私定终身"的女子大加挞伐，还说："便是满腹文章，做出这些事来，也算不得是佳人了。"这个地方任谁看了都替林黛玉多心，因为在场的姐妹中只有黛玉是"满腹文章"。所以贾母的这次"掰谎"或许就是对黛玉的一次警告。

贾母这番话强调"父母之命、媒妁之言"的重要性，同时也强调"世宦书礼大家"和"我们"荣府这样的"人家"，从长辈、小姐至丫头都该"知书识礼"，最后明令"我们从不许说这些书，丫头们也不懂这些话"。贾母对那些会丢尽家族脸面的事情是非常在意的，这篇"掰谎记"既不是一时兴起，也不是独立存在，或许也是后文的伏笔。

这个伏笔会是什么呢？前八十回中没有写到，但我们可以从晴雯之死中推测出一些端倪。虽然王夫人没有明言评价过黛玉，但第七十八回她向贾母汇报晴雯得了女儿痨的时候说了这样一番话：

> 俗语又说"女大十八变"。况且有了本事的人，未免就有些调歪。老太太还有什么不曾经验过的。三年前我也就留心这件事。先只取中了他，我便留心。冷眼看去，他色色虽比人强，只是不大沉重。若说沉重知大礼，莫若袭人第一。虽说贤妻美妾，然也要性情和顺举止沉重的更好些。就是袭人模样虽比晴雯略次一等，然放在房里，也算得一二等的了。况且行事大方，心地老实，这几年来，从未逢迎着宝玉淘气。凡宝玉十分胡闹的事，他只有死劝的。

"晴为黛影，袭为钗副"，这话看似是在比较袭人和晴雯的优劣，实际上指向了钗黛二人。王夫人说晴雯本是"色色比人强"，但随着年龄长大，"有了本事的人，未免就有些调歪"，结合前面黛玉在公开场合给宝玉吃酒等行为来看，王夫人想必不会喜欢黛玉。而她选中袭人的原因，是因为"性情和顺""举止沉重""行事大方""心地老实"这些品性，遇到宝玉胡闹的时候也能够"死劝"，这也是王夫人对宝钗的评价。

作为母亲，王夫人对宝玉婚姻的意见可以说是决定性的。最后，王夫人可能会像驱逐晴雯一样，借着贾府中那些诋毁黛玉的流言蜚语向贾母进言，以至于"木石前盟"这段真挚的爱情最终输给了现实的利益考量。

15. 林黛玉的人生真的终结于"婚礼掉包计"吗？

程高本给黛玉安排了一个非常凄凉的结局，婚礼掉包计、焚稿断痴情是续书中写得较为精彩的情节，但这种桥段设计，可能还远没有达到曹雪芹原稿的高度。种种迹象表明，林黛玉似乎死于宝玉和宝钗成婚之前，她的死应当是一种自我解脱。

前八十回中没有写到黛玉之死，但是详细叙述了黛玉的两个"影子"人物——晴雯与尤三姐的死亡。通过这种"影身叙事"，有研究者推测黛玉的死因与他人诽谤而蒙受不白之冤有关。

晴雯在《红楼梦》中是个我行我素的性情中人，脂批说："晴有林风""晴为黛影"。在第八回中，晴雯首次正面出场就是娇嗔宝玉晚归，她"性情爽利，口角锋芒"，较黛玉有过之而无不及。晴雯管理着宝玉诸多日常起居之事，她忠诚无私，做事很有原则，并不像袭人那样，觉得自己是贾母给了宝玉的，就可以越界。她觉得自己身正不怕影子斜，还敢对麝月说："你们别和我装神弄鬼的，什么事我不知道。"可抄检大观园如平地起风波，晴雯被撵，她一生引以为傲的忠贞信仰被亵渎了。在第七十七回中，宝玉与晴雯永诀，晴雯将死之时一吐肺腑：

> 我虽生的比别人略好些，并没有私情密意勾引你怎样，如何一口死咬定了我是个狐狸精！

在"晴雯抱屈"这一回，庚辰本有批语说"非哭晴雯，乃哭风流"，也就是指与晴雯有着同样品质的女子，其中当然包括"风流袅娜"的黛玉。第六十三回中，在宝玉生日宴上，黛玉掣得芙蓉花签，晴雯死后恰恰做了芙蓉花神，第七十九回庚辰本夹批指出此文"明是为与阿颦作谶"。这些正文和脂批都提示我们，晴雯之死可视作作者对黛玉命不久矣的一次铺垫，黛玉之死或许也是被世俗中伤，死于痛恨或无奈。"质本洁来还洁去，强于污淖陷渠沟"，这是《葬花吟》中最有力量的一句话，或许也可看作黛玉以傲骨面对流言时的态度。

晴雯之死是黛玉之死的伏笔，作者的用意可以从第七十八回与七十九回两处文字看出。一是晴雯刚刚过世，宝玉本想去灵前一拜，但意外扑空，于是回园子里两度至潇湘馆寻找黛玉，恰好这两次黛玉都不在房中。晴雯既死，宝玉偏寻黛玉不遇，这不是闲笔。二是宝玉以《芙蓉女儿诔》纪念晴雯，念到"黄土垄中，卿何薄命"的时候，黛玉"忡然变色"，心中一阵狐疑，立刻止住了宝玉。"卿何薄命"一句原意指死去的晴雯，而在曹雪芹的安排下，宝玉直接对着未死的黛玉说出了奠词："茜纱窗下，我本无缘；黄土垄中,卿何薄命。"庚辰本有脂砚斋夹批云:"慧心人可为一哭。观此句便知诔文实不为晴雯而作也。""我本无缘"四字明白地否定了宝黛婚姻的可能性。

《红楼梦》里作为黛玉影身人物的还有尤三姐。尤三姐是一个努力觉醒的人,她深知侯门公府的肮脏和堕落,清晰而坚定地追随自己心中值得终身托付的人。尤三姐与柳湘莲本已订婚,堪称佳配,但因为柳湘莲听宝玉说她是贾珍的小姨,便怀疑起尤三姐的贞节,当面悔婚,导致尤三姐自刎以"证情"。这些影身人物的死亡暗示着黛玉的结局。结合前人的评点和研究,有推断认为,黛玉之死或是由于她与宝玉的感情遭到流言攻击,在宝玉婚前便含恨而亡。

小说中黛玉作的很多诗都是暗示其结局的谶诗。如在第七十回中黛玉咏柳絮的《唐多令》:

> 粉堕百花州,香残燕子楼。一团团逐对成毬。飘泊亦如人命薄,空缱绻,说风流。　草木也知愁,韶华竟白头!叹今生谁舍谁收?嫁与东风春不管,凭尔去,忍淹留。

从"嫁与东风春不管"这一句,我们或许能读出黛玉最终无人作主、含恨而亡的悲凉处境。黛玉与《牡丹亭》中的杜丽娘相类,结局是为情而"离魂",也就是情至而死,并未成婚。

七言歌行《秋窗风雨夕》的乐府原题为《代别离》，这可能是一首暗示黛玉之死的谶诗，预示着黛玉之死或许是在一个中秋的雨夜。有些中国人相信生日中暗藏着人一生的宿命，《红楼梦》也喜欢运用这样的暗示。黛玉生于花朝节，古人常将"花朝"与"月夕"对举，"月夕节"就是中秋节。清代《吴郡岁华纪丽》中就说："世言花朝月夕，在春秋之中，以二月半为花朝，以八月半为月夕。"在江南地区的节令系统中，农历二月半的花朝节与八月十五日的中秋节相对应，黛玉的《葬花吟》与《秋窗风雨夕》也是这种对应关系的体现。生于花朝节的黛玉或许是在中秋节的一场风雨中溘然长逝。

第三编

高士宝钗

1. 薛宝钗为什么不喜欢脂粉打扮？

薛宝钗的名字看起来"珠光宝气"，又随身佩戴一只珍贵的金锁，可以说是一位天生富态的女孩子，但书中却频频写到她不爱脂粉打扮。这种穿着上的选择，是薛宝钗"藏愚守拙"品质的象征，也暗示着她最终"金簪雪里埋"的命运。

从薛宝钗出场起，作者就通过不同的视角强调她不爱打扮的特点。在宝钗还未正面登场时，作者就通过薛姨妈之口说起自己这个"古怪"的女儿"从来不爱这些花儿粉儿的"。她第一次出场时，又通过宝玉的眼睛正面描写她的穿着：

> 头上挽着漆黑油光的鬓儿，蜜合色棉袄，玫瑰紫二色金银鼠比肩褂，葱黄绫棉裙，一色半新不旧，看去不觉奢华。唇不点而红，眉不画而翠，脸若银盆，眼如水杏。

宝钗最喜欢穿"间色"的衣服。所谓"间色"，就是那些被中和了的颜色。蜜合色棉袄、玫瑰紫比肩褂、葱黄绫棉裙搭配起来，就是以黄色作为底色，以紫色作为外层的间色，这身衣裳"半新不旧"，"不觉奢华"。下文紧接着写道：薛宝钗"罕言寡语，人谓藏愚；安分随时，自云守拙"。可见，宝钗不喜脂粉打扮，与她的性格特质是相得益彰的。

薛宝钗在服饰上的选择根植于她接受且认可的儒家道德教化。她随分从时、善于观察，但不会把自己的喜好表现出来，对私人情感的表达更是极其节制，言语中常常秉持着温柔敦厚的原则，未尝刻薄于人，在言谈举止上总是礼貌得体。

薛宝钗在生活方面以俭朴为美，她能确切感知到家族境况的每况愈下，对将要嫁到她家的穷姑娘邢岫烟说：

> 但还有一句话你也要知道，这些妆饰原出于大官富贵之家的小姐，你看我从头至脚可有这些富丽闲妆？然七八年之先，我也是这样来的，如今一时比不得一时了，所以我都自己该省的就省了。……咱们如今比不得他们（贾府）了，总要一色从实守分为主，不比他们才是。

有人形容宝钗是外面和善、内心冷漠，但其实她是第一个看破的通透之人。这一切大概是因为她太博学，读过的书太多，对世间俗常早已有了自己的判断。

但薛宝钗的打扮也有例外，书中有时会写到她衣饰中的红色元素。第八回中宝玉来访，想要看宝钗的金锁，这时宝钗"一面解了排扣，从里面大红袄上将那珠宝晶莹黄金灿烂的璎珞掏将出来"，可见宝钗并非全然不喜欢红色，但她是把红色穿在里面，只在极其偶然的情况下才显露出来。作为江宁织造的后人，曹雪芹在《红楼梦》每个人物的服饰设计上都有特别的考虑，这种衣着颜色上的层次，暗示着薛宝钗"外冷内热"的性格。她面对外人时往往是含蓄的，但内心中却并非真的"古井无波"，她的思想层次、心灵层次是非常丰富的。

到后来，宝钗的穿着不仅简单，甚至可以称为素净了。众人在大雪中赏梅时，年轻的姊妹们或是穿着大红猩猩毡，或是披着羽缎斗篷，只有宝钗的穿着和寡嫂李纨一致：

> 独李纨穿一件青哆罗呢对襟褂子，薛宝钗穿一件莲青斗纹锦上添花洋线番羓丝的鹤氅；邢岫烟仍是家常旧衣，并无避雪之衣。

可以想象，宝钗是大红当中一点蓝，她和寡妇李纨穿的是接近的颜色。贾母曾经批评宝钗的房间如"雪洞"一般，对年轻姑娘来说很不吉利，而她的穿着也有同样的特点，衣饰接近于寡妇的样式，这就不只是"藏愚守拙"可以解释的了，也隐隐暗示出曹雪芹在判词中为她预设的结局:"纵然是齐眉举案,到底意难平。"她终不免在孤独中度过余生。

2. 薛宝钗想进宫当皇妃吗?

《红楼梦》第四回讲到薛家进京的原因,首要的一条便是送薛宝钗入宫待选:

> 近因今上崇诗尚礼,征采才能,降不世出之隆恩,除聘选妃嫔外,凡仕宦名家之女,皆亲送名达部,以备选为公主郡主入学陪侍,充为才人赞善之职。

薛宝钗为什么要参加选秀呢? 她想进宫当皇妃吗?

其实,结合清代的制度来看,这次选秀不是出于薛宝钗自己的意愿,而是不得不去参加。

清代选妃并不是全天下海选,而是有一个准入门槛,同时又是强制性的。《国朝宫史》记载:"凡三年一次引选八旗秀女……凡一年一次引选内务府秀女。"清代的选秀分为两种类型:第一类是面向八旗人家的女儿,三年一选,她们在十三岁至十七岁之间必须参加选秀,参选的是皇帝的嫔妃或者王公贵族的福晋,只有落选的女孩子才能回到民间和普通人结婚。还有一类是面向内务府三旗人家的女儿，一年一选，这个阶层本来就属于皇帝的奴仆，直接服务于皇室，应选的是宫廷中的宫女或者女官，一旦入选，不到二十五岁是不可以出宫的。无论是选秀女还是宫女，对符合条件的家庭来说都是强制参加。

《红楼梦》中元春、宝钗二人参加的选秀，类似于清代康乾时期内务府三旗秀女，她们只能参选宫女，而不是嫔妃。第二回中冷子兴说元春本是因为"贤孝才德，选入宫中作女史去了"。女史是一种女官，《周礼·天官·女史》中专门对女史做了说明："女史掌王后之礼职，掌内治之贰，以诏后治内政。"这是一种内廷职官，服务皇室，而非皇室的姻亲。所以贾元春人生的既定路线是进宫当女官，而不是要去做皇帝的嫔妃。想要实现从女官到嫔妃的身份跨越非常难，元春从宫廷女史成为入主凤藻宫的贤德妃，这种人生际遇并不是所有人都能够实现的。

而且薛家与贾家的身份也有所不同，薛家祖上的最高官职是"紫薇舍人"，这是中书舍人的别称，是一个从七品的官职，而到了薛宝钗这一代，薛家作为皇商，只富不贵，本就不具备送女儿选妃的资格。因此，将薛宝钗这个人物放回到时代背景中，她这样的女孩子根本不会有进宫成为妃子的可能，因为要实现这种阶层的跃升，实在是一件非常困难的事。而且，从《红楼梦》的这段叙述来看，薛宝钗本来也不具备待选的资格，是因为皇帝"降不世出之隆恩"才能够参选，而且这一批额外招收的名额，也并不是皇帝的后妃，而是作为公主、郡主的陪读。

因此，选秀这件事不是薛宝钗想参加就可以参加的，也不是她想拒绝便可以拒绝的，因为一旦皇帝下令，那么待选的女子只有在参选不中之后才能决定自己的婚姻大事。

"宝钗待选"只是曹雪芹安排薛家进京、群芳相聚的一个理由，并不是宝钗主导的行为，也不是宝钗主动的追求。为送宝钗待选而进京的薛家，在入住贾府之后却再也没有提过这件事。如果说这件事能够透露出更多信息的话，那就是薛家确实在为了家族的未来做打算，因此宝钗的终身大事也就成了薛家延续家业的一个契机。

3."冷香丸"能治好薛宝钗的病吗？

《红楼梦》中写到薛宝钗常吃的一味药叫作"冷香丸"，这味药能够缓解她的"嗽疾"，更为重要的是，这味药也是宝钗"外冷内热"性格的象征。

薛宝钗在书中的正面登场与一场病有关。第七回中，周瑞家的到梨香院来找王夫人，顺便问起宝钗为什么这几天没有到贾府逛逛。宝钗说不是不想去，而是自己"那种病又发了"。宝钗得的是什么病呢？甲戌本第八回的回目说她"小恙梨香院"，得的不是什么大病，只是咳嗽而已。宝钗介绍自己的病因是"从胎里带来的一股热毒"，还介绍了一个癞头和尚为自己开的一副神奇药方——"冷香丸"。

这个名字听起来很奇怪，不像药名，反倒像是熏香，它的配方更奇怪：

> 要春天开的白牡丹花蕊十二两，夏天开的白荷花蕊十二两，秋天的白芙蓉蕊十二两，冬天的白梅花蕊十二两。将这四样花蕊，于次年春分这日晒干，和在药末子一处，一齐研好。又要雨水这日的雨水十二钱……白露这日的露水十二钱，霜降这日的霜十二钱，小雪这日的雪十二钱。把这四样水调匀，和了药，再加十二钱蜂蜜，十二钱白糖，丸了龙眼大的丸子，盛在旧磁坛内，埋在花根底下。若发了病时，拿出来吃一丸，用十二分黄柏煎汤送下。

如果将这些用来配药的原材料归类，大致就是花、水、糖和黄柏四种。其中，糖是用来和药的，黄柏是用来煎药的，它的主要成分还是花和水。这些花无不带有"冷香"的特征，如唐人薛能的诗中就写牡丹是"浓艳冷香初盖后，好风乾雨正开时"；宋代姜夔的《念奴娇》形容夏日的荷花是"冷香飞上诗句"；而白芙蓉在王维的诗中也是"涧户寂无人，纷纷开且落"，生长在冷寂清幽的环境之中；白梅也被形容为"冷香秀色谁为主"，这些意象都是在突出一个"冷"字。

花是"冷香"的来源，而水则突出"可巧"的特点。这些入药的水并不是普通的水，而是雨水、白露、霜降、小雪四个特定节气积攒下来的自然之水，有着"得气之先"的特征。周瑞家的听了，感叹道："这么说来，这就得三年的工夫。倘或雨水这日竟不下雨，这却怎处呢？"宝钗就笑说，对啊，哪里有这么凑巧的事情呢，没有雨也只好再等罢了。而且，这样凑巧的冷香丸，居然真的配成了，所有的材料"一二年间可巧都得了，好容易配成一料。如今从南带至北，现在就埋在梨花树底下呢"。从药理上来说，冷香丸的配方总体上是用于润肺消痰止咳的，也能够和宝钗的病相对应。

因为这丸药的名字，薛宝钗也得了"冷美人"的称号。"冷"是薛宝钗的象征之一。她的房间如同"雪洞一般"，抽到的花签是罗隐《牡丹花》中的诗句"任是无情也动人"，这一切都衬托着她的"冷"。但是，我们通过"冷香丸"的描述可以看出，薛宝钗的"冷"并不是天生的，她的天性本"热"，但是这种"热"却被称为"毒"，需要用后天的"冷"去压制、调和。薛宝钗的成长路径与冷香丸的药理是一致的。她曾对黛玉说，自己儿时也是爱看杂书的，经过大人的管教，后来才丢开，只以针黹纺织为本分。脂批说"热毒"是"凡心偶炽，是以孽火齐攻"。薛宝钗本来也是有情之人，从她探望挨打的宝玉时那句未说完的"我们看着，心里也疼"中可见一斑，但是她却将情感克制下去，用后天习得的礼仪克服天性中的冲动，才表现出"罕言寡语，人谓藏愚；安分随时，自云守拙"的样子，这种性格正是冷热中和的体现。

"病"不是宝钗形象的主要特征，只是她生命中的"美中不足"而已。较之黛玉的病弱与风流，宝钗的容貌表现出的是一种健康丰盈的美，书中说她的样子是"生得肌骨莹润，举止娴雅"，"唇不点而红，眉不画而翠，脸若银盆，眼如水杏"。而且宝钗对待疾病的态度也是较为积极的，她在和尚的指导下，"一二年间可巧都得了"和尚所说的配方，服药之后果然就平安无虞；而黛玉对疾病的态度则接近于"和尚道士的话如何信得"，并没有按照和尚的建议去安排自己的生活，没有刻意不见生人、不听哭声。"冷香丸"的配制虽说是"可巧"，但想必其中也费过一番周折，这种对待疾病的态度也侧写出钗黛二人性格的差异，作为"草木之人"的黛玉不会为了治好病就听从和尚道士的话，而是顺应人生自然的天性；相反，宝钗对待人事的态度往往是积极地改变、有计划地安排自己的生活。

宝钗的病并不严重，她说自己"幸而先天壮，还不相干"，但按照和尚的方子调配的"冷香丸"只能解一时的咳疾，不能完全弥补天生的缺憾。"冷香丸"作为衬托薛宝钗形象的一个象征，它的获得来自"可巧"，就像宝钗命中的好运也是侥幸而来，转瞬即空。

戚序本中对"冷香丸"的定义是"历着炎凉,知着甘苦,虽离别亦自能安,故名曰冷香丸",这就像是宝钗人生态度的写照:她在世事浮沉之中,是那个看透聚散离合、历遍甘苦而又能自我安顿的人,这种冷热调和后的中庸人格才是宝钗自内而外散发出的"冷香"。

4. 薛宝钗爱贾宝玉吗?

薛宝钗对贾宝玉是关心的,但对"金玉良缘"这种说法却避而远之。关于薛宝钗对贾宝玉的感情态度,曹雪芹写得很隐晦,因为这种写法要契合宝钗"冷中藏热"的性格,她会将自己的感情隐藏于礼仪之下,不可能像黛玉那样如泣如诉地表达自己的情感。

刚住进贾府的时候,宝钗对"金玉良缘"的暗示比较留心,但她不会因为这件事而打破自己合乎礼仪教化的行事规范。因此,她对"金玉良缘"的在意,总是以曲折隐晦的方式,在不期然间流露出一二分,这些细微的举动十分耐人寻味。比如,在第八回中,宝玉去探望她,她主动提出要看宝玉的玉,而且拿过去以后,还将那玉上所写的"莫失莫忘,仙寿恒昌"八个字念了两遍。"念了两遍"是一个重要的提示,她的丫鬟莺儿马上意识到这两句话与宝钗金锁上的"不离不弃,芳龄永继"有点像,所以立刻接道:"倒像和姑娘的项圈上的两句话是一对儿。"宝玉一听便来了劲儿,提出要看金锁。"金玉良缘"这个传闻从此就悄然在贾府中传布开来。但是从始至终，宝钗都没有提起过这个说法，她在"比通灵"的过程中，行为举止是自然又大方的。

而且，因为"金玉良缘"传闻的存在，也因为母亲对王夫人等人提起过，宝钗佩戴着一个和尚给的金锁，等日后有玉的方可结为婚姻，所以她"总远着宝玉"。

但是，面对涉及"金玉良缘"的一些间接暗示，宝钗的表现又充满矛盾。元妃省亲之后，大观园诸人收到元春的礼物，只有宝玉和宝钗的礼物是一样的，对这样的暗示，她不但没有欣喜，反而是"心里越发没意思起来"，还为宝玉没有来纠缠她感到庆幸，心想"幸亏宝玉被一个林黛玉缠绵住了，心心念念只记挂着林黛玉，并不理论这事"。但是元春节礼中的那份红麝串，还是出现在了素日不爱打扮的宝钗的手臂上，还被宝玉看到了。看到宝钗戴着红麝串时，宝玉的反应是略带欲念的。他看到宝钗雪白的酥臂，想的是，如果是黛玉，他还能摸一摸，又因此想起"金玉"一事来。仔细体会，这段情节写出了宝钗微妙的心理活动，她说的几乎是反话，"金玉良缘"不仅是潜藏在大观园中的一个传闻，也是宝钗心中始终在意的一件事。

此外，贾府在清虚观打醮之时，张道士的道友并徒子徒孙给宝玉的贺礼中有一只金麒麟。贾母看到金麒麟，问哪家孩子还有一个，宝钗答，湘云有一个，比这个小些。探春夸宝钗记性好，黛玉却冷笑道:"他在别的上还有限,惟有这些人带的东西上越发留心。"宝钗听了,没有说话,只是回头装作没听见。黛玉的讥讽对宝钗来说委实有些"冤枉",因为对人情练达的宝钗而言,观察早已成为一种本能,她平时留心的事情远不止金麒麟这一件饰物,而是对贾府上下的人事都留心在意,方能在为人处事上处处妥帖周全。但这个细节也是颇有意味的,以宝钗的细心敏锐、处处留心,对贾府中人尽皆知的"金玉"之说,她是不可能毫不在意的。

从实际行为来看,虽然宝钗对宝玉的态度总是淡淡的,但她并没有真的远离宝玉,在很多关键时刻都不离其左右,这些行为也反映出她内心的复杂情感。在第三十六回中,宝钗去怡红院寻宝玉,宝玉正躺在床上睡午觉,袭人坐在床边绣着肚兜,看到那个白绫红里的兜肚上面是鸳鸯戏莲的花样,宝钗不禁夸道:"好鲜亮活计!"在袭人离开后"不由的拿起针来,替他代刺"。鸳鸯是爱情的象征,肚兜是宝玉的贴身衣物,这一点袭人也是告诉了宝钗的,宝钗这番"明知故犯"的行为,隐约流露出她的一些情感。紧接着,黛玉与湘云相约来给袭人道喜,隔着纱窗往里一看,只见宝玉穿着银红纱衫子,随便睡着在床上,宝钗坐在身旁做针线,这简直就是平时小夫妻过日子的景象。黛玉看到以后就笑了,因为一贯以稳重端方形象示人的宝钗,此刻却坐在一个如此暧昧的场景中。湘云也要笑,却想起宝钗素日待她厚道,便忙掩住口。黛玉心下明白,冷笑了两声,随她走了。二人走后,书中接着写道:

这里宝钗只刚做了两三个花瓣，忽见宝玉在梦中喊骂说："和尚道士的话如何信得？什么是金玉姻缘，我偏说是木石姻缘！"薛宝钗听了这话，不觉怔了。

这几句梦话对宝钗构成了很大的冲击。她天资聪慧，"金玉良缘""木石姻缘"这样的梦中痴话，她即便不能完全其明白所指，也会悟到一二分，所以听后才"不觉怔了"。

听到宝玉梦中喊话以后，宝钗似乎更加谨慎了，从此不太能看到她这类行为纰漏。可以说，薛宝钗是一个非常矛盾的个体，在她身上充满了欲念与守序之间的矛盾。宝钗对金玉良缘是在意的，但绝不会因为个人的感情而突破礼仪道德的操守。当薛蟠与她吵架时说出"我早知道你的心了。从先妈和我说，你这金要拣有玉的才可正配，你留了心，见宝玉有那劳什骨子，你自然如今行动护着他"，宝钗被这番话气得哭起来，因为这相当于认定她对宝玉有私情，对她来说是非常大的侮辱。宝钗对自己的道德要求，就像她诗中所写的那样："珍重芳姿昼掩门。"她的生活态度是务实的，对情感的态度是传统的，因此即便有感情的流露，也从来不会作非分的幻想，更不会主动去追求宝玉。

薛宝钗的成长过程类似于一个儒者的成人之路，也注定了她和以"情"为务的宝黛并非同路人。就像服用"冷香丸"来压制体内的

"热毒"一样，面对冷与热的矛盾，宝钗选择把自己的"热"藏起来，也就意味着放弃了很多本真的追求，而以理性超绝的面目来对待世事。

5. 一向温和的薛宝钗会因为什么事发脾气？

薛宝钗在生活中大多数时候是罕言寡语、安分随时的，但她并不是没有脾气，相反，当他人越过了宝钗心中那根道德的红线时，她会以严正的态度进行反击，这种外圆内方的处事态度与儒家所推崇的君子人格是相契合的。

书中曾一明一暗写过薛宝钗的两次发怒。第一次发怒比较明显，是在第三十回"宝钗借扇机带双敲"中。当时宝钗因为怕热，没有去看戏，宝玉口无遮拦地说出一句"怪不得他们拿姐姐比杨妃，原来也体丰怯热"。这时宝钗"不由的大怒"，但是也不好说什么，想了一会儿，冷笑了两声，说道：

> 我倒像杨妃，只是没一个好哥哥好兄弟可以作得杨国忠的！

刚好这时候小丫头靛儿来找扇子。因为宝钗素来性子好，她便跑到宝钗跟前，笑着说："必是宝姑娘藏了我的。好姑娘，赏我罢。"宝钗就借着和靛儿说话的机会敲打宝玉：

> 你要仔细！我和你顽过，你再疑我。和你素日嘻皮笑脸的那些姑娘们跟前，你该问他们去。

意思是虽然平时和你好说好笑地一起玩，但这不是你轻薄我、拿我取笑的理由，你要注意自己的身份，这种过分的玩笑留着"和你素日嘻皮笑脸的那些姑娘们"说吧。这里的"那些姑娘"，当然是意指黛玉了。

为什么一向含蓄隐忍、举止娴雅的宝钗会突然发怒呢？因为杨贵妃在当时的文学作品中常常被写成一个带有淫艳色彩的形象，而宝玉拿这样一个"体丰怯热"的特点来开玩笑，有点儿类似于之前和黛玉共读《西厢记》后说"我就是个'多愁多病身'，你就是那'倾国倾城貌'"，把她们和那些僭越礼教的女子联系在一起，这对一向安分守礼的宝钗来说无疑是极其越界的。

宝玉看到自己真的惹急了宝钗，便讪讪地走开了，但一向关注"金玉良缘"的黛玉却又来添了一把柴。黛玉听到宝玉奚落宝钗，心中着实得意，便也想趁势开玩笑，故意问："宝姐姐，你听了两出什么戏？"善于察言观色的宝钗当然看出了黛玉面上的得意，于是就说："我看的是李逵骂了宋江，后来又赔不是。"宝钗之所以说这样一个典故，是因为黛玉和宝玉吵完架刚和好，她这是在借戏文暗讽宝黛之间那些小儿女的心思。

宝玉这时又接话了："姐姐通今博古，色色都知道，怎么连这一出戏的名字也不知道，就说了这么一串子。这叫《负荆请罪》。"这句话非常尴尬，说明他不但没有领会到宝钗的意思，还帮她补了个谜底。于是宝钗又笑道："原来这叫作《负荆请罪》！你们通今博古，才知道'负荆请罪'，我不知道什么是'负荆请罪'！"这时宝黛二人才体会到宝钗是在借典故反击，还说中了两人的心事，都羞红了脸。

这一处发怒说明，宝钗十分介意男女之间萌生私情，也绝对不允许别人用这种事情与自己开玩笑。黛玉平时因为宝玉吃她的醋、对她冷言冷语，她都看在眼里、记在心里，虽然平时可以一笑而过，但实际上她对宝黛这种不守规矩的行为以及对她的挖苦取笑是十分介意的。

后来，书中还写了宝钗一次非常隐晦的发怒。在第三十八回中，宝钗作了一首《螃蟹咏》，众人都说这首诗"讽刺世人也太毒了些"。过去有评论家认为，这首诗是在讽刺政治，或是讽刺世上那些趋炎附势之徒。但联系前文的情节来看，薛宝钗这首诗有可能是针对宝黛二人的一次情绪爆发。

从回目来看，"林潇湘魁夺菊花诗，薛蘅芜讽和螃蟹咏"，菊花诗夺魁在前，螃蟹咏讽和在后。在宝钗咏螃蟹之前，一众姊妹先进行了白海棠诗的"颁奖礼"，又写了菊花诗。在这两次诗歌评比中，白海棠诗是薛宝钗第一，菊花诗是林黛玉夺魁，而贾宝玉都是"压尾"。宝玉对自己的诗是否"落了第"并不介意，却非常在意黛玉是不是第一名。当他听说黛玉的海棠诗排在宝钗后面的时候，就说"只是蘅潇二首还要斟酌"；听到菊花诗是黛玉夺魁时，便开心得拍手，大喊"极公道"。这些夸张的表现将他对黛玉的偏袒表露无遗。

原本宝钗对这些事并不在意，但接下来黛玉作的螃蟹诗，却戳到了她的痛处。黛玉这首螃蟹诗中间四句是：

螯封嫩玉双双满，壳凸红脂块块香。
多肉更怜卿八足，助情谁劝我千觞。

有研究者认为，这首诗中"螯封嫩玉""壳凸红脂"，让人联想到之前贾宝玉说薛宝钗像杨妃"体丰怯热"；"八足"是"八面玲珑"的意思，不免让人联想到薛宝钗在贾府中逢迎上下、面面俱到；"助情谁劝我千觞"直译成白话是"是谁理解我情怀，劝我喝酒呢"？联系前文，林妹妹吃了螃蟹想喝口热酒，书中是这样写的：

宝玉忙道："有烧酒。"便令将那合欢花浸的酒烫一壶来。黛玉也只吃了一口便放下了。宝钗也走过来，另拿了一只杯来，也饮了一口……

"另"和"也"字写得太妙了,体现出宝玉的"亲疏有别"——宝钗喝酒是要自斟自饮的,没人管她。黛玉的讥讽和得意,在这首诗中体现得淋漓尽致。而且,她写完这首诗后便立刻撕毁,还让人烧了去,有一种解读认为,这是因为其中的嘲讽之意过于直露了。

面对宝玉毫无顾忌的偏袒,以及黛玉几次三番的刻薄,宝钗终于不能无动于衷了。于是在后文的螃蟹诗中,她用同样的方式回敬了一首。首句是:

桂霭桐阴坐举觞,长安涎口盼重阳。

这一句写人们聚集在桂花树下吃蟹赏桂,引典故"长安涎口"来表现这群人的好吃贪馋,并没有什么好语气。第二句是:

眼前道路无经纬,皮里春秋空黑黄。

"经"是指封建礼教的纲纪,也包含不可逾越的礼教大防,从这里我们或许能读出一点暗讽宝玉和黛玉过于亲密,违反礼教大防的意味;"纬"是指治世的才华,难免让人联想到宝玉不在仕途经济上用心,常被长辈训斥。"春秋"指的是学识,"皮里春秋"或可解作皮毛学问、华而不实,"黑黄"则有男女纠葛混沌难解的意指。所以，有评点者认为，这句话翻译过来有这样的意味：现在你们的言行，一个不合礼教，一个没有治世才能，华而不实懂点皮毛，却没有真知灼见。下一句仍然是宝姐姐带着杀气的"狠话"：

酒未敌腥还用菊，性防积冷定须姜。

酒不能"敌"腥，必须用菊来克制，菊在古代也有象征杀伐之气的用法。"积冷"一词，令人不免联想到黛玉对宝钗长年累月的冷言冷语。怎样反击这种"积冷"呢？宝钗说"定须姜"也是意有所指。在第三十回"宝钗借扇机带双敲"的时候，凤姐为化解尴尬，曾打趣说："你们大暑天，谁还吃生姜呢？"还故意用手摸着腮诧异道："既没人吃姜，怎么这么辣辣的？"宝钗在咏蟹诗里又提到"姜"字，或许也多少有点"新老旧账一起算"的意味。这首诗最"狠"的地方还是尾联：

于今落釜成何益，月浦空馀禾黍香。

这句话有此一解：尽管螃蟹横行无忌，若执迷不悟，最终只会落得被人放入锅中煮食的凄惨下场；而独善其身的禾稻依然挺立，在深秋中散发着余香。有前人认为，这一句的潜台词是：看你们下场到底怎样，还不是被放到锅里煮。

对于钗黛之间的这些口角，曹雪芹都使用了障眼法，让她们这些发生在青春期的争执显得既文雅又隐晦，不细细读来是体会不到这两位才女之间的针锋相对的。这里写到众人看毕，都说这是食螃蟹的绝唱，这些小题目，原要寓大意才算是大才，只是讽刺世人太毒了些，而宝玉也傻呵呵地说"写得痛快"。

值得玩味的是，宝钗题写螃蟹咏时，作者并没有写到黛玉的看法。对照前文，黛玉作完诗，作者同样没有写到宝钗的态度。作为诗礼簪缨之家的淑女，她们之间即便有暗流涌动，也不会在日常生活中发生不堪的争吵，你来我往的唇枪舌剑，都深埋在这些高雅的文化活动当中。还记得"借扇机带双敲"那段情节的结尾：

别人总未解得他四个人的言语，因此付之流水。

而螃蟹诗一回的"火花"，只是将言语换作诗歌，见证人由凤姐换作李纨罢了。

6. 薛宝钗是宝黛爱情的破坏者吗？

宝黛钗三人之间的情感纠葛是《红楼梦》一书的主线之一，而薛宝钗也常常被视为宝玉"争夺战"中的胜利者、宝黛爱情的破坏者。实际上，宝钗虽然对宝玉有感情，但对她来说更重要的是合乎礼法的道德操守，她不会表露自己的真实情感，也绝对不会参与爱情的争夺，甚至对宝黛之间这种逾矩的关系有所规劝。

在宝黛钗三人都还是懵懂孩童的时候，宝钗就看出了宝黛二人关系亲近，也时常承受黛玉尖酸刻薄的讽刺，但她对此总是处之淡然、付之一笑。等到他们长大一些，宝钗作为旁观者全程目睹了宝黛爱情的萌发，偶尔还会开一两句玩笑打趣他们。比如第二十五回中，宝玉从魔魔法中醒转过来，别人还未开口，黛玉先就念了一声"阿弥陀佛"，宝钗在旁边"回头看了他半日"，"嗤"地笑了，惜春不理解她为什么突然发笑，她说：

> 我笑如来佛比人还忙：又要讲经说法，又要普渡众生；这如今宝玉、凤姐姐病了，又烧香还愿，赐福消灾；今才好些，又管林姑娘的姻缘了。你说忙的可笑不可笑。

这时候凤姐、宝钗等人都看出了宝黛之间的感情，因此都拿此事打趣黛玉，黛玉羞得双颊绯红，摔帘就走。

对于宝黛之间的亲密关系，宝钗不仅没有插足的欲望，而且是避之不及的。一方面，因为"金玉良缘"的传闻，所以她"总远着宝玉"；另一方面，她不愿意陷入这种关系旋涡当中，惹人猜忌。在"滴翠亭杨妃戏彩蝶"一回中，宝钗去潇湘馆找黛玉，但是刚好看到宝玉先一步进去了，便止住了步伐，低头想道：

> 宝玉和林黛玉是从小儿一处长大，他兄妹间多有不避嫌疑之处，嘲笑喜怒无常；况且林黛玉素习猜忌，好弄小性儿的。此刻自己也跟了进去，一则宝玉不便，二则黛玉嫌疑。罢了，倒是回来的妙。

避嫌不代表宝钗对宝黛二人的爱情无动于衷，但是她对这种感情的态度并不是羡慕，更多的是在价值判断上的否定。当宝钗在滴翠亭外听到丫鬟红玉、坠儿讨论与贾芸的私情时，书中罕见地写到一大段宝钗的内心独白，其中提到：

> 怪道从古至今那些奸淫狗盗的人，心机都不错。

书中很少写到宝钗内心的真实想法，这一段内心活动同样也只是侧写，但仍然透露出一丝她对宝黛爱情的看法。她既然视这两个商量私情的丫鬟为"奸淫狗盗"之流，那么想必她也并不看好宝黛之间的感情。

宝钗还曾直接对黛玉表达过她对男女私情的态度。在"蘅芜君兰言解疑癖"一回中，宝钗劝黛玉要警惕那些写男女爱情的"杂书"，说到自己七八岁的时候也背着大人看这些戏曲传奇，后来受到大人的教育，才知道那些书是不该看的，还规劝黛玉"你我只该做些针黹纺织的事才是，偏又认得了字，既认得了字，不过拣那正经的看也罢了，最怕见了些杂书，移了性情，就不可救了"。这段推心置腹的话让黛玉十分感动，也让黛玉终于明白了宝钗的人格，原来她平日的关心和退让并不是"心里藏奸"，而是真的打心眼儿里认为爱情、诗歌、才华都不是女孩子应该关心的事情。

从此之后，宝钗和黛玉终于都摆脱了"金玉良缘"的魔咒，宝钗对黛玉越来越好，黛玉对宝钗也越来越敬爱，彼此弥合了很多偏见，而且宝钗后来也表现出对宝黛二人终成眷属的支持态度。第四十五回中，宝钗打趣黛玉，说她的日用花销对贾府来说"将来也不过多费得一副嫁妆罢了"，脂批说这是"黛玉因识得宝钗后方吐真情，宝钗亦识得黛玉后方肯戏也"，而且还是全书的"大关节大章法"，说的就是宝钗和黛玉放下关于爱情的芥蒂之后所达成的"兼美"状态。

爱情这件事对宝玉、黛玉来说是关切性命的，但在宝钗心中，爱情并没有那么重要，她更感兴趣的是修身、立志。在小说里我们经常能看到宝钗从事女红的描写，她会在小炕桌上同丫鬟莺儿"描花样子"，秋凉时又与母亲商议着打点针线。第四十五回庚辰本于"天气凉爽，夜复见长"旁有一句双行夹批："'复'字妙，补出宝钗每年夜长之事，皆《春秋》字法也。"这说明宝钗时刻都在把儒家对闺阁女性的要求付诸实践，在闺阁中修身、养德，还会将自己的这种观念告诉其他姊妹，以兴闺阁教化之事。所以，她对林黛玉"兰言解疑癖"，同史湘云"夜拟菊花题"，这两处交谈中都写到宝钗自己的看法。宝钗不但是自立的，而且希望能够影响他人。所以判词说她是"山中高士"，就是指宝钗的人格类型，可以类比精神境界极为高远的隐士。

当然，人很难超越自己的时代，我们不能以现代的眼光去要求宝钗拥有反封建思想。《红楼梦》中的人物是立体的、复杂的、鲜活的，各自有着成长变化的轨迹。回到《红楼梦》的文本中来看待薛宝钗，会感觉到她的格局并不小，即便她并不认同宝黛那种带有解放色彩的自由恋爱，但作者对宝钗所代表的中正品格仍然是肯定和欣赏的。

7. "宝钗百科"是怎样炼成的？

因为博学强识，有喜爱宝钗的读者称她为"宝钗百科"。薛宝钗出身于"书香继世"之家，祖父是藏书家，不管什么类型的书，她小时候都会找来读。宝钗的学问根植于从小在儒商之家受到的开放式文化教育。

首先，薛宝钗与贾府的小姐一样，自幼修习"四书五经"。在清代的蒙童教育中，对这些儒学经典的学习其实是参考着朱熹的注解来学的。因此在探春理家的过程中，宝钗就拿朱熹的《不自弃文》做例子与探春讨论理家之道。当探春惊讶到一根枯草、一个破荷叶都值钱的时候，从小耳濡目染经济事务的宝钗说：

> 真真膏粱纨绮之谈。虽是千金小姐，原不知这事，但你们都念过书识字的，竟没看见朱夫子有一篇《不自弃文》不成？

探春认为，这不过是勉人自励而已；而宝钗则认为，朱子乃至孔孟所讲的道是可以落实于现实经济改造的。宝钗说："天下没有不可用的东西；既可用，便值钱。"她用这种积极的态度来面对这次有着"补天"意义的大观园改革工程。当李纨抱怨她俩聊起学问、不聊正事时，宝钗又说：

> 学问中便是正事。此刻于小事上用学问一提，那小事越发作高一层了。不拿学问提着，便都流入市俗去了。

她这是在提醒探春，所有的利禄之事背后还有需要遵守的"道"。

除了儒家经典以外，宝钗的知识宝库中还包含许多其他的门类。她还懂得诗词、戏曲、禅宗、医学、绘画等，迎春爱读《太上感应篇》，她也能够与之讨论。在第四十二回中，她向黛玉讲到自己从小的家庭教育：

> 我们家也算是个读书人家，祖父手里也爱藏书。先时人口多，姊妹弟兄都在一处，都怕看正经书。弟兄们也有爱诗的，也有爱词的，诸如这些"西厢""琵琶"以及"元人百种"，无所不有。

所谓的"西厢""琵琶""元人百种"都是戏曲文本，宝钗虽然将这些都称作移人性情的"杂书"，但她在这方面的知识却比宝黛二人更多。第二十二回中，当宝玉嫌弃《鲁智深醉闹五台山》这种热闹戏的时候，宝钗为他讲解了这出戏的辞藻之妙：

> 是一套北《点绛唇》，铿锵顿挫，韵律不用说是好的了；只那词藻中有一支《寄生草》，填的极妙，你何曾知道。

宝玉连忙央求宝钗念给他听，听完开心到"拍膝画圈，称赏不已"，还连声称赞宝钗"无书不知"。可见，贾府众人虽然经常听戏，却没有认真读过戏曲的文本，所以连宝玉这种杂学旁收的人，都不知道常看的戏中竟然有这么好的文字；而这些，是宝钗早在幼年丧父之前便已拥有的阅读体验。

宝钗不仅懂得书本上的知识，在艺术上也有较高造诣。第四十二回中，惜春为画大观园一事而苦恼，众人都打趣她画得慢、借故向诗社请假，只有宝钗细细向众人分析画山水楼台与画写意的区别，还为她开列了一张详细的画材单子。这些作画的细节别说大观园中的众人不懂，就连承担着作画任务的惜春都不知道。当黛玉看到画材中提到"生姜二两，酱半斤"时，便开玩笑说："我替你要铁锅来，好炒颜色吃的。"宝钗向她解释道："你那里知道。那粗色碟子保不住不上火烤，不拿姜汁子和酱预先抹在底子上烤过了，一经了火是要炸的。"宝钗不仅知道作画的原理、步骤和其中的困难，还知道作画的用具有什么讲究。这些知识储备既有她作为商人女儿见多识广的原因，也说明她自小读书的范围要比宝黛二人更加"杂学旁收"。

明清时期，随着商品经济的发展，中国的图书版刻与图书贸易也在迅速发展，市面上甚至出现了许多"商业书"。这些书类似于今天的百科全书，从天文、地理、朝代、职官到各地的风俗、语言、物产、医药、算术无所不包。薛宝钗正是在这种环境中成长起来的，虽然她在思想上认同儒家文化，但是她的知识结构却远比传统闺秀广袤得多。

以父亲的去世为界限，宝钗对待知识的态度发生过一次很大的转变。小说第四回中写到，宝钗的父亲在世时"酷爱此女"，在教她读书识字的事情上花费的心思比对待她哥哥薛蟠还多十倍。但是父亲死后，宝钗看到哥哥不能体贴母亲，便不再以读书习字为主要任务了，只留心于针黹家计等事，好为母亲分忧解劳。这种早年的家世经历，使得她很早就走出了那个"乱花渐欲迷人眼"的知识世界，主动接纳儒家的道学传统，归顺于仕途经济道路。这种对待知识的态度，也是宝钗主动"以冷藏热"性格的表现。

在大观园中生活的宝钗，只在偶然间展露出知识的广博，她更在意的是如何将书中学到的道理运用在生活之中。在理家的过程中，探春只是完成了"破"的工作，而"立"的工作实际上是由宝钗完成的。宝钗的知识学问融合了儒释道三家的精髓，她曾辛辣地讽刺那些读了书却完全不懂道理的男性：

> 男人们读书不明理，尚且不如不读书的好……男人们读书明理，辅国治民，这便好了。只是如今并不听见有这样的人，读了书倒更坏了。这是书误了他，可惜他也把书糟踏了，所以竟不如耕种买卖，倒没有什么大害处。

所以宝钗看待世事的眼光是非常犀利的，她会思考如何用读书得来的学问过好日常生活。

8. "好风频借力，送我上青云"是在写薛宝钗的野心吗？

关于宝钗柳絮词中"好风频借力，送我上青云"一句该如何理解，一直以来都有不少分歧，有人认为这是宝钗要往上爬的意思，有人说这是宝钗想要离开人间的烦恼，能够在青云之上拥有自由。如果回到小说文本中，这种表现在诗歌中的进取之意，展现的是她对诗歌和学问的态度。

我们不妨先客观地看一下宝钗和诗词的关系。宝钗对诗词的兴趣是有限的，因为在她看来，写诗并非学问，也不是女孩子该钻研的事情。她对黛玉说过："就连作诗写字等事，这不是你我分内之事，究竟也不是男人分内之事。"香菱学诗时，没昼没夜地和湘云高谈阔论，宝钗在一旁吐槽"实在聒噪的受不得了"。又笑她们说："一个女孩儿家，只管拿着诗作正经事讲起来，叫有学问的人听了，反笑话说不守本分的。"宝钗本身是很有学问的，写诗根本难不倒她，但是她平时没事的时候是不会自己写诗的，一般只有应酬之作，因为在宝钗心中，作诗是无益于世用的。

其次，再来看填柳絮词这次活动。这次结社的发起人是史湘云，因为湘云看见暮春的柳絮，填了一首《如梦令》，其中说到春光短暂，其实也寓意了她此后幸福婚姻生活的短暂。但此时湘云对自己的未来浑然不知，很得意地把这首词拿给黛玉看，黛玉说"新鲜有趣"，接下来她们就"以柳絮为题，限各色小调"，举办了一次主题填词活动。

在这次活动中，宝钗的词是最后登场的，在她之前有探春的《南柯子》、黛玉的《唐多令》、宝琴的《西江月》，无不暗示了大观园女儿最终的命运。这时《红楼梦》的整体氛围已经透露出一丝悲凉不安，众人所作的柳絮词也都是在描写聚散无常的悲伤。宝钗将这种哀伤的氛围看在眼里，她在最后出场，要为这次结社的悲伤"翻案"。

宝钗选用的词牌是《临江仙》，这首词写尽了她的处世态度和胸怀抱负：

> 白玉堂前春解舞，东风卷得均匀。蜂团蝶阵乱纷纷。几曾随逝水，岂必委芳尘。　万缕千丝终不改，任他随聚随分。韶华休笑本无根，好风频借力，送我上青云！

众人读完，拍案叫绝，因为她为"柳絮"这个一向凄凉的意象做了翻案。这首词表达了宝钗超群的理性，在大观园最终陷入一片"蜂团蝶阵乱纷纷"的景象时，她没有随波逐流，没有与逝水、尘土一样卷入沟渠，而是去了青云之端。"青云"不是指名位很高的地方，而是空寂之地。另外，值得注意的是"几曾随逝水，岂必委芳尘"这一句，是对如同柳絮一般无力掌控的命运的抗争。"芳尘"一词在书中并非第一次出现，宝钗抽中的花签上的诗句出自罗隐的《牡丹花》，其中就有"芙蓉何处避芳尘"一句。芙蓉花签是黛玉抽中的，这两句诗似乎也隐有预示黛玉、宝钗命运的意味。

薛宝钗崇尚儒学，尤其是朱熹的学说。她重视朱熹的《不自弃文》，这篇文章的主旨是人只有在自我放弃的情况下才会变得无用于世路，所以遇到不被人理解、被人放弃的情况，不应自怨自艾，而应努力自救。宝钗对自己的人生要求正是如此，她虽不能像男子那样"治国平天下"，但也要"修身""齐家"，要"于身不弃，于人无愧，祖父不失其贻谋，子孙不沦于困辱"。

从宝钗平时的表现来看，她确实也有承继和发展家业的谋略，对家族有一份主动的责任感和担当意识。在父亲去世、哥哥难当重用的情况下，她常陪伴在母亲身侧，以勤俭务实为己任。对命运，宝钗很少有抱怨之语，她虽然顺应着命运为她铺展开来的道路，但从来不会放弃自己能够施展作为的机会。这种"不自弃"的精神，支撑着她写出"好风频借力，送我上青云"这样的诗句。

总之，宝钗的性格表现统一但层次丰富，蕴含着丰厚的儒家理想人格底色。读者能从文学作品中读出怎样的内容来，映照的其实是自己的内心。在品读薛宝钗这个人物时，每个人的收获想必也是不尽相同的。

9. 薛宝钗是如何受到王夫人重用的？

薛宝钗受到王夫人的重用有两方面原因：一是因为薛家作为皇商，能够为家道中落的贾府带来实际的利益；二是因为薛宝钗滴水不漏的行事风格，既能帮助王夫人打点好方方面面的家务，又能维护她"面慈心善"的形象。

王夫人是薛宝钗的姨母。作为外甥女，宝钗住进贾府后便时常去王夫人处请安，而且她很早就将自己这位姨母的性格看在眼中，经常能够给予贴切的安慰。第三十二回写到王夫人的丫鬟金钏儿投井死了，宝钗闻讯，忙赶去安慰王夫人。到了王夫人的住处，宝钗发现这里鸦雀无声，只有王夫人独自坐在房中垂泪。宝钗也不说自己为什么事而来，只是乖顺地回复着王夫人的家常闲话，直到王夫人向她哭诉道："你可知道一桩奇事？金钏儿忽然投井死了！"宝钗这时仍然不说自己提前闻讯的事情，只是问道："怎么好好的投井？这也奇了。"于是王夫人就解释，是因为她弄坏了东西，我打了她两下，说气话撵了她，本来还想过两天再叫她回来的。宝钗这时用一种感叹的口吻说道：

> 姨娘是慈善人，固然这么想。据我看来，他并不是赌气投井。多半他下去住着，或是在井跟前憨顽，失了脚掉下去的。他在上头拘束惯了，这一出去，自然要到各处去顽顽逛逛，岂有这样大气的理！纵然有这样大气，也不过是个糊涂人，也不为可惜。

这一番话先是给了王夫人为自己开脱的机会，接着又在情感态度上给了王夫人支持，说因为她是"慈善人"，所以才会愧疚，之后又具体分析了金钏儿投井的原因，可能是自己贪玩失足跌下去的，也就相当于在说，于情于理，这件事都和王夫人没有关系。随后，她还贡献了自己的两套新衣服，让王夫人拿去给金钏儿做丧葬的妆裹，而且还表了态，说自己并不忌讳这些事情。

宝钗对王夫人的体贴总是以这样的方式进行的：先给予心理上安慰，然后提供行动上的支持。这种相处模式在后来的"采买人参"一事体现得更加明显。

在第七十七回中，王熙凤久病不愈，需要上等的人参来配药，但此时贾府已经基本被掏空了，家中能找到的要么是陈年剩下的，早就过了有效期，要么是一些残须碎末。这个时候，王夫人心里是非常不舒服的，她听了之后"低头不语，半日才说：'这可没法了，只好去买二两来罢。'"王夫人为什么犹豫了一会儿才说去买呢？因为人参是非常贵的，书中写到要"三十换"，这是人参界的行话，意思是人参的价格相当于三十倍等重的白银。

这时宝钗说："如今外头卖的人参都没好的。虽有一枝全的，他们也必截做两三段，镶嵌上芦泡须枝，掺匀了好卖，看不得粗细。"她提议让自己的哥哥薛蟠托伙计亲自去参行，兑二两"未作的原枝好参"。王夫人听了这话，立刻应允。宝钗去了半日，回来说已经遣人去买了，"赶晚就有回信的。明日一早去配也不迟"。在王夫人感叹说自己需要用时反而到处求人的时候，宝钗还说："这东西虽然值钱，究竟不过是药，原该济众散人才是。咱们比不得那没见世面的人家,得了这个,就珍藏密敛的。"

这一次买人参事件中,薛宝钗的言辞和行动可谓是"教科书"级别的。她首先告诉王夫人自己家的铺子常和参行交易,三言两语透露出她对这些交易细节的熟悉,提出了非常实际的解决方案;在得到首肯之后,她立刻亲自去料理,在事情有所推进时,又及时向王夫人汇报进度,说明每一个步骤确切的完成时间;在解了燃眉之急之后,还时刻体贴对方的感受,不计王夫人觉得自己这个外人看透了贾府的根底,即使对贾府亏空的现状心知肚明,仍然说我们是见过世面的富贵之家,所以才不稀罕珍藏这些。

薛宝钗能得到王夫人的重用,一方面是因为她这种滴水不漏的处事方式非常契合王夫人这种没有太多管理才能又比较在意面子的长辈的需求,另一方面也是因为薛家能够为贾府带来实际的利益。薛家是负责采买的皇商,在经济往来上颇有门路,尤其是在贾府家道中落、日渐亏空的情况下,有"百万之富"的薛家对贾府来说无异于一座金山。如果能让宝钗和宝玉结为"金玉良缘",在当时的境况下是非常"划算"的。

10. "端水大师"薛宝钗如何应对大观园中的冲突?

大观园是一个复杂的小社会,其间充满了各群体之间的矛盾冲突，不仅有仆妇之间的冲突，还有嫡庶、妯娌、亲戚姊妹之间的冲突。"藏愚守拙"的薛宝钗生活在这样的环境中，仍然能够游刃有余、抽身其外，在关键时刻还能有所作为，正是她处世智慧的体现。

面对宝黛之间的矛盾，薛宝钗往往采取"避"与"隐"的态度。比如第三十五回贾母夸赞宝钗说"从我们家四个女孩儿算起，全不如宝丫头"，本来期待着贾母夸赞黛玉的宝玉，听到贾母反而夸起宝钗，便看着宝钗一笑，而宝钗早扭过头和袭人说话去了。她面对宠辱的态度，总是如此淡然处之。

嫡庶矛盾是大观园中暗伏着的一条导火索，赵姨娘和贾环时不时会显露出对宝玉等人的嫉恨，而书中常写到宝钗陪着贾环玩，她也会在适当的时候缓和这种矛盾。如在第二十回中，贾环与宝钗的丫鬟莺儿玩牌输了，便闹起脾气来，还说"我拿什么比宝玉呢。你们怕他，都和他好，都欺负我不是太太养的"。宝钗听完就用一种姐姐的口吻温和地唤他"好兄弟"，劝他"快别说这话，人家笑话你"。后来薛宝钗给大观园中众人送东西，也没有忘记贾环的份，而且是"挨门儿送到"，因此连赵姨娘都夸"怨不得别人都说那宝丫头好，会做人，很大方"，"并不遗漏一处，也不露出谁薄谁厚"。这种一碗水端平的处事风格，也是宝钗在大观园中的生存之道。

书中对宝钗调解矛盾的水平最为集中的一处描写，是在探春理家一回。因凤姐小产不能理事，王夫人便将家中事务托付李纨、探春，还特意请来宝钗协助，并谆谆嘱咐了宝钗许多话，言明请她协助理家的主要目标是"别弄出大事来",主要提防"老婆子们……吃酒斗牌"的事情,还让宝钗要时时向自己汇报,以防"老太太问出来,我没话回"。这一番话中,王夫人等于把自己的弱点、整个贾府的弱点都向宝钗剖白了,也证明此时宝钗已经基本取得了王夫人的信任。在这一次理家"实习"中,宝钗交出了让王夫人满意的答卷。

在接受王夫人的嘱托之后,宝钗便暂时改变了原来"不干己事不张口,一问摇头三不知"的处事方式,尽职尽责地投入这份工作之中:

> 宝钗便一日在上房监察,至王夫人回方散。每于夜间针线暇时,临寝之先,坐了小轿带领园中上夜人等各处巡察一次。

这种朝乾夕惕的工作态度,与凤姐起初协理宁国府时如出一辙。但宝钗的理家思想却与凤姐有着很大的区别。她对贾府的改革不是通过惩罚等法家方式,而是要用儒家提倡的"道"来重新整顿经济体中人与人的关系。

宝钗在这次理家过程中的主要工作是调解仆妇之间的矛盾,而她想到的方法是以小惠全大体,让大观园中的仆人、佃户阶层同样享有经济所得。

当时探春主要负责"破"的工作,蠲免了许多额外的支出,还想出了一个"承包责任制"的办法,让大观园中的婆子们承包经济作物,收取租金,增加收入。宝钗赞同这种做法,她还帮平儿算了一笔账:"一年四百,二年八百两,取租的钱房子也能看得了几间,薄地也可添几亩。"这是商业经营中常用的利滚利方式。

但是,这种方法虽然能够为贾府节省开支,却必然会引发既得利益者的反对。宝钗此时就承担起了"立"的工作,在节省的基础上,提醒他们要"识大体",要无为,不要过度与民争利。宝钗强调要给这些辛苦劳作的仆妇分红:

> 虽然还有富馀的,但他们既辛苦闹一年,也要叫他们剩些,贴补贴补自家。虽是兴利节用为纲,然亦不可太啬。纵再省上二三百银子,失了大体统也不像。

在宝钗的提议中,很多次涉及贾府的"大体统"。这个"体统"一方面是指贾府的日常消费习惯,另一方面也是宽以待下的家风家教。

在宝钗的筹划下,大观园成了一个经济共同体,当差的妈妈们也"沾带了些利息"。宝钗说:"你们有照顾不到的,他们就替你照顾了。"众婆子听了这个议论,"又去了帐房受辖治,又不与凤姐儿去算帐,一年不过多拿出若干贯钱来,各各欢喜异常",嘴里还是客套,说怎么好意思之类。抓住这个时机,宝钗向她们提了一些要求,希望她们不再"躲懒纵放人吃酒赌钱",要明肃纪律。她的话也透着威严和大体："皆因看得你们是三四代的老妈妈，最是循规遵矩的，原该大家齐心，顾些体统。"在一大篇话之后，宝钗还用了一种商量的口气：

也不枉替你们筹画进益，既能夺他们之权，生你们之利，岂不能行无为之治，分他们之忧。你们去细想想这话。

这完全是领导替下属着想的口吻，我们可以对比王熙凤在宁国府时的类似言论，但是说出来的味道却完全不一样。王熙凤的口吻是："你有徇情，经我查出，三四辈子的老脸就顾不成了。"婆子们看到这件事对自己来说有利可图，而且又不用面对凤姐那样的严苛管理，都备受鼓舞。

书中还用一次调整"主要负责人"和"间接负责人"的工作突出了宝钗的公允与细心。当探春和平儿准备将打理香草的活计交给莺儿的娘时，宝钗断然拒绝。因为莺儿是宝钗的贴身丫鬟，这很容易让她这个出主意的人遭受口舌议论，会被认为是她要安排自己人进来。这时候宝钗举荐了怡红院的老叶妈，她是茗烟的娘，和莺儿的娘关系不错，她们之间可以私下帮助，不会猜疑到主事人的身上。从这里就能看出，宝钗心细如发，对贾府的人事关系十分熟悉，连仆人之间谁与谁亲厚、谁与谁有矛盾都了然于胸。

正是因为宝钗处事能在公允与灵活之间自由转换，所以第五十六回的回目名赋予了宝钗一个"时"字。"时"这个评价源于《孟子·万章下》中对孔子的描述：

> 伯夷，圣之清者也；伊尹，圣之任者也；柳下惠，圣之和者也；孔子，圣之时者也。

这就是在说，孔子处理问题既有原则性，又有灵活性，"可以速而速，可以久而久，可以处而处，可以仕而仕"，不像伯夷、叔齐、柳下惠等人拘泥于一种方式。己卯本的夹批也说："宝钗此等非与凤姐一样，此是随时俯仰，彼则逸才踊蹈也。"薛宝钗是商人之女，她身上不只带有封建淑女的普遍特征，还有在商人之家耳濡目染之下培养出的行为方式。宝钗的性格是中正平和的，而她的智慧往往又带有商人敏锐、务实的特点。

薛宝钗虽然有调停矛盾的才能，但她始终对自己的亲戚身份有着清醒的认识，协理理家既然是出于王夫人的嘱托，就决定了她必然不会在这个位置上久留。在抄检大观园后，宝钗主动离开了大观园。一方面是因为这个地方已经山雨欲来风满楼；另一方面，已经完成了自我成长的宝钗，不可能再继续栖息于这个曾经的青春乐园，她还有重要的责任要去承担，要陪寡母料理家务，这并非借口，因为薛家的存亡才是宝钗真正要去面对的现实使命。

11. 薛、林二人性格相反，为什么说"钗黛合一"？

《金陵十二钗正册》是金陵十二个冠首女子的命运簿册，可是里面只有十一幅画、十一首诗，第一页的诗和画包含了黛玉和宝钗两个人。曹雪芹将全书最重要的两个女子的命运合写在同一首判词当中，是因为她们分别代表着中国古代才女文化中的两种特质，寄寓着作者"钗黛合一"的"兼美"理想。

在第五回中，贾宝玉梦入太虚幻境，翻开《金陵十二钗正册》，看到的第一页就是林黛玉和薛宝钗二人的判词：

可叹停机德，堪怜咏絮才。玉带林中挂，金簪雪里埋。

双木为"林"，"玉带林"三个字反过来就是林黛玉的名字；雪是"薛"的谐音，金簪即宝钗。这首判词中提到了两个典故，"停机德"指的是东汉贤妇乐羊子妻，而"咏絮才"指的是东晋才女谢道韫。

"停机德"的典故出自《后汉书·列女传》。讲的是乐羊子外出游学，只去了一年就回到家中看望妻子。乐羊子的妻子大惊失色，问丈夫出了什么事。丈夫回答，没有发生什么事，我只是想你了。乐羊子妻却毫不领情，立刻拿起刀割断了织机上的布匹，对乐羊子说，你看，辍学的后果就是像这样前功尽弃。乐羊子听了妻子的话，终于安心求学，后来成就了一番事业。

在中国传统文化中，乐羊子妻是有着高尚品德的女性典范，她不仅能够劝勉、警醒丈夫坚守人生道路，而且在丈夫游学期间独撑门庭，这是很不容易的。《红楼梦》用"停机德"这个典故形容薛宝钗，说她是像乐羊子妻一般深明大义的女子。薛宝钗也劝过宝玉走仕途经济之路，这个行为曾被视为封建思想的体现，但这确实是在当时的时代背景下挽救大厦将倾的贾府唯一的道路。

"咏絮才"的典故出自《世说新语·言语》，主角是东晋才女谢道韫。这个著名的故事也被选入了语文课本中。讲的是有一天下大雪，谢道韫的叔叔谢安问膝下的儿女们："白雪纷纷何所似？"这是在考大家的比喻能力，谢道韫的一位堂兄立刻抢答："撒盐空中差可拟。"而谢道韫悠然神思了一番，答道："未若柳絮因风起。"这句回答得到了谢安的赞扬，从此"咏絮"成了夸奖女子才华的典故。

两相对比，我们不难发现，宝钗与乐羊子妻的"停机德"代表了儒家礼教文化，黛玉和谢道韫的"咏絮才"体现的则是魏晋风度的"越名教而任自然"，这两种价值观刚好是相对立的。"停机德"与"咏絮才"的对比可以上溯到魏晋时期的《世说新语》，其中就说到谢道韫"神情散朗，故有林下风气"，而张玄之妹则"清心玉映，自是闺房之秀"。"林下风气"是说谢道韫像竹林七贤这些隐士一样具有魏晋风度，不为世俗拘束，而"闺房之秀"则是说女子贤良，能安家室。

林黛玉是按照"林下风气"来塑造的,她也是一位像谢道韫一样能吟善咏的诗人。黛玉居住的潇湘馆内种满了森森翠竹,为她营造出一个"竹林之游"的环境。她的人生像竹林七贤、谢道韫一样清醒又孤独,她在诗中写道"孤标傲世偕谁隐",可谓终其一生都在寻找知己。她教香菱写诗,在选择教材的时候专门提到陶渊明、应玚、谢灵运、阮籍、庾信、鲍照等魏晋六朝的诗人,说明她欣赏的也是魏晋以来的名士风流。

薛宝钗则是"能安家室"的代表。她能妥帖处理上上下下的关系,常能救人困急。比如她对史湘云、邢岫烟等人都伸出过援手;她知识渊博,对经济事务、家中生意也是无所不知;她对待礼法很谨严,提醒林黛玉不要在公开场合说出《西厢记》《牡丹亭》中的句子,因为这对封建社会的闺阁女儿来说是大忌。所以,薛宝钗并不是一个会"心里藏奸"的人,她的人物品格代表的是儒家传统中的温厚有德。

在曹雪芹生活的时代,"林下风气"与"闺房之秀"并举不仅成为一种固定模式,而且这两种类型的女子还总是"联袂登场",甚至在社会评价标准中,人们会主张这两种品质应当合二为一。乾隆年间推出过一部大书叫作《石渠宝笈》,其中收有永乐年间名臣姚广孝的一篇跋文,题在赵孟頫的夫人管道昇画的《碧琅庵图》上,说"天地灵敏之气,钟于闺秀者为奇",还说管道昇"真闺中之秀,飘飘乎有林下风气者欤",将这两种代表不同女性之美的特质合二为一,提出既要做"闺中之秀",也要有"林下风气",于是就产生了另外一个评价女性的词——"兼美"。

"兼美"这个词在《红楼梦》中有着重要的地位。第五回宝玉梦游太虚幻境,警幻仙子把自己的妹妹介绍给他,这位女子"鲜艳妩媚,有似乎宝钗,风流袅娜,则又如黛玉","乳名兼美字可卿"。"兼美"一词呼应了判词中的"停机德""咏絮才",所指向的是"清心玉映""神情散朗"合二为一的特征。明清时期,用这种"兼美"的形象来塑造"双女主"的才子佳人小说不乏其例。清代还有一部很流行的小说《平山冷燕》也用到了这种设计,其中的两位女主角分别叫山黛、冷绛雪,才美俱在伯仲之间,曹雪芹给自己小说中的女主角起名叫林黛玉、薛宝钗,或许也是受到这本小说的影响。

承继这种"兼美"的理想,脂批曾说:"钗、玉名虽二个,人却一身。"后来,俞平伯先生也提出了"钗黛合一"的观点。表面上看,宝钗崇礼,黛玉尚情,似乎是相互对立的,但实际上两个人身上也具有对方的品质和性情。因此,开始处处针锋相对、难分高下的钗黛二人,最终是言归于好、殊途同归的。

判词的后两句"玉带林中挂,金簪雪里埋"是在诉说一种根本性的命运。既是在说人生有生不逢时、怀才不遇,也是在说命运的捉弄和爱情婚姻的不幸。小说着力描绘林下黛玉和高士宝钗的美好，但最终"兼美"是难以追寻的，对才华和贤德的追求都成为了一场幻梦。

《红楼梦》将两个主角写进同一首判词，借鉴了史书中"合传"的传统。比如《史记》中有《屈原贾生列传》《老子韩非列传》，《汉书》中有《萧何曹参列传》等，将有一定联系的人放在一起进行比较，薛林合传也属于同样的设置。

从这种视角来看，我们无须比较钗黛之间的优劣，因为她们的品格都是中国传统文化所赞扬、所高标的。无论是乐羊子妻还是谢道韫，都契合于《红楼梦》"使闺阁昭传"的标准。作为女子，她们都有非常壮烈的事迹，比丈夫更深明大义，追求更高远。乐羊子妻在丈夫游学期间，面对闯入家中的盗贼，最终刎颈自尽，以保清白，死后被太守追赠"贞义"的谥号；谢道韫后来嫁给了大书法家王羲之的次子王凝之，在东晋末年的孙恩、卢循之乱中，面对丈夫、儿子都被杀害的惨况，她临危不惧，与婢女抽刀出门，挺身迎敌，手刃数人。在阅读《红楼梦》的过程中，我们也看到，宝钗和黛玉身上不仅体现着道德操守和风流才华，还有着共同的女性担当，这也是曹雪芹为二卿合传的原因所在。

第四编

神秘的秦可卿

1. 秦可卿是否真的出身神秘又高贵？

秦可卿是金陵十二钗中谢幕最早的人物，是至今可见的曹雪芹亲手写下结局的唯一一位"正册金钗"。书中写到她的出身、在贾府的生活、从生病到死亡，看似写了完整的一生，但每一处细节都在暗示事实远比表面显露出来的更加复杂；而且她还先后进入贾宝玉和王熙凤的梦中，给了他们很多模糊、隐晦的指引，为后世的读者留下了重重迷雾。

秦可卿是宁国府贾蓉的妻子、贾珍的儿媳，在贾母眼中是重孙媳这一辈中的"第一个得意之人"。"得意"二字应当如何理解呢？贾母喜欢伶俐的人，这从她对凤姐、晴雯的偏爱就能看出来。秦可卿在日常处事中也非常聪敏伶俐，年纪轻轻就成了宁国府的管家奶奶，能力和见识都出于同辈众人之上。书中多处写到阖府上下对她的夸赞，公公和婆婆也对她赞不绝口，贾珍还说这个儿媳比自己的儿子"强十倍"。

作为众人口中如此完美的媳妇，秦可卿的出身却很奇特。她并非出身于贾、史、王、薛这样的仕宦大家,而是秦业从养生堂抱来的,同时抱来的还有她的弟弟秦钟。为了突出她未知生于何处的身世,小说还把她和香菱联系起来,形容被拐子卖掉、忘却家乡父母的香菱长得有点儿像"东府里蓉大奶奶的品格儿"。秦可卿的养父秦业是工部营缮郎,家中并不富裕,从他听说秦钟能去贾府私塾上学时的反应可以看出,他当时简直是有些感激涕零的。

这样出身的女子怎么能够成为东府蓉大奶奶呢?这的确让人疑惑。因为四大家族几乎只会互相联姻,即便退一万步说,像贾母所说的"不管他根基富贵,只要模样配的上就好",但家世出身相差悬殊也是绝对不可能的。一般来说,只有一种情况可以让谈婚论嫁的家庭不计较出身,那就是续弦。贾府凡是续弦的正妻,家世一般都很普通,比如贾赦的妻子邢夫人、贾珍的妻子尤氏,还有贾蓉在秦可卿死后再娶的胡氏都属于此例。

秦可卿身份来历不明,却能够成为贾蓉的正妻,她的葬礼上还涉及那么多影影绰绰的政治背景,因此以往就有人猜测秦可卿的出身并不平凡,应该是公主一类的人物。

刘心武先生就曾做此推测,由此衍生了一门"秦学"。"秦学"的观点概括来说就是:康熙帝废了又立、立了再废的太子胤礽将一女婴偷运到江宁织造曹家,曹雪芹之父曹頫冒险将女婴藏在家中作为政治投资,同时将曹雪芹的姐姐送入东宫作为"双保险",因此曹氏得太子胤礽及"太孙"弘皙宠爱。后来胤禛(即雍正帝)继位,胤礽身亡，曹家也连带着被整治，幸好雍正帝暴亡，乾隆帝即位后又将曹雪芹的姐姐纳为妃子，曹家也因此中兴。藏在曹家的公主暗通其兄弘皙谋反，曹妃为向上爬，向乾隆帝告密，最后公主悬梁自尽，其兄起事欲刺杀乾隆未成，却让曹妃付出了生命代价。曹雪芹就是以这样的皇室纠葛为原型，写出了《石头记》，即《红楼梦》。

这个故事听起来很有意思，但就学理而言，"秦学"的说法并不成立。根据马瑞芳先生的观点，"秦学"的主要论据是刘心武先生找到的一副据说来自废太子的对联：

> 楼中饮兴因明月，江上诗情为晚霞。

他认为，这一句很像是黛玉看到的荣禧堂的对联：

> 座上珠玑昭日月，堂前黼黻焕朝霞。

但这句诗经过蔡义江先生的查考，其实是中唐诗人刘禹锡《送蕲州李郎中赴任》中的两联，全诗是：

> 楚关蕲水路非赊，东望云山日夕佳。
> 蓴叶照人呈夏簟，松花满碗试新茶。
> 楼中饮兴因明月，江上诗情为晚霞。

> 北地交亲长引领，早将玄鬓到京华。

这句令整个学术界惊愕的"废太子诗句"竟然出自唐人刘禹锡之手。

后来也有一些学者对此做过回应。如张庆善先生说："退一万步讲，废太子真的有这样一个女儿，也不可能送到曹家这样的家庭去做媳妇。因为曹家虽然在清代是很有名的家庭，但是他们出身包衣，是皇帝的奴仆。清代贵族中规矩是非常严格的。公主与包衣之间的身份差距太大了，这种事情是根本不可能发生的。"

事实上，在阅读秦可卿故事的时候，我们不能将她代入四大家族的婚姻体系来推测，因为这个人物最初来自《风月宝鉴》，这是曹雪芹在创作《红楼梦》之前的一部作品。曹雪芹将秦可卿的故事从《风月宝鉴》中摘取出来，经过增删添改，插入到《红楼梦》的第五回至第十四回中，所以它和《红楼梦》中的一些情节有不能接榫的地方。

这个删改的秘密是什么时候被发现的呢？那要回溯到一百年前。1921年5月30日，胡适先生给顾颉刚先生写信，附寄上海《晶报》刊发的《红楼佚话》四则。6月24日，顾颉刚在给俞平伯的信中提到了这件事，俞平伯大受启发，于是在1923年6月出版的《红楼梦辨》一书中，特列《论秦可卿之死》这一专篇。在当时甲戌本还没有被发现的情况下，俞平伯先生只能通过对文本中那些令人浮想联翩的话来考证，让秦可卿的情节引起大家的关注。直至1927年胡适先生得到甲戌本，第一次发现了脂砚斋的批语，并证实"秦可卿之死"有关章回确有删改，自此"秦可卿淫丧天香楼"的说法在红学界不胫而走。

此后，随着更多脂批的发现，学界对这一问题更加关注。比如甲戌本第十三回的末尾有：

> "秦可卿淫丧天香楼"，作者用史笔也。老朽因有魂托凤姐贾家后事二件，嫡是安富尊荣坐享人能想得到处。其事虽未漏，其言其意则令人悲切感服，姑赦之，因命芹溪删去。

眉批中还有："此回只十页，因删去"天香楼"一节，少去四五页也。"另外，第五回秦可卿那首《好事终》曲子中有一句"箕裘颓堕皆钦敬"，侧批写道："深意，他人不解。"意思是说秦可卿的死、贾府的衰败都和贾敬有关系，知道个中内幕的评点者说此间大有深意，但我们从已知的材料中却摸不清秦可卿之死和贾敬有什么深刻的关联。还有一些批语针对具体细节和字眼，如道士上天香楼打解冤洗业醮，侧批写"删。却是未删之笔"；贾珍在"逗蜂轩"接待大太监时，侧批说"轩名可思"，都透露着秦可卿故事经过删改的痕迹。

由于这些微言的存在，大家对秦可卿的探讨也就更深入了。算起来，秦可卿之谜至今已有二百多年的历史，其基本研究涉及的方面很多，逐渐形成了七个类别，主要集中在名义、性情、死因、丧仪、删改、艺术技巧、意蕴等方面。

秦可卿这个人物背后有着现实的映射，目前已知的材料已被前辈学者研究得十分透彻，剩下那些扑朔迷离的部分只能有待新材料的发现。那么，面对扑朔迷离的秦可卿身世之谜，今日的读者应该采取什么态度呢？与其进行无稽的猜谜，不如关注这个人物被纳入《红楼梦》之中的意义，体会秦可卿进入金陵十二钗的体系、和太虚幻境产生关联的安排和布置背后体现出作者怎样的构思。

2. 秦可卿与公公贾珍是什么关系？

秦可卿的丈夫是贾蓉，在《红楼梦》正文中，秦可卿对这段夫妻关系的描述是"他敬我，我敬他，从来没有红过脸儿"。但是，有时候夫妻间相敬如宾未必是和睦，也有可能是情感上的疏离。《红楼梦》中并没有写秦可卿与贾蓉之间的私下对话，却通过很多角度透露了宁国府中存在一场乱伦情事。

在第七回中，宁国府的管家派焦大送人，焦大不愿意去，大醉中倚老卖老骂起人来，其中有一句"爬灰的爬灰，养小叔子的养小叔子"。在这里，小说特地强调"连贾珍都说出来"，暗指"爬灰"

的是贾珍。而且这句话还被反复渲染强调,后面专门写到贾宝玉一脸天真地问凤姐:"什么是'爬灰'?"凤姐"立眉嗔目"地"断喝"道:"你是什么样的人,不说没听见,还倒细问。"贾宝玉没有问出口的,应该还有一句"养小叔子又是什么意思"。这个地方也让人浮想连篇,有人说"养小叔子"是在影射王熙凤和贾蓉的关系,但"小叔子"指的是丈夫的弟弟,而贾蓉是王熙凤的侄子,所以这个说法亦难成立。焦大这两句话,指的大概都是宁国府中的事情。

这番话说明秦可卿和贾珍的丑闻在宁国府属于公开的秘密,连焦大这种下等仆役都知道。但当事人贾珍对别人的议论似乎毫不在意,他在秦氏的葬礼上哭得像个泪人,几日光景,由于"过于悲痛了,因挂个拐蹶了进来"。贾珍甚至也不担心这些事情传到社会上去,他给儿子捐官,让秦可卿成了一个五品官员的妻子,从而让葬礼的规格变得更高;求凤姐帮忙,说"只求别存心替我省钱,要好看为上";至于买被革爵的义忠亲王家的樯木棺材,更是逾越了当时的规制。贾珍在料理秦可卿葬礼时的种种作为,完全不合乎做公公的身份,而是对礼制肆意的违拗,完全坐实了焦大所说的"爬灰的爬灰"。

当时宁府其他人是什么态度呢?尤氏根本不愿管秦可卿的葬礼,说是"正犯了胃痛旧症,睡在床上",在丧事期间不能料理事务。尤氏做出这种姿态,似是出于对贾珍和儿媳秦氏的强烈不满,但在明面上只能做出这种无奈的选择。贾蓉在这场葬礼上的戏份极少，只有按贾珍的安排"换了吉服，领凭回来"，并没有什么悲伤的样子和思念的举动，这些细节也是《红楼梦》的不写之写。

葬礼上还发生了一件不寻常的事。侍候秦氏的贴身丫鬟瑞珠触柱而亡；而另外一个丫鬟宝珠，自愿作为秦氏的义女"誓任摔丧驾灵之任"。贾珍听到这个消息的时候，表现得非常高兴，即刻命人以孙女之礼将瑞珠殡殓了，又传命从此称呼宝珠为"小姐"。瑞珠殉主，宝珠送灵到铁槛寺后也坚持住下不再回府，这两个婢女似乎是为了带走秘密，才选了死亡和自逐。

以往有学者猜测，两个丫鬟应是贾珍"爬灰"的目击者，东窗事发后，秦氏自缢而死，二人自知绝无生理，为了避免遭受更多的折磨，才做出这样的选择。但这个说法亦有不合情理之处，因为贾珍与秦氏乱伦并非一两天，而这两个丫鬟是秦氏的贴身婢女，按理说应当是最早得知这桩丑事的人。因此，她们可能不只是"爬灰"事件的目击者，也是贾珍、秦氏不正当关系的合谋者。

"爬灰的爬灰，养小叔子的养小叔子"这种指责，大概也传到了秦可卿耳中，她深知阖府上下的议论。而秦可卿又是一个极其要强、非常在意他人评价的女子，她会为了见医生一天之内换五遍衣裳；她听到这些议论会有怎样的心理活动，小说中没有明写，但读者不难想象她长期以来承受的心理压力。

3. 秦可卿的房间布置有何深意？

在第五回中，作者借贾宝玉的眼睛对秦可卿的房间进行了一番详细的描写，这段描写提到了很多典故，让人感觉秦氏的房间宛如一间古董储藏室，而且正是在这里，贾宝玉做了"神游太虚幻境"的梦。作者着重描写秦可卿的房间，是为了通过这些隐喻符号突出秦可卿"情""淫"的特征。

当天，贾宝玉跟随贾母等人到宁国府赏梅花，酒宴之后，他感到困倦，想睡个午觉。这时，秦可卿非常体贴地站了出来，她让贾母放心，说自己已经预备下给宝叔叔休息的房间了。

秦可卿先是带着贾宝玉和奶娘、丫鬟来到了"上房内间"。贾宝玉一抬头，看见房中悬挂着一幅《燃藜图》。这幅画的典故来自东晋十六国时期前秦的一部志怪小说集《拾遗记》，讲的是一个劝人读书的故事。故事的主角是西汉学者刘向。他在天禄阁校书期间，看到房间里走进一个神仙老丈人，拿着一根可以点燃的藜杖，借着杖头的微光，神仙给刘向传授了一晚上知识，讲授了《洪范五行志》的全部内容。就是因为这节"晚课"，刘向终成一代大儒。正想睡午觉的贾宝玉，怎么会乐意看到一个"晚自习"的故事呢，所以小说中写他看到后"心中便有些不快"。他对墙上挂着的对联也非常不满:"世事洞明皆学问,人情练达即文章"是一句劝人入世的名言,于是强烈抗议说:"快出去! 快出去!"

体贴的秦氏领会到宝玉的心情,提议说,那不如去我房间吧。有婆子提出异议,认为叔叔往侄儿房里睡觉不合规矩,秦氏笑道:"他能多大呢,就忌讳这些个。"因为这时贾宝玉在众人眼中还是一个小孩子。但就是这样一个青春懵懂的少年,对美好的人、美好的事物有着原始的好感,这时他可能已经对野史小说、民间戏文有了一定的接触,后面写到秦氏房间的所有形容,都是通过贾宝玉的眼睛,也就带有宝玉视角下"二次加工"的色彩。

宝玉进了秦可卿的房间,首先映入眼帘的是一幅唐伯虎的《海棠春睡图》。这幅画并不是真的在画海棠花,而是在讲杨贵妃的一个典故。这个故事出自《明皇杂录》,说唐明皇想要邀请杨贵妃一起去沉香亭赏牡丹,但杨贵妃早晨才喝了酒,还没有睡醒,只能由高力士等人搀扶着颤颤巍巍地走出来。这时不胜酒力的杨贵妃是"醉颜残妆,鬓乱钗横",唐明皇看了笑道,这哪里是我的妃子,分明是一朵还没有睡醒的海棠花。这幅画映在宝玉眼底,大概也影影绰绰是秦氏形象的投射。

随后宝玉还看到"宋学士秦太虚写的一副对联":"嫩寒锁梦因春冷,芳气笼人是酒香。"接下来又有许多有隐喻意味的陈设:

案上设着武则天当日镜室中设的宝镜,一边摆着飞燕立着舞过的金盘,盘内盛着安禄山掷过伤了太真乳的木瓜。上面设着寿昌公主于含章殿下卧的榻,悬的是同昌公主制的联珠帐。

宝玉笑着连连说:"这里好!"秦氏笑道:"我这屋子大约神仙也可以住得了。"说着还"亲自展开了西子浣过的纱衾,移了红娘抱过的鸳枕"。

这里的镜子、金盘、木瓜等并非真的是古人用过的旧物,而是睡意蒙眬的贾宝玉自己读出来的,有一种如梦似幻之感。而且其中涉及的人物,大多有"情""淫"故事在身。比如同昌公主的联珠帐,《新唐书·列传·后妃》中有这样的记载:"保衡处内宅,妃以主故,出入娱饮不禁,是时哗言与保衡乱,莫得其端。"这是在讲驸马韦保衡与公主母妃之间的乱伦关系。

这些陈设中还特别涉及两个来自戏曲的人物。第一个是西施,明代的梁辰鱼有一部著名的传奇戏曲《浣纱记》,就是在讲西施的故事。西施是一个出身贫家的浣纱女,却因貌美被卷入政权斗争的旋涡。关于她的结局有两种传说:一说西施与范蠡泛舟五湖,拥有一个美满的结局;另外一种结局是西施被当作红颜祸水沉入了滔滔江水。林黛玉在《五美吟》里也题咏过西施,起首第一句便是"一代倾城逐浪花"。联系这首诗,我们会发现曹雪芹用到的西施典故指向的是"沉入吴江"的结局,这也暗示了秦可卿最终的结局。

另一个来自戏曲的人物是《西厢记》中的红娘——一个承担着牵丝引线任务的角色，莺莺和张生能在一起多亏了红娘从中撮合，在当时社会中，红娘被视为挑战封建礼教的人物。所以，这两个人物放在这里也有特别的意味。和前面来自史书的典故不同，这两个传奇戏中的人物一方面反映出贾宝玉读书的偏好，另一方面也隐喻着秦可卿在"情""淫"关系上的复杂性。这些香艳的陈设可能既有她个人的选择，也隐喻着极其无奈的宿命感。

可以说，秦可卿卧室里涉及的所有典故都充满了神秘意味，这些皇后、贵妃、公主又都以荒淫奢侈闻名，她们在秦可卿人物形象的塑造上有强烈的隐喻功用，是在突出秦可卿所背负的"淫"名。甲戌本于此处有一段批语：

> 历叙室内陈设，皆寓微意，勿作闲文看也。

但是秦可卿有没有引诱宝玉呢？并没有。她安顿好宝玉后就离开了，还嘱咐丫鬟婆子们"好生看着猫儿狗儿打架"。她所有的行为都是妥帖周密的，在外人眼中很符合公族大家少奶奶的行为范式。秦可卿在安置宝玉时的谨慎，和后文焦大口中的责骂形成了鲜明的对比，这种描写安排，是曹雪芹有意在刻画人物的复杂性，她的心理、行为和处境都具有多面性。

因此，我们大可不必用写实的眼光来看待秦可卿房间的陈设布置，这是曹雪芹留下的一套隐喻符号，用意在于暗示秦可卿在宁国府中的处境。正像警幻仙子评价的那样：

> 尘世中多少富贵之家，那些绿窗风月，绣阁烟霞，皆被淫污纨袴与那些流荡女子悉皆玷辱。

4. 秦可卿为什么会成为贾宝玉进入太虚幻境的引路人？

作为小叔叔，贾宝玉睡在侄儿媳妇的卧室里，做了一个很长的游仙梦。秦可卿是贾宝玉进入太虚幻境的引路人，同时也是将他推出梦境的棒喝者。这一情节对应的是秦可卿的"幻情身"，她是全书中"情""淫"线索的化身。

宝玉在秦可卿的闺房中合上眼睛，很快就恍恍惚惚地睡了过去。在梦中，他又见到了这位温柔和顺的侄媳妇。她在前面悠悠荡荡地走着，宝玉便一路跟在她身后，直走到一个"朱栏白石，绿树清溪""人迹希逢，飞尘不到"的仙境。这个场景一下子就引起了宝玉的兴趣，他欢喜到连家族父母都抛在脑后，说道："这个去处有趣，我就在这里过一生，纵然失了家也愿意，强如天天被父母师傅打呢。"

正这么想着，秦氏的身影不知什么时候已经消失了，转而有一位美丽的"神仙姐姐"伴随着缥缈的歌声走来。她说自己叫"警幻仙姑"，掌管人间的风情月债、世间的女怨男痴，还邀请宝玉到自己的仙境做客。

宝玉自然欣然而往。他们穿过一座石牌坊，上面写着"太虚幻境"四个大字，来到一座宫门外，上面又横着"孽海情天"四字，旁边还有一副对联：

厚地高天，堪叹古今情不尽；
痴男怨女，可怜风月债难偿。

接着，贾宝玉就在警幻仙姑的引领下，看到了揭示金陵十二钗未来命运结局的簿册，听了《红楼梦》曲子，这是全书提纲挈领的大纲目。

在这一回中，警幻仙姑还做出了一个惊人的举动——让贾宝玉在梦中"初试云雨情"，而与他共赴巫山的仙女就叫"可卿"。警幻仙姑告诉宝玉，自己是奉宁荣二公的请托来警醒宝玉，让他不要"独为我闺阁增光，见弃于世道"。

在这场梦中，贾宝玉在警幻仙姑的引领下，看到自家主要女性人物的结局，其中也包括秦可卿。作者在梦中借判词和判曲对书中主要人物进行了介绍，暗示了她们的命运走向，并且明示了整部

《红楼梦》的结局就在这个梦中。警幻仙姑带宝玉进了薄命司，让他看册子，册子的每一页上都有一幅画并一首诗，暗示着贾府里女子的命运，结局大都是不幸的。贾宝玉看了似有触动，却并不理解其中含义，警幻仙姑只得作罢，又带他来到另一处所在，听新制的《红楼梦》十二支曲，曲词都是表达情感爱怨的无奈和无果，无论怎么挣扎都不过是水中月、镜中花，到头来只是一场空，还不如趁早抽身退步。贾宝玉听了只觉得声韵凄婉，但还是听不出个中名堂，心下一片茫然。警幻仙姑只得使出最后一招，让贾宝玉亲身经历一场情事。

于是警幻说，现在我只好再把我的妹妹许配给你，让她来教你云雨之事，带你走上领悟的道路。警幻仙姑的妹妹乳名叫作"兼美"，小字就是"可卿"。

直到这时，宝玉依然不觉悟，反而贪恋于柔情缱绻，与可卿难解难分。二人携手出游，误入迷津，看到"黑溪阻路，并无桥梁可通"，其中生出许多夜叉海鬼要将他拖入其中，被警幻仙姑大喝"作速回头要紧"。

警幻仙姑启发宝玉的其实就是"自色悟空"的过程。其中的深意在于，仙闺幻境之风光尚如此，何况尘境之情景哉。这么做的目的是让他懂得情爱到头也不过如此，纵是再快乐也挡不住时间转眼即逝，所以无须伤感，也不应留恋。

在这个梦境中，警幻仙姑长得像秦氏，而可卿又是秦氏的小名，梦中的可卿似乎就是宁国府秦可卿的仙界化身；这并不是说秦可卿真的同宝玉一起入梦，而是像宝玉初见黛玉时说"这个妹妹我曾见过的"，是仙幻交织之笔。所以当贾宝玉在梦中即将坠入万丈深渊的时候，高呼"可卿救我"，现实世界中的秦可卿还在纳闷，自己的小名连贾府的人都不知道，怎么被宝玉在梦中叫了出来。曹雪芹大胆地写了贾宝玉的一种潜意识，或者因为当时的主流文化容不下这种惊世骇俗的问题，所以他的用笔隐晦之至，用梦境来表现。

《红楼梦》的哲理线索是"因空见色，由色生情，传情入色，自色悟空"。要达到"空"的境界，必然要经过"色"与"情"的阶段。而秦可卿在《红楼梦》中的象征意义就在于"情""淫"关系。警幻说，那些陷于"淫"中的纨绔子弟是"好色即淫，知情更淫"，"恨不能尽天下之美女供我片时之趣兴"，为"皮肤淫滥之蠢物"，这段话显然是在讽刺贾府中的其他老爷们，包括霸占儿媳秦可卿的贾珍。而贾宝玉则与他们不同，因"天分中生成一段痴情"，而被警幻定评为"意淫"之人，是有"情"而不"淫"的。因此警幻把可卿许配给宝玉，是希望教导他：一要维持这种"痴情"，不要走上"淫"的道路；二要"作速回头"，不要贪恋红尘中的旖旎繁华。

理解秦可卿的人物寓意，需要将她放在这种"以色悟空"的哲学背景之中。贾宝玉在这场幻梦中完成了人生的第一次觉醒；所以在听到秦可卿的的死讯时，他仿佛心口被戳了一下，吐出血来，因为这个人连同这场梦，已经刻进了贾宝玉的人生中。对宝玉来说，秦可卿为他上了人生的重要一课。

甲戌本有侧批云:"此梦文情固佳,然必用秦氏引梦,又用秦氏出梦,竟不知立意何属? 惟批书人知之。"就是在提醒读者注意秦可卿对宝玉出入太虚幻境、体悟"情""淫"关系的关键作用。

5. 秦可卿到底是怎么死的?

秦氏的死因在小说中被删得烟云模糊。但因为作者还有很多线索没有完全删去,所以前人对这个问题始终争论纷纷。比如王志尧、仝海天在《红楼梦精解》中提出,秦氏是"被尤氏逼迫而死";张锦池先生在《红楼梦十二论》中认为,秦氏是"精神苦闷"而死;还有学者认为,秦氏死于"从精神到肉体的虐杀"。

秦可卿在死之前生了一场病,因此从表面上看,她是病死的。秦氏生的究竟是什么病,小说里没有明说,只写请了一个非常高明的张太医来问诊。张太医开的药方是"益气养荣补脾和肝汤",并且说只要过了春分便无妨。但是,小说唯恐读者不多想,不断暗示秦氏的病与怀孕有关。除了张大夫提到的经血不能按时,还两次提及秦氏已两个多月没有来过月经,甚至两次说的话都完全一样。小说中屡次提及分不清"是病是喜"的断语,比如尤氏说"又说并不是喜",金荣的娘对尤氏说"定不得还是喜呢",贾珍说"断不透是喜是病",大夫说"或以这个脉为喜脉",旁边贴身服侍的婆子又说"有一位说是喜,有一位说是病",邢夫人听说后也问"别是喜罢"。

联系《红楼梦》后文就会发现,秦氏之死与尤二姐之死有很多相似之处。秦氏之病是在贾敬寿宴上公开的;尤氏姐妹的到来则是因为贾敬的葬礼。秦可卿和尤氏姐妹同时与贾珍、贾蓉父子发生了关系,秦可卿的行为属于"爬灰",而尤氏姐妹的行为则被称作"聚麀",都属于不伦之举。从秦可卿这一方来看,我们不清楚她与公公的纠葛是否出自本意,但尤氏姐妹则是半推半就地与贾珍、贾蓉保持了很长时间的不正当关系。秦可卿和尤氏姐妹都出身小户,而且都不是被亲生父亲抚养长大的。秦可卿童年的部分时光是在养生堂度过的,不知道亲生父母是谁;尤氏姐妹则是随母亲改嫁,从一个家庭到了另一个家庭,继父去世后,她们的生活陷入困顿。秦可卿和尤氏姐妹都是自杀而死,而且死因大体都与"淫"有关。当未婚夫柳湘莲发现尤三姐暧昧不清的过去,立刻想解除婚约,于是尤三姐拔剑自刎。尤二姐的自尽主要是由于王熙凤的折磨,而她暧昧的过去是把她推向难堪境地的重要原因——王熙凤知道这些事情并加以利用,不断在尤二姐面前提起往事,加剧了她心中的煎熬。秦可卿死后不久,她兄弟秦钟也一病而亡,尤三姐死后便是尤二姐之死。像秦可卿一样,尤二姐死前患的病,也让医生很难分辨是病是喜。把胡太医请来看病时,她已经三个月没来月经,只比秦可卿时间长一点，她和贾琏都认为是怀孕，医生却不这样认为："不是胎气，只是瘀血凝结。如今只以下迂血通经脉要紧。"但这个医生的诊断是错误的，他开出的药方导致"一个已成形的男胎"被打下，使得尤二姐的处境更加艰难。尤二姐正是在落胎之后生无可恋，吞金自杀。

这两个故事之间具有一种"影子关系"。前人做出过这样的推测：和尤二姐一样，秦可卿的症状可能也与怀孕有关。她并非因病而死，而是自杀身亡。这种推断可备一说。若真如此，我们也可以理解为何贾珍如此哀痛，以至于在葬礼上说出"如今伸腿去了，可见这长房内绝灭无人了"的惊人之语。儿媳去世，儿子还在，为何说"绝灭无人"呢？难免不引人浮想联翩，有没有可能她的孩子不是贾蓉的，而是贾珍的？若果真如此，那么这种事情更让人难以容忍。

秦可卿平时就是思虑极重的性格，心中又背负着这样的压力，对她来说无疑是沉重的打击。尤氏曾这样评价秦可卿："虽则见了人有说有笑，会行事儿，他可心细，心又重，不拘听见个什么话儿，都要度量个三日五夜才罢。"秦可卿"心重"的体现之一就是容不得自己的形象有丝毫瑕疵，比如病重之时纵然是医生来看病，都要换了衣服去见，甚至为此一天换四五遍衣裳。第十一回中，秦可卿已经病得非常重了，王熙凤去看望她，秦可卿拉着凤姐的手说了一篇冠冕堂皇的话，反复说公公婆婆拿自己当女儿对待，自己与丈夫贾蓉是如何相敬如宾。这些话听起来有些欲盖弥彰的意思，其实是在为自己辩解，可见她对自己的声名是非常看重的。焦大等人口中的"爬灰"让她陷于痛苦的境地，她要通过一遍又一遍地强调公婆待自己像女儿一样，来掩盖自己陷入的不正当关系。如果再加上一个让她根本无法辩驳的证据，很有可能会成为压垮她自尊的最后一根稻草。

秦氏在世的时候受到很多人的称许，其中就包括贾母，但是在听到她的死讯时，贾母对她的态度却发生了微妙的转变。书中写到宝玉听闻秦可卿的死讯，立刻要赶去宁国府，却被贾母拦下了：

> 才咽气的人，那里不干净；二则夜里风大，等明早再去不迟。

细味此语含义，有前人指出，想必贾母已知悉秦氏之死的内情，才会阻拦宝玉。曾经"重孙媳中第一个得意之人"，也成了冷冰冰的"才咽气的人"。这也从侧面说明，秦可卿的死背负了很多争议，她最终成为家族长辈口中讳莫如深的人。

所以在第五回中，宝玉在太虚幻境中看到秦可卿的判词，诗旁画着一座高楼，上有一美人悬梁自尽。这大概是一生要强的秦氏所能做出的最后选择。

6. 秦可卿托梦王熙凤有何深意？

秦可卿这个人物被塑造得亦真亦幻。她是生活在宁国府中的"蓉大奶奶"，又两次通过梦境给了《红楼梦》主角重要的人生启发。第一次托梦是引领宝玉进入太虚幻境，第二次托梦则是在临终时对王熙凤殷殷嘱托。这两次托梦都是为了突出她"幻情身"的特点，彰显这个人物身上的主题性意义。

在第十三回中，凤姐刚睡着，恍惚间看到秦可卿推门走了进来，含笑对她说道："婶子好睡！我今日回去，你也不送我一程。"她说自己舍不得婶子，前来与她告别，且还有一桩心愿未了，一定要说出来，而这件事告诉别人都不管用，唯有托付凤姐。这桩"心愿"，就是防止贾府日后败落、家业流散的方法。

秦可卿在世的时候就已经为贾府做了很多打算。她在王熙凤来探病时说过："如今得了这个病，把我那要强的心一分也没了。"说明她曾经很有一番抱负。秦可卿一向非常有责任感，对贾府事业的安排比王熙凤看得还要深远，这从托梦一事就可以看出来——秦可卿表现出了极强的理性精神。她先是夸赞王熙凤，称她是"脂粉队里的英雄，连那些束带顶冠的男子也不能过你"。随即话锋一转，指出这位"脂粉英雄"却不懂得"月满则亏，水满则溢""登高必跌重"的道理，不曾想过为贾府败落做些准备。

言尽于此，王熙凤却是只听进去了称赞她的好话，还因为秦可卿的夸赞而感到"心胸大快"。她问，你思虑得极是，那有什么法子能够永保无虞呢？秦可卿在梦中冷笑道："婶子好痴也。"她为何"冷笑"？因为此时她已看透一个事实：贾府中人仍沉浸在繁华梦中不愿醒来，幻想能长享富贵与安逸。她直接点破了这种痴想，告诉凤姐，根本没有人可以保证永远富贵，只有在家业还兴旺时为将来的衰世做打算，才勉强能算是永保家业。她随即说出了自己为贾府谋划的两条后路：一是保证祖坟祭祀，即使犯了罪，祭祀产业也不会被没收；二是要维持家塾供给，纵然家族衰弱，子孙还能有务农读书的退路，家族才有再次振兴的希望。

秦可卿是整部书中第一个说出"盛筵必散"、最早预告贾府衰亡的人。作为贾府的长孙媳，秦可卿尽到了她的责任，冷静地为贾府的家业做出安排，也提醒众人要为将来的事做好准备，只可惜她自己却因一场丑祸葬送了性命。

有意思的是，秦可卿对王熙凤交了"盛筵必散"的底，指出急流勇退的后路，却又告诉王熙凤很快就会有件喜事——元妃省亲。这说明贾家的"盛势"还未走到尽头，王熙凤还大有用武之地，与第五回贾宝玉梦游太虚幻境的结果一样，事情还早着呢，温柔和富贵还有得享用，所以还不到觉悟的时候。而王熙凤也困在自己的欲望里，在此后的人生中大概忘却了这个梦，并没有按照秦可卿的建议为家族预备后路。

秦可卿在现实生活中的形象是比较模糊的，除了他人的评价以外，我们只能从两个地方看到她在日常生活中的样子：一次是安排宝玉午睡；一次是她病中，宝玉和王熙凤前来探望。而她真正的形象，曹雪芹是放在梦境中来表现的。秦可卿两次"入梦"，对《红楼梦》整本书有着结构性意义。人间可卿的鬼魂就如同太虚幻境中的可卿仙子，都给贾府后人以启示和引导。那些幻境、迷梦和嘱托，既是预言，也是警示，尤其那一句"树倒猢狲散"，正是日后贾家败落的写照。

有人说秦可卿的名字谐音"可轻"，是可以轻视的意思。也有人说秦可卿背负了"淫"的罪名，是贾家破败的首恶。但是通过这两次托梦，我们能看出，背负了"淫"名的秦可卿，实际上是警幻仙子之妹可卿的化身，被寄予了"兼美"的理想。

7. 最早去世的秦可卿，为何排在十二钗的最后一位？

秦可卿是十二钗正册中的最后一位。《红楼梦》十二支曲中，属于她的曲子叫作《好事终》，也排在最末。在小说中，秦可卿在第十三回就去世了，这时整部《红楼梦》的图卷甚至还没有完全展开。

但单看判词和曲子,秦可卿却像是为"金陵十二钗"系列故事画上句号的人。作者之所以将最早去世的秦可卿安排在十二钗正册中的最后一位,是因为她的命运暗示着整个大观园女儿的大悲剧,对整部书的主旨有着总结、提示的作用。

秦可卿的判词是:

> 情天情海幻情身,情既相逢必主淫。
> 漫言不肖皆荣出,造衅开端实在宁。

这四句诗可分为两个层次:前两句是在讨论"情"与"淫"的关系,后两句则是在思考家族兴衰的原因。"幻情身"可以说是对秦可卿艺术形象的概括,她总是出入于真幻之间,"情"既是在现实世界中困缚她、给她致命打击的关键词,又是她在幻境中加以超越、对宝玉予以指导的重要命题。"情既相逢必主淫"就如同警幻仙姑所说:"是以巫山之会,云雨之欢,皆由既悦其色,复恋其情所致也。"联系警幻所说的这番话来看,真正因"情"而"淫"的并不是秦可卿本人,而是贾府中那些主导着生杀予夺权力的老爷们,是贾珍这个见色起意的公公——他贪恋秦可卿的美色,因"悦其色"而"复恋其情"。而判词的后两句,也不是在直接评价秦可卿本人,而是对贾府子孙的评价——"漫言不肖"的荣府子弟和"造衅开端"的宁府诸人。

《好事终》的曲子也有同样的寓意：

> 画梁春尽落香尘。擅风情，秉月貌，便是败家的根本。箕裘颓堕皆从敬，家事消亡首罪宁。宿孽总因情。

看似在说秦氏是红颜祸水，实际上是将矛头指向了她所处的污浊环境。正因为污浊的世间容不下秦氏这样的"尤物"，她才会卷入伦常的旋涡。"生的袅娜纤巧，行事又温柔和平"本来是秦可卿受人喜爱的原因，但在宁国府这样一个污浊世界中，"擅风情，秉月貌"却成为导致她死亡的根本原因。

"箕裘颓堕"的典故出自《礼记》：

> 良冶之子，必学为裘；良弓之子，必学为箕；始驾马者反之，车在马前。君子察于此三者，可以有志于学矣。

意思是说善于冶炼的人家要先学会缝补皮袍，因为在进行冶炼的时候是要穿皮袍的；而造弓世家的子弟要先学会做簸箕，这是为造弓做准备。所以"箕裘颓堕"是指没有好好地将祖先的家业继承下来，没有为了延续家业做任何准备。

对秦可卿的死，作者是痛惜、遗憾的。秦氏在世时，有可能成为提振宁国府家业的关键人物。她去世时，宝玉像是有所感知一样，

"哇"的一声,吐出一口血来。甲戌本在这里有一条侧批:

> 宝玉早已看定,可继家务事者可卿也,今闻死了,大失所望。

宝玉素日很少流露出对家族事务的担忧,这里的表现暗示着作者的态度——秦可卿死后,贾府失去了一个能操持宁国府事务的人,宁国府乃至整个贾府的"家事消亡"自此而始。判词中的最后一句,"宿孽"的意思是说前世的罪过带来了今生的灾难,也就意味着秦氏之死带来的后果是再也没有人能限制贾珍,宁国府将陷入更大的泥潭。

秦可卿的生命虽然早早陨落,但她的命运却有着重要的寄托意义,因此十二钗的体系如俞平伯先生所说是"首以钗黛,而终之以可卿"。秦可卿出入于仙凡之间,是太虚幻境中兼具黛玉、宝钗二人美好性灵的"兼美";她身上也有着"幻情身"的特点,有着对"情"与"淫"的哲学反思。秦可卿的死不仅预示了钗黛的悲剧,也暗示了在男权话语占主导地位的封建社会末期,青春女性注定是时代的牺牲品。这群集天地之精华的女儿,终究难逃"千红一哭""万艳同悲"的宿命。

8. 书中透露秦可卿"淫丧天香楼",是在批判这类女子吗?

《红楼梦》中存在三个"秦氏",第一个是"东府里蓉大奶奶",她是贾蓉的妻子、贾珍的儿媳;第二个是贾宝玉梦中的秦氏,她是警幻仙姑的妹妹,乳名"兼美",字"可卿";第三个则是在作者曹雪芹的家族中真实存在过的一位女子,是秦可卿故事的生活原型。

有学者做过研究,曹雪芹曾经见证过一桩类似于"淫丧天香楼"的事件。他将这件事写进了《风月宝鉴》,后来又移植到《红楼梦》中。但在家族中其他知道此事内情的人提醒之下,他最终将"淫丧天香楼"事件从书中删去,只留下一些烟云模糊之笔。

曹雪芹创作《红楼梦》的时候,距离现实中的"秦氏"丧命事件或已过去了很多年。家族中的子弟在不断反思这个女子的命运。到他写《红楼梦》的时候,族人对此事的态度应是以同情和谅解为主,并没有再去批判她这种"淫"的行为。脂批中说:"其事虽未漏,其言其意则令人悲切感服,姑赦之,因命芹溪删去。"意思是说这位女子的行为虽不光彩,但她说过的话和心中的一番意思却令人感佩。因此他让曹雪芹删掉了小说中对秦可卿淫乱行为的暗示,也是为了使现实中的秦氏不至于再受后人的指摘。

曹雪芹写作《红楼梦》的时候，对秦可卿的思考已经比写《风月宝鉴》之时更加深沉了。在将《风月宝鉴》中的可卿故事融入《红楼梦》时，他的思想已经发生了变化和超越，因此《红楼梦》对秦可卿命运流露出的更多是悲悯。结合秦可卿身份的多元性来看她的判词，我们发现，她是被作者当作整部书的主题性人物来写的，作者在她身上赋予了更多象征意义。

可以说，曹雪芹在秦可卿身上寄寓的更多是悔悟而非批判，这一点可以从王熙凤探望秦可卿时所点的两出戏看出端倪。第十一回中，王熙凤与秦可卿谈了很久的心，尤氏三番两次遣人来催凤姐看戏。凤姐出来之后点了两出戏，分别是出自《牡丹亭》的《还魂》和出自《长生殿》的《弹词》。这里安排凤姐点这两出戏的用意是非常丰富的，有学者专门撰文分析过。这里单说与秦可卿之死有关的寓意：这两出戏的女主人公杜丽娘、杨贵妃都是秦可卿"幻情身"的投影。

首先，《还魂》埋下了秦可卿即将身死、托梦于凤姐的情节伏笔。这出戏讲柳梦梅根据杜丽娘的魂灵指引，在梅花观起坟开棺，见丽娘"异香袭人，幽姿如故"。在这一回之后不久的第十三回，秦可卿就忽然"病殁"，死前与凤姐灵魂感通，托梦指引她需未雨绸缪、为家族衰落留下后手。这与杜丽娘托梦的情节颇有几分相似。为什么她选择托梦凤姐？秦可卿生前，在家族中并没有一位能与她魂灵感通的精神知己，凤姐是为数不多真正关心、同情她命运的人。凤姐点这一出《还魂》，实际也暗含着希望秦可卿能像杜丽娘一样转危为安、从鬼门关安然生还的愿盼。杜丽娘死于对爱情的渴望，秦可卿死于对情爱的绝望，凤姐对秦可卿的态度，也隐隐寄托着作者对其命运的惋惜和对现实世界中真情的向往。

其次，《弹词》隐约寄托了作者对秦可卿"罪行"的同情态度。《长生殿》可以说是洪昇为杨贵妃翻案的一部作品。在这部戏中，杨贵妃被设计成一个同样具有"幻情身"特点的角色，戏中说她的前身是蓬莱玉妃。《弹词》一出讲的是嫦娥召杨太真入梦，在梦中传授她《霓裳羽衣》的曲谱。醒来后，她就将这支曲子写了出来。对照秦氏的身世和行为，秦可卿本是太虚幻境的仙子，是警幻之妹；她也和蓬莱玉妃杨太真一样，落入尘网、沉沦于男女情事不可自拔，最终只能自缢身死。《长生殿》中还有一出戏叫作《情悔》，讲的是杨贵妃被缢死在马嵬坡后，鬼魂回到安史之乱现场，看到了百姓的流离之苦，于是对自己与唐玄宗的这段爱情有了一番悔悟之言。她不认为爱情有罪，但认识到自己与唐明皇的爱情因为身份和环境的特殊性，滋生在了不适合的土壤。而秦可卿的遭际和杨贵妃一样，现实环境将她逼入泥潭不可自拔。她有一个品行不端、视女人为玩物的丈夫，且迫于父亲之威，无力保护自己；公公又是一个好色且强势的人物，由不得她按照自己的意志选择人生。从这个意义上说，可卿和杨妃都死于女性对"情"的绝望，也都源于现实的不自由和自由意志的冲突。曹雪芹借这个人物的命运来反思"情"与"淫"的关系，诚如戚序本回后批语说："所感之象，所动之萌，深浅诚伪，随种必报。所谓幻者此也，情者亦此也。"

《红楼梦》通过贾宝玉的成长经历和见闻，不断讨论"情"与"淫"的关系，他最初接触到这两个概念就是在秦氏房中午睡之时。在梦中，警幻仙子向他阐释了"意淫"的概念，又让幻境中的秦氏作为他"情""淫"实践的引导人。所以秦可卿这个人物的象征意义之一，就是要讲述"情"与"淫"究竟是什么关系，讨论现实中的人应该如何面对"情"与"淫"。

第五编

「机关算尽」的凤姐

1. 王熙凤是美女吗？

在《红楼梦》第三回中，我们借着林黛玉的眼睛第一次见到了王熙凤的面容：

> 一双丹凤三角眼，两弯柳叶吊梢眉，身量苗条，体格风骚。粉面含春威不露，丹唇未启笑先闻。

里面提到的"丹凤三角眼""柳叶吊梢眉"好像给人一种来者不善的感觉，但是书中还频频提到，王熙凤"模样又极标致"，是个"美人胚子"。其实，王熙凤的形象不是在对标传统意义上的美女，而是突出了一种英雄的风姿。

在蒙府本中有一条侧批云：

> 非如此眼，非如此眉，不得为熙凤。作者读过《麻衣相法》。

《麻衣相法》是中国古代的一本算命书，据说是一位麻衣老僧传授给陈抟的。所谓"相法"，就是通过人的五官、相貌推断其命运走向的方法，这在今日看来当然属于迷信。曹雪芹究竟有没有读过这本书，我们尚未可知；但是，借助这套古人熟悉的相法体系，我们可以回到当时的历史语境中，推测作者想通过人物的外貌描写透露出什么样的信息。

结合古人的相法，我们会发现，王熙凤的长相其实是有点"矛盾"的，颇有"半善半恶、半吉半凶"的意味，这也照应着王熙凤作为"正邪两赋之人"的特性。比如王熙凤的眼睛是"丹凤三角眼"，"凤眼"被视为"聪明超越"的吉相：

> 凤眼波长贵自成，影光秀气又神清。聪明智慧功名遂，拔萃超群压众英。

这段话的意思是，凤眼既有灵秀之气，又十分提振精神，属于贵人之相，说明这个人是聪明智慧、出类拔萃的。但是"三角眼"的意味就不同了，相法中说"眼若三角，狠毒孤刑"，"眼为日月宜圆明，不欲三角相，有如此，其心不善"，是"心毒"的象征。

王熙凤的眉毛是"柳叶吊梢眉"。"柳叶眉"本是一种"主发达"的吉相：

> 眉粗带浊浊中清,友交忠信贵人亲。骨肉情疏生子迟,定须发达显扬名。

但所谓的"吊梢眉"则属于凶相。这种眉形的眉尾仿佛像被吊起来一般,眼尾上翘,眉外梢下垂,预示主人"孤寿",也就是虽然有钱,但膝下凄凉、没有子息。

综合来看,王熙凤的长相不属于传统意义上的美人,而是带着一股豪迈、飒爽之气。蒙府本侧批对此下了一则断语,说她是"英豪本等",不免令人联想起枭雄之姿。而且这种相貌吉中带凶,虽然乍见之下,给人以聪明机敏、出类拔萃、既富且贵的感觉,但在吉相之中,又隐隐有一丝狠毒孤绝的意味。

除了"模样又极标致""美人胚子"这样抽象的评价以外,曹雪芹数次以重彩浓墨精细描写王熙凤的装束形貌,分别从上、中、下三等人物的眼中再现其外形之美,这种描写方式在书中是绝无仅有的。

凤姐在《红楼梦》中的第一次出场是浓墨重彩的。那时林黛玉初到贾府,就感受到了"外祖母家与别家不同"。她面前诸人"个个皆敛声屏气,恭肃严整",自己也不敢多说一句话、多行一步路,唯恐坏了规矩,被人耻笑。在这样的氛围中,王熙凤被一众丫鬟、媳妇簇拥着走来,未见其人,先闻其声:"我来迟了,不曾迎接远客!"黛玉非常纳闷,什么人敢在这样的场合高声喧哗?随后,这

个人被一众丫鬟媳妇"围拥着"登场了,而她是那样的光彩夺目:

> 彩绣辉煌,恍若神妃仙子。头上戴着金丝八宝攒珠髻,绾着朝阳五凤挂珠钗;项上带着赤金盘螭璎珞圈;裙边系着豆绿宫绦双衡比目玫瑰珮;身上穿着缕金百蝶穿花大红洋缎窄裉袄,外罩五彩刻丝石青银鼠褂;下着翡翠撒花洋绉裙。

作者第二次细致描写凤姐的外貌,则是通过乡村农妇刘姥姥的眼睛。刘姥姥第一次进贾府时,看到的是日常理事时凤姐的样子:

> 那凤姐儿家常带着秋板貂鼠昭君套,围着攒珠勒子,穿着桃红撒花袄,石青刻丝灰鼠披风,大红洋绉银鼠皮裙。

之前的神仙妃子摇身一变,成了雍容、干练的当家少奶奶。这两处互为比照的外貌描写表现了王熙凤在家时的两种状态,但无论是在哪一种场合,都突出着她作为当家人的精明与利索。

王熙凤也很擅长利用着装塑造自己的"人设"。《红楼梦》中还特别写到她去见"情敌"尤二姐时的穿着。在第六十八回中,尤二姐眼中的凤姐又是另一副打扮:

> 只见头上皆是素白银器,身上月白缎袄,青缎披风,

白绫素裙。眉弯柳叶，高吊两梢，目横丹凤，神凝三角。俏丽若三春之桃，清素若九秋之菊。

因为当时是在守丧期间，所以王熙凤穿得十分素净，以纯白为主的打扮配上青黑色缎面的披风，间以少量月白色作为过渡。这次衣服的配色虽然素淡，但色彩对比仍然鲜明，神情间流露出的"目横""神凝"之态，也隐隐带有一股不怒自威的肃杀之气。身穿这样一身孝服，表面"俏丽""清素"的王熙凤，却深埋着戕害尤二姐的杀机。

小说中对王熙凤的容貌、神态和着装的描写并非闲笔，也暗示着王熙凤的命运。据庚辰、蒙府、戚序三本第二十一回回前总评，在佚稿中有"王熙凤知命强英雄"的回目。在这一回中，王熙凤落入狱神庙，沦为阶下囚，小红、茜雪和刘姥姥都曾去看望她。到那时，或许作者还会安排一次突出今非昔比、英雄末路的服饰描写，只可惜这部分文字我们现在无缘得见了。

2. "假充男儿教养"的凤姐为什么不识字？

王熙凤在书中经常被拿来与男人作比较。冷子兴评价她"竟是个男人万不及一的"，贾敏介绍她"自幼假充男儿教养"，秦可卿称她为"脂粉队里的英雄",贾珍说她从小"顽笑着就有杀伐决断"。但是,这样一个千金小姐、闺中英雄,居然是不识字的。

王熙凤有个小厮叫彩明,专门负责文书上的事;有时她还会请黛玉帮忙看账目。探春理家的时候,她和平儿聊天,连夸探春读书识字,比自己更有见识。由此可以看出,"假充男儿教养"的凤姐与"使他读书识得几个字,不过假充养子之意"的黛玉,所受的教育是完全不同的。

不读书的凤姐究竟接受了怎样的"男儿教养"呢?从小说来看,贾珍说她谈笑间杀伐决断,或许是指凤姐自小就经常跟随长辈出入各府,熟悉于迎来送往、交际应酬之事。

王熙凤来自"东海缺少白玉床,龙王来请金陵王"的王氏家族。王家是武官出身,并非书香之家。护官符上说王家的祖先曾荣任"都太尉统制县伯"。"县伯"是爵位名,古代有公、侯、伯、子、男五等封爵,伯以下皆封以县。王夫人之兄、王熙凤叔伯辈的王子腾官居京营节度使,后来升任九省都检点。清代并没有这样的职官,但根据史书《职官志》推测,太尉、节度使、统制、都检点都是品阶较高的武职。节度使一职初设于盛唐,统管一道或数州军事、民政、人事、财务皆可自主,安史之乱前后发展成为子孙世袭、拥兵自重的藩镇。统制,在宋代又名都统制,系大军出师征讨时总辖诸将的官员。都检点一职出现在五代后周时期,赵匡胤就曾任殿前都检点一职,统率禁军。曹雪芹拟这几个职官名是想告诉读者,王家地位显赫，是个有实权的武官世家。

在第十六回中，王熙凤曾夸耀过家世：

> 我爷爷单管各国进贡朝贺的事，凡有的外国人来，都是我们家养活。粤、闽、滇、浙所有的洋船货物都是我们家的。

在闭关自守的封建社会，王家无疑是最早与西方有接触来往的家族。她生长在这样一个有着国防、外贸和外交背景的贵族之家，自然也较早受到西洋风气的影响，并不以读书做文章为头等要紧事，却对经济贸易、人情交际等实务非常熟稔。

《红楼梦》里的人物形象从来不是一成不变的，他们的人生方向会因机缘、环境而发生改变，这种成长和改变也完全符合人物的行为逻辑。凤姐的成长环境和教育背景，可以解释她后来的性格变化和成长轨迹，也为其命运埋下了悲剧的根底。

在金陵十二钗中，王熙凤是一个颇具世俗色彩的形象，就像贾母那句玩笑似的品评："他是我们这里有名的一个泼皮破落户儿，南省俗谓作'辣子'。"因为没有接受过太多文化熏陶，凤姐并不能恪守读书人以士君子自居、高标道德修养的修身之道，却对物欲有着强烈的追求。她嫁入贾府后，凭借出众的待人接物能力得到了贾母的宠爱、王夫人的信任，并被委以重任，代管荣府家务。管事之初，她雷厉风行、八面玲珑的处事作风为众人所服膺，只是"待下人未免太严些个"。而随着年龄与生活经验的增长，加上"须眉浊物"和如"鱼眼珠"般的管事婆子等人的教唆、诱导，她"正邪两赋"性格中"恶"的一面逐渐开始滋长、生发。"登利禄之场，处运筹之界"，环境的浸染使得凤姐的私欲日益膨胀，在无个人道德修养加以节制的情况下，她逐渐把现实功利看作人生的最高价值，开始不择手段地追逐金钱与权力。囿于出身和成长环境，她终究成了一个被男性世界异化和埋葬的女儿。

3. 王熙凤的判词暗示了她怎样的结局？

在第五回中写到凤姐的判词：

> 凡鸟偏从末世来，都知爱慕此生才。
> 一从二令三人木，哭向金陵事更哀。

根据脂砚斋的提示，凤姐的判词要用"拆字法"来解读。判词的前两句是写凤姐的人物特点。"凡鸟"合起来是繁体的"凤"字。拥有非凡才能的凤凰偏偏生在末世图景之中，暗示着凤姐是逐渐走向衰败的贾府中出类拔萃的顶尖人物。而判词的后两句比较难解，目前已经发展出三十多种解释。概括前人的种种解读，较有共识的说法是："一从二令三人木"对应着贾琏对待王熙凤态度的三个阶段，从一开始的顺从，到后来的使令，再到最后的休弃。脂砚斋说要用"拆字法"来解读这一句，"人木"，就是休的拆字。从王熙凤的所作所为来看，她的人生是按照休妻的"七出之条"来设计的。

所谓"七出"，是指封建社会休妻的七个条件：

> 无子，淫泆，不事舅姑，多言，盗窃，妒忌，恶疾。

这七条是为妇为妻的大忌，均或明或隐地参与到王熙凤的形象建构中。俞平伯先生曾一针见血地指出，凤姐是"几全犯所谓'七出之条'"。

其中最为明显的一条是凤姐无子。凤姐一共怀过三次孕，却只诞下一个孩子。第一次怀孕生下了女儿巧姐；第二次怀孕是在第五十五回，"刚将年事忙过，凤姐儿便小月了，在家一月，不能理事，天天两三个太医用药"；第三次怀孕是在第六十一回，平儿劝凤姐"得放手时须放手"，提到"好容易怀了一个哥儿，到了六七个月还掉了"。

凤姐"无子"与"妒忌"的罪名是结合在一起写的。在封建社会，正妻无法生育，可以通过纳妾的方式完成为家族添丁的任务。如果凤姐按照这样的规则行事，是不至于被休弃的。但是，她有极强的占有欲和控制欲，绝对不会允许贾琏纳妾生子。嫁到贾家以后，她先是打发走了贾琏尚未娶亲时侍奉在侧的通房丫头和侍妾，后来迫于压力，让自幼服侍自己的平儿做了贾琏的通房丫头。但平儿也很少有机会侍奉贾琏，这在琏、平二人的言语间都有流露。在第二十一回中，平儿就曾对贾琏说："难道图你受用一回，叫他知道了，又不待见我。"这种情况在后文中愈演愈烈。到第四十四回，贾琏在与鲍二家的偷情时，曾露骨地表示："如今连平儿他也不叫我沾一沾了。"贾琏在外勾搭奴婢、仆妇，这些滥淫之事王熙凤自然知晓。她处理方式通常是：要么寻个不是将女人赶走，要么大闹、威胁。但贾琏好色，本性难移，去了旧人，又寻新人，如此循环往复。王熙凤希望贾琏能专心地与自己过一夫一妻的生活，但这在一夫一妻多妾的封建男权社会，是不可能被理解和认同的，反而坐实了她"善妒"的罪名，成了将她推向风口浪尖的原因之一。

直接坐实王熙凤"无子""善妒"罪名的，是她戕害尤二姐一事。原本贾琏只是贪图二姐的美貌，但贾珍、贾蓉给这段关系找了一个冠冕堂皇的理由："此时总不过为的是子嗣艰难起见。"后来，尤二姐果然怀上了贾琏的孩子，对凤姐的家庭地位构成了直接的威胁。因为尤二姐是贾琏真正迎娶进门的妾室，并且有可能生下继承家业的儿子，贾琏私下还有过承诺，只等王熙凤一死，就接尤二姐进府做"新奶奶"。因此，偷娶尤二姐一事从根本上触及了王熙凤在家庭关系中的逆鳞，这也是她一定要设下毒计，置尤二姐于死地的原因。

在这场暗藏机锋的斗争中,凤姐可谓是"妒得有计划,妒得狠毒彻底"。通过盘查,她得知尤二姐有个指腹为婚的对象张华,便唆使张华状告贾琏。告状的罪名很严重:"国孝家孝之中,背旨瞒亲,仗财依势,停妻再娶。"在这条连环计中,王熙凤同时挑战了以贾琏、贾珍为代表的夫权和族权,甚至不惜搭上家族的前途和命运。调唆告官时,原告张华"深知利害,先不敢造次"。凤姐却说:"便告我们家谋反也没事的。"《红楼梦》中有很多谶语,这句话或许也将一语成谶。然而王熙凤没有想到,张华在贾珍、贾蓉父子的威胁利诱下畏罪潜逃,至此她失去了最后一张王牌。此时凤姐"悔之不迭",生怕张华将事情泄露,日后翻案说出她调唆首告的实情。这对她来说将会是大罪名,是"将刀靶付与外人去"了。

张华这条路行不通,凤姐便开始设计尤二姐。这个计划分为几个步骤:首先是精神上的羞辱。她暗自散布流言,一面指使众丫头、媳妇等指桑骂槐,暗相讥刺;一面又将这些话直接告诉二姐,摧毁她的自尊心。之后是肉体上的折磨。凤姐装病,不再与尤二姐同餐,"每日只命人端了菜饭到他房中去吃,那茶饭都系不堪之物"。然后,她又借刀杀人,调唆贾琏新纳的妾——秋桐去凌辱、诬陷二姐。几面夹击之下,尤二姐在贾府中的处境越来越艰难,受了一个月的暗气就病倒了。到了这样的地步,凤姐还不肯放过她,请来庸医胡君荣,生生将二姐腹中一个成形的男胎打了下来。尤二姐的身心被折磨消耗，最终不堪受辱，吞金自尽。在整个过程中，王熙凤并未露出半点坏影，甚至在外人看来，还觉得她好心好意。其用意之歹毒、心计之深沉、计划之周密，读之令人悚然。

尤二姐死后，凤姐不肯出钱操办丧事，甚至当初贾琏托二姐保管的私房钱也被她吞了个干净，"一滴无存"。至此，凤姐还嫌不足，谎称二姐有痨病，要将她焚尸。这一系列行为狠辣决绝、不留余地，凤姐之毒在这件事中达到了巅峰。二姐死后，贾珍、贾蓉、尤氏及贾琏等都十分悲伤，贾琏还扬言"终久对出来，我替你报仇"。尤二姐事件让凤姐与丈夫之间产生了无可弥合的裂痕，埋下了日后贾琏休妻的伏笔。

在这段夫妻关系中，"无子"又不仅仅指她自己没有孕育子嗣，更是指她让贾琏一脉绝嗣。除了辈分更低、年纪更轻的贾蓉，在荣宁二府已婚的夫妻中，唯一没有子嗣的只有王熙凤与贾琏。所以关于害死尤二姐一事，戚序本在第六十五回目之首评曰：

> 凤姐不念宗祠血食，为贾宅第一罪人。

曹雪芹是将凤姐的人生悲剧与贾氏家族的衰亡史糅合在一起书写的。判词中预示的凤姐结局，也是整个贾府必然走向衰亡的命运缩影。根据脂批留下的线索推断，在贾府抄没败落之时，她的种种罪恶将被揭露，受到法律的追究，被囚禁于狱神庙等待清算。原先她所蔑视的夫权、族权、政权和神权,将联合起来给予她致命的打击。尽管有小红、茜雪等人的仗义相助,王熙凤仍然难逃"身微运蹇"的命运,最终被代表着夫权与族权的贾琏休弃,死于归乡的途中。《红楼梦曲·聪明累》以一句"忽喇喇似大厦倾,昏惨惨似灯将尽"描写她临死前的心理状态。蜕去凤凰绚丽的羽毛,成为"凡鸟"的凤姐将彻底失去所有可以依恃的支柱。在第十五回中,王熙凤她曾在馒头庵扬言:"从来不信什么阴司地狱报应。"甲戌、己卯、庚辰、蒙府本在"弄权铁槛寺"情节处都有双批:"回首时,无怪其惨痛之态。"

结合判词的预示和前人的推断,王熙凤在临终前或许会受到神权的威胁,在极端绝望中死去。直到此时,"痴人"王熙凤可能才认识到,丧失底线、不择手段地追逐金钱与权势,终究会落得一场空。

众叛亲离之后,凤姐将落得何种下场?《红楼梦》中出现过很多谶言,从各色人等口中说出最多的一句可能就是"凤姐会早死"。

王熙凤生日那天,鲍二家的与贾琏偷情时,就说过什么时候凤姐死了,倒把平儿扶正;贾琏偷娶尤二姐的时候,也和她说过,只等凤姐一死便接她进去做正室。前者尚且是情妇口中的一句诅咒,后者则是实实在在的许诺,甚至可以说,贾琏和尤二姐的婚姻其实是以王熙凤将死为前提的。

从偷娶尤二姐开始,凤姐的健康问题便在情节中埋下了"草蛇灰线"。从第六十七回开始,小说就写袭人"忽想起凤姐身上不好",要去看看凤姐,这才引出了"闻秘事凤姐讯家童"。在第七十二回中,鸳鸯和平儿聊天,说起凤姐是"血山崩"的大病。鸳鸯还提到,自己的姐姐就是害这病死的。这时凤姐已病了一月有余,只是"恃强羞说病",瞒着众人罢了。而在第七十四回中,凤姐强撑着病体参与了抄检大观园,"到夜里又连起来几次,下面淋血不止。至次日,便觉身体十分软弱,起来发晕,遂撑不住"。在第七十五、七十六两回中,由于生病,凤姐缺席了荣府的中秋家宴;至第七十七回,凤姐还病着,"仍命大夫每日诊脉服药,又开了丸药方子来配调经养荣丸"。这样徐徐写来,到了第八十回以后,凤姐的病想必会有一个爆发点。

在患病、养病的过程中,疾病对凤姐地位的负面影响已充分显现出来。如在第七十三回中,贾母查问园中聚赌之事,王熙凤的本意是以病推责,以免贾母怪罪自己,便忙道:"偏生我又病了。"但这样一说,凤姐便难以时常在贾母身边服侍,在府中的影响力大不如前。同在此回中,邢夫人在紫菱洲拒绝让凤姐伺候,说是"请他自去养病"。探春也因迎春乳母之事向平儿道:"你奶奶可好些了?真是病糊涂了,事事都不在心上,叫我们受这样的委屈。"

凤姐的病成了她众叛亲离的导火索。因她平时要足了强,给人留下一贯精明强干的印象,曾经连小产之后还要暗自筹划计算,想起什么便让平儿去回王夫人。凤姐当家时"机关算尽太聪明",让她成为众人眼中一台冰冷的机器，只有当其高速运转时才有存在的价值。这次病重不能理事，众人非但不加体恤，反而处处借病来讽刺、挤对，认为她开始怠懒怠惰，不再称职了。此时，她面临的危机不再限于小家庭内部的夫妻、婆媳矛盾，而是蔓延到整个荣宁二府。那些曾经受到凤姐辱骂、打压和虐待的奴仆，以及暗中嫉妒的势力，都在她病重期间趁势打压，让她尝到众叛亲离、世态炎凉的滋味。

王熙凤的判曲中写道："生前心已碎，死后性空灵。"根据判词、脂批等留下的线索推断，凤姐的结局很可能是早逝。"空"的意思是白白地、徒劳地，从"生前心已碎"来推测，她死前或许遭受了很多凌辱，在羞愧交加、伤心绝望中死去。在临终之时，历尽家族兴亡聚散、生死荣辱，或许她才终于参透了秦可卿托梦时的话，至此方完成"由色入空"的觉悟。

4. 王熙凤与贾琏之间有过真感情吗？

王熙凤与贾琏的夫妻关系很有意思。与封建社会传统的"夫为妻纲"不同，琏凤之间的关系是典型的"女强男弱"，而且两人之间存在明显的竞争。但不可否认的是，他们之间也曾有过夫妻真情。《红楼梦》中的琏凤之情与宝黛之情形成了一组鲜明的对照，不同于宝玉的"意淫",凤姐与贾琏的感情,诠释了所谓的"情淫"关系。

王熙凤初嫁贾琏的时候,他们是一对情投意合、旗鼓相当的夫妻。在王熙凤协理宁国府期间,贾琏去林黛玉家处理林如海的丧事,夫妻二人各自办事,成了宁荣二府的顶梁柱。在这个阶段,夫妻二人都处于事业上升期,有着共同的奋斗目标,希望在家族里立稳脚跟,因此感情也特别好。小说中多次写到凤姐对贾琏的思念和牵挂,这种感情是很真挚、很自然的。比如贾琏陪林黛玉回苏州期间,她每天夜间屈指计算行期,不知不觉算到三更,宛如古诗中"计程今日到凉州"的景象;在小厮回府报信的时候,她心中记挂贾琏,在处理丧仪直到很晚才回府的情况下,还要细细查问一路的平安消息,连夜为丈夫打点过冬的衣物,一直忙到四更,几乎通宵没睡。

书中写凤姐与贾琏的夫妻生活时,常有一些隐笔。比如在第七回中,周瑞家的给王熙凤送宫花,"只听那边一阵笑声,却有贾琏的声音。接着房门响处,平儿拿着大铜盆出来,叫丰儿舀水进去"。在第二十一回中,因为女儿病了,王熙凤和平儿要供奉"痘疹娘娘",贾琏搬出去住了十二天。当斋祭仪式结束,贾琏搬回卧室,"见了凤姐,正是俗语云'新婚不如远别',更有无限恩爱,自不必烦絮"。在第二十三回中,贾琏与凤姐在房中说话,贾琏说:"果然这样也罢了。只是昨儿晚上,我不过是要改个样儿,你就扭手扭脚的。"凤姐儿听了,嗤的一声笑了,向贾琏啐了一口,低下头便吃饭。这些地方如果不注意看,是看不出什么问题的,只觉得是一些家常举动,只有细细读来才知道,这是在写凤姐与贾琏之间的夫妻之事。脂批中将这种写法归纳为"柳藏鹦鹉语方知"之法:

> 阿凤之为人,岂有不着意于"风月"二字之理哉?若直以明笔写之,不但唐突阿凤声价,亦且无妙文可赏。若不写之,又万万不可。……略一皴染,不独文字有隐微,亦且不至污渎阿凤之英风俊骨。

与"妒忌"相比,书中对王熙凤的"淫泆"写得极其隐晦。我们也不禁疑惑,既然认为淫泆的描写会"唐突阿凤声价,亦且无妙文可赏",为什么又说"不写之,又万万不可"呢?

实际上,作者塑造王熙凤的形象时,结合了明清世俗小说的传统写法。在这类小说中,"妒"与"淫"相伴而生,写"妒妇"往往也会写到她作为"淫妇"的一面。以当下的视角来看,这当然是男性凝视视角下对女性刻板的评判和想象。但从心理层面来分析,"妒"与"淫"都根植于内心无法满足的欲望。

《红楼梦》对王熙凤的"淫"是写三分藏七分的,细细体味,才会发现作者写凤姐之"淫",其矛头不在凤姐本人,而是指向贾琏。如在第二十一回中,贾琏搬出房去,是因为家中要为生病的女儿供奉神仙祈福。但他搬出去之后，丝毫不在意女儿的病情，反而招惹多姑娘，大行秽乱之事。甚至连多姑娘都说："你家女儿出花儿，供着娘娘，你也该忌两日。"作者对这个场景的描写是很不堪的，丝毫不留情面，"那媳妇越浪，贾琏越丑态毕露"。脂批也如是评价："一部书中，只有此一段丑极太露之文，写于贾琏身上，恰极当极。"并在同一处中提醒读者："看官熟思：写珍、琏辈当以何等文方妥方恰也？"

由此可见，《红楼梦》全书中最露骨的风月描写都出现在贾琏身上，实是将"淫"的罪名指向贾珍、贾琏等人。而对于处在从属地位的女性，作者是带着同情的态度去描写她们的处境，这种对男女风月之事的思考也是超出时代的。

5. 王熙凤与邢夫人的婆媳矛盾从何而来？

"七出之条"中有一条是"不事舅姑"。"舅姑"在古代指公婆，王熙凤的公婆是贾赦和王夫人。长期不参与长房事务的打理，又与公婆不睦，这也是导致她最终被休弃的原因之一。

王熙凤与邢夫人之间的矛盾，从王熙凤嫁入贾府之初就一直存在，只不过起初她们双方各有所求、各取所需，这种矛盾尚不明显。

王熙凤嫁给贾琏后，夫妻二人与贾赦、邢夫人所在的长房没有特别密切的联系，反而一直帮助贾政与王夫人料理荣国府。这种局面的形成有着比较复杂的历史原因。首先，荣国府的大家业是交给贾代善的次子贾政来管理的。但贾政的正妻王夫人没有能力和精力管理好这份家业，需要帮手。起初留在贾政夫妇身边帮忙的人是凤姐的丈夫贾琏，凤姐过门后，留在二房帮忙料理内宅事务就成了顺理成章的事。其次，凤姐既是王夫人的侄媳妇，又是内侄女，同为王家人，她们很容易在贾府中形成坚实的联盟。王熙凤也因此得到了在贾母身边侍奉的机会，赢得了这位"老祖宗"的青睐。第三，贾赦和邢夫人一开始恐怕也不喜欢王熙凤待在自己家里，因为这对夫妻素日的行事作风是贪得无厌、奢侈无度的，如果多了精明能干的凤姐掣肘，邢夫人在银钱事务方面就失去了独行专断的权力。因此，凤姐被征调出去协理荣国府的家业，邢夫人起初应当是没有怨言的。

但是，随着家境的变化和事态的发展，邢夫人对王熙凤的不满与日俱增。邢夫人之所以同意王熙凤料理荣国府，还有一层潜在的原因：她希望儿媳能替自己在贾母面前周旋，以便获取更多的利益。但是渐渐地，她发现王熙凤不仅不会替自己美言，还时时站在王夫人这一边，有了钱也是搬到个人的小金库去，并不把自己这个正经婆婆放在眼里。

第四十六回"尴尬人难免尴尬事"就是婆媳矛盾直接爆发的转折事件。在这一回中，邢夫人找凤姐商议贾赦纳鸳鸯为妾一事，希望凤姐从中帮忙。没想到凤姐不但没有顺从公婆的意思，还任由邢夫人触怒贾母。在求娶鸳鸯一事之后，王熙凤与婆婆之间的关系陡然紧张起来。在第六十五回中，作者曾借兴儿之口评价过这件事造成的影响：

> 如今连他正经婆婆大太太都嫌了他，说他"雀儿拣着旺处飞，黑母鸡一窝儿，自家的事不管，倒替人家去瞎张罗"。若不是老太太在头里，早叫过他去了。

由于婆媳之间缺乏沟通，在彻底离心后，邢夫人对王熙凤失去了信任。在第七十一回中，作者写到，有小人在邢夫人身边日日调唆："老太太不喜欢太太，都是二太太和琏二奶奶调唆的。"邢夫人便"近日因此着实恶绝凤姐"。婆媳矛盾激化之后，邢夫人开始在公开场合中不留情面地弹压凤姐。比如她故意在家宴中当着众人的面"陪笑和凤姐求情"，说凤姐"不看我的脸，权且看老太太"，说完也不等凤姐反应，径自上车离去。这话相当于告诉众人：我的儿媳妇完全不把我放在眼里，需要我低声下气地和她讨情面。这番话说得凤姐又羞又气，脸憋得涨紫，忍不住赌气回房哭了一阵。由此可以看出，凤姐平时虽然深得贾母喜爱，在贾府中一向作威作福，手腕和权力看似都压过邢夫人；但是，受家庭地位和伦理秩序的约束，一旦婆婆真正开始弹压，王熙凤在婆媳关系中是处于弱势地位的。

此后，王熙凤在婆媳较量中逐渐落入下风。在第七十三回中，王熙凤听说邢夫人去了紫菱洲，便撑着病体赶去伺候。但是邢夫人听说，只是冷笑两声，命人出去说："请他自去养病，我这里不用他伺候。"这里没有写到凤姐的反应，但是一向要强的她，最终竟然落到讨好婆婆反遭冷遇的地步，"灰心转悲"的苦楚一切尽在不言中。

由此可见，王熙凤"不事舅姑"，虽然一开始是你情我愿、无伤大雅，但随着婆媳矛盾的不断激化，王熙凤逐渐背负了违背伦常的罪名，成为导致她众叛亲离、遭到休弃的重要原因之一。

6. 王熙凤的口才为什么成为她身败名裂的原因之一？

"七出之条"中有一条是"多言"。会说话原本是优点，但如果口角锋芒过盛，也容易走向物极必反、慧极必伤的境地。

王熙凤说话，最大的特点是快。熟悉王熙凤原型的评点者曾这样评价："凡三四句一气读下，方是凤姐声口。"可以想象，她不会像普通闺秀小姐一样慢条斯理地一句一句讲话，而是像连珠炮一样，能一口气说出很长一段话。

语速快还只是表面现象，王熙凤反应敏捷，言语中满是机锋和智慧。在第六回中，王夫人的陪房周瑞家的曾这样形容她：

> 如今出挑的美人一样的模样儿，少说些有一万个心眼子。再要赌口齿，十个会说话的男人也说他不过。

凤姐从小充男儿教养，在待人接物上格外敏捷大方，口才是她得以在家族中立身的重要工具。

在贾母面前，她是时时逗人开心的孙媳妇，常常用"反话正说"的方式来调节气氛。气氛欢快的时候，她的话往往能锦上添花。比如在第三十八回中，贾母说起自己儿时掉进水里，鬓角被木钉撞出一个窝儿时，未等众人接话，凤姐便将贾母比作老寿星，"神差鬼使碰出那个窝儿来，好盛福寿的"。而当场面尴尬、气氛凝重时，凤姐也能以三言两语化解尴尬，缓和气氛。在第四十六回中，贾母因为贾赦要纳鸳鸯为妾而"气的浑身乱战"，李纨早就带着姊妹们退了出去，王夫人被错怪，并不敢辩解一句。在这样尴尬的时刻，凤姐剑走偏锋，支派起老太太的不是来。她笑道："谁教老太太会调理人，调理的水葱儿似的，怎么怨得人要？我幸亏是孙子媳妇，若是孙子，我早要了，还等到这会子呢。"贾母顺势要把鸳鸯赐给贾琏。这时，凤姐的反应更快了："琏儿不配，就只配我和平儿这一对烧糊了的卷子和他混罢。"一来一往，现场剑拔弩张的气氛立刻就松弛下来，贾母的怒气也消了一半。

凤姐不仅善于逢迎长辈，也会细心照顾平辈和晚辈的感受。林黛玉进贾府时，凤姐充分展示了她的语言艺术。凤姐来时，头一句说的是："我来迟了，不曾迎接远客。"既带着歉意，又自彰身份，语气中更兼调侃，缓解了初来乍到的黛玉生疏和局促的情绪。后面的一番话更是面面俱到，照顾到了在场的每个人。她先夸黛玉的容貌，同时也会注意到不要因此冷落了在场的小姑子们，就说"这通身的气派，竟不像老祖宗的外孙女儿，竟是个嫡亲的孙女"。下面的话强调贾母对黛玉的宠爱和牵挂，"怨不得老祖宗天天口头心头一时不忘"。但是，她也不会忘记，黛玉是因为丧母才来到贾府，马上又说："只可怜我这妹妹这样命苦，怎么姑妈偏就去世了！"贾母笑责她这是招哭，凤姐又"忙转悲为喜"，连称自己"忘记了老祖宗。该打，该打"，这中间的情感切换是极为自然的。王熙凤讲话妥帖周全、滴水不漏，所谓"一万个心眼子"，在这数句之间表现得淋漓尽致。

她善于察言观色，洞彻人心，言语间又能把握分寸。当宝黛感情还没有在众人面前显露出来的时候，凤姐就已经敏锐地看透了这对少年儿女的心思。她是最早同黛玉开玩笑的人："你既吃了我们家的茶，怎么还不给我们家作媳妇？"虽然黛玉含羞笑说她"贫嘴贱舌讨人厌恶"，其实心里是欢喜的。

能言善辩给凤姐带来了很多好处。她以口才承欢贾母膝下，承接邢、王二位夫人的辞色，保护自己的既得利益与地位，周旋于贾府各群体之间。她能三言两语安抚平儿，拉拢赵、李二嬷嬷，弹压赵姨娘，威胁奴婢，张扬作为主子奶奶的种种威势……

但另一方面，在处理家庭关系时，多言有时会成为一把伤人伤己的利刃，她的口才也会化作杀人的刀锋。在她的言语机锋之下，贾琏如三岁小儿；贾瑞和尤二姐更被其言语所惑，最终落得身死的下场。

言语机锋不仅能伤人，也会伤己。凤姐好逞口舌之快，有时说话不留情面，这在无形中损害了她与府中各色人等之间的关系。以凤姐与妯娌之间的关系为例，李纨与尤氏都可归入贾母所说的"不大说话"之类，她们时常流露出对凤姐"口角锋芒"的微词。在第四十五回中，李纨领着众姊妹来请凤姐做诗社的监社御史，实际上是变相来向她讨要诗社的"活动经费"。王熙凤当然想到了这一层，于是当众替她算了一笔账，相当于把李纨的家底揭示开来。这段话让我们看到了这位清净守节、与世无争的寡妇的另一面——守财。细思当时的情境，这番话是很不留情面的，也彻底激怒了李纨。这位寡言讷语的大嫂说出了一串不加标点断句的话，说王熙凤讲的是"两车的无赖泥腿市俗专会打细算盘分斤拨两的话"。对一向寡言的李纨来说，这是她能说出的很重的话了。无怪乎脂砚斋评论称："心直口拙之人急了，恨不得将万句话来并成一句，说死那人，毕肖！"

相比李纨，尤氏和凤姐的关系更为亲昵，可在第六十八回中，凤姐得知贾琏娶尤二姐之后，对尤氏发起了暴风骤雨般地攻击。她来到宁国府大闹，"说了又哭，哭了又骂，后来放声大哭起祖宗爹妈来，又要寻死撞头。把个尤氏揉搓成一个面团，衣服上全是眼泪鼻涕"。尤氏在这件事中其实是颇为无辜的，她不仅要承受丈夫在外寻花问柳的痛苦，还要面对凤姐这位牙尖嘴利的妯娌的指责。小说中没有直接描写尤氏内心的感受，只写到旁边众姬妾丫鬟媳妇的赔笑求情："二奶奶最圣明的。虽是我们奶奶的不是，奶奶也作践的够了。当着奴才们，奶奶们素日何等的好来，如今还求奶奶给留脸。"凤姐是逞了一时的口舌之快，但是以言语之威将尤氏百般凌虐的同时，她与尤氏之间的情感也就此破裂。

对于凤姐的口角锋芒，贾琏也说过"太要足了强也不是好事"。这话既是抱怨，也带着劝解、警示的意味，"说的凤姐儿无言可对"。但凤姐本性如此，遇到事情第一反应便是逞口舌之快，以口才来弹压对方，而这也是她的性格缺陷所在。正如脂砚斋在第十六回中的一条批语："再不略让一步，正是阿凤一生短处。"王熙凤的口才为自己在家庭与家族中争取了最大化的利益空间，但是一旦将所有人都逼至绝境，自己也就变得孤立无援，再无半点回转的余地。

7. 王熙凤的权力欲望是如何膨胀起来的？

王熙凤是一个逐渐被权力欲异化的人。以弄权铁槛寺为分水岭，她的权力欲逐渐超出了道德的规约，走向不可控制的方向。

理家初期，王熙凤的才干很受众人的喜爱和认可。她能言善道、雷厉风行，连宁国府的主人贾珍也对她敬佩有加，请她来操持秦可卿的丧仪。王熙凤也没有辜负贾珍的信任，她一人操持两府事务，都料理得井井有条，不仅将秦可卿的丧事办得风光体面，还使管理混乱的宁府焕然一新。和李纨、尤氏不同，凤姐对事业成就有着很高的追求。面对理丧期间繁冗的工作，她反而在精神上倍感满足，"日夜不暇，筹画得十分整肃"。毫无疑问，凤姐有着过人的才干、坚韧的毅力，这是她能够坐稳荣府管家奶奶位置的重要原因。

随着管家日久，凤姐开始尝到权力带来的"甜头"。在贾府内宅事务之外，她干涉外事，包揽诉讼，借贾府势力勾连官府欺压他人、谋取钱财。最显著的一例是"弄权铁槛寺"。她借贾琏之名修书与长安节度使云光，拆散张金哥和守备之子这一对有情有义的未婚夫妇，逼死了两条性命，自己却安享白银三千两。得了这桩利益，她不仅没有丝毫的愧疚与不安，反而胆子越发壮大，"以后有了这样的事，便恣意的作为起来"，甚至说出"从来不信什么是阴司地狱报应"的话。虽然在今天看来，"阴司地狱报应"属于封建迷信，但在凤姐所处的时代，敬鬼神、信果报的思想深入人心，也是规约人们行为的"信仰枷锁"。而凤姐从弄权铁槛寺开始，逐渐舍弃了道德的规约，变得无所敬畏、无所顾忌，只信奉金钱、利益和手段。

而在府内，凤姐也逐渐开始"弄权"，利用管家奶奶的身份开拓个人的生财之道，这主要表现在纳贿和放债两件事上。例如贾芸谋事百般不成，送了凤姐十七两多银子的冰片、麝香等名贵香料，就谋得了种树的好差使。这也让族中远近之人都知道，凤姐是比贾琏更有权力的管家之人。又如王夫人丫头的父母为女儿谋补金钏儿之缺，就去凤姐处送礼。而她为了敛财，甚至向最亲密的人索要回扣。贾琏托凤姐向鸳鸯借一千两银子的当头，她就要二百两银子好处，气得贾琏说"烦你说一句话，还要个利钱"。她还公然挪用贾府的月钱放账，这相当于用公款作为本金，向外人放高利贷，所得的利息，却全都进入了她个人的腰包。

不仅是这些大额钱财，即便是小笔的银钱，凤姐也要算计。在第四十三回中，贾母提议众人凑份子给凤姐过生日，凤姐在贾母面前一口应承，说李纨的十二两银子由她代出。但等到尤氏收银子时，"按数一点，只没有李纨的一分"。尤氏也因此向平儿讽刺凤姐道："我看着你主子这么细致，弄这些钱那里使去！使不了，明儿带了棺材里使去。"由于对金钱的狂热欲望，王熙凤已从官僚地主阶级的少奶奶，一步步蜕变为带有近代资本家色彩的高利贷者，只要能弄到钱,她什么事情都敢干。

但凤姐忘记了,自己所依附的只是时代赋予的家族红利。作为贾府的掌权者,她能意识到眼前的危机,却无法超脱出个人得失的局限,来思考如何挽救这座将倾的大厦。所以即使秦可卿在临终时托梦示警,她也很快便将这些劝告抛诸脑后。因为一方面,这些建议超出了她的固有认知;另一方面,她在理家过程中,私欲不断膨胀。在贾府事业和个人家业的上升期,她顾不得贾府的前途,也不会想到自己所依凭的"冰山"正在逐渐融化。

8. 凤姐放账是为了把贾府的家私搬到娘家去吗?

凤姐在贾府特别喜欢自诩为王家人。赵姨娘曾议论,她要把贾府的家私搬到王家去。凤姐真的把贾府的钱都挪到王家去了吗? 其实不然。凤姐频频自夸家世,是为了把自己暗箱运作得来的"黑钱"洗白成王家的钱。而这部分收入也不是为了帮衬娘家,而是为了她与贾琏的小家庭。

在第二十五回中,赵姨娘和马道婆商量要陷害王熙凤时说:

> 这一分家私要不都叫他搬送到娘家去,我也不是个人。

庚辰本侧批说"这是妒心正题目"。赵姨娘的话是出于妒忌的诬陷，但也由此可见，关于王熙凤盗窃贾府财物的议论，在府中始终存在。

这样的议论起于何处？王熙凤在嫁到贾家之后，确实与王家还有密切的来往。书中常提到王家往贾府送东西的场面。如在第六回中，贾蓉来借玻璃炕屏。王熙凤说："也没见你们，王家的东西都是好的不成？"这件东西应当就是王子腾夫人送给王熙凤的。在第三十九回中，王熙凤送给李纨等人的菱粉糕、鸡油卷儿，也是"舅太太"王子腾夫人送来的。在第六十二回宝玉生日时，王子腾差人照惯例送来贺礼"仍是一套衣服，一双鞋袜，一百寿桃，一百束上用银丝挂面"。可见贾家与王家的交往一直十分密切，物品之间的往来也是频繁且寻常的事情。这难免不令有心人联想到，凤姐攒的梯己银子中，会不会有一部分夹带在日常往来中，被送到王家去了。这便是"把贾府家私搬到娘家去"谣言的来源。

既然是"搬"，就涉及来源和去向两个问题。

首先，凤姐放账用的钱是从哪里来的呢？这笔"本金"有三种来源：一是凤姐自己的梯己钱，包括她的嫁妆、月银和之前每次放账赚来的利息；二是贾府众人的月钱；三是帮人办事得来的"好处"，比如在馒头庵赚来的三千两。

第一种和第三种来源都好理解，至于第二种，用贾府众人的月钱放账是怎么回事呢？在第三十九回中，袭人问平儿，为什么这个月的月钱还没有发放。平儿悄悄告诉她：

> 这个月的月钱，我们奶奶早已支了，放给人使呢。等别处的利钱收了来，凑齐了才放呢。

而且还透露了这笔钱的具体数额：

> 这几年拿着这一项银子，翻出有几百来了。他的公费月例又使不着，十两八两零碎攒了放出去，只他这梯己利钱，一年不到，上千的银子呢。

袭人听了，连说凤姐"没个足厌"，"拿着我们的钱，你们主子奴才赚利钱，哄的我们呆呆的等着"。作为贾赦的儿媳，凤姐对这部分钱并没有所有权，她这种行为属于挪用公款、中饱私囊，有"盗窃"之嫌。

既然凤姐会挪用公款放债，那么料理家务的时候，常常会遇到用钱时本金尚未收回的情况。所以，凤姐时常表现出精打细算的一面，甚至到了一点点利钱、份子钱都要算计的地步。上文讲到凤姐算计李纨份子钱的事情，便是一例。

那么，凤姐放账得来的钱被用在了何处？实际上，她并没有把这笔私房钱搬去王家，而是攒了起来，为自己与贾琏的小家庭做长远打算。瞒着贾琏攒钱的事情，平儿是知情并且支持的。她曾经说过："我们二爷那脾气，油锅里的钱还要找出来花呢，听见奶奶有了这个梯己，他还不放心的花了呢。"可见凤姐与平儿偷偷经营财产，将贾琏都蒙在鼓里，是因为两人都有危机意识，对这位男主人的脾性极其不放心。身为贾府实际的"主理人"，凤姐对家中的财政危机再了解不过。她之所以不断敛财，很重要的一个原因便是为了防止未来生活陷入窘境。在第七十二回中，凤姐算过一笔账：

> 我也是一场痴心白使了。我真个的还等钱作什么，不过为的是日用出的多，进的少。这屋里有的没的，我和你姑爷一月的月钱，再连上四个丫头的月钱，通共一二十两银子，还不够三五天的使用呢。若不是我千凑万挪的，早不知道到什么破窑里去了。如今倒落了一个放帐破落户的名儿。既这样，我就收了回来。我比谁不会花钱？咱们以后就坐着花，到多早晚是多早晚。

为了掩人耳目，王熙凤在金钱方面受到指摘的时候，总是抬出娘家来做挡箭牌。也是在这一回中，贾琏因为借钱不成，含沙射影地指责凤姐挪用公款放债："你们这会子别说一千两的当头，就是现银子要三五千，只怕也难不倒。"凤姐迅速听出了丈夫的言外之意,马上用一大篇话进行回击,开头就是:"我有三千五万,不是赚的你的。"又通过贬低贾家、抬高王家的方式来进行反击:"我们王家可那里来的钱,都是你们贾家赚的。别叫我恶心了。你们看看你家什么石崇邓通。把我王家的地缝子扫一扫,就够你们过一辈子呢。"并把自己积攒下的财产都归为嫁妆:"说出来的话也不怕臊!现有对证:把太太和我的嫁妆细看看,比一比你们的,那一样是配不上你们的。"

事实上,众人皆知凤姐在理家期间积累了巨额财富;凤姐也深知,这笔钱的来历是不能拿到台面上说的,所以她才把这些钱说成是王家的。这样一来,这笔钱财就连贾琏也没有支配权了。

"盗窃"也是"七出之条"中的一项罪名。凤姐这样一个背景殷实的大家闺秀,乍一看与"盗窃"两个字没有任何关系。但是放债一事,是凤姐在理家期间难以掩盖的实际作为。原本是以巩固小家庭为目的的敛财举动,最后却成了琏凤夫妻离心离德,乃至分崩离析的关键内因,这却是凤姐在敛财之初始料未及的。

9. 王熙凤究竟是善还是恶?

红楼诸钗中,王熙凤是一个极其复杂的人物,她的性格也是整部小说中层次最丰富的。因此,后世很多评论家和研究者都将凤姐视为与贾宝玉并列的主角之一。关于王熙凤是正是邪的评价,从这部书问世起,就为历代读者、评点家争论不休。比如清代评点家护花主人王希廉就对凤姐持完全否定的态度,将她的品德归为一个"恶"字;另一位清代评点家太平闲人张新之甚至痛斥她为"禽兽"。到了二十世纪,一批学者对凤姐重新进行了审视和评价。比如王昆仑先生在《王熙凤论》中提出,凤姐是一个生命力旺盛、头脑敏锐的典型少妇,还概括了一句非常经典的定评:"恨凤姐,骂凤姐,不见凤姐想凤姐。"

实际上,《红楼梦》将王熙凤与贾宝玉、林黛玉等人一并视为"正邪两赋而来一路之人"。这个概念本是第二回中贾雨村用来评价贾宝玉的。他说,天地间的人,除了大仁、大恶两种类型以外,还有一种人兼具"清明灵秀"的正气与"残忍乖僻"的邪气。他们"在上则不能成仁人君子,下亦不能为大凶大恶",聪俊灵秀在万人之上,乖僻邪谬不近人情之态又在万人之下。贾雨村的这番论述同样适用于王熙凤。在这个人物身上,有太多相矛盾的特质。所以脂砚斋说她"可畏可恶",堪为"聪明中的痴人",是非常精当的评价。

如何理解凤姐性格中的"可畏"与"可恶"?不可否认的是,她的性情中有极冷血、极狠毒的一面。最受人诟病的是她身上背负着几条人命:将贾瑞玩弄至死、弄权铁槛寺害死一双有情人、借刀杀人戕害尤二姐。她还是个狠辣冷酷的弄权者、投机者,放账、弄权的手段厉害非常。为一己私利枉顾人命,在她看来却没有任何心理负担，反而因为尝到了甜头而"胆识愈壮"，恣意妄为。

处理家族事务时，作为大家族的当权者和执法者，她不能做到秉公持正，而是"顺我者昌，逆我者亡"；更为了一己之私，擅自挪用祖产和众人的月钱放贷，这相当于监守自盗、中饱私囊。她逐渐在权力与欲望的迷障中迷失了自己，只顾利用手中的权柄中饱私囊，缺乏为祖业做长远打算的战略眼光，完全辜负了秦可卿托梦时的嘱托。种种行为，无异于"在其位不谋其政"。

在家庭关系中，她"牙尖嘴利""脸酸心硬"，逞口舌之快，得理不饶人。在尤二姐事件中，她在宁国府大闹一场，将尤氏羞辱得哑口无言。这固然为她带来一时的优势，却也招致了很多非议与积怨，惹得尤氏直说她"太满了就泼出来了"。凤姐性格中的种种可畏之处，逐渐使她人心尽失，曾经受到羞辱和辖制的婆婆、妯娌、丈夫，最终都与她反目成仇。

但不可忽视的是，王熙凤的人格底色中也有"可亲""良善"的一面，甚至有种"侠气"。她对待贾府的客人极其慷慨，除了对刘姥姥"怜贫惜老"，后文中还写到她对袭人、邢岫烟的暗自关照。在第五十一回中，袭人要回家探望病重的母亲。凤姐看到袭人身上的袄子旧了，就把自己平日穿的那件石青刻丝八团天马皮袄子送给她，又命平儿把一个玉色绸里的哆罗呢的包袱拿出来，再包上一件雪褂子。如果说照顾袭人尚且有讨好王夫人的原因，那么她对邢岫烟的关照则完全属于雪中送炭。平儿看到大雪之中，众人或穿羽纱、或着猩猩毡,只有邢岫烟是一件旧斗篷,拱肩缩背,便自作主张拿了凤姐的一件大红羽纱雪褂子送给岫烟。凤姐得知也不怪罪,反而开玩笑说:"我的东西,他私自就要给人。我一个还花不够,再添上你提着,更好了!"我们知道,凤姐平日管理下人是很严苛的,但如果真遇到了事,她却能体现"济弱扶危"的祖风。这是她能够屹立在管家位置上的原因之一,也体现着她性格中的复杂性。

在家常相处中,凤姐也并非总以刻薄、狠辣的面目示人。她对上能时时讨贾母开心,一人说说笑笑便"抵得十个人的空儿";对下又一向照顾众姊妹的生活,是姊妹口中的"好嫂子"。无事时,凤姐与平辈的妯娌、园中的仆妇相处亦非剑拔弩张。在尤二姐事件之前,与尤氏相见总是互相"笑嘲一阵";也会和平儿、鸳鸯等丫鬟在螃蟹宴上笑闹成一团。这种平易近人的可亲做派,在贾府的其他太太、奶奶身上是很少见的。

可见,如果用可视化的方式来呈现王熙凤性格的话,这张"性格图谱"一定不是单一的线性结构,而是复杂的网状结构。凤姐的人物形象,是由一组组对立统一的要素组成的。这些性格特质往往呈现出"对举"的特点,往前一步便是善,往后一步便是恶。聪明可以演变为奸诈,伶俐可以发展成权变,幽默可化为阿谀,争强好胜可变为贪得无厌。这种既相互对立又互相浸染的性格特质,构成了凤姐性格中"正邪两赋"的复杂底色。正像"正邪两赋"之人既不能"修治天下",也不能"扰乱天下"一样,王熙凤注定不是贾府末路的救世者，但也不会是亲手葬送贾府前程的元凶。她所有的聪明与刁恶是一柄指向自身的双刃剑，最终"反误"的是自己的"卿卿性命"。

脂批中曾将尤氏与王熙凤对比，称尤氏的德行比凤姐高十倍，可惜不能谏夫治家。脂砚斋的评价并不是在批评凤姐、为尤氏翻案，而是将这种性格差异归为"人各有当"：

> 此方是至理至情，最恨近之野史中，恶则无往不恶，美则无一不美，何不近情理之如是耶？

这段话的意思是，正、邪相生，美、恶兼备，才是一个正常人的真实模样。《红楼梦》塑造的人物皆是具体环境中的人物，这些人物既非大奸大恶，亦非大贤大愚，而是兼有正邪两种品格。书中曾借石头之口，谦称他们为"小才微善"之人。作者通过塑造这类人物来提醒世人，在看待书中人、身边人的时候，不应武断地打上非黑即白的好恶标签，往往需要从"正邪两赋"的视角着眼，把握他们具体的成长和生活环境，分析和体会这类人物为何会在特定场景中做出如此举动，否则就成了贾雨村在论述"正邪两赋"之人时批评的那样——"可惜你们不知道这人来历"，"也错以淫魔色鬼看待了"。

第六编 『原应叹息』话三春

1. 迎春的悲剧源于她懦弱的性格吗？

迎春在贾府女孩子中排在第二，年龄仅次于元春。她在《红楼梦》中似乎很少说话，提起她，我们往往会想起"二木头"的标签。同时，她身上又萦绕着很多谜团——为什么作为贾赦的女儿，她会被养在王夫人房中呢？她究竟是正出还是庶出？身为贾府小姐，为什么连仆人偷东西她都不敢过问？嫁给"中山狼"孙绍祖后，她有着怎样的人生结局？

关于迎春生母是"妻"还是"妾"的问题，学界众说纷纭。有说是贾赦"前妻"的；有说是贾赦之"妾"的；还有说是贾赦曾经的妾，后来扶正了的。这些争议是因为《红楼梦》中对他人的称呼时有不统一之处。从书中明确写到的关系来看，迎春的生母应是贾赦曾经的一位妾室。

在第二回中，冷子兴曾交代，迎春"乃赦老爹之妾所出"。到了第七十三回，邢夫人说迎春"是大老爷跟前人养的"——"跟前人"就是妾的意思。邢夫人还把这位"跟前人"与赵姨娘相提并论，认为迎春生母比赵姨娘"强十倍",可惜如今已经死了。

迎春是贾赦之妾所生的女儿。因贾赦的正妻早早去世,年幼的迎春无主母教养,便在二房主母王夫人的照拂下长大。迎春、探春、惜春这三位小姐儿时都与贾母一同居住。黛玉进府后,她们便搬到了"王夫人这边房后三间小抱厦内",由李纨陪伴照管。众姊妹之中,与迎春最为交好的是三妹妹探春,她们时常在一起弈棋,迎春受了委屈,也往往是探春帮她出头。

在贾府上下,迎春与探春常常被拿来对比。邢夫人天性凉薄却好面子,看到贾母见客总带着探春,却当没有迎春这个人似的,心中时常不忿。她还对迎春说,你们两个都是庶出的女儿,曾经你娘要比赵姨娘强十倍,怎么你反而比不上探春一半。当迎春身边的大丫鬟司棋向小厨房加菜、索要蒸鸡蛋时,厨房里的仆妇不愿做,也拿探春出来当挡箭牌,说探春是"明白体下的姑娘,我们心里只替他念佛"。言下之意是,迎春没有探春会为人处事,让丫鬟来给自己添麻烦。

迎春在贾府中的地位是比较尴尬的。她的生父贾赦行事荒唐,不受众人的爱戴;继母邢夫人唯利是图,对她并非真心疼爱,只是情面塞责;在同父异母的哥哥贾琏和嫂子王熙凤眼中,她只是一个与邢夫人博弈的筹码,时常将她当作累赘,双方互相推诿。在第四十九回中,凤姐为新来的邢岫烟安排住处,将其送去与迎春一处居住,原因是"园中姊妹多,性情不一",而迎春是个针扎了都不说一声的老好人，万一产生矛盾，承受邢夫人指责的自然是她这边的女儿迎春。但是迎春实际上"是个有气的死人"，根本没有照顾亲戚的能力，甚至连自己都照顾不好，闺中常用之物经常短缺，也无人照管。在夹缝中成长起来的迎春，对这种亲属关系恐怕早已彻底失望，只寄望于全身远祸。

迎春在生活中总是沉默的，她不会因为自己才华平庸而感到自卑，也甘愿做一个低调的人，从不为自己的利益得失挂心。在第二十二回中，众人猜元妃制作的灯谜，只有迎春和贾环没有猜中。这时贾环"便觉得没趣"，而迎春"自为玩笑小事，并不介意"。刘姥姥二进荣国府时，众人玩起行酒令的游戏，黛玉"只顾怕罚"，连自己说出违背家教的戏文唱词都没有意识到；而迎春却根本不在意输赢，说错了韵被罚，只是"笑着饮了一口"。在大观园的结社活动中，不大会作诗的迎春甘愿做出题限韵的监场，安静地为大家服务。

迎春的人生是谦退的，也是自洽的。但在那个"风刀霜剑严相逼"的环境中，温顺的性格却成为一把双刃剑，不仅无法让她全身远祸，反而被卷入更大的是非争端之中。当贾府日益衰败、大大小小的矛盾浮上水面时，温顺的迎春成了首当其冲的受责者。在第七十三回中，贾母要严查仆妇夜间聚赌的事情，查到三个为首的人中就有迎春的乳母。这位照顾了迎春十余年的妈妈被杖责四十大板，撵出了大观园。这个处罚是相当严重的，而众姊妹的求情都没能换来贾母的宽恕。这无异于是在严苛地指责迎春御下不严，因此一向诸事不挂心的她也感到"心中不自在"起来。

更大的风暴发生在抄检大观园之时。王熙凤带领的"抄家队伍"最先来的便是李纨、惜春、迎春三人的住处。迎春的大丫鬟司棋是抄家提议者王善保家的外孙女，偏偏这晚查到的第一件赃物就在司棋的箱子里。司棋与表弟潘又安私通款曲，箱子中藏着潘又安日常穿的鞋袜，以及潘又安写给她的一张"大红双喜笺帖"，将二人的风流故事写得明明白白。丫鬟与外男私相授受，是贾府绝对不允许的丑事，因此司棋成了抄检大观园事件中第一个被驱逐出去的"罪人"。迎春对旁人漠不关心，但与陪伴了数年的司棋之间却有着很深的感情。最在意的身边人被逐出府去，"语言迟慢，耳软心活"的迎春竟然毫无办法，甚至在司棋被带走的时候，连一句作主的话都说不出。人们对迎春的批评往往是因为这件事，她的懦弱与自保，最终牵连到了真正关心她的身边人。

仔细分析会发现，迎春的行为并非完全是出于对现实的随波逐流。实际上，她与惜春一样，有一套自洽的价值观。书中写到迎春文才平庸，但她对一本书格外有钻研的精神——《太上感应篇》。当丫鬟和仆妇争论起被偷的累丝金凤首饰时，迎春劝不住她们的争吵，便"自拿了一本《太上感应篇》来看"；当探春与平儿替她处理此事的时候，她也只在一旁和宝钗讨论"感应篇"的故事，全不听她们在理论些什么。《太上感应篇》被称作"劝善第一书"，融汇儒道两家思想，劝化各个阶层的人"积德行善，慈心于物"。此书认为，如果按照书中的道德要求行事，可免除自己所面临的灾厄；如果不行善事、不除恶念，就会有因果报应降临。迎春不主动争取、不作任何计较的处世态度，类似于此书中所宣扬的"受辱不怨，受宠若惊"。而这种价值观，恰与王熙凤说过的"从来不信什么是阴司地狱报应"形成了鲜明对比。

但是，"善恶有报"的价值观并没有为迎春带来丝毫救赎。迎春的归宿，是被父亲贾赦用五千两银子匆促卖给了"中山狼"孙绍祖做媳妇。孙家与贾家是世交，但孙家"当年不过是彼祖希慕荣宁之势，有不能了结之事才拜在门下的，并非诗礼名族之裔"。孙绍祖在婚后的嘴脸狰狞不堪，"一味好色，好赌酗酒，家中所有的媳妇丫头将及淫遍"。迎春出言相劝时，便威胁要将迎春"打一顿撵在下房里睡去"。迎春归省时，对王夫人说起自己所遭遇的一切，王夫人也只说了一句："我的儿，这也是你的命。"当她听到王夫人用命中注定来解释这一切时，终于控诉出"我不信我的命就这么苦"。至此，那个独坐在花荫底下拿针穿茉莉花的女孩子，终究是幽香远逝了。

迎春的婚姻和结局刚好处在《红楼梦》原书与续书的分界线上。在第七十九、八十回中，作者写到了迎春的出嫁和归省。虽然书中尚未写到她最终的结局，但从这两回的情节已经可以看出她的悲剧命运。从判词和十二支曲来看，作者对懦弱的迎春抱有极大的同情：

中山狼，无情兽，全不念当日根由。一味的骄奢淫荡贪还构。觑着那，侯门艳质同蒲柳；作践的，公府千金似下流。叹芳魂艳魄，一载荡悠悠。

曾扬华先生曾有言，论"安分随时"，宝钗假，迎春真；论"槁木死灰"，李纨未完全做到，迎春才够格；论"悟彻"，惜春晚，迎春才是大观园里最早、最"悟彻"者。迎春是封建时代普通闺阁女性的缩影，她的结局也概括出这类女子普遍的悲剧性命运。黛玉曾笑言，迎春是"虎狼屯于阶陛，尚谈因果"，也就是说，她身处虎伺狼顾的危险环境中，仍然相信冥冥之中自有因果报应，而不施以任何作为。迎春的结局让我们看到，如果完全按照封建时代要求女性的善良、忍让、无才来规划自己的生活，将人生的希望寄托于虚无的因果报应，最终只会受到更为严酷的侵害。

2. 探春为什么对生母赵姨娘如此冷漠？

探春的生母赵姨娘是贾政的妾室。以往有人批评探春对生母残忍、对兄弟冷漠，我们应当如何看待探春与赵姨娘这对母女的关系呢？

在书中，赵姨娘被写成一个卑劣无比、毫无自尊的人。她好像也不曾将探春当作亲生女儿来疼爱，反而总是试图从女儿身上索取好处。比如她听说探春给宝玉做鞋，就在背地里抱怨："正经兄弟，鞋搭拉袜搭拉的没人看的见，且作这些东西！"探春出钱请宝玉帮她从市井上买手工玩意儿，赵姨娘竟然抱怨说，为什么攒下来钱不给环儿使？在第六十一回中，在厨房干活的柳家的偶然间提到，探春和宝钗要吃"油盐炒枸杞芽儿"，就让人拿了五百钱来。柳家的说，这道菜二三十钱就够了，要将钱还回去。探春却说："一盐一酱，那不是钱买的。"让她将钱留下吃酒，也相当于帮屋里人不时去取用东西偿还了本金。赵姨娘听说此事，不忿起来，觉得太便宜了厨房里的人，"隔不了十天，也打发个小丫头子来寻这样寻那样"。赵姨娘平时就是这样紧盯着探春的银钱往来，还每每在背后议论女儿的作为。探春说赵姨娘心中揣着的"不过是那阴微鄙贱的见识"，这不只是一句抱怨，更是对这位生母日常行为的总结。

母亲的身份是探春人生中最大的困扰。古人认为，"妻妾不分则宗室乱，嫡庶无别则宗族乱"。《大清律》注中也有云，妻妾"贵贱有别，不可紊也"。在贾府这个遵循礼法的大家族中，妾的地位和奴婢一样，她生下的子女也会低人一等。在探春理家时，平儿与凤姐讨论起她的作为，凤姐连说了三个"好"字。转而又感叹道，可惜这样好的三姑娘，却"命薄，没托生在太太肚里"。平儿笑说，哪怕是庶出，也没人敢小看她的。而这时凤姐叹道：

> 你那里知道，虽然庶出一样，女儿却比不得男人，将来攀亲时，如今有一种轻狂人，先要打听姑娘是正出庶出，多有为庶出不要的。

探春自己也深刻地感受到庶女身份带来的无力感。她曾说，自己但凡是个男人，必定早早出去立一番事业，"偏我是女孩儿家，一句多话也没有我乱说的"。

探春平时战战兢兢、如履薄冰地经营着自己与长辈的关系，只能凭借自己的聪敏识体去争取家族长辈的认可。在第四十六回中，当贾母因为贾赦求娶鸳鸯一事错怪王夫人时，众人都不敢辩驳，只有探春留心王夫人心中的委屈，出头为嫡母辩冤。在第七十六回中，贾母在中秋夜宴上坐到四更天，姊妹们都各自睡去了，也只有探春还陪侍在侧。贾母心疼地说："只有三丫头可怜见的，尚还等着。"可见探春平日在长辈面前，总是这样察言观色、毕恭毕敬。

可想而知，当王夫人把管家权交付到探春手中时，她是多么珍惜这个机会——这几乎可以说是她施展才干的唯一机会了。但在这样重要的时机，生母赵姨娘不仅不能帮衬探春的事业，还会不分场合地触及她内心的隐痛。

在第五十五回中，探春刚刚理家，就遇上了赵姨娘的兄弟赵国基的丧事。探春先查了旧账，看到家里奴才出身的姨奶奶办丧事赏二十两，外头平民出身的赏四十两，便按照家规惯例赏了赵家二十两银子。这样的行事却让赵姨娘不服。因她听说此前袭人丧母时，贾府的赏银是四十两，便跑到探春面前，几近于撒泼打滚般地大闹。她说的话是非常不体面、非常令人难堪的，说探春是踩自己的头，自己在"这屋里熬油似的熬了这么大年纪"，"这会子连袭人都不如了"。

  赵姨娘的处事方式将探春推向了情绪崩溃的边缘。她并非无情无义之人，但希望坚持自尊，按照家规办事。作为生母的赵姨娘非但不能对探春的事业有所帮衬，还偏偏选在女儿初次理家的紧要关头来大闹，口口声声指责探春攀高枝，不照看赵家，还说"分明太太是好太太，都是你们尖酸刻薄，可惜太太有恩无处使"。这样的话，赵姨娘平常也经常提起，所以探春才会说："何苦来，谁不知道我是姨娘养的，必要过两三个月寻出由头来，彻底来翻腾一阵，生怕人不知道，故意的表白表白。"

  我们站在探春的角度来分析一下此时的情境。赵姨娘选择来大闹的时机，是一个极为敏感的时刻。这时，探春刚刚代理家务，相当于"新官上任"，尚未树立起威信。赵姨娘的话不仅将探春一向回避的尴尬身份在最关键的时刻抖了出来，还给她如履薄冰的处境插上了一刀。探春脸白气噎，越发连母亲也不认。所以她第一件要反驳的就是"你舅舅"这三个字：

> 谁是我舅舅？我舅舅年下才升了九省检点，那里又跑出一个舅舅来？我倒素习按理尊敬，越发敬出这些亲戚来了。既这么说，环儿出去为什么赵国基又站起来，又跟他上学？为什么不拿出舅舅的款来？

探春从一出生就背负着庶出的身份，没有做选择的权利。就像贾环说过："我拿什么比宝玉呢。你们怕他，都和他好，都欺负我不是太太养的。"只不过探春一向要强，不会将这些委屈当作抱怨宣之于口。所以她只能尽量充实自己的内在，靠才干赢得嫡母的信任和众人的尊重。但母女关系有如脐带，永远割舍不断。母亲的不堪、母女间的误会与隔阂，都让探春时时感到如芒在背。

对女儿的处境和内心的痛苦，赵姨娘却无知无觉。她被塑造成一个一以贯之的"恶人"，哪怕是程高本的续书也依旧延续着这种形象。在续书中，当赵姨娘听到探春要出嫁时，反而十分高兴地跑来说了一番酸溜溜的话："姑娘，你是要高飞的人了，到了姑爷那边自然比家里还好。想来你也是愿意的。便是养了你一场，并没有借你的光儿。就是我有七分不好，也有三分的好，总不要一去了把我搁在脑杓子后头。"而探春也只能"又气又笑，又伤心，也不过自己掉泪而已"。

母亲如此不堪，作为一个感情丰富的女儿怎能不伤感、不困扰呢。探春的"气""伤心""掉泪",都是在表现她内心深处的无奈、不安和痛苦。她不仅是在伤悼身世,更是在伤悼自己的命运。她想要摆脱困境、掌握命运,但最终只能伤心、失望。探春在面对母亲的时候,始终都不是一个胜利者。

平心而论,作者的写法对赵姨娘来说是有些不公平的。她并不是一个不近人情的怪物,想必也曾有过像袭人、平儿那样的"黄金时代"。如果设身处地地代入赵姨娘的立场,她固然心术不正,但对探春的某些要求,比如照顾娘家之类,也并非完全不可理解。只不过,封建时代对妾室与庶女身份的强调,将这对母女的关系推向了误解和分裂。无论是探春还是赵姨娘,都是被封建制度所侮辱和损害的人。

3. "结社"为何是由探春提出?

"结社"活动由探春提出并非闲笔,这与探春的才华志趣和组织才能有着直接的关系。

在第三十七回中,贾政点了学差,匆匆启程赴任。宝玉顿时消除了课业责问的压力,每日在园中纵性游逛。这时,他收到了一封来自三妹妹探春的花笺:

娣探谨奉

二兄文几：前夕新霁，月色如洗，因惜清景难逢，讵忍就卧，时漏已三转，犹徘徊于桐槛之下，未防风露所欺，致获采薪之患。昨蒙亲劳抚嘱，复又数遣侍儿问切，兼以鲜荔并真卿墨迹见赐，何瘅瘵惠爱之深哉！今因伏几凭床处默之时，因思及历来古人中处名攻利敌之场，犹置一些山滴水之区，远招近揖，投辖攀辕，务结二三同志盘桓于其中，或竖词坛，或开吟社，虽一时之偶兴，遂成千古之佳谈。娣虽不才，窃同叨栖处于泉石之间，而兼慕薛林之技。风庭月榭，惜未宴集诗人；帘杏溪桃，或可醉飞吟盏。孰谓莲社之雄才，独许须眉；直以东山之雅会，让余脂粉。若蒙棹雪而来，娣则扫花以待。此谨奉。

这是一封非常郑重的"邀请函"。在这封信中，探春首先表达了对宝玉的感谢，说自己在病中蒙他探问，还收到他送来的荔枝和颜真卿的墨迹。然后写到结社想法的来由：因自己病中闲暇，想到古人即便处于名利场的刀光剑影之间，仍然有闲情逸致，会邀请好友在山水之间游历、吟咏。最后说明结社的主张。她自谦才华不高，但居住在一个能陶冶性情的环境中，而且一向仰慕薛宝钗、林黛玉的诗才，因此想要效法古人，举办诗社雅集，请众人赴会。

这封信被宝玉评价为"高雅"，因为文中用到的典故，满是隐逸风流色彩。比如其中提到"窃同叨栖处于泉石之间"。"泉石"这个词在描写探春卧房时同样出现过。在第四十回中,探春卧室中挂着一幅颜真卿的墨迹,其词云:"烟霞闲骨格,泉石野生涯。"这个典故出自《旧唐书·隐逸传》,是说一位叫作田游岩的隐士在太白山中隐居二十余年,唐高宗亲自登门拜访,他用这样一番话委婉地拒绝出仕:"臣泉石膏肓,烟霞痼疾,既逢圣代,幸得逍遥。"意思是说,自己对山水的热爱几乎到了无可救药的地步。而"莲社之雄才,独许须眉;直以东山之雅会,让余脂粉"中提到的"莲社",是六朝时期重要的佛教聚会;"东山雅会",是指谢安隐居东山的时候所办的聚会。这些典故都代表着当时最高规格的文人活动。探春的言下之意是,像这样的文人雅会,难道只有男人能做吗?像我们这样的闺阁女子也可以组织、参加吧!所以探春这封信,既写出了她高洁如隐士的品格,也写出了她渴望实现理想的志向。

尺牍往来本就是男性文人之间流行的风雅事,而探春阔大的心胸和高远的气象,与男性文人相比是有过之而无不及的。探春的高雅和才华完全经得起审视,一向"孤高自许,目无下尘"的黛玉进贾府时,眼中的三小姐是"俊眼修眉,顾盼神飞,文彩精华,见之忘俗"。能让黛玉如此评价,探春身上的书卷气可见一斑。探春的生活也颇有雅兴,她阔朗的房间中摆着一张花梨大理石大案,上面磊满了"各种名人法帖,并数十方宝砚,各色笔筒,笔海内插的笔如树林一般"。她还托宝玉从大观园外带些"朴而不俗,直而不拙"

的"小玩意儿"来装饰房间，说明她不仅审美趣味独特，而且对高雅生活有着主动的追求。

那么，为什么在大观园的诸多女子当中，结社首先由探春提议，而非一向以诗才擅长的薛宝钗、林黛玉呢？其原因在于探春的组织才能。脂批中有云："结社出自探春意，作者已伏下回'兴利除弊'之文也。"结社一事，是日后探春理家改革的伏笔。在第一次结社时，她的一首《咏白海棠》写得非常高雅：

> 斜阳寒草带重门，苔翠盈铺雨后盆。
> 玉是精神难比洁，雪为肌骨易销魂。
> 芳心一点娇无力，倩影三更月有痕。
> 莫谓缟仙能羽化，多情伴我咏黄昏。

这首诗可以视作探春自况的独白。她赋予海棠如玉如雪般的高贵品格，表现出不媚世、不流俗、不合污的情操与境界。

探春具有与男人争短长的进步思想，从闺房陈设到作诗吟诵，都带有与男儿一般无二的格局和趣尚。她的《簪菊》诗曰："高情不入时人眼，拍手凭他笑路旁。"借菊咏怀明快阔朗，显出一股豪迈之情。探春说过："我但凡是个男人，可以出得去，我必早走了，立一番事业，那时自有我一番道理。"如此胆略和勇气，是《红楼梦》中其他女子所不具备的。

4. 探春理家是如何"兴利除宿弊"的？

探春理家是一个有"破"有"立"的过程，一方面要裁撤多余的开支；另一方面要改革体制，"盘活"大观园的经济。

在第五十五回中，凤姐因为小产和"下红之症"不能理事，王夫人便将家中琐碎之事交给李纨处理。她担心李纨"尚德不尚才，未免逞纵了下人"，又命探春与李纨共同裁处。王夫人、凤姐暂时退位，给了探春一个展现才干的机会。凤姐这一病，从过完元宵节一直持续到八九月间，探春理家便集中在这半年之中。

这个机会对探春来说太难得了。当时，贾府表面上显赫一时，实质上却"内囊也尽上来"。当家者中，贾政虽清正却无才具以担大事；贾赦、贾珍、贾琏之流无识无才，只知贪图淫乐，沉浸在"偷狗戏鸡"的事情中；凤姐理家时挪用公款、中饱私囊，这些都被探春看在眼里。身处明争暗斗、危机四伏的贾府，探春心中早有一杆"公平秤"，衡量着贾府的开销情况。因此，当王夫人给了她理家的机会时，探春几乎立刻便在心中制订出了一份详细的改革计划。

走马上任后，她做的第一件事是顶住了赵姨娘大闹的压力，秉公处理赵国基的丧事。自此，探春理家的威信也初步建立起来。当天晚上，她就与众人商议起"兴利除宿弊"的改革计划。

要"除"的第一项是用在少爷小姐身上的重叠开支。按照贾府的制度，每位少爷、小姐每月有二两月银，用于置办个人的生活物品。但与此同时，例钱中另有一项专门开支，即为少爷上学采买文具吃食、为小姐采买头油脂粉的支出。这些物品由专人统一采买，并不能满足各人的实际需求，其结果往往是"不是买办脱了空，迟些日子，就是买的不是正经货"，"钱费两起，东西又白丢一半"。身为此项开支的实际受益人，探春对个中"门道"再清楚不过。于是她上任后的第一项改革举措，就是将这两项支出都蠲免了，相当于从自己开始，以身作则简省银子。

而要"兴"的则是大观园中经济作物的管理。过年时，探春去了一趟贾府总管赖大家里。在做客的过程中，她也在不断地观察、学习、思考。她意识到，"除他们带的花、吃的笋菜鱼虾之外，一年还有人包了去，年终足有二百两银子剩"，"一个破荷叶，一根枯草根子，都是值钱的"。这时，宝钗打趣探春，"才办了两天时事，就利欲熏心"，"越发把孔子也看虚了"。但实际上，探春并没有把孔子、朱子"看虚"，而是"登利禄之场，处运筹之界者，窃尧舜之词，背孔孟之道"。她要从根本上改变大观园原有的经济运营方式，让这座园林不再是一项只出不进的耗损事项，而是能够自给自足的经济体。她想出的办法是让众婆子承包田园花木，其经济收益除了按四季定例缴公以外，盈余都归个人。这样，既省去了大观园中修理、打扫的工费，又能调动生产者的积极性，一年还能省下许多银子,"一年四百,二年八百两,取租的钱房子也能看得了几间,薄地也可添几亩"。如果能按照这样的标准践行下去,那么或许真可实现秦可卿给王熙凤托梦时所说的"如此周流,又无争竞,亦不有典卖诸弊"的救世之道了。

王熙凤没有做、不敢做、不愿做的事,探春却做了,无怪乎连凤姐都让其三分,说她"又比我知书识字,更利害一层了"。其中利害,连不理俗务的黛玉、宝玉都看在眼里,评价探春既是不越雷池一步的"乖人",又"最是心里有算计的人"。戚序本在第五十六回的总评中如是评价:"探春看得透,拿得定,说得出,办得来,是有才干者,故赠以'敏'字。"

《红楼梦》中始终有一个补天的隐喻,探春理家就充满了补天色彩,所以黄天骥先生说她是大观园里的"女娲娘娘"。不仅如此,《红楼梦》中的女性描写,还寄寓了"金紫万千谁治国,裙钗一二可齐家"的道理。清代的西园主人在《红楼梦论辩》中也说:"以家喻国言,此书首在探春……作者以小喻大,于探春一身寓此书千古兴亡无限感慨在内。"通过写探春理家,作者亦在反思,当一种制度逐渐僵化、发展到尾大不掉的阶段时,那块堪当"补天"之用的"五色石"究竟在何方,如何才能带给"末世"一丝重振的希望。

但是,探春怀揣着救世的理想投入理家事务,最终却失败了。因为她以一人之力,终究无法对抗身份处境带来的无力感,也无法左右贾府真正当权者的选择。

探春判词有云:"才自精明志自高,生于末世运偏消。"意思是她出生在贾府走向衰败的末世,满身才华无处施展。探春理家的举措固然具有进步性,但这微薄的利润终究无法填补贾府根基上的巨大亏空。探春的悲剧在于,她的力量与整个家族相比太渺小了,这场改革就像投入深水中的一颗小石子,短暂地激起片片涟漪,之后便再无下文。抄检大观园之后,探春与王夫人彼此失去了信任,理家的改革也以失败而告终。

《红楼梦》中的人物都有一个成长变化的过程,探春也不例外。起初,她积极维护贾府这个封建大家族,希望振兴家道,可之后却陷入了深深的失望。正是在理家过程中,她更加深刻地认识到贾府内部的腐败,对家族前景的忧虑无限加深。戚序本第七十三回回末总评说:"探春处处出头,人谓其能,吾谓其苦。"脂砚斋充分体会到了探春形象中的悲剧性,因为在这个家族中,充满反抗精神的青年男女真的太稀少了。

5. 抄检大观园为何让探春气愤至极?

探春理家始于王夫人的托付,也终于王夫人的不信任。"抄检大观园"事件就是探春与王夫人之间爆发信任危机的导火索。

探春与王夫人之间始终保持着微妙的关系。起初,探春非常尊敬这位嫡母，王夫人也很欣赏她。精明如凤姐，也看得出太太心里疼探春，只是碍于赵姨娘的关系，不好在面上表现出来。

《红楼梦》给探春冠以"敏"字。《说文解字》释义"敏"为"疾也"，就是反应快的意思。凭借性格中的"敏"，探春在一次重要事件中化解了王夫人的尴尬，维护住了当家主母的尊严和体面。那是在第四十六回中，贾赦和邢夫人想要强娶贾母的侍女鸳鸯为妾，贾母大发雷霆，偏邢夫人又不在跟前。盛怒之下，贾母将怒火发泄在眼前的王夫人身上。虽然在场众人都知道，王夫人与此事并不相干。但在贾母盛怒之下，没有人敢替王夫人辩解，场面一度非常难堪。这时，探春却站了出来。她心下忖度，此时在场诸人都与王夫人关系亲近，不好开口，"正用着女孩儿之时"，便向贾母直言不讳地分辩道："这事与太太什么相干？"在当时的情境下，探春此举相当于冒着被迁怒的风险，为王夫人化解尴尬。

正是在这件事之后，王夫人对她更加信任，所以在王熙凤卧病期间，才会放心起用探春来协理家务。在这段时间内，探春对王夫人既尊敬又信赖，王夫人的支持也给了她一展长才的底气。

可到了第七十四回的时候，因傻大姐"误拾绣春囊"，引发了抄检大观园事件。站在探春的角度，这无异于对她管理贾府的一种否定。面对这次抄检，探春一早便拿定了主意，早早"命众丫鬟秉烛开门而待"。脂砚斋夸她："诸院皆宴息，独探春秉烛以待，大有提防，的是干才，须另置一席款待。"在抄检的过程中，她先是阻拦，却发现根本无可奈何，只能做出让步。她在又急又气的情况下说出了一番话，堪称对贾府未来的一次审判：

> 你们别忙，自然连你们抄的日子有呢！你们今日早起不曾议论甄家，自己家里好好的抄家，果然今日真抄了。咱们也渐渐的来了。可知这样大族人家，若从外头杀来，一时是杀不死的，这是古人曾说的"百足之虫，死而不僵"，必须先从家里自杀自灭起来，才能一败涂地！

这番话从她这样一个见识高明的"局内人"口中说出，实际上是作者借着笔下人物之口，对家族败落根本原因的深刻剖析。再进一步说，这番话也是探春对个人地位、人格尊严的捍卫。

探春对家族的衰落抱有极其复杂的感情。她原本是站在维护家族利益的立场上，为扭转家族颓势而兢兢业业地付出努力，但这番苦心，不仅得不到家中实际掌权者的认可，现在连最起码的信任和尊重都失去了。待到王善保家的掀她的衣襟时，探春的怒火被彻底点燃，所以她打了王善保家的却又说："明儿一早，我先回过老太太、太太，然后过去给大娘陪礼，该怎么，我就领。"一个庶出的姑娘，为了维护自己的人格尊严，动手打了衔命抄检大观园的太太陪房，在当时的环境中，真可谓胆大包天。这一记耳光，也让探春和王夫人之间的关系走向了决裂。西园主人在《红楼梦论辩》中分析过王夫人和探春之间信任关系的终结，以及这记耳光对探春命运的影响。他说，如果探春为王夫人亲生，王夫人必信之不疑，但恰恰因为探春为赵姨娘所生，所以她必然终究是"徒负奇才"。虽然"众知其能"，但是"信任终不能专，见用终不能久，远嫁而去"。脂砚斋也分析过探春这种孤立无援、回天无力的处境，对其命运深感惋惜：

> 无贾母之爱，姑娘之尊，太太之付托，而欲左支右吾，撑前达后，不更难乎！士方有志作一番事业，每读至此，不禁为之投书以起，三复流连而欲泣也！

探春扮演着一个失败英雄的角色。她最艰难的处境在于，身为女子，她无法摆脱出身和亲族关系对自己的束缚，想要远走高飞、一展抱负，却始终不得解脱。尽管她对家族处境和大局有着清醒的认识，但囿于庶女身份，她始终无法得到当家主母王夫人的全部信任，也无法凭借一己之力扭转家族的颓势，只能发出绝望的控诉，眼看着家族像自己所预料的那样，一天天衰败下去，最终跟着家族一起沉沦。

6. 惜春为什么会对画大观园感到为难？

与宝黛钗等主要角色相比，惜春在《红楼梦》中并没有太多存在感。书中一直强调她年纪很小。这位"幺女"给人留下最深刻的印象，恐怕是她会画画，被贾母钦点画大观园图卷。"画大观园"是一桩很重要的差事，但惜春却表现得十分勉强。直到第八十回，我们也没能等到这幅画完稿的消息。结合前人的评点和研究推测，这幅迟迟未能完成的画作，似乎也成了见证大观园盛极而衰、群芳流散的一条线索。

作画这件事是由刘姥姥提出的。对乡下人来说，年画承载着他们对人间极致繁华的想象。"像画上一样"可以说是朴实的刘姥姥能想到的最高赞誉之词："我们乡下人到了年下，都上城来买画儿贴。时常闲了，大家都说，怎么得也到画儿上去逛逛。"她夸大观园"竟比那画儿还强十倍"，贾母听了自然很高兴，她知道，刘姥姥这是在夸贾府宛如"天上人间"一般。由此，她想到给最小的孙女惜春布置一项任务——画大观园。

贾母命惜春画大观园，并非即兴一提，她对这件事很重视，之后多次催问作画的进度，兴致来时，还会提一些新要求。在第四十九回中，众人在芦雪广烤鹿肉、即景联诗、赏红梅，贾母要求把这些行乐的场面尽数添入画中。贾母为何会对画大观园一事如此上心呢？因为这幅画相当于贾府盛世景象的记录。贾母希望把家族的繁华与辉煌传至后世，让大观园的盛景能够百代流芳。

接到作画任务后，惜春十分焦虑。在第四十二回中，她就抱怨说，自己画不了工细楼台和人物。在第五十回中，惜春听了贾母的要求，"虽是为难，只得应了。一时众人都来看他如何画，惜春只是出神"。后来她更因对作画任务的焦虑，决定长期从诗社告假。

惜春迟迟难以下笔，不擅画工细楼台和草虫人物只是表面的理由，而最关键的理由是"大观园行乐图"这种类似于"年画"的世俗题材与惜春崇尚写意的审美趣味完全不相符，因此惜春对这件事有着很大的抵触情绪。

按书中的描写，惜春平时主要画写意山水。写意画简练疏放，重视表现神韵而非摹形，从笔墨神韵中表现画家自身的情感和意趣，因此写意派画家崇尚的人格精神也大都是疏放自然、不受约束的。小说通过惜春与写意画家之间这种若隐若现的互文关系，来塑造她泊然世外的性格。

结合前人的评断推测，惜春的画最终或许还是画完了；或者说，至少也已初具雏形。我们之所以有这样的推断，是考虑到作者安排惜春作画的用意：在贾家败亡之后，书中或有诸多方面的对照，而且每一组今昔对照，都会有一位见证人。从结构上来看，"惜春作画"的意义与刘姥姥三进大观园有异曲同工之处。这段情节贯穿于小说的第四十回至第六十三回，这是贾府由盛转衰的关键期。惜春作画就是贾府由盛转衰的重要见证。在贾府败落之后，或许还会写到有后来人看到惜春画的这幅《大观园行乐图》，将盛衰荣枯之感寓于其中。

至于这幅画的命运究竟如何，历来也有诸多猜想。如果惜春出家先于贾府被查抄，而这幅画恰好就在她的行囊之中的话，那么此后独行的日子里，当贾府彻底没落的消息传来，惜春或许会在青灯古佛旁重新展开画卷，就像重回大观园的宝玉"对景悼颦儿"一样，为自己的家族叹息。若是画被留在了贾府，那么这幅画的去处可能是被转卖，在各个主人之间频繁流转；或是被抄进库房，掩埋了昔日的光彩。无论是哪一种结局，按照曹雪芹铺设伏笔的手法，这幅画或许会在某一日被人重新展开，而且这个人一定是亲自见证过贾府繁华景象的人，陈旧的画卷会勾起他对往昔的回忆，从而让现实中的"陋室空床""衰草枯杨"与贾府昔日的歌舞繁华形成强烈的对比。

这种叙事技巧借鉴自《牡丹亭》。杜丽娘通过画像将自己昔日的容貌留在人世间，后来柳梦梅开启画卷，丽娘复活，二人结为眷属。薛宝琴所写的怀古诗中，最后一首《梅花观怀古》就提到了这段情节：

不在梅边在柳边，个中谁拾画婵娟。
团圆莫忆春香到，一别西风又一年。

梁归智先生指出，这首诗是借杜丽娘的故事来暗示惜春的命运。在他看来，这首诗的前两句应是指大观园图卷在贾家家破人亡之后偶然又被发现，过去的荣华与今日的落魄构成鲜明的对比，令人感慨万千。"团圆莫忆春香到"中的"春香"是杜丽娘的丫鬟，在《牡丹亭》中并没有杜丽娘怀念春香的情节，因此后两句或许是针对惜春而发。她在历经苦难之后，想起当年被自己执意赶走的丫鬟入画，心中终于感到内疚和后悔。贾府或许是在惜春出家一年之后就发生了巨大的变化，所以才会说"一别西风又一年"。

《红楼梦》中的"色空"主题仿佛一支交响乐，作者将自己所经历的悲欢离合记录在石头、书稿、闲话和图画之中，想要使之永久流传。但是，刻在石上的文字最终遗落在荒山之上，字迹漫漶，连朝代年纪都失落无考；写在纸上的文字经人修改润色，失去了本来的面目；传播于街谈巷语之中的往事，被演绎出诸多版本，众说纷纭；进入图画的，最终恐怕也难逃被付之一炬的结局。随着生命本真的凋零，一切记录最终都会消失，连一丝丝有形的痕迹都无法留下，这才是最为彻底的"白茫茫大地真干净"。所以惜春作画这件事，正是《红楼梦》这支"色空"交响乐中不可或缺的一个重要声部。

第七编 "槛外人"妙玉

1. 妙玉为何会从"幽居小姐"成为"出家女尼"？

妙玉并非四大家族中人。身为寄居于大观园栊翠庵中的女尼，她却能在金陵十二钗中排名第六。太虚幻境的判词也对她给予了很高的评价，说她是"金玉质"，暗示其高贵的出身。妙玉身上似乎总是笼罩着一层迷雾，为什么这样一位深闺小姐会出家为尼，最终又寄居贾府呢？

妙玉出家，一开始是为了治病。在第十八回中，贾府为迎接元妃省亲，需要聘访尼姑、道姑。在查访过程中，林之孝家的发现了这位"带发修行"的"官宦小姐"。妙玉出身苏州的"读书仕宦之家"，因为幼年生病才遁入空门。佛教有种说法，人身上的病可以通过佛前供奉的方法治好，如《摩诃止观》中还列举了不同病因对应的供奉方式："若行役食饮而致患者，此须方药调养即差。若坐禅不调而致患者，此还须坐禅，善调息观乃可差耳，则非汤药所宜。若鬼魔二病，此须深观行力，及大神咒乃得差耳。若业病者，当内用观力，外须忏悔，乃可得差。"在清代，通过出家治病是比较常见的现象。比如林黛玉也曾提及，三岁时，曾有癞头和尚要度化她出家，否则"只怕他的病一生也不能好的"。妙玉出家也属于同样的情况。一开始，父母本想找人替她在佛前供奉，为她买了许多"替身"在寺庙中祈福，但这个方法并未奏效，这才让妙玉亲自入了空门。自此，她身上的病竟然真的好了起来，便一直留在寺中带发修行。

妙玉出家的原因很正常，但她出家后的种种表现却不寻常。"带发修行"与"遁入空门"之间颇有矛盾之处。佛教认为，僧人剃发是"与一切众生断除烦恼"，剃掉的不仅是头发，也是傲慢之心与尘世牵挂。一般来说，只有居士才会带发修行，但居士是居家修行，不需要长期住在寺庙中。妙玉的身份是真正的出家人，居住在佛寺之中，却仍然保留着深闺小姐的生活方式。她不仅没有剃发，身边还带着"两个老嬷嬷，一个小丫头服侍"。这在当时的出家人中是很不寻常的，也无怪乎邢岫烟说她"僧不僧，俗不俗"。因为这些不寻常的生活方式，周汝昌先生等红学家认为，妙玉有生活原型，其出身不亚于小说中贾府等大贵族，甚至可能是王府，她是出于复杂的政治原因才被迫出家为尼。

妙玉与贾府的因缘始于她师父圆寂前的一句话。在大观园落成的前一年，妙玉与师父听说"'长安'都中有观音遗迹并贝叶遗文"，便来到"西门外牟尼院住着"。然而当年冬天，妙玉的师父便圆寂了。师父留下遗言："衣食起居不宜回乡，在此静居，后来自然有你的结果。"这个"结果"，当是指她进入贾府，最终又流落在外的命运。

然而，身在局中的妙玉并不能预料自己此后的命运。面对贾府的邀请，她以"侯门公府，必以贵势压人"为由予以拒绝。直到王夫人亲自下帖子，并遣人备轿去接，她才来到了大观园的栊翠庵之中。脂砚斋对这一段描述的评语是："补出妙卿身世不凡，心性高洁。"这也是作者对妙玉性格的第一次侧写。我们隐约察觉到，这位出家小姐有着独特的身份和孤高的性格。

2. 妙玉自称"槛外人"是什么意思？

妙玉以"槛外人"自况，是出于对自己出家身份和高洁志趣的强调。

"槛外人"的称呼出现在《红楼梦》第六十三回。宝玉生日当晚，怡红院群芳夜宴，花团锦簇好不热闹。第二日一早，宝玉醒来便看到砚台下压着一张"粉笺子"，上书"槛外人妙玉恭肃遥叩芳辰"——这是妙玉送来的贺寿帖。古人认为，下帖如亲见，相当于妙玉亲自到宝玉处来道贺生辰，礼节是很郑重的。一向孤高的妙玉竟有如此亲近的举动，宝玉又惊又喜，立刻准备回帖，却对着"槛外人"三字犯了难，不知该以何称谓相对，便决定去请教黛玉。

在往潇湘馆的途中，宝玉在沁芳亭碰到了邢岫烟，她恰好要去

"找妙玉说话"。得知邢岫烟与妙玉竟是旧年的邻居,且有半师之分,宝玉便将写着"槛外人"的帖子拿出来,请教岫烟该如何作答。

在这段情节中,岫烟对妙玉的评价很耐人寻味。对这位故人,她的评价是意味深长的:"僧不僧,俗不俗,女不女,男不男"。这句话很精准地将妙玉的处境、性情和内心的痛苦概括出来。她是"僧"而不愿为僧,想"俗"而不能还俗,非"男"却羡慕男子的作为,是"女"却不能像少女一样生活,只能"带发修行",孤身来到人海茫茫的京都,寄居于香罗艳粉的大观园。她表现出"不僧不俗不女不男"的行为举止,反映着她与世俗之间难以割舍的牵连,也是其精神苦痛的自然流露。

邢岫烟道出了"槛外人"的隐喻。妙玉认为:"古人中自汉晋五代唐宋以来皆无好诗,只有两句好,说道:'纵有千年铁门槛,终须一个土馒头。'"这句诗出自范成大的《重九日行营寿藏之地》:

家山随处可行楸,荷锸携壶似醉刘。
纵有千年铁门限,终须一个土馒头。

只不过曹雪芹将"门限"改为了"门槛"。贾府乡下家庙的名字"铁槛寺""馒头庵"也都出自这个典故。"铁门槛"指的是人间的世情,而"土馒头"则是人死后的归宿。岫烟告诉宝玉:"如今他自称'槛外之人',是自谓蹈于铁槛之外了;故你如今只下'槛内人',

便合了他的心了。"

所以,"槛外人"的意思就是跳脱红尘之外的出家人;而"槛内人"则是指世俗红尘中的人。妙玉以"槛外人"自况,是对高洁身份的一次强调;而宝玉以"槛内人"对答则是自谦,用自己的"浊"衬托对方的"清",相当于对妙玉自我评价的认同。这种回应带来的认同感,让精神孤独、无所寄托的妙玉得到了心灵上的慰藉。

事实上,妙玉身在"槛外",心在"槛内"。《红楼梦》中写到过两次妙玉迈入"槛内"的情形。

小说第一次正面描写妙玉在大观园中的生活,是在第四十一回"栊翠庵茶品梅花雪"中。这是妙玉在书中第一次正式出场。围绕"喝茶"这件雅事,妙玉做出了诸多与出家人身份相矛盾的举动,其"孤僻世难容"的性格得到了一次集中展现。

在这一回中,第一处值得玩味的地方在于贾母对待妙玉的态度。贾母带着二进大观园的刘姥姥四处游览,走到栊翠庵时,以"才都吃了酒肉,你这里头有菩萨,冲了罪过"为由,只让妙玉端出好茶来,吃一杯就离开了。妙玉奉与贾母的茶,是用"旧年蠲的雨水"沏的"老君眉"。她专门选了一只与众人所用茶具都不一样的"成窑五彩小盖钟",放在"海棠花式雕漆填金云龙献寿的小茶盘"上,亲手"捧与贾母"。

老君眉属于上等白茶,但贾母接过后却先说了一句"我不吃六安茶"，还问"是什么水"，吃了半盏后便直接递与刘姥姥。贾母的推辞颇有值得玩味之处。有学者推测，这是因为贾母曾与妙玉家有来往，认为妙玉端上来的是她家习惯喝的六安茶。但这种理解或有值得商榷之处。因为茶叶冲泡出来是有茶香的，惯于品茶的风雅之士一般能够通过茶色与茶香分辨出茶叶的品类。贾母未必真的判断不出盏中是什么茶，她在品茶之前的这一番说辞，言外之意颇有几分质疑的色彩。这或许是一种隐写，反映出她潜意识中对妙玉的态度：她似乎是不太喜欢妙玉的。

正在这暗流涌动的时候，刘姥姥的笑声化解了颇有些尴尬的气氛。刘姥姥接过贾母递来的半盏茶，"一口吃尽"，笑道："好是好，就是淡些，再熬浓些更好了。"刘姥姥是村里的妇人，没喝过什么好茶，自然也不懂茶。"栊翠庵品茶"一回的整体氛围是高雅、宁静的，这与妙玉的身份和性格都很契合，唯一一处笑声便来自刘姥姥。很多人认为，妙玉是因为嫌弃刘姥姥身份低微，才要砸掉她喝过的成窑茶杯。但若从茶人的角度来分析，好心好意泡了好茶，却被质疑、被推拒，被不懂茶的人"牛嚼牡丹"，或许这才是最让她感到恼怒的事。所以等众人走后，妙玉赶紧闭门，唯恐送之不及，甚至答应了宝玉让小厮来洗地的玩笑话。她只是嫌弃刘姥姥吗？恐怕个中也有看不惯贾母行为的缘故。经过那一拒、一问、一推，恐怕妙玉心中已认定，这是一个自以为是、"以贵势压人"的老太太。

这一回中第二处值得细读的地方，是妙玉对待宝黛钗三人的态度。在刘姥姥惹得众人大笑的时候，妙玉却把宝钗、黛玉的衣襟一拉，引她二人到耳房里，亲自向风炉上扇滚了水，用五年前梅花上的雪水另泡了三杯"梯己茶"。读到这里，我们不禁纳闷，此前并没有交代妙玉与宝钗、黛玉相识、交往的情节；而且宝玉随后也悄悄跟了进来，言语间与妙玉显然极为熟稔。幽居栊翠庵的妙玉是什么时候和这三人如此熟识的？从这里就可以看出，《红楼梦》并不是一本日常生活的流水账，它的情节发展往往埋在无声的潜流之中。妙玉对贾府的大多数人并无好感，但对客居在此的闺阁同类却有天然的亲近感。所以此后黛玉、湘云联诗，她也愿意出来一见。

妙玉给宝钗、黛玉各用了一只好茶杯。给宝钗的叫作"瓟斝"，上面写着"晋王恺珍玩"，又有"宋元丰五年四月眉山苏轼见于秘府"一行小字；给黛玉的叫作"点犀盉"，其器形"似钵而小"，上面用篆文镌着器名，昭示着茶器来历不凡。而宝玉来讨茶时，妙玉却将"前番自己常日吃茶的那只绿玉斗"递给宝玉用。宝玉笑说，妙玉不遵循"世法平等"的佛训，给钗黛用"古玩奇珍"，给自己用的却是"俗器"。宝玉用他一贯与姐妹们打趣的口吻同妙玉开玩笑，但"俗器"二字却伤了妙玉的自尊，也辜负了她的情意。所以妙玉马上反唇相讥道："只怕你家里未必找的出这么一个俗器来呢。"出家女尼平日喝茶的器具，竟然连"白玉为堂金作马"的贾府中都找不出一个来，言语间流露出的骄傲态度，暗示了其家庭背景的不凡。

如果按照佛教的清规戒律，出家人应当"不求世间名闻利养，不乐多畜饮食、衣服、卧具、医药及余资具"，但妙玉不仅收藏了许多珍奇古玩，而且生活上也不似一般修行人那样清苦——刘姥姥和贾母碰过的杯子，她宁肯丢掉也不愿再碰，这显然有别于一般出家人淡泊出世的生活做派。"吃茶"这一回中，妙玉身上所表现出的种种矛盾之处，正与她的判词相对应："欲洁何曾洁，云空未必空。"妙玉的修行方式不是"苦行"，她对世俗的物质生活仍然有所眷恋。

妙玉对尘世生活的依恋，在她的第二次正面出场中也有集中展现。那是在第七十六回中，黛玉、湘云在凹晶馆联诗，吟到"寒塘渡鹤影，冷月葬花魂"时，妙玉忽然自山石后转出，止住了二人悲凉的诗意。这是作者第一次写到她在栊翠庵之外的活动。在中秋团圆之夜，妙玉主动走出栊翠庵赏月、听人吹笛吟诗，甚至到诸人散尽、满园睡熟之时，她仍在清景中流连。夜已深沉，她仍邀黛玉、湘云到栊翠庵烹茶论诗，说"若只管丢了真情真事且去搜奇捡怪，一则失了咱们的闺阁面目，二则也与题目无涉了"。从这里可以看出，妙玉并没有当自己是出家女尼，而是自命为闺阁少女。

在太虚幻境的《红楼梦》十二支曲中，属于妙玉的曲子叫作《世难容》。曲词中有言："天生成孤癖人皆罕。你道是啖肉食腥膻，视绮罗俗厌；却不知太高人愈妒，过洁世同嫌。"细味之下，我们体会到，妙玉的处境和心态始终带有一种矛盾感。她既有世外修行之人的高洁心志，憎恶权贵、不肯与其同流合污，但又放不下出身带来的尊贵与骄傲，仍然在意身外之物的高贵清雅。因此，妙玉的孤傲并不能为依照世俗规则生活的人所理解。李纨这位"菩萨"般的人，说"可厌妙玉为人，我不理他"；曾与妙玉有半师之分的邢岫烟对她的评价是"放诞诡僻"，以至于"'僧不僧，俗不俗，女不女，男不男'，成个什么道理"。妙玉在外辗转流落的原因是"不合时宜，权势不容"，也是对"世难容"这一曲名的注脚。

而对妙玉本人来说，这种矛盾感也始终"剪不断，理还乱"地缠绕着她。正如朱光潜先生在《谈文学》中的评价，妙玉"既冷僻又不忘情"。她一方面孤高自许、如遗世之人；但另一方面，心中始终放不下红尘中的牵绊，包括属于少女的情感。在妙玉的名字第一次出现时，畸笏叟就评论称："妙玉世外人也，故笔笔带写。""槛外人"的称呼是对其出家身份的强调，而"槛外"身份与"槛内"心思的纠缠，也是始终困扰妙玉的矛盾议题。曲子中说她最终的结局是"可叹这，青灯古殿人将老；辜负了，红粉朱楼春色阑"。这位满腹才华的青春少女，正是在出世与入世的矛盾中误了终身。

3. 妙玉对宝玉抱有怎样的复杂感情？

妙玉对宝玉的情感是颇为复杂的。有一种说法认为，妙玉爱上了宝玉。实则不然。妙玉和宝玉之间有着高山流水一般的友谊，这种情感是超越男女之情的惺惺相惜。

妙玉在书中的四次出场，三次都与宝玉有直接的联系。细读"栊翠庵茶品梅花雪"这一回，我们可以约略体察到，妙玉请宝钗、黛玉喝"梯己茶"，多少有些"项庄舞剑，意在沛公"的意味。当宝玉随贾母等人来到栊翠庵后，就一直在关注着妙玉，双目炯炯"留神看他是怎么行事"。而妙玉自然知道，没有单独请宝玉喝茶的道理，但只要把宝钗、黛玉请来，宝玉再没有不来的。心有灵犀一点通，宝玉果然悄悄地跟了来。

在禅房中，妙玉将"前番自己常日吃茶的那只绿玉斗"递给宝玉喝茶。这里与前文形成了一组对照：刘姥姥用过的茶杯，她嫌"脏了"不要，还说，若是自己用过的，就算砸碎了也不给她。但她不嫌宝玉是俗世中人，甘愿和这个三餐不离腥荤的红尘公子共杯。她还当着宝钗、黛玉的面，故意对宝玉正色道："你这遭吃的茶是托他两个福，独你来了，我是不给你吃的。""正色"颇有点欲盖弥彰的意味，这里妙玉对宝玉的态度是很值得玩味的。

妙玉的第二次出场，是宝玉乞红梅之时。在第五十回中，众人在芦雪广联诗，宝玉输了，李纨便想出一个"又雅又有趣"的法子，让他去栊翠庵折一枝红梅来插瓶。那天的雪极大，李纨命人好好跟着宝玉。黛玉忙拦说："不必，有了人反不得了。"黛玉真的很了解妙玉，敏锐如她，大概也约略觉察到妙玉与宝玉之间微妙的情感。但对这种关系，她并不像对金玉良缘那样排斥，反而表现出极大的理解。因为身为"局内人",她能够感受到,宝玉与妙玉之间的情感不是爱情,她不会将妙玉视作"情敌"。

宝玉乞回红梅后说:"你们如今赏罢,也不知费了我多少精神呢。"费了什么精神?曹雪芹故意留白,给读者以遐想空间。从宝玉"笑欣欣擎了来",而且不声不响地再次溜到栊翠庵,给宝钗、黛玉等每人弄来一枝梅花,可知妙玉并没有真的刁难宝玉,此番乞红梅的过程应是一次宾主尽欢的相聚。

但这件事最终还是惹得一些流言。第二年宝玉生辰时,岫烟对宝玉说:"怪不得上年竟给你那些梅花。"岫烟的话或许是无心之言,但也足见这件事在大观园中曾引起过一些议论,更可见妙玉送花给宝玉的举动,对这个离群索居的修行之人来说有多么不同寻常。

妙玉的第三次出场,是下帖给贾宝玉遥叩芳辰的时候。书中从未写过妙玉给谁贺寿,这是唯一一次,可见宝玉在她心里的地位。在第六十二回"寿怡红群芳开夜宴"中,和宝玉同天生日的共有四人,其中还有与妙玉有十年师友之谊的邢岫烟。而妙玉一概无睹,独独不忘宝玉,特地命人送来"槛外人妙玉恭肃遥叩芳辰"的贺帖。有人可能会说:"看,妙玉的凡心又动了,肯定是爱贾宝玉了。"比如吴世昌有诗《题红楼梦人物图妙玉参禅》:"槛外若教无挂碍,不应寿帖到怡红。"

然而事实果真如此吗?"槛外人"妙玉竟然会牵挂这位"槛内"公子,宝玉究竟哪里值得妙玉的青眼呢?其实,妙玉对宝玉的亲近感比世人揣测得要高洁。宝玉身上有同妙玉一样的叛逆气质——他喜读的是《西厢记》《牡丹亭》，喜近的是裙钗优伶，所避的是仕途经济，所走的是叛逆道路。由此，妙玉认定，宝玉与她是同类人。

从价值观和人生追求的层面看，妙玉和宝玉有着相类的"孤高自许"。除了"槛内人"以外，妙玉还自称"畸人"。这一说法出自《庄子·内篇·大宗师》：

> 子贡曰："敢问畸人。"曰："畸人者，畸于人而侔于天。故曰，天之小人，人之君子；天之君子，人之小人也。"

所谓"畸人"，就是游于方外、与世俗不相容的人，他们以体悟自然天道为己任，不符合世俗定下的规矩。妙玉是"天生孤僻人皆罕"，而宝玉则是"行为偏僻性乖张，那管世人诽谤"。警幻仙姑曾站在局外人的角度评价宝玉是"在闺阁中，固可为良友，然于世道中未免迂阔怪诡，百口嘲谤，万目睚眦"。对常年独自幽居、断绝一切红尘往来的出家女尼来说，能够找到一个同类是极其难得的事情。

妙玉和宝玉之间悄然萌动的感情，或许比友谊多，比爱情少。他们之间是一种相知相念的关系，也为妙玉凄清而孤寂的人生带来了一丝温情。正是透过这一丝温情，我们得以窥见妙玉的心灵世界。这位行为乖张、言语尖刻的"槛外人"，实际上是在出世与入世之间徘徊求索,有着丰富情感世界和精神追求的"畸人"。

4. 面对妙玉的刻薄,黛玉为什么从不生气?

在栊翠庵喝茶时,妙玉给贾母沏老君眉用的是"旧年蠲的雨水"。她邀请钗黛二人喝"梯己茶"时,黛玉随口问了一句:"这也是旧年的雨水?"便引来了妙玉的冷笑和好一顿抢白:"你这么个人,竟是大俗人,连水也尝不出来。"黛玉被称作"大俗人",这在《红楼梦》中是头一遭,也是唯一一遭。但爱生气的黛玉既没有恼,也没有像往常一样牙尖嘴利地"怼"回去,只是"知他天性怪僻,不好多话,亦不好多坐,吃完茶,便约着宝钗走了出来"。一向最爱开玩笑、嘴上不饶人的黛玉,为何从不反击妙玉的刻薄言语呢?

事实上,对于妙玉的孤高、乖张、刻薄,黛玉非但没有一丝厌弃,反而怀有相当程度的亲近和怜悯之意。"茶品梅花雪"的场景中有一处细节,在妙玉的禅房中,宝钗坐在榻上,黛玉坐在一个蒲团之上。床榻和蒲团都是很私人的"领地",这样写并非闲笔,而是要反映钗黛与妙玉之间的相熟与相知。宝玉踏雪乞红梅时,黛玉再次表现出对妙玉性情的熟谙,止住想要跟随侍的丫鬟,为妙玉和宝玉营造了独处的空间。

妙玉和黛玉之间有很多奇特的联系,妙玉的形象中也有黛玉的影子。她们同是苏州人氏，出身读书仕宦之家；都自幼体弱多病，因父母亡故而寄居贾府；她们同是才貌俱全的少女，满腹诗书、性格孤傲，都与宝玉有着格外亲近的关系。宝玉的《访妙玉乞红梅花诗》中，有一句"不求大士瓶中露，为乞嫦娥槛外梅"，呼妙玉为"嫦娥"，这和一直被比作"霜娥"的黛玉又多了一层重合的影子。

黛玉与妙玉都具有"草木之人"的特征——她们都是生活在自然之中的自然之人。小说中两次写到妙玉与花木之间的关系。第一次是贾母到栊翠庵喝茶时，看到院中花木繁盛，便说道："到底是他们修行的人，没事常常修理，比别处越发好看。"第二次则是李纨罚宝玉去讨红梅，说："我才看见栊翠庵的红梅有趣，我要折一枝来插瓶。"之后贾母冒雪而来，一进门便看见这一枝"好俊梅花"。贾母与李纨都是实实在在的世俗中人，对妙玉的为人都曾表现出或多或少的厌弃，但在她们眼中，妙玉的居所花木葱茏，令人向往——这也是一笔侧写，写出妙玉对花木之道的娴熟和崇尚自然的高雅生活趣味。此前有学者说，这些颜色艳丽的花草是妙玉心思难"空"的表现。但实际上，就像《庄子》崇尚自然一样，这样的生活环境，实际上反映着"草木之人"对生命本真的热爱。

与素不相识却一见如故的黛玉形成对照的，是与妙玉有着"贫贱之交""半师之分"的邢岫烟。在邢岫烟幼年寒素、没有机会接受教育的时候，妙玉教会她读书识字。这也让我们看到一丝黛玉教香菱学诗的影子——黛玉和妙玉都不介意身份门第之别，愿意教身世飘零的女孩子诗书。按理说，这样的交往是会让接受知识的贫女深有感触的。但邢岫烟却非常清醒地指出，"万人不入她目"，"他也未必真心重我"。因为岫烟清醒地认识到，她并非妙玉的知音，两人之间存在很大的精神差距，无法实现深层次的精神交流。

邢岫烟和薛宝钗有着相似的价值观和人生观。宝玉想要找人请教如何给妙玉写回帖时，想到"若问宝钗去，他必又批评怪诞"。随即他就在宝钗扑过蝶的滴翠亭遇到了邢岫烟。而邢岫烟偏偏给了妙玉一个"放诞诡僻"的评价，这处情节的安排也是很有意思的比照。实际上，岫烟不能理解妙玉，就像宝钗不能理解宝玉一样，她们的精神追求与宝玉、黛玉、妙玉这样的"草木之人"相去甚远。

黛玉与妙玉的感情有着递进的发展过程。在第四十一回时，黛玉面对妙玉尚"不好多话，亦不好多坐"；而到了第七十六回"凹晶馆联诗"的时候，黛玉与妙玉已经相交甚笃。妙玉听到黛玉与湘云联诗后，便将二人邀请到栊翠庵歇息吃茶，还亲自取了笔墨纸砚出来，要将二人的联句从头誊写下来。黛玉此时笑道："从来没见你这样高兴。"因此也跟着十分高兴。从这个细节可以看出，在这段时间内，她们之间似乎有过许多愉快的往来，感情较之前更胜一筹。

妙玉誊录联句后，黛玉邀请她为联诗做个收尾。妙玉说："如今收结，到底还该归到本来面目上去。若只管丢了真情真事且去搜奇捡怪，一则失了咱们的闺阁面目，二则也与题目无涉了。"然而，妙玉续下来的诗却不似"闺阁面目"，反而更像韩愈的诗笔：

> 空帐悬文凤，闲屏掩彩鸳。
> 露浓苔更滑，霜重竹难扪。
> 犹步萦纡沼，还登寂历原。
> 石奇神鬼搏，木怪虎狼蹲。

这是很有意思的。她说不要搜奇捡怪，下笔却要搜奇捡怪。她写到了文凤、鸳鸯，这些都是爱情的象征，但它们只在空帐闲屏之上。她看到是一派潮湿阴暗的景象，身处其中，举步维艰，身边的一切都仿佛神魔搏杀、虎豹环伺，这与黛玉写的"一年三百六十日，风刀霜剑严相逼"形成了互文，可见二人在贾府中的生活感受是相似的，对草木性灵的摧折都有切身感触。

妙玉与黛玉是精神上的知己，灵魂上的影子。如汤书昆先生所说："妙玉是弥漫着正统气息的贾府中，除了已被公认的宝玉、黛玉之外，第三个不循规蹈矩的人，这是思想实质与她相近的宝黛尊重她的基础，也是她自身的价值所在。"这两位大观园中的孤女对彼此是相互尊重、相互珍视的。在"凹晶馆联诗"一回的末尾，妙玉依依不舍地送别了黛玉和湘云，看到她们走远了，才关闭了栊翠庵的山门。有学者推测，最后黛玉去世的时候，很有可能是妙玉陪伴在侧，这两位孤女通过相互的理解与陪伴得到了心灵上的慰藉。

5. 妙玉的结局真的是"走火入魔"吗？

程高本续书有很多优点，但也有很多败笔。妙玉的结局或许可算作续书明显的败笔之一。

在第八十七回中，宝玉去蓼风轩看惜春，遇到惜春正和妙玉下围棋。面对宝玉，妙玉脸红心跳，借说棋谈禅和宝玉调情。她痴痴地问宝玉："你从何处来？"书中这样形容妙玉：

> 妙玉听了这话，想起自家，心上一动，脸上一热，必然也是红的，倒觉不好意思起来。

后来写妙玉和宝玉路过潇湘馆听黛玉抚琴。不一会儿琴弦崩断，妙玉起身就走。宝玉问她缘故，她又表现得像个"神婆"一般，只丢下一句："日后自知，你也不必多说。"回到栊翠庵后，她"忽想起日间宝玉之言，不觉一阵心跳耳热"，就坐不住禅，走火入魔。书中对妙玉走火入魔的场景，描写得非常不堪，甚至有些淫邪色彩。前八十回的妙玉要是知道自己被塑造成这个样子，大概会气得将续书付之一炬。

到了第一一二回，贾府因抄家而败落，贾母也已经去世，一伙贼人趁火打劫，潜入荣国府偷盗抢劫。正逢妙玉又去和惜春下棋，强盗抢了财物金银后，顿起劫色之意。过了几天，谋划好"到了三更夜静，便拿了短兵器，带了些闷香，跳上高墙"，去栊翠庵用闷香迷倒了妙玉，"可怜一个极洁极净的女儿，被这强盗的闷香熏住，由着他掇弄去了"。

真正的妙玉怎么可能如此呢？她是那么高傲，在前八十回中基本只和才华相类、性情相投的黛玉、宝钗、湘云来往。而惜春也十分孤僻，是个"心冷口冷"之人，连对贾家姐妹们都情分冷淡，对从小服侍自己的丫鬟入画都因小错而执意赶走，她的性格与妙玉这种"云空未必空"的热衷肠可谓完全相反。这两人怎么可能在一起下棋呢？续书的逻辑大概是，既然惜春以后要出家做尼姑，那她们尼姑之间大抵会经常往来吧。但这样的情节安排，并不符合人物的性格逻辑。

妙玉真正的结局是怎样的呢？结合前人的评点推测，她或许在经过一番争执与反抗后，无奈离开贾府，在飘零中颠沛辗转、返回家乡。细细考索曹雪芹留下的"草蛇灰线"，我们可以从前八十回中大致看出一些端倪。

妙玉是随师父来长安的。她之所以久住不回，是因为师父留下遗言："衣食起居不宜回乡，在此静居，后来自然有你的结果。"《红楼梦》喜欢反写谶言，也就是若前文有和尚、道士做出什么"天机"一般的警示，最后这个人物所做出的选择往往会与之相反，因而也就事与愿违,走向命定的悲剧结局。妙玉也是如此。按照常理推测,妙玉在家乡本就"不合时宜,权势不容",倘无特殊变故,她是决不会南返姑苏的。贾府即使事败抄家,她身为方外之人,又非贾府亲眷,也不会因此受牵连,而无立足之地。

但根据判词推断,妙玉最终还是被迫离开了贾府。《世难容》说她"到头来,依旧是风尘肮脏违心愿。好一似,无瑕白玉遭泥陷"。这里的"肮脏"并非"龌龊"之意,而是读作"抗脏",是反抗、不屈的意思。如宋代文天祥《得儿女消息诗》中就有"肮脏到头终是汉,娉婷更欲向何人"。"风尘"也不是说她真的沦落风尘。《红楼梦》第一回的回目名中就有"风尘怀闺秀"的用例,是指"一事无成,风尘碌碌"。

在毛国瑶抄录靖藏本的脂批中,有一条批语暗示了妙玉在离开贾府之后的经历,但原文已漫漶不清。经周汝昌先生考校,这句话是:"他日瓜州渡口,各示劝惩,红颜固(不)能不屈从枯骨,(岂)不哀哉!"瓜州渡口位于今日的江苏省扬州市附近。周汝昌先生认为,妙玉经过一番抗争,最后离开贾府,回到家乡,被迫还俗,为了生存屈嫁给一位有权有势的人物。一切都那么不遂人愿,妙玉想一尘不染,命运却将她安排到了最不洁净的地方。

曹雪芹对妙玉的评价是很高的。前八十回写她请黛玉和宝钗喝"梯己茶",后来又参加黛玉和湘云的中秋月夜联句,将她与黛玉并列为"二玉",与戴金锁的宝钗和佩金麒麟的湘云并列为"二金"相对照。她拿自己平日用的绿玉斗给宝玉斟茶，又给宝玉送生日贺帖，还给大观园诸女儿送盛开的红梅花，都是很微妙的情节，暗写她与宝黛之间惺惺相惜的知己之感。栊翠庵中幽居的女尼妙玉，无论在才华还是见识上都能够与宝、黛、钗、湘并列。按照判词来看，妙玉的结局在佚稿中本应有更为精彩的描写，她属于"薄命"女儿的另类典型，其悲剧结局也一定会有所寄托。

6. 妙玉名中带"玉"，她与宝玉、黛玉是同类人吗？

宝玉、黛玉、妙玉的名字中都带有一个"玉"字，张锦池先生将其称为"红楼三玉"，认为他们都是具有"童心"的"真人"。

"三玉"之间有着相似的本质，也有着特殊的缘分。贾宝玉有两个知己，一个是现实世界的林黛玉，一个是方外世界的妙玉。她们都越出了封建礼教和佛门教规的约束，带有强烈的叛逆倾向。黛玉了解、信赖妙玉与宝玉的友情；妙玉理解、支持黛玉与宝玉的爱情——这是"红楼三玉"人物关系的总脉络。他们三人品性相似，互为知己，互为映衬。黛玉乃是"在家"的妙玉，而妙玉则是"出家"的黛玉。

然而，妙玉与黛玉的命运却是截然相反的。妙玉为了治病，自幼出家，长居青灯古佛旁，以斩断世情的方式来换取身体的康健；

黛玉的父母断不同意将其送入寺庙，因此终生疾病缠身，却在大观园中体会到了属于年轻女儿最美好的情愫。她们的结局也截然不同，黛玉始终身处"槛内"的尘世漩涡之中，却能够保持清洁的本质，"质本洁来还洁去，强于污淖陷渠沟"；妙玉虽然身在"槛外"，却始终"身在佛门，心在红尘"，"到头来，依旧是风尘肮脏违心愿"。

这种事与愿违的结局既是由于命运无情的嘲弄，也源自个人的选择。妙玉出家与宝玉最终遁入空门并不相同。她不是自发地了悟，而是因为"自小多病"，被送入寺庙修行，用舍身出家的方式消除命中的灾难。她虽然身处"世外"，对尘世仍然有关注和感受。她对器物的执着、对容貌的难舍，都诠释着判词中所说的"云空未必空"。从"三玉"的对比中也可以看出，《红楼梦》所提倡的人生"安顿之法"，并不一定是肉体上的出家，而是精神上的醒悟。

在《红楼梦》中，尼姑与道姑是一个特殊的群体，也是时代环境下悲剧女性的一种类型。她们往往在最美好的年纪出家，从此游离于社会边缘，身份也比一般人低一等，青春活力就此被埋藏在长期压抑的环境中。除了那些真正通过自己的生命体验悟道、证道的人以外，因为世俗迷信而出家，或是因生存压力而被迫出家的人，往往难以得到宗教精神的指引。她们的人生仍然是困顿的，不亚于陷入泥淖。

妙玉在《红楼梦》中可被视为宝玉与黛玉的对照组。"红楼三玉"拥有相似本质，却走向了相反的人生道路。那么宝玉会有怎样的人生结局？根据现有的线索和前人的研究推测，他要么是步黛玉后尘，像黛玉"泪尽而亡"一般选择死亡；要么是走妙玉的道路，遁入空门。在此之前，他还将面对很多矛盾，不太可能像惜春那样决绝地"独卧青灯古佛旁"，而很有可能会与妙玉一样经历出世与入世的纠结。妙玉能以"外来人"的身份位列十二钗之六，也是在暗示这个人物与全书主旨息息相关的典型意义。

第八编

副册群芳

1. 香菱是不祥之人吗,《红楼梦》为什么要写这样一个角色?

香菱是整部《红楼梦》中第一个出现的女孩子。脂砚斋称她为"开卷之第一个女子";她的判词在"金陵十二钗副册"中也排在第一位。然而,这开篇的第一个女孩子,却在一开始就被宣判为"有命无运、累及爹娘之物"。她的美好品质和悲剧命运,也是红楼女儿"群芳碎"的缩影。

香菱一生可谓彻头彻尾的悲剧。她的悲剧命运于尚在襁褓时便已被判定。在第一回中,香菱的名字还叫作"甄英莲"。父亲甄士隐抱着她在街边玩耍,遇到一僧一道。那僧人看到这个粉雕玉琢的女娃娃,却突然放声大哭起来。他对甄士隐说:

> 施主,你把这有命无运、累及爹娘之物,抱在怀内作甚?

说毕,还留下四句谶诗:

惯养娇生笑你痴，菱花空对雪澌澌。

好防佳节元宵后，便是烟消火灭时。

香菱尚在甄士隐膝下的时候，也曾是娇生惯养的女儿。在封建社会中，子嗣是一个家庭最大的寄托，香菱的出生曾给甄士隐的小家庭带来最温情的一段时光。但是，她在尚未记事的时候，便被人贩子拐卖，甄氏家族的命运也与香菱的走失紧密联系在了一起。"好防佳节元宵后，便是烟消火灭时"，是说元宵佳节之后，香菱被拐，甄士隐家族衰败的厄运也随之降临。其实对甄家的败落，香菱是没有任何责任的，所有的一切都源于命运的悲剧，这就是"有命无运、累及爹娘"的意思。被拐之后，她本有机会与小乡绅冯渊结姻缘，却又被"呆霸王"薛蟠强行买走做妾，而当薛蟠迎娶了正妻夏金桂之后，香菱的日子更是苦不堪言。

但是，从一开始就被赋予了不祥预言的她，却始终没有失去作为洁净女儿的"诗心"。在大观园中，香菱学会了作诗，表现出稚气未脱的聪颖和顽皮。在第六十二回中，作者说，"香菱之为人，无人不怜爱的"。当她听说薛蟠要娶夏金桂的时候，不仅没有表现出嫉妒，还说"又添一个作诗的人了"。香菱始终是以一双纯真、善良的眼睛来观察这个世界的。

"香菱"的名字也隐喻着这种高洁的品性。在第八十回中，她向夏金桂解释道：

> 不独菱花,就连荷叶莲蓬,都是有一股清香的。但他那原不是花香可比,若静日静夜或清早半夜细领略了去,那一股清香比是花儿都好闻呢。就连菱角、鸡头、苇叶、芦根得了风露,那一股清香,就令人心神爽快的。

与宝玉所说的"我见了女儿,我便清爽"互为照应,"香菱"之清,代表了女儿最清净、最纯洁的品质。

然而,像这样美好的女子,在封建社会中,却无法掌握自己的命运,其悲剧性的人生结局不是个人的选择造成的,而完全是因为命运的安排。从小说的叙事章法上来看,香菱与秦可卿一样,都是《红楼梦》中承担着结构功能的"主题性人物"。"正册十二钗"以钗黛为首,以秦可卿为终;副册中则以香菱为首,整部《红楼梦》也是以香菱(英莲)的故事为开端。甄士隐父女的故事相当于传统话本小说中的"入话"。所谓"入话",是将一段独立的小故事放在正文之前,其主旨与正文形成某种意义上的映射。根据作者的安排,香菱的命运是在映射大观园中所有女儿的命运,她们都是"有命无运"之人。

脂批在"有命无运、累及爹娘"八个字下面发表了一段极其慷慨激愤的评论:

> 八个字屈死多少英雄,屈死多少忠臣孝子,屈死多少仁人志士,屈死多少词客骚人!今又被作者将此一把眼泪洒与闺阁之中,见得裙钗尚遭逢此数,况天下之男子乎?看他所写开卷之第一个女子便用此二语以订终身,则知托言寓意之旨,谁谓独寄兴于一"情"字耶!

所谓"主题性人物",其性格特质往往具有象征意义,比如秦可卿的"兼美",就是融合林黛玉、薛宝钗的人格特质于一身;而香菱的命苦与诗心,则是大观园中所有女儿的投射。香菱既是副钗中排在第一位的女子,也是《红楼梦》整部书中出现的第一个女子,她的命运既是红楼女儿的整体隐喻,也是全书主旨的寄托。这是在告诉读者,作者虽然自述《红楼梦》一书"大旨言情",但其中也寄托着对人生悲剧的深刻哲思。

2. 晴雯撕扇是因为太过骄纵吗?

书中形容晴雯"是块爆炭",是说她性格刚烈、脾气一向不太好。这种性格特点最集中的展现是在第三十一回,这一回的名字叫作"撕扇子作千金一笑"。那么晴雯究竟为何有如此大的脾气呢?是不是说明她太过骄纵了?

其实，晴雯的脾气源自她认知观念的与众不同。她骨子里追求人格平等，一直把宝玉当作朋友。"晴雯撕扇"一事的前因，正是因为她心中人格平等观念受到了冒犯。

在第三十一回开篇，晴雯和宝玉发生了一次争吵。晴雯给宝玉换衣服时，失手把扇子跌折了。宝玉正因金钏儿与自己调笑而被王夫人发落的事不快，公子哥脾气发作，便训斥她说："蠢才，蠢才！将来怎么样？明日你自己当家立事，难道也是这么顾前不顾后的？"

晴雯平素对自己的精明强干极有自信，宝玉这种丧气的责备，明显伤害了她的自尊心。于是她还击顶撞，说宝玉是故意"给脸子瞧"，还说"要嫌我们就打发我们，再挑好的使，好离好散的"。宝玉何曾在丫鬟口中听到过这样的话，气得浑身乱战，说出"你不用忙，将来有散的日子"的气话来。

在封建大家庭里，主子对奴婢加以斥责，做奴婢的往往只能洗耳恭听、磕头认罪。但晴雯从不遵循这一套。和宝玉发生冲突时，她既不服软，也不认错。脾气发作之时，对任何人都同样不假辞色。比如袭人来劝架，晴雯立刻揭出她和宝玉一向"鬼鬼祟祟"的事，羞得袭人脸都紫胀起来。

晴雯与宝玉和解，是宝玉主动服软。当天晚上，晴雯一个人躺在院内的榻上乘凉，宝玉在她身边坐下，笑着总结了早晨的一番争吵：

> 你的性子越发惯娇了。早起就是跌了扇子，我不过说了那两句，你就说上那些话。说我也罢了，袭人好意来劝，你又括上他，你自己想想，该不该？

宝玉非常了解晴雯的性格，知道晴雯只不过是一时生气，因此先向她分析了争吵的起因和当中的利害关系。晴雯这时早就消了气，果然也不介意，只说"怪热的，拉拉扯扯作什么"，还说要拿鸳鸯送来的果子给宝玉吃。宝玉继续赔笑哄她说，我们一块儿拿果子来吃吧。晴雯笑着提起跌扇子的前因："我慌张的很，连扇子还跌折了，那里还配打发吃果子。倘或再打破了盘子，还更了不得呢。"宝玉一听，知道晴雯是在顺着自己铺的台阶往下走，赶紧趁热打铁：

> 你爱打就打，这些东西原不过是借人所用，你爱这样，我爱那样，各自性情不同。比如那扇子原是扇的，你要撕着玩也可以使得，只是不可生气时拿他出气。就如杯盘，原是盛东西的，你喜听那一声响，就故意的碎了也可以使得，只是别在生气时拿他出气。这就是爱物了。

晴雯听了，果然与他冰释前嫌，笑道，既然你这么说，那就拿扇子来让我撕着玩吧。于是就有了"晴雯撕扇"的经典情节。晴雯接过扇子，嗤的一声，撕作两半。宝玉在旁拍手笑道："响的好，再撕响些。"这时恰好麝月走来，宝玉一把抢过她的扇子，递给晴雯，末了还用一个典故来总结：

古人云，"千金难买一笑"，几把扇子能值几何！

晴雯撕扇，并不是她在宝玉的纵容之下得寸进尺，而是自尊心得到弥补的过程。因为跌扇而受到斥责，使二人的关系回到了纯粹的主从性质，这是最令晴雯心寒的一点。而带有逾矩色彩的撕扇，证明宝玉对她的友谊没有变，这对晴雯来说有着特殊的意义。通过这件事，她看到了自己和宝玉之间人格平等的希望。

晴雯这种"爆炭"性格也是出于对平等与公正的追求。在第五十二回"俏平儿情掩虾须镯"中，坠儿偷了平儿的手镯，事情败露后，她马上决定，要撵坠儿出去。晴雯处理问题不会瞻前顾后、圆滑世故，也丝毫不顾念私情，只从事实正义出发做判断。

晴雯的平等观还体现在她不会势利地看待众人。当邢岫烟、薛宝琴、李纹、李绮这四个亲戚家的女孩子来到贾府之后，晴雯对她们的到来是非常欢喜的。她丝毫不在意四人的出身不同、贫富有差，而是采取同等的赞赏态度来欣赏她们，形容说"倒像一把子四根水葱儿"。看似不经意的一句话，实际上是晴雯性格中反抗精神的一种表现，体现出她对人与人之间平等关系的追求。

整个贾府，不管是奴仆还是主人，她都敢去抱怨、顶撞。在第二十六回中，宝钗晚间来看宝玉，晴雯因为刚和碧痕拌了嘴，正在气头上，就在院中暗自抱怨："有事没事跑了来坐着，叫我们三更半夜的不得睡觉！"刚好这时黛玉也来敲门，晴雯没有听出她的声音，对着门外说，怡红院里的人"都睡下了"，"凭你是谁，二爷吩咐的，一概不许放人进来呢！"晴雯这句气话，引发了宝黛之间好大一场误会。但若从人物塑造的角度来看这段情节，晴雯是不以奴仆自居的，她任情所至，身份地位的差异丝毫不会影响到她抒发真实的心情。

但是，晴雯的"公正"并不是指她严格遵循外界制定的礼仪、法度。比如，她对宝玉的某些"出格"举动是心下默许的，从未因那些逾举行为而抱怨、指责过他，因此宝玉对她也很信任。宝玉给黛玉送旧帕，专门支开袭人，让晴雯去送。这其实已经相当于私相传递信物、逾越男女之大防的行为。晴雯虽然不解其意，但也不问原因，毫无怨尤地照办。

晴雯也没有因为宝玉的偏爱恃宠而骄，照料宝玉仍然尽心尽力。她在小说中的"高光时刻"是"勇补雀金裘"。宝玉的雀金裘被火烧了个窟窿时，晴雯正受风寒，"病的蓬头鬼一样"，为让宝玉次日不被贾母、王夫人责备，她"少不得狠命咬牙挣着"，虽然心灵手巧，无奈"头重身轻，满眼金星乱迸"，"补不上三五针，便伏在枕上歇一会"，直补到"自鸣钟已敲了四下"，自己筋疲力尽。这段描写让我们在一件家常小事中，看到晴雯对宝玉的真情与真心。只要是对宝玉好的事情，她都有着异乎寻常的顽强毅力，甚至有杜鹃啼血一般悲壮的决心。晴雯的自我牺牲精神和黛玉对宝玉的用心在本质上是相通的，她们和宝玉之间，都有一种"士为知己者死"式的心灵相通。

3. 晴雯被撵出大观园是袭人告的密吗？

袭人和晴雯是怡红院中最为重要的两个大丫鬟。袭人把宝玉的生活照顾得无微不至，而且无论是宝玉本人还是王夫人，都早就把她当作未来的妾室相待；但若论宝玉的信任，袭人反而比不上晴雯，宝黛之间的一些秘密，往往是瞒着袭人，却交给晴雯代为传递的。晴雯死后，宝玉还为她写下一篇《芙蓉女儿诔》，寄予了自己深切的怀念。袭人与晴雯之间似乎也有许多矛盾纷争，她们的行事准则总是大相径庭。而且，袭人最受人诟病的问题之一，就是她似乎在王夫人面前告过密，人们因此怀疑袭人是致使晴雯被撵走、病死家中的"元凶"。甚至连宝玉也曾表现出对此事的疑心，反问过袭人："怎么人人的不是太太都知道，单不挑出你和麝月秋纹来？"

晴雯被撵，真的是因为袭人向王夫人告密吗？袭人确实值得被怀疑。因为在宝玉挨打之后，袭人向王夫人进言，透露过要注意宝玉在园中"男女之防"。此后她也有很多机会向王夫人汇报在怡红院中发生的一切。清末民初的评点家王伯沆认为，晴雯事上，袭、麝二人早已"不知下了许多烂药"。王夫人昏聩似为王善保家的所用，"实则为袭、麝所诖耳"。

袭人和晴雯之间也的确存在互相妒忌的问题。在书的前半部分，常有晴雯看不惯袭人的描写。在第二十回中，李嬷嬷输了钱，迁怒于袭人。宝玉点头叹道："这又不知是那里的帐，只拣软的排揎。昨儿又不知是那个姑娘得罪了，上在他帐上。"一句未完，晴雯在旁说道："谁又不疯了，得罪他作什么。便得罪了他，就有本事承认，不犯着带累别人！"在第五十二回中，晴雯因为偷镯子一事怒撵坠儿。宋嬷嬷提议"等花姑娘回来"再打发坠儿。晴雯说：

> 宝二爷今儿千叮咛万嘱咐的，什么"花姑娘""草姑娘"，我们自然有道理。你只依我的话，快叫他家的人来领他出去。

宋嬷嬷心目中只知有花姑娘，晴雯却"早已看不上花姑娘矣，特势限之耳"。在第三十一回中，晴雯和宝玉拌嘴，听到袭人称自己和宝玉为"我们"，直接冷嘲热讽地表达不满，还骂袭人是西洋"哈巴儿"。她对袭人的不满向来是公开表达，毫无遮掩。

反观袭人，她对晴雯的态度在书的前半部分不曾直笔写出，这也与人物的性格有关；但在书的后半部分，晴雯被逐后的一段情节中可以看出端倪。在第七十七回中，晴雯被逐出大观园后，宝玉无限伤感，忽然想起此前阶下的海棠花无故死了半边，认为是埋下了晴雯之死的预兆，还将晴雯与孔子、诸葛亮、岳飞、杨贵妃、王昭君等古人联系起来，证明"不但草木，凡天下之物，皆是有情有理的，也和人一样，得了知己，便极有灵验的"道理。袭人听完这一番话，只觉"可笑""可叹"，说了一句：

> 那晴雯是个什么东西，就费这样心思，比出这些正经人来！还有一说，他纵好，也灭不过我的次序去。便是这海棠，也该先来比我，也还轮不到他。想是我要死了。

虽然是劝慰宝玉的话，但后世点评家还是从中听出了问题。比如陈其泰认为，袭人"居常怨之、恨之、忌之、防之、畏之、憎之之情，则一齐发泄在其说晴雯的'什么东西'四字中"。

回顾此前袭人的表现，确实也有一些类似的流露。在第六十二回中，晴雯听说芳官和宝玉一起吃了饭，说芳官是狐媚子，明天我们都走了，留下芳官一个人伺候就行了，还说"惟有我是第一个要去，又懒又笨，性子又不好，又没用"，这又是一句为后文埋下伏笔的谶语。而这时，袭人向晴雯说了一番话，醋意是很明显的：

> 我们都去了使得，你却去不得。……倘或那孔雀褂子再烧个窟窿，你去了谁可会补呢。你倒别和我拿三撇四的，我烦你做个什么，把你懒的横针不拈，竖线不动。一般也不是我的私活烦你，横竖都是他的，你就都不肯做。怎么我去了几天，你病的七死八活，一夜连命也不顾给他做了出来，这又是什么原故？你到底说话，别只伴憨，和我笑，也当不了什么。

这些话实际上是针对晴雯"勇补雀金裘"一事而发。袭人平日给晴雯分派活计，晴雯并不接受；而她不在之时，晴雯竟然"一夜连命也不顾"，替宝玉补好了针线。袭人这番话的潜台词是：平日里你不服从我的管理，待我不在，反倒在主人面前积极表现。言语间的不满是很明显的。由以上所举的例子可以看出，袭人与晴雯之间的对话，俨然是"阴阳怪气"四个字的真实写照。

晴雯被逐的原因是被诽谤，说她狐媚惑主，勾引坏了宝玉。而实际上，晴雯在男女之大防方面，是最清白、最正直的那个。她的态度与袭人是背道而驰的："你们鬼鬼祟祟干的那事，也瞒不过我去。"当宝玉提出想同她一起洗澡时，晴雯则说："我不敢惹爷。还记得碧痕打发你洗澡，足有两三个时辰，也不知道作什么呢。"所谓无瑕者方可疵人，敢当面拿这些风流韵事揭别人的短，说明晴雯和宝玉是没有这种事的。《红楼梦》中写到过晴雯与宝玉之间的接触，比如渥手、掖被、触痒等，皆是坦荡又亲密。因此有评论者认为，晴雯清白处亦是"袭人所以大忌晴雯处"。但若我们以人情常理推之，整个怡红院中，与宝玉有直接风月关系者，袭人首当其冲。按照明哲保身的逻辑来看，作为"当事人"，袭人似乎不敢直接以男女关系的罪名在王夫人面前诬陷晴雯，因为这样做很有可能会"引火烧身"。

因此，袭人与晴雯的关系恐怕只是作者的障眼法，对晴雯最为记恨的，是园中的一众婆子们。其中主要陷害她的是王善保家的，是她明明白白地在王夫人面前构陷晴雯。在晴雯被逐一事中，王熙凤也在有意无意间起到了推波助澜的作用。她评价晴雯是丫头里生得最好的，"论举止言语，他（晴雯）原有些轻薄"。这个"原"字"下得可褒可贬"，在王夫人面前却足以致命。因为貌美和举止轻浮，正是王夫人最为忌讳的两点。凤姐这样说，相当于让晴雯做了她疏于管理大观园以至于闹出"绣春囊"事件的替罪羊。

晴雯非常清楚自己的处境。在第七十四回中，她一听到王夫人开口说自己像"病西施"，"天天作这轻狂样儿"，马上觉察到，自己被人暗算了。她的一番回应是很有急智的，充分发挥了语言的艺术，也体现出"嘴巧"的特点。她一开口就说自己是贾母的人，言下之意是希望王夫人即使动怒，也要顾及老太太的面子；并且强调自己只是个做针线的，竭力撇清和宝玉的关系。但是，这番言语却让已经对她有了定见的王夫人更加嫌恶，所以脂砚斋在这里的评语是"深罪聪明"，这四个字太深妙了。

木秀于林，风必摧之。晴雯不单所见远过袭、麝，更兼有貌而能贞，是个非常有骨气的人。她心底无私、干净磊落，命运里最无可奈何的事就是"屈风流"，被人构陷带坏了宝玉。晴雯以质美而遭谤，就像屈原、贾谊等古代士人因才能出众而遭到诽谤一样。在第七十七回"俏丫鬟抱屈夭风流"中，晴雯与宝玉永绝，有段未说完的话：

> 只是一件，我死也不甘心的：我虽生的比别人略好些，并没有私情密意勾引你怎样，如何一口死咬定了我是个狐狸精！我太不服。今日既已担了虚名，而且临死，不是我说一句后悔的话，早知如此，我当日也另有个道理。不料痴心傻意，只说大家横竖是在一处。不想平空里生出这一节话来，有冤无处诉。

这句话只是她在表达恨意，并非认为没能和宝玉有私是一件憾事。评点家说，这些地方"处处写两人情深，却处处写两人清白"，宝玉之于晴雯有情无实，晴雯之于宝玉并无沾染，这就是所谓的"屈"了。

关于晴雯之死，清代评点家有很多讨论。有人认为，晴雯死得抑郁气闷，是因为平素语言尖刻，常与人种恨结仇而不自知。而且在贾府这样的环境里，若不低调行事，容貌、性情都可置她于死地。论容貌，老婆子们说晴雯"仗着模样儿，目中无人"，论性情，晴雯平时又"浮躁多气"，往往是旁人上半句还没说完，她的下半句就顶上来了。她因为宝钗晚来而指桑骂槐，因为心情不好无端不给黛玉开门，对宝玉更是口无避忌。所以这种观点认为，晴雯在府内结怨尤深，祸机四伏，"宜其招祸独惨"以"自害"。

晴雯被逐乃至于屈死的原因在她的判词中也说得明白：

> 霁月难逢，彩云易散。心比天高，身为下贱。风流灵巧招人怨。寿夭多因毁谤生，多情公子空牵念。

害死晴雯的直接原因，是她在大观园中积怨已久的人际关系。但往深层说，晴雯之死绝不仅仅是因为她与袭人之间的个人竞争，而是因为晴雯这样清白而赤诚的心灵，内心中对平等的追求、对性灵的自由抒发，在那个不平等的社会中是难以被接纳的。

4. 贾政为什么说袭人的名字刁钻？

在《红楼梦》的丫鬟中，最重要也最有争议的一位当数花袭人。首先，她的名字就让后人争论不休。有人说，"袭人"是"趁其不备，偷偷进攻"的意思,是在隐喻袭人暗害晴雯的阴险;也有人说,"袭"的谐音是"席",判词册上画的"破席"是说"花袭人"本性下贱。

事实上,作者在书中对袭人的名字有过着重强调,但从文本的内证却看不出上述贬义。书中人物对"袭人"的名字最不满者当数贾政,但他的指责也并非针对袭人,而是针对贾宝玉。因为这个名字典出"秾词艳赋",反映出宝玉不喜读"正经书",偏好在这些毫无用途的事情上下功夫。

袭人名字的来源在书中被着重强调过三次。在第三回中第一次介绍了袭人名字的来源:

> 原来这袭人亦是贾母之婢,本名珍珠。贾母因溺爱宝玉,生恐宝玉之婢无竭力尽忠之人,素喜袭人心地纯良,克尽职任,遂与了宝玉。宝玉因知他本姓花,又曾见旧人诗句上有"花气袭人"之句,遂回明贾母,更名袭人。

第二次出现袭人名字的典故是在第二十三回中。贾政因偶然听到宝玉提起"袭人"这个名字,登时眉头一皱,问道:"袭人是何人?"王夫人回说,是个丫头。随即贾政眉头一皱,批评道:

> 丫头不管叫个什么罢了,是谁这样刁钻,起这样的名字?……老太太如何知道这话,一定是宝玉。……可见宝

玉不务正，专在这些秾词艳赋上作工夫。

说毕，断喝一声："作业的畜生，还不出去！"

可见，"袭人"这个名字在王夫人、贾母等不大读书的长辈看来是没什么问题的，但在年少时同样喜欢杂学旁收的贾政眼里，这个名字简直就像"加了高亮"一样，让他十分介意。

"袭人"的名字究竟有什么寓意，为什么会让贾政这么生气呢？宝玉对贾政的解释是：

因素日读诗，曾记古人有一句诗云："花气袭人知昼暖"。因这个丫头姓花，便随口起了这个名字。

袭人本姓花，贾母之前给她起的名字是"珍珠"。珍珠是温润、内敛的，作为佩戴之物，具有从属之意。到了宝玉身边，宝玉因她姓"花"，便要起一个与花相应的名字。"花气袭人知昼暖"出自宋代诗人陆游的《村居书喜》，原句是：

花气袭人知骤暖，鹊声穿树喜新晴。

但是曹雪芹将"骤"字改为"昼"，就像李商隐的"留得枯荷听雨声"在黛玉口中变为"留得残荷听雨声"一样，是改字见义的手法，暗合了袭人的性格特点：她擅长观察周围环境的变化，懂得体察人心，能把每位主人的心思都揣摩到位。

在宝玉看来，"袭人"是这个花季少女贴心与熨帖的代名词，但在外人眼中就变了味道。前文中写到过秦可卿房中有一副对联，也用到"袭人"二字："嫩寒锁梦因春冷，芳气袭人是酒香。"而就是在秦可卿房中，宝玉在梦中初识云雨之情，醒来后便与袭人初试云雨。"花气袭人"这个典故虽然本是写自然界的花香，但是在《红楼梦》的语境中，也带上了一丝艳情的色彩，无怪乎贾政听到这个名字之后，会痛骂宝玉专好在"秾词艳赋上作功夫"。

书中第三次提到袭人名字的典故，是在贾府之外，通过伶人蒋玉菡的口中道出。在第二十八回中，宝玉参加薛蟠组织的酒局，在行酒令的环节，蒋玉菡念了一句"花气袭人知昼暖"，薛蟠立刻跳起来，叫嚷着问他"怎么念起宝贝来"。这个"宝贝"指的就是袭人。蒋玉菡无意中念出了宝玉房中人的名讳，在当时的社会环境中，属于比较冒犯的行为。书中人看似是"不知者不作罪"，但写书人的安排却并非出于偶然。席间，贾宝玉和蒋玉菡交换梯己物件，宝玉拿来交换的偏是袭人贴身的松花汗巾。脂批说，这是"红绿牵巾"的隐喻，属于婚礼上的一个程序。脂批总评又说："茜香罗、红麝串写于一回，盖琪官虽系优人，后回与袭人供奉玉兄宝卿得同终始者，非泛泛之文也。"说明在佚稿中，袭人最终的结局似乎是嫁给了蒋玉菡，夫妻二人还曾侍奉于宝玉左右。

袭人的性格与命运，早已被埋藏在了她的名字之中。

5. 袭人对宝玉到底有怎样的感情？

相比风流灵巧的晴雯，袭人展现在外的形象永远是温厚的，她对自己的形容是"像我们这粗粗笨笨的倒好"。实际上袭人并不粗笨，她是一个很早就认识到社会的残酷规则并且投身其中的人。袭人没有晴雯的资本——晴雯"勇补雀金裘"的高超技艺和清白自持的决心都是她所不具备的。但也正因如此，袭人没有那么多块垒横亘于心，她的人生信条很简单，就是顺着社会标准向前漂流。

袭人的进取之路可以分为三个阶段：

一是早期奋斗阶段。初进贾府时，她勤恳谨慎，像个"没嘴的葫芦"。贾府是诗礼簪缨之族，家法规矩森严，袭人在这里必须非常注意自己的言行。这些谨言慎行的细节在书中是通过侧面描写来体现的。比如，好心的婆子想让她吃个果子，她却说，上头还没有供鲜，奴才怎能先吃，反映出她在府中受到的规训。她"服侍贾母时，心中眼中只有一个贾母；如今服侍宝玉，心中眼中又只有一个宝玉"。她循规蹈矩地遵循主上给奴婢制定的规矩，靠这种"本分"成了贾母的八个大丫头之一，个中艰辛大概只有她自己知道。这个阶段在书中几乎是一笔带过的，但也透露了袭人日后发展所倚仗的背景。

二是上升阶段。贾母因袭人伺候尽心、"心地纯良",便将她"与了"宝玉作亲侍大丫头。贾府向来有规矩,"凡爷们大了,未娶亲之先都先放两个人服侍"。这两个服侍的人就是侍妾,未来还可晋升为姨娘,只因宝玉年纪尚小,所以没有说明。这样一来,袭人的上升道路一下子清晰起来,她开始有所醒悟,如何才能获得自己想要的地位。在第六回中写到,她已渐省人事,知道贾母把自己"与"宝玉的意义,于是半推半就地与他初试云雨情。此后,袭人也迎来了人生的苏醒。书中说:"自此宝玉视袭人更比别个不同,袭人待宝玉更为尽心。"一方面是经此一事,二人感情更加深厚;另一方面,这件事也促使袭人去考虑自己将来的归宿问题。

袭人曾试探过宝玉对自己的感情。在第十九回中,袭人回家时,听母兄说起要赎自己回去,随即大哭一场,起了毒誓,说权当自己这个女儿死了,至死也不回去。但她回到宝玉身边后,想起宝玉平时那些"异常"的脾性,便想用赎身的事情"先用骗词,以探其情,以压其气,然后好下箴规"。果然,袭人一提自己明年就要回家去了,宝玉果然"情有不忍",赌气躺在床上,哭得"泪痕满面"。这时袭人感受到了宝玉待她的情意,这才放心地软语相劝,劝宝玉把素日那些动辄就说"化灰化烟"、不喜读书、毁僧谤道的习惯都改了。这次试探证明了宝玉对她的感情,二人之间的关系更加贴近,连蒙府本侧批都说"同心同志,更觉幸遇"。

从此,袭人定下了自己的人生目标——成为姨娘。姨娘虽比不得正妻的地位,但在生活上却比市井小民的正妻还要体面。这从袭人做了"准姨娘"后奔母丧时的排场就可看出来。她要回家前,王夫人、凤姐专门安排"将跟着出门的媳妇传一个……再带两个小丫头子……外头派四个有年纪跟车的",还要安排两辆车,又叫她"穿几件颜色好衣裳,大大的包一包袱衣裳拿着,包袱也要好好的,手炉也要拿好的",还嘱咐她临走前要来给凤姐亲自过目:

> 凤姐儿看袭人头上戴着几枝金钗珠钏,倒华丽;又看身上穿着桃红百子刻丝银鼠袄子,葱绿盘金彩绣绵裙,外面穿着青缎灰鼠褂。……又看包袱,只得一个弹墨花绫水红绸里的夹包袱,里面只包着两件半旧棉袄与皮褂。凤姐儿又命平儿把一个玉色绸里的哆罗呢的包袱拿出来,又命包上一件雪褂子。

但是,袭人并不是为了这些外在条件而体贴宝玉,她对宝玉有很深的感情,在生活上对宝玉的呵护也是无微不至的。她把怡红院的事情都安排得井井有条,从书里的各种细节可见一斑:晚上睡觉前,她会把通灵玉摘下来,用绢子包好再塞在褥下,为的是第二天不冰宝玉的脖子;她揣摩宝玉爱红、爱花的心理,绣了个鲜亮的肚兜,怕他夜里着凉;宝玉去上学,她不但张罗了一大包添换的衣服,还不忘带上脚护手护，出门前千叮咛万嘱咐放心不下……诸如此类的琐碎小事比比皆是。她如此做来，堂堂正正，磊落大方，毫不见"私心"。至于那些劝谏宝玉留意仕途经济、不许毁僧谤道的话，是因为她作为一个传统的底层女性，从骨子里认可这样的价值观，也希望宝玉按照这样的价值观生活，走上"正途"。

三是主动进取阶段。这种细致而熨帖的照顾不但赢得了宝玉的感情，也赢得了王夫人和贾母的信任。宝玉挨打是她取得王夫人信任的契机。宝玉受伤后，王夫人叫怡红院的丫鬟前去问话，并未指定叫哪一个，只说"叫一个跟二爷的人"。袭人"想了一想"，主动去了王夫人那里。本来王夫人只想问问宝玉的伤情，袭人也没有找到开口的机会。拿着玫瑰清露要走时，又被王夫人叫住问话。这时，她抓住机会大胆进言，先是说，论理宝玉该打，"若老爷再不管，将来不知做出什么事来呢"。这句话一下引起了王夫人的注意。继而她又谏言，让宝玉择机搬出大观园，强调"男女之分"。这番话让王夫人感爱袭人到不能自已，笑道："我的儿，你竟有这个心胸，想的这样周全……你今儿这一番话提醒了我。难为你成全我娘儿两个声名体面，真真我竟不知道你这样好。"她像是重新认识了一遍这个从小在府中伺候的丫鬟。这里也要感叹宝钗目光如炬，在早年袭人抱怨宝二爷"那有在家的功夫"时，她就发觉这丫头"有些见识"。当然，这些所谓的心胸、见识，其实就是封建礼教所信奉的那一套教条。

在曹雪芹笔下，袭人原本是非常好的一个人。《红楼梦》第二十一回的回目将"贤"字冠与袭人，脂评认为她"当得起"，肯定了她对宝玉的一片"痴忠"。联系《红楼梦》"使闺阁昭传"的创作初衷，作者对袭人的态度是同情多于苛责的。袭人骨子里善良、宽厚，这也是她在进入社会之前就具备的品质。她对刘姥姥有惜老怜贫之心，刘姥姥二进大观园时，在怡红院睡了一觉，她让姥姥不要声张、瞒了过去；对于众丫头婆子的纷争口角，她也大都采取忍让或息事宁人的态度；对鸳鸯"誓绝鸳鸯偶"时真心同情，流露出她的正义感。

但后世对她的解说越来越变味。在程高本续书中，袭人已经变形为一个很不堪的人了，这并不符合她的判词：

> 枉自温柔和顺，空云似桂如兰；堪羡优伶有福，谁知公子无缘。

"温柔和顺""似桂如兰"是袭人平日就获得的评价，"枉自""空云"是说袭人白操心了一世，"无缘"二字，就像是宝玉在《芙蓉女儿诔》中写给晴雯的"公子无缘"一样。袭人最终并未做成姨娘，而是嫁给了蒋玉菡，他们后来救助了贫困潦倒的宝玉夫妇，尽了朋友、主仆的情分，这与袭人在前八十回一贯表现的既有个人成算、又不失礼义相一致。对袭人和晴雯，宝玉的态度都是遗憾、怅然的。曹雪芹为袭人预设下悲剧命运,对这个人物的态度,理应也是充满同情的。

袭人并不是"大贤大德"的完人,也绝非大奸大恶的坏人。她品性温柔和顺,处事包容忍让,但又不无私心,难以超越奴婢身份带来的认知局限,因此所行之事不乏争议之处。从这个意义上说,袭人是一个悲剧人物,她身上有很多瑕疵,但并不可恨,她某些为人所诟病的行为,是时代和环境的局限造成的。从积极追求人生际遇的角度来说,袭人是精明的;但从更加深远的命运认知层面来说,袭人却是不清醒的。她的成长过程是一个被礼教异化的过程。她维护封建时代的行为准则,是因为只有这样才能生存下去。鲁迅先生在《灯下漫笔》中说,她自以为"做稳了奴隶",而实际上是"想做奴隶而不得"的典型。我们不必对这个人物求全责备,因为她也是封建制度的受害者。

6. 为什么袭人与黛玉的生日在同一天?

《红楼梦》中写到了很多人物的生日。让读者比较不解的一点是,小说中特别提到,袭人的生日与黛玉是同一天。一般认为,生辰会反映出一个人的性格和命运,袭人和黛玉看似是品性完全不同的两类人,作者偏偏将她们的生日安排在同一天,意在提示读者注意袭人与黛玉之间的相关性。在人物关系上，袭人和黛玉是与宝玉最为亲密、互为映衬的两个女子，而且同样具有桃花的品格，是曹雪芹以对照方式书写的薄命女子。

在第六十二回中，宝玉过生日，众人来贺寿。探春提起"一年十二个月，月月有几个生日"，将每个月对应的各人生日都说了一遍，唯独没有想起有谁是在二月出生的。这时袭人立刻说："二月十二是林姑娘，怎么没人？就只不是咱家的人。"

宝玉在旁边笑着补充道："他和林妹妹是一日，所以他记的。"这里作者通过探春、袭人、宝玉三人之口，强调了袭人和黛玉的生辰问题。

到了第六十三回"怡红夜宴"时，作者又专门点出袭人与黛玉"同辰"。当时袭人掣到的花签是桃花，签文是"桃红又是一年春"。小注云：

> 杏花陪一盏，坐中同庚者陪一盏，同辰者陪一盏，同姓者陪一盏。

这是一支很热闹的花签，涉及很多人同饮。首先"杏花"探春要陪饮一盏，座中同庚者香菱、晴雯、宝钗三人亦同饮，又专门写"黛玉与他同辰"，再加上同为"花"姓的芳官，竟有六个人要与袭人同饮。这样的安排也是有寓意的。有研究指出："签语要求一同陪饮的众人都是薄命女儿……是为众多年轻美好的韶华饮杯。"

黛玉和袭人的生日都是二月十二日,这个生日让两个女孩的形象与"花"紧密联系在一起。据《清嘉录》记载,二月十二日是苏州地区的花朝节。清代有评点者指出,"黛玉为群卉之冠,袭人姓花,皆应于二月十二日",并认为袭人名字的出处"花气袭人知昼暖"本就暗示着她与百花的关联。

除此以外,袭人与黛玉的关联主要来自她们和宝玉的关系。书中的许多地方都将黛玉和袭人联系起来描写,二人就像常伴宝玉身侧的"双子星"。比如第十九回的回目名"情切切良宵花解语,意绵绵静日玉生香"将袭、黛二人并列。戚序本的回前、回后批有云,这一回写尽宝玉"与袭人何等留连""于黛玉何等保护"。在第三十回、第三十一回中,宝玉两次发誓要"做和尚",黛玉问:"你家倒有几个亲姐姐亲妹妹呢,明儿都死了,你几个身子去作和尚?"实际上,做和尚的话宝玉只说过两次,一次是对黛玉,另一次就是对袭人。在第三十六回中,宝玉因为"龄官划蔷"一事领悟到"从此后只是各人各得眼泪"的道理,回到怡红院之后,恰好看到黛玉和袭人在一起坐着说话。一直到第七十八回,宝玉在盘算将来与何人同死同归之时,心中想到的仍然是"不如还是找黛玉去相伴一日,回来还是和袭人厮混"。可见,黛玉和袭人的命运是以宝玉为中心被联系在一起的,她们是宝玉为自己的生活预设下的唯二温存。

但是,袭人与黛玉的关系又并非"晴为黛影,袭为钗副"那样完全对应的影身映照，她们之间更多的是一种二元对立的"补衬"关系。虽然袭人与黛玉有着相似的温柔缱绻和细腻体贴，但是黛玉对宝玉的体贴更多是在心灵方面，而袭人对宝玉的体贴则体现在生活方面。作者曾用"痴"字形容袭人，袭人的"痴"表现在"服侍贾母时，心中眼中只有一个贾母；如今服侍宝玉，心中眼中又只有一个宝玉"。这与宝黛之间的"情痴"有所不同，袭人的"痴"是表现在这种现实生活的细枝末节之中的。

黛玉与袭人都曾被喻为桃花，她们的命运既有联系也有区别。《红楼梦》在"宝黛阅西厢"一回中，写到桃花凋落后的两种命运。黛玉选择的是"质本洁来还洁去"，而另一种"浮在水面，飘飘荡荡，竟流出沁芳闸去了"，则令人不免联想到袭人的结局。黛玉与宝玉之间带有前世宿命的"仙缘"，而袭人与宝玉之间则是基于红尘俗世缔结的"俗缘"。然而无论仙缘还是俗缘，最终都逃不脱"公子无缘"的悲剧结局。

袭人的悲剧性在于她对人生道路预设的失落。对自己的命运，她有着强烈的规划和争取意识，因此一开始"满心满意将玉兄为终身得靠，千妥万当"，认为在既定的道路中，遵循着"贤"与"忠"的教条就能够得到善终。然而，覆巢之下无完卵，在家族的倾覆之下，她无法掌控自己的命运，最终的归宿是"桃红又是一年春"。根据现有的判词和批语推测，在佚稿中，宝玉最终选择出家，袭人没有"从一而终"，而是改嫁给一介优伶。这种命运放在整个大观园中的女儿悲剧来看，似乎是一个相对幸运的结局，但对袭人本身的追求来说，却是一种深沉的不幸。

7. 为什么说"晴有林风，袭乃钗副"？

脂砚斋早就告诉过我们："晴有林风，袭乃钗副。"作家端木蕻良也曾说："晴雯和黛玉在本质上是一个，这一个要强、真情、任性、率直、朴素、倾心的性格，套上了丫头的身份，便是晴雯，套上了小姐的身份，便是黛玉。"晴雯与黛玉、袭人与宝钗是两对"形影人物"，她们的相似性表现在很多方面，从外表、性情到命运都是一脉相承、互为对照的。

我们先来分析黛玉与晴雯。首先，这对"形影人物"在外貌上有着直观的相似性。"风流袅娜"是黛玉、晴雯、龄官等人共同的外貌特征。晴雯的相貌如何，凤姐曾有定评："若论这些丫头们，共总比起来，都没晴雯生得好。"在抄检大观园时，书中以王夫人的口吻形容过晴雯的长相，说她"膀水蛇腰，削肩膀"，"眉眼"像"你林妹妹"。

其次，在人物处境方面，晴雯与黛玉都是孤女。黛玉的身世，在书中开卷前五回便已交代分明；至于晴雯，则直到第七十七回中，其身世才展现在读者眼前：晴雯十岁时被贾府的奴仆赖大买来，是奴隶的奴隶，所以"身为下贱"。对比宝钗与袭人，黛、晴二人的身世更加孤苦无依。宝钗客居贾府，但有母兄在侧。袭人虽然也是被卖进贾府的奴隶，但她同样有母兄在外，家境也相对殷实。书中几次写到袭人回家的情形，贾府生活与家族命运之间的联系，是围绕着袭人与宝钗的人生命题。

　　更为重要的是这两组人物性格上的相似。晴雯孤傲不驯、性情率直、禀性刚烈、锋芒毕现，看不起袭人等丫鬟以身份自轻，奴颜婢膝讨好主上的行事作风。她有一句名言："一样这屋里的人，难道谁又比谁高贵些。"这句话出自第三十七回，宝玉折了大观园里新开的两枝桂花，叫秋纹替他送去孝敬贾母和王夫人。贾母和王夫人很高兴，连带着赏了平日"有些不入他老人家的眼的"秋纹几百钱和两件衣裳。秋纹兴冲冲地把这件事讲给晴雯听时，晴雯却不以为然，笑骂秋纹是"没见世面的小蹄子"，还说："要是我，我就不要。若是给别人剩下的给我，也罢了。"这不免令人联想到送宫花一回，黛玉那句有些尖刻的"别人不挑剩下的也不给我"，简直是一脉相承的口气。晴雯也有着同黛玉一样的敏锐。黛玉虽病弱，贾府上上下下的人情世故却也洞彻于心。晴雯亦然，怡红院里"鬼鬼祟祟的事"都瞒不了她。所以在第三十一回中，只凭袭人一句"原是我们的不是"，她就立刻敏锐地挑剔出"我们"二字中的疏漏。在这段情节中，晴雯刚对"我们"二字大加批驳，后文黛玉马上就谑称袭人是"好嫂子"，这些话相映成趣，既在情节上坐实了晴雯所言不虚,又巧妙地喻写出晴雯、黛玉原是一气相生,晴雯就是黛玉的影子。晴雯逝后,宝玉的一篇《芙蓉女儿诔》也提到晴雯的容貌、品质、性格,说她是"情文相生,情之纹理,情之所至",所以也有人说,"晴雯"是"情文"的谐音,与"黛玉情情"形成了呼应。

再看宝钗与袭人。袭人身上处处有宝钗的影子。从外在形象上说,宝钗身上时常笼罩着一层冷香,袭人的名字也取自"花气袭人知昼暖",亦是花香袭人之意。而在为人处事上,两人同样周至妥帖,在贾府都有"贤名"。宝、袭二人的"贤"与"惠",主要体现在以下三个方面。

首先,两人都奉行谨言慎行的处事原则。在贾府众人眼中,宝钗是"不干己事不张口,一问摇头三不知";袭人则是贾母口中"锯了嘴子的葫芦"。

其次,两人都很善于为人,能提供情绪价值,在贾府上下都有很好的口碑。宝钗为人豁达,随分从时,对上对下都妥帖周至。对上,她过生日时会点老太太爱看的热闹戏,说自己爱吃的也是老太太爱吃的软烂食物,哄得贾母欢喜;金钏儿投井,她见机来安慰王夫人,出主意、送衣服,纾解王夫人心中的愧疚感。在同辈中,她是湘云口中挑不出任何错处的宝姐姐;一开始对她心存芥蒂的黛玉,也在日常的相处中渐渐与她真心相待,结成互剖"金兰语"的知交姐妹;就连在姊妹中不讨好的贾环,在年节时候也愿意到宝钗房里玩耍。对下,小丫头们都喜欢到她跟前玩。袭人为人处事也颇有宝钗之风。侍候主上，无论是贾母还是宝玉都到了无微不至的地步，妥帖到要照顾每个人的每一丝情绪。书中有一处细节，在第十九回"情切切良宵花解语"中，李嬷嬷吃了宝玉特意给袭人留的酥酪，袭人为了不让宝玉生气，假说自己吃这个肚子疼。明明是自己受了委屈，却很自然地照顾着宝玉的情绪和乳母李嬷嬷的体面。下人们之间闹矛盾，也往往是袭人出面调解，可见其人的威信。

此外，最重要的一点是，宝钗和袭人有着相近的价值观。为规劝宝玉读文章、走仕途，袭人用尽了办法，甚至是撒娇，假装要离开，这不免让人联想到宝钗劝宝玉要在仕途经济上着力的话。在金钏儿投井、宝玉挨打的情节中，前有宝钗婉言宽慰王夫人，后有袭人向王夫人剖白关于宝玉的种种远虑近忧。二人无论在为人处事的方式，还是关于仕途正路的价值观上，都有着十分密切的对应关系。从"情切切良宵花解语""贤袭人娇嗔箴宝玉"等情节中，我们能够想象出宝玉与宝钗成婚之后的情形，这些都是通过"形影"关系透露出的不写之写。

回到黛、钗、晴、袭四人的形影关系上，这两组人物在叙事结构上也有着特殊的对应关系。张新之在《红楼梦读法》中指出："钗、黛比肩，袭人、晴雯乃二人影子也。凡写宝玉同黛玉事迹，接写者必是宝钗；写宝玉同宝钗事迹，接写者必是黛玉。否则用袭人代钗，用晴雯代黛。"对此，作者通过"掣花签"一段情节也进行了暗示：游戏起始晴雯取签筒掷骰子，数至宝钗，宝钗掣得一支牡丹；黛玉则于倒数第二位掣签,在掣得芙蓉签后再掷骰子,数至袭人,袭人掣得一支桃花后正待再掷,却被叫门声打断,掣花签游戏结束——掣花签以晴、钗作始,以黛、袭作结。对这段情节,俞平伯指出:"以晴雯起,以袭人结,是章法之一……由晴雯传到宝钗起令,由黛玉传到袭人收令,是章法之二。"

因此,如果读者能够带着"晴为黛影,袭为钗副"的暗示去读《红楼梦》的话,对其中的许多情节会有新的理解。宝黛钗感情关系中那些未曾明言的空白之处,可以通过宝玉和晴雯、袭人的相处看出端倪;而袭人、晴雯性格中的难解之处,也可以通过钗黛二人的性格特质加以理解。这四个人物既彼此独立,又在情节与命运等方面形成了互文关系。

8. 应对"贾琏之俗"和"凤姐之威",平儿是怎么做到的?

人们对平儿的评价历来两极分化。喜爱她的人,比如清代的评点家冯家昚、涂瀛等,说她可敬、可法,是全人、完人,可比得上探春、宝钗。但也有骂她的,比如清人张新之说,"平"是"屏"的意思,王熙凤还有一个丫鬟叫丰儿,合起来就是遮掩王熙凤做丑事的"屏风"。再如清人姚燮批评平儿奸诈,说她狡诈到能连凤姐都蒙蔽过去。

平儿究竟是怎样的人？在贾琏和王熙凤两人手下讨生活，她有什么样的为人之道和生存智慧？我们不妨把这个人物放到《红楼梦》整本书中来思考。

平儿的身世是在整本书中陆陆续续交代的。她是一个不知父母何人的孤女，作为王熙凤的陪嫁丫头来到贾府，后来又给贾琏做了"屋里人"——这并非正式的妾，而是通房丫头，名分和地位都是极低的。

关于早年的经历，平儿自己曾说："先时陪了四个丫头来，死的死，去的去，只剩下我一个孤鬼儿了。"几句话里藏着不可言说的往事。那三个丫头为什么死的死、去的去？从贾琏好色的秉性和尤二姐的遭遇来推断，这几个人或许是因为和贾琏有瓜葛，而为王熙凤所不容，下场都是比较凄惨的。但是，平儿不但在"贾琏之俗"和"凤姐之威"的夹缝中生存了下来，还成了与鸳鸯儿、金钏儿、袭人并列的大丫鬟之一。这四个人对应着贾府内宅中地位最高的贾母、王夫人、贾宝玉和王熙凤，是府中职位最重要的丫鬟。平儿在回目中出现了五次之多，这个人物在书中的"戏份"也是很重的。

单拎出与这个人物有关的情节来看的话，平儿在贾府中的经历，宛如一部"职场剧"。身为无依无靠的"外来人员"，要在人情复杂的贾府中生存下去，并且同时应对"贾琏之俗，凤姐之威"，平儿的"妥帖周全"，靠的是不断成长的生存智慧。

平儿的第一重智慧是忠心。在第十一回中，平儿和王熙凤聊天时透露了两件事：一是凤姐放账，二是贾瑞搭讪。从这里可以看出，平儿是王熙凤的心腹，她知道很多秘密，甚至是王熙凤最不足为外人道的秘密。并且她也是真心为凤姐考虑，因此深得主人的信任。放账收来的钱，凤姐放心交由她来保管；贾瑞对凤姐心存非分之想，她也是完全站在维护主人的立场，怒骂贾瑞。

平儿的忠心还有更难能可贵的一点：她知进退、识大体，对自己的定位有着清醒的认知。她始终知道，自己是王熙凤的丫头，从不曾僭越主仆关系。书中有很多细节写到平儿的知礼和谦卑。在第三十八回中，螃蟹宴上，凤姐与众丫鬟逗趣，嬉笑间平儿不小心将蟹黄蹭到了凤姐脸上。这时她赶紧亲自打水，当着众人给王熙凤洗脸、道歉。书中几次写到凤姐与她独处的情景，即便是凤姐请她一起上炕桌吃饭，她也只是屈身而坐，另一条腿还在地下。

这种清晰的界限实则是种自我保护。身为下位者，平儿非常清醒地认识到，她和凤姐之间有着不可逾越的阶级差距，不可能成为真正的姐妹。那些误认为贾府环境宽松，自己能和主上相提并论的下层人物，往往都没有好结局。比如晴雯、芳官，因为宝玉的宠爱和保护而得意忘形，与人结怨，终至被撵出大观园的结局。

要在人情复杂的贾府中生存下去，只靠忠心是远远不够的。平儿的第二重生存智慧，是她非常懂得平衡的艺术。第二十一回"俏平儿软语救贾琏"就是这种"平衡之道"的生动案例。在这一回中，巧姐的痘疹痊愈，贾琏从外书房搬回内宅。平儿收拾铺盖的时候，发现了贾琏在外的"相好"多姑娘的一绺头发。正在平儿拿着头发质问贾琏的时候，凤姐忽然走进房间，还特意问："别多出来什么东西没有？"

这时平儿很容易陷入一种困境：两位"上级"之间有着不可调和的矛盾，稍有不慎，她的举动便会引发一场争端。平儿心里非常清楚，王熙凤的接纳和信任是她在贾府中生存的第一保证，但既为主人、又为夫君的贾琏也同样重要。在不影响凤姐信任的前提下，她也会极力维护贾琏。

让我们来看平儿是如何处理的。"直接上级"提出的"灵魂拷问"显然不可回避，这时平儿首先选择了佯攻以守：

> 怎么我的心就和奶奶的心一样！我就怕有这些个，留神搜了一搜，竟一点破绽也没有。奶奶不信时，那些东西我还没收呢，奶奶亲自翻寻一遍去。

这里的回应堪称"教科书级别"：先是顺着凤姐的意思主动"认领"了任务，并且明白地告诉"上级"，我已经想在你前头，主动完成了你交代的事情。之后又提出让凤姐"检验工作成果"，再搜一遍。凭借巧妙的机变和多年积累的信任，平儿成功瞒过凤姐，替另一位"上级"贾琏消弭了一场家庭风波。

更可贵的是，这时平儿并没有表现出"邀功"的心态，而是"功成身退",躲开贾琏,到屋外去"避嫌"。平儿对形势的判断是很清醒的:"屋里一个人没有,我在他跟前作什么?"

这时三人的状态,完完全全展现了"贾琏之俗""凤姐之威"。贾琏和平儿隔着窗子说话,敏锐如凤姐,马上察觉出其中的暧昧。在两人没有进一步行动的情况下,凤姐依旧酸酸地说:"要说话两个人不在屋里说,怎么跑出一个来,隔着窗子,是什么意思?""正是没人才好呢。"

哪怕是自己什么都没做,也惹得了"上级"的不快。这时平儿又该如何自处?她采用的办法是以进为退——以硬气的回答自证清白,表达受委屈之后的不满。这时她用短暂的"罢工"表示"抗议":不给作为主人的凤姐打帘子,也不让凤姐先走,而是自己摔帘子进了屋。在这场"对决"中,平时伶牙俐齿的凤姐完全落了下风。平儿凭借自己的机变,既帮贾琏消弭了一场可能暴发的家庭风波,又做得不露痕迹,没有被凤姐抓住丝毫把柄。

有人可能会问,平儿的这种"机变",是不是她对凤姐"不忠"的表现呢?当然不是。平儿做人有原则、有底线,但她不会像凤姐那样得理不饶人,而是待人宽厚,做事留有余地。这便是平儿的第三重生存智慧——与人为善。

平儿的宽厚与善良,在刘姥姥二进贾府时体现得极为明显。当时贾府众人都把刘姥姥当成一个供人取笑的"女篾片",对她的接济是居高临下的,言语之间对她的身份和举止多有轻视。贾母带着刘姥姥"嬉游"大观园,隐隐流露出对身份的自矜和对家世的炫耀;凤姐和鸳鸯在席间一味拿刘姥姥取笑,众姐妹对她滑稽的丑态指指点点;妙玉要砸她喝过的杯子,宝玉称她是"贫婆子",黛玉雅谑她是"母蝗虫"……真正做到给刘姥姥处处留面子,与人施舍且不留痕迹的却是平儿。

刘姥姥临走的时候,贾府众人送了很多银两、物品。得人周济,刘姥姥此时的心情是极为复杂的,言语间带着羞赧之意。这时平儿说的话极为体贴:"你放心收了罢,我还和你要东西呢。"她故意跟刘姥姥要了些干菜。这些干菜贾府当然不是真的需要,而是平儿担心刘姥姥面子上不好过,让她能够"下台阶"。她待刘姥姥最真挚,也埋下了贾府大厦倾覆之后,巧姐获得刘姥姥救助的伏笔。

在前四十回中,我们看到的平儿拥有这样高超的"职场生存智慧",这个人物的形象已经很丰满了。但令人意想不到的是,曹雪芹在接下来的情节中,还为这个人物安排了更为长远的成长线,让她成长为更独立、更强大的女性。这条成长线的转折,便是第四十四回"变生不测凤姐泼醋 喜出望外平儿理妆"。

这一日是王熙凤生日,贾琏和鲍二家的趁机私会,凤姐泼醋,夫妇二人闹得不可开交。平儿被迫牵扯其中,成为贾琏、凤姐的"出气筒",无辜挨打。这里足可看出平儿生存环境的险恶:丈夫贾琏对她既不珍惜、也无尊重,平日里忠心侍奉的主人凤姐,也是"脸酸心硬"、翻脸无情的,即使平日里赔尽了小心,但也会因为"木秀于林"而无辜受到荼毒。旁观此事件的宝玉就在心中感叹了一回平儿的身世:"是个极聪明极清俊的上等女孩儿,比不得那起俗蠢拙物……并无父母兄弟姊妹,独自一人,供应贾琏夫妇二人。贾琏之俗,凤姐之威,他竟能周全妥帖。今儿还遭荼毒,想来此人薄命,比黛玉犹甚"。

曹雪芹对平儿寄予了无限的怜惜与同情,在狂风暴雨的摧折之后,马上为她安排了一场"喜出望外"的理妆,给她带来了人生中少有的一次安慰。而这次"喜出望外"的理妆之后,平儿又经历了一次成长,有了更多处世智慧,逐渐开始摆脱自己夹缝中生存的处境,有了更多施展才能、展现自我的空间。

在第四十四回之后,与平儿有关的事件总伴随着人际关系上的纷争,而她所扮演的角色,总是那个从容平衡各方势力、消弭矛盾的人。这种在权力范围内的从容"小惠",在"探春理家"一回有着极为生动的体现。在第五十五回中,探春刚刚得到理家的资格,赵姨娘就过来大闹一场,二人陷入僵持,场面一度尴尬。众婆子媳妇看到这样的场面,更是借机推诿,让探春行事难以推进。这时,原本来传话的平儿出手相助了。作为众婆子原先的"上级",她先搬出"老上级"凤姐,软硬兼施、连敲带打地弹压那些调唆赵姨娘的婆子们:

你们只管撒野,等奶奶大安了,咱们再说。

接着又替凤姐"放权",替探春立威:

> 姑娘知道二奶奶本来事多,那里照看的这些,保不住不忽略。俗语说"旁观者清",这几年姑娘冷眼看着,或有该添该减的去处二奶奶没行到,姑娘竟一添减,头一件于太太的事有益,第二件也不枉姑娘待我们奶奶的情义了。

这番话的言下之意是,三姑娘的改革是经过"前任"凤姐首肯的。这样说既化解了探春当下的尴尬困境,又让她此后的"改革"变得"师出有名",也为探春和凤姐这两位"新旧当家人"消弭了一场可能出现的龃龉。话未说完,宝钗和李纨便都笑着称赞她:"好丫头,真怨不得凤丫头偏疼他!"饶是正在气头上的探春,听了这一番话也终于露出了笑容,转怒为喜:"我一肚子气,没人煞性子,正要拿他奶奶出气去,偏他碰了来,说了这些话,叫我也没主意了。"看到此处,不得不感叹平儿的机变。她的为人处事,已经在处理各种大大小小的风波与争端中,锻炼得更加圆融,也更加从容了。

更可贵的一点是,作为凤姐的"忠仆",平儿没有一味无原则地去帮凤姐助纣为虐,而是始终保持着良善的本性和是非观,尽可能地对处于困境中的弱者施以援手。在第五十二回"俏平儿情掩虾须镯"中,她本着"大事化小,小事化了"的原则,瞒下了宝玉房里的小丫头坠儿偷窃虾须镯的事情。偷窃是大罪名,平儿瞒下这桩事件,一方面是对犯错的小丫头怀有恻隐之心;另一方面也是顾忌宝玉和袭人的情面,不想连累他们落得个管束不力的名声。

这种特质更为集中地体现在她对待尤二姐的态度上。贾琏在外偷娶尤二姐,凤姐对其动了杀心,把她骗入大观园,明里暗里用尽机关去筹谋陷害。平儿同情二姐的遭遇,常暗中贴钱做汤水给她吃。之后她被秋桐告发,被凤姐责骂,却依然在背地里尽可能地照顾尤二姐的生活,言语间也时常开解。尤二姐逝后,因为凤姐的克扣,贾琏甚至拿不出筹办丧事的钱,又是平儿慷慨解囊,拿出一笔银子,为二姐操办后事。想起尤二姐的遭遇,她甚至自悔落泪:"想来都是我坑了你。"也正是经过这件事,贾琏对平儿更加感激、信任。

李纨曾与凤姐玩笑:"给平儿拾鞋也不要,你们两个只该换一个过子才是。"与贾琏相好的鲍二家的也曾提议,将来"把平儿扶了正"。根据脂批的提示,这些都是此后情节的伏笔。在《红楼梦》佚稿中,曹雪芹给平儿安排的结局,有可能是被贾琏"扶正",而凤姐反而被休弃了。

凤姐与平儿也形成了一组人物对照。凤姐是"机关算尽太聪明,反算了卿卿性命";而平儿孤身在贾府的夹缝中生存,却能赢得丈夫的心与众人的尊重,表面上看是靠着她的高情商,真正的原因则是其始终如一的良善本性。她知世故而不世故,经历各种困难却依然存善意、行善道，这才是平儿得以在人情险恶的贾府生存下去的"人生智慧"。

9. 尤三姐是"淫奔浪女"吗？

在《红楼梦》中，尤三姐是一个颇为复杂的人物。面对图谋不轨的贾珍，她仿佛是主动迎上去一般，其放荡之态甚至压过了贾珍、贾琏。但是作者却用全书中非常重要的"情"字来形容她。那么尤三姐的形象，究竟是"情"还是"淫"呢？

一开始，在与贾珍的关系中，尤三姐完全是无辜被卷入其中的。第六十五回中写道，因为姐姐尤二姐嫁给了贾琏，尤三姐与母亲一起住进了贾珍为贾琏和尤二姐准备的新房。随着日常来往的增多，好色的贾珍逐渐打起尤三姐的主意，而且这种图谋居然得到了母亲的默认、姐姐的支持，还有贾琏从中说媒。

尤二姐与贾琏成婚后的第二个月，贾珍趁贾琏不在家，独自来到尤氏母女房中，与她们一起吃晚饭。吃着吃着，尤二姐意会贾珍对尤三姐的图谋，邀请母亲一起出去走走，留下贾珍和三姐在房内独处。随后，贾琏回到家，二姐专门向他提起妹妹的归宿问题。贾琏听了，向二姐笑道："我不是拈酸吃醋之辈。前事我已尽知，你也不必惊慌。你因妹夫倒是作兄的，自然不好意思，不如我去破了这例。"言下之意,是要去为贾珍与尤三姐做媒。

当贾琏推门进去的时候,发现三姐并无羞赧之意,正和贾珍热热闹闹地吃酒,反而是贾珍对私闯贾琏府邸有些不好意思。这时,三姐豪迈地邀请贾琏一同入席,并且说了一段极讽刺的话:

> 这会子花了几个臭钱,你们哥儿俩拿着我们姐儿两个权当粉头来取乐儿,你们就打错了算盘了。

说毕,还亲自斟了一杯,自己先喝了一半,然后搂着贾琏的脖子说:"我和你哥哥已经吃过了,咱们来亲香亲香。"尤三姐这段宛如疯癫的讽刺,把一向惯于拈花惹草的贾琏都吓傻了。贾珍心中对三姐油然而生了一个评价——无耻老辣。

尤三姐的这番行为,真的是因为她"无耻老辣",惯于风月场合吗?当然不是。她这段妍媸毕露的话,很明显是对贾珍、贾琏兄弟的无情嘲讽。贾珍与贾琏在尤二姐、尤三姐家中做的是极其无耻的事情,戚序本中评曰:"房内兄弟聚麀,棚内两马相闹;小厮与家母饮酒,小姨与姐夫同床。"所谓"聚麀",就是两代人行淫乱之事。尤三姐对这一切认识得非常真切。贾珍是自己的姐夫,但姐夫对自己的垂涎,连母亲和姐姐都默默允准。除了采取这种极端的方式加以反抗以外,她似乎再没有什么方法能够逃脱贾珍的股掌。

尤三姐看透了贾珍、贾琏的荒淫无耻，也深知自己无法从这样的家庭环境中逃脱出去，从此之后便以美貌为筹码，试图用泼辣的作风压制住他们兄弟的淫威：

> 那尤三姐放出手眼来略试了一试，他弟兄两个竟全然无一点别识别见，连口中一句响亮话都没了，不过是酒色二字而已。自己高谈阔论，任意挥霍洒落一阵，拿他弟兄二人嘲笑取乐，竟真是他嫖了男人，并非男人淫了他。一时他的酒足兴尽，也不容他弟兄多坐，撵了出去，自己关门睡去了。

通过这番大胆的试探，尤三姐发现，这群公子哥儿不过是金玉其外、败絮其中的草包，因为女子地位低下、品性柔弱才敢大行淫乱之事，而一旦女子的品性见识超出他们的预料，就立刻失去了往日作威作福的气派，无异于唯唯诺诺的下人。

对自己的所作所为，三姐始终有着清醒的认识。她曾向姐姐解释过自己这番做派的原因："咱们金玉一般的人，白叫这两个现世宝沾污了去，也算无能……趁如今我不拿他们取乐作践准折，到那时白落个臭名，后悔不及。"这段话与晴雯去世前说的"早知如此，我当日也另有个道理"可以对照来看。尤三姐身处宁国府这个更为复杂、污浊的环境之中，试图通过这种暴烈的反抗方式掌握自己的命运。

但是，在当时的社会环境下，人们不会理解尤三姐的所作所为，最终她为流言所误，难以得到自己真正想追求的爱情，命丧黄泉。尤三姐对爱情有着十分强烈的向往。当她认定柳湘莲是"素日可心如意的人"时，便主动追求、以身相许。而当她被柳湘莲误会，认为自己终身有托却遭人厌弃，宁愿自刎以明志。在尤三姐看来，比失去生命更为严重的，是自己的一片真情遭人践踏，因此，她宁愿以生命为代价来澄清被污蔑的冤屈。

在整部书中，尤三姐犹如一颗光彩夺目、一闪而逝的流星。她对生命和人格价值都有着非常强烈的自主意识。戚序本第六十六回回前有一段总评：

> 余叹世人不识"情"字，常把"淫"字当作"情"字。殊不知淫里无情，情里无淫，淫必伤情，情必戒淫，情断处淫生，淫断处情生。三姐项下一横，是绝情，乃是正情；湘莲万根皆削，是无情，乃是至情。生为情人，死为情鬼。故结句曰"来自情天，去自情地"，岂非一篇尽情文字？再看他书，则全是"淫"不是"情"了。

表明尤三姐虽然有着"淫奔不才"的过往，但她本质上绝非贾珍、贾琏这种淫棍色鬼眼中看到的"淫情浪态"，而是至情至性之人。

程高本在续写《红楼梦》的同时，对前八十回中尤三姐与贾珍的"从前丑事"也进行了很大程度上的删削，因此如果今天的读者看的是程高本的话，是看不到太多关于尤三姐失节的事迹的。续书者这番改写，是想极力证明尤三姐的清白，这一方面增强了尤三姐以死明志的悲剧性，另一方面却也削弱了这个人物身上"正邪两赋"的复杂性。

10. 为什么贾宝玉会在"婚前调查"中给尤三姐致命一击？

尤三姐与贾宝玉地位悬殊，彼此间没有交集，对对方的认知仅仅是通过身边人的讲述。但是，宝玉的一番评价，却间接造成了尤三姐命丧黄泉。这种安排暗示了尤三姐这个人物在书中的特殊地位——同为"情榜"上的悲剧女子，她的命运是促成贾宝玉"以情悟道"的重要一环。

在第六十六回中，柳湘莲已经向贾琏许诺，要娶尤三姐为妻，还将祖传的鸳鸯宝剑交与贾家作为聘礼。但他回去之后细思，觉察出其中的蹊跷之处。他认为自己和贾琏平素并无深交，为何他会如此热心说媒呢？而且，贾琏在路上匆匆忙忙就要他下定礼，像是女方家里赶着男方成亲一样，于是在心里打起了退堂鼓。

刚好有一天，柳湘莲遇到了贾宝玉。他与宝玉素来相熟，彼此知根知底，于是赶紧拿这件事来问。宝玉听闻，一边道喜一边说：

> 难得这个标致人，果然是个古今绝色，堪配你之为人。

这话多少有点客套的意思，但评价并不差，没有一上来就给柳湘莲"避雷"的提示。接着，柳湘莲说了自己的顾虑。宝玉反问，你是个精细人，下了定礼又起疑心，这叫什么事呢？而且你说要绝色的，她也确实是绝色女子，这不是求仁得仁吗？宝玉还说到自己了解尤三姐的缘由——她是珍大嫂子带来的两位小姨之一，他与两人在一起相处了一个月，确信她们两姐妹是一对"尤物"，而且刚好姓"尤"。宝玉这段话本来是为尤三姐"背书"的，因为柳湘莲说，他择妻的标准是"定要一个绝色的女子"，所以在宝玉看来，这段绝色佳人与萍踪浪子的姻缘是极相称的。

但柳湘莲一听这种评价，却大呼不妙。他当着宝玉的面把宁国府骂了个底朝天：

> 这事不好，断乎做不得了。你们东府里除了那两个石头狮子干净，只怕连猫儿狗儿都不干净。我不做这剩忘八。

这话说得很市井，翻译成今天的话，相当于在说"我不要做'接盘侠'"。他认定尤三姐既是宁国府的人，定然与贾珍等人有所牵连。

被别人如此辛辣地指出"家丑"，宝玉的心情很复杂，因此红了脸。柳湘莲意识到自己失言，一边道歉，一边问宝玉："你好歹告诉我，他品行如何？"宝玉此时心中不快，不想再做解释，便说，你既然心里清楚，还问我做什么？连我也未必干净，怎么去给别人做品行上的担保呢？

所以，宝玉其实是在阴差阳错的情况下否定了尤三姐的品性，他的本意并非如此。但就是这样一句无心的评价，却无形中成为三姐自戕的推手。当柳湘莲与贾琏商议退婚的时候，尤三姐在房中听得真真切切。好容易等了他来，今忽见反悔，便知他在贾府中得了消息，自然是嫌自己是淫奔无耻之流，不屑为妻。于是，她一手将剑鞘送与湘莲，另一只手回肘只往项上一横，以这样一种壮烈的方式，在自己朝思暮想的心上人面前结束了生命。若细论源头，"在贾府中得了消息"，偏就是指宝玉这几句无心之言。

可叹的是，尤三姐是书中为数不多懂得宝玉"意淫"之情的人物。在第六十六回中，兴儿在尤二姐、尤三姐面前形容宝玉"成天家疯疯癫癫的"。尤二姐听了，带着惋惜的口吻批评道："可惜了一个好胎子。"尤三姐却不认可这样的评价，她不仅站出来为宝玉说话，还十分具体地回忆了宝玉与她们交往的细节：

> 姐姐信他胡说，咱们也不是见一面两面的，行事言谈吃喝，原有些女儿气，那是只在里头惯了的。若说糊涂，那些儿糊涂？姐姐记得，穿孝时咱们同在一处，那日正是和尚们进来绕棺，咱们都在那里站着，他只站在头里挡着人。人说他不知礼，又没眼色。过后他即悄悄的告诉咱们说："姐姐不知道，我并不是没眼色。想和尚们脏，恐怕气味熏了姐姐们。"接着他吃茶，姐姐又要茶，那个老婆子就拿了他的碗倒。他赶忙说："我吃脏了的，另洗了再拿来。"这两件上，我冷眼看去，原来他在女孩子们前不管怎样都过的去，只不大合外人的式，所以他们不知道。

在贾敬的葬礼上，宝玉先是用身体帮她们遮挡和尚的气味；又怕自己喝过的茶杯脏，专门让人洗了再拿给她们用。这两件事虽小，却都被三姐记在心里，而且仅凭这两件小事她就明白，宝玉是个极尊重女性、又极细心的人，只是"不大合外人的式"。而那些外人定下的礼仪规矩，在尤三姐眼中同样是最不重要的，远远比不上宝玉所表现出的这段天生的痴情。

尤三姐也是除宝玉、黛玉以外，唯一一个在回目名中直接被冠以"情"字的人物，她充当了宝玉了解大观园之外平民女子情感世界的一扇视窗。宝玉不经意间的一句话，使得柳湘莲决定悔婚，从而间接导致了尤三姐的死，因此他对三姐之死深有感触。在第七十回中写道：

> 争奈宝玉因冷遁了柳湘莲，剑刎了尤小妹，金逝了尤二姐，气病了柳五儿，连连接接，闲愁胡恨，一重不了一重添。弄得情色若痴，语言常乱，似染怔忡之疾。

通过尤三姐的悲剧，宝玉领悟到，在大观园之外那个更污浊、更黑暗的世界中，市井女子想要打破出身带来的枷锁何其不易，本质美好却被环境玷污的女子想要追寻真爱、掌控命运又是何其艰难。

尤三姐的身份在《红楼梦》中是比较特殊的。她既不是贵族小姐，也不是丫鬟奴婢，本是一个有着自由之身的正常人家的女孩儿，却被贾珍、贾琏"豢养"在家中，因此有研究者说，她"有着独立的身份，但实际上却没有独立的经济地位"，是清代社会典型的"市民阶级"。这样一个身份特殊的人物，为《红楼梦》中"情情"女儿的图谱又增添了一重复杂性。

三姐死后，作者安排了一段出入仙凡之间的情节，暗示她也属于警幻情榜上的"一干风流孽鬼"：

> 忽听环珮叮当，尤三姐从外而入，一手捧着鸳鸯剑，一手捧着一卷册子，向柳湘莲泣道："妾痴情待君五年矣，

不期君果冷心冷面，妾以死报此痴情。妾今奉警幻之命，前往太虚幻境修注案中所有一干情鬼。妾不忍一别，故来一会，从此再不能相见矣。"说着便走。湘莲不舍，忙欲上来拉住问时，那尤三姐便说："来自情天，去由情地。前生误被情惑，今既耻情而觉，与君两无干涉。"说毕，一阵香风，无踪无影去了。

这是《红楼梦》中首次写到早夭女子的归宿问题。尤三姐"以死报此痴情"，然后回到警幻仙子处，将前世情孽一笔勾销。这段描述既呼应了开篇太虚幻境的情节，也隐喻了佚稿中黛玉死后的归宿——她在完成还泪的任务后，也会像尤三姐一样回到太虚幻境，到警幻案下为自己与宝玉的因缘画上句号，从此"与君两无干涉"。

11. 芳官是怎么日渐"膨胀"的？

芳官原本是贾府迎接元妃省亲时采买来的小戏子之一，在第五十八回后成了怡红院中的丫鬟。一开始，她只是一个受干娘压榨的小女孩，后来在宝玉的欣赏和庇护之下，逐渐有了发扬独立人格和个性的机会。然而，芳官并没有意识到，自己身份与处境的变化源自宝玉偶然的赏识，根基并不牢固。她在宝玉的娇惯之中日渐张狂起来，最终走向了悲剧的结局。

在第五十八回中，由于老太妃薨逝，皇帝下了"禁演令"，敕令"有爵之家，一年内不得筵宴音乐"，于是贾府也解散了戏班。这件事成了女伶们命运的转折点。她们本就是处于社会最底层的群体，此时丧失了靠技艺生存的立身之本，面临着重新寻找社会定位的困境，也势必会在这个过程中重新经历一轮人情关系的毒打。

戏班解散的时候，王夫人和尤氏商量，要按照祖宗的惯例遣散戏班，有父母的赐银放还，不愿意出去的继续留下来做事。这十二个小戏子中，竟有一多半不愿意出去，她们留下的理由也着实令人伤感：

> 也有说父母虽有，他只以卖我们为事，这一去还被他卖了；也有说父母已亡，或被叔伯兄弟所卖的；也有说无人可投的；也有说恋恩不舍的。所愿去者止四五人。

这些学戏的女孩子本来也是"好人家的儿女"，却被亲生父母当作典当的物品一样拿去还钱。倘若留在贾府，她们起码还有一口饭吃；一旦回了家，恐怕逃不脱再次被卖的命运。王夫人听了，只好把这七八个女孩子留在府中，分配到园中各处以备使唤。

芳官就是在这时被分配到怡红院的。贾府对这些小伶人是比较纵容的，当初留下她们的时候，王夫人就说过，"这学戏的倒比不得使唤的，他们也是好人家的儿女"，众人也知道这些小伶人不会针线、不惯使用，她们平日在园中游戏，大家也不会太过苛责。怡红院众人对芳官尤其宽容，当她淘气弄坏了座钟，众人也不责备；她百事不问，整日游手好闲，众人也任由她淘气；后来芳官酒后与宝玉同榻而眠，大家也是一笑而过；芳官和她干娘以及赵姨娘发生争执的时候，怡红院的丫头们更是坚定地站在她这一边；宝玉在怡红院办生日宴，芳官提前就和宝玉声明，不许管着她喝酒。对芳官来说，怡红院就像一片护花的土壤，让她在这里度过了一段野蛮生长的时光。

在怡红院中，对芳官最为宠溺的是贾宝玉。宝玉欣赏芳官，首先是因为她也是"水做的骨肉"，而且她还是一个至情至性的"真"人。与晴雯一样，芳官从不掩饰自己的情绪，而且非常具有反抗精神，她对干娘的反抗就是这种真性情的表现。

戏班解散的时候，贾府为了方便管理这些女孩子，给她们每个人都配了"干娘"。这本是件两厢便宜之事，一方面这些婆子愿意收小戏子为义女，可以从干女儿的月钱中多得一份收入；另一方面这些伶人年龄尚小，也指望在偌大的贾府中能有"老前辈"指点照顾。但她们不曾想到的是，这层关系一旦缔结，小伶人们却面临着与婆子、丫鬟之间种种人情关系的纠葛。

在第五十八回中，芳官的干娘叫芳官洗头，给她用的却是亲生女儿洗过后的剩水。这时芳官很生气，直接说她偏心，拿着自己的月钱，却从不照顾自己，"沾我的光不算，反倒给我剩东剩西的"。这番话令干娘恼羞成怒，于是骂了好些难听的话。芳官也不甘示弱，两个人吵嚷起来。袭人对这件事的评价是"一个巴掌拍不响，老的也太不公些，小的也太可恶些"，但宝玉却认为此事不怨芳官，还引经据典地说了一番道理：

> 自古说"物不平则鸣"。他少亲失眷的，在这里没人照看，赚了他的钱。又作贱他，如何怪得。

宝玉常常会把身边的丫鬟和古代士人联系起来。这里他引用韩愈的一句名言为芳官的行为背书，说她就像古代那些失意士子一样，是因为遭遇了不公平的事，才形成如此激愤的性格。

有宝玉撑腰，芳官成了怡红院的"红人"。芳官地位的变化，直接反映在婆子们对待她的态度上。在第六十回中，宝玉遣她去厨房要一样素菜。她不进厨房的院子，只扒着院门喊话。直到柳家的说，"你不嫌脏，进来逛逛儿不是"，她才走了进去。看到小丫头蝉姐儿新买的热糕，她想尝一块，蝉姐儿不让，柳家的因为想让女儿进怡红院，便借机讨好怡红院的"红人"，赶紧把自己为女儿准备的热糕端出来给芳官吃，还客客气气地说，再去给她炖口好茶来。芳官得了糕，便端着"问到蝉姐儿脸上"，满口说着谁"稀罕吃你那糕",还将手内的糕"一块一块的掰了,掷着打雀儿顽"。这种行为,已经由任性演变为张狂。

同样的事情在后文愈演愈烈。在第六十二回中,恰逢宝玉生日,芳官向柳家的要一碗汤饭。柳家的为了讨好她,送来的饭菜是三个人都吃不完的分量,包括一碗虾丸鸡皮汤、一碗酒酿清蒸鸭子、一碟腌的胭脂鹅脯、一碟四个奶油松瓤卷酥、一大碗热腾腾碧荧荧蒸的绿畦香稻粳米饭。这顿饭的丰盛程度,即使是给贾府的主人们吃也不为过,连宝玉闻着都觉得"比往常之味又胜些似的",也跟着吃了一个卷酥,又命小燕拨了半碗饭,"泡汤一吃,十分香甜可口"。但是芳官面对这么好的一桌饭,却嫌弃地说:"油腻腻的,谁吃这些东西。"类似的口吻,在整部《红楼梦》中只有贾母说过。当时正逢凶年,老百姓连草根都没得吃,贾府的丫鬟却这样浪费食物,也暴露出这个家族奢侈靡费到如此地步,必然会走上大厦将倾之路。

芳官的性格在后期已经发展到仗势欺人而不自知的程度,连同样自尊度极高的晴雯都对芳官的"膨胀"感到惊讶:"都是芳官不省事,不知狂的什么,也不过是会两出戏,倒像杀了贼王,擒了反叛来的。""不省事"不是现代汉语中让人操心的意思,而是说她不懂事、不明事理。

芳官的"不省事"和"轻狂",并不全然是因为"会两出戏",最主要的原因是她对自身处境的"不自知"。宝玉的娇惯让她沉浸在这份宠爱中,对这种幸运的偶然性全无知觉、全无思考。在第六十回中，她与赵姨娘暴发过一次争吵，起因是贾环想要蔷薇硝。但芳官因为蔷薇硝是好姐妹蕊官所赠，便换了一些日常用的茉莉粉给贾环。不巧这件事被赵姨娘知道了，认为芳官瞧不起人，于是怒火中烧地来到怡红院，把茉莉粉往芳官脸上一撒，劈头盖脸地骂她"不过娼妇粉头之流！我家里下三等奴才也比你高贵些的"。芳官当然不会吃哑巴亏，对着赵姨娘还击了一句尖刻犀利的比喻：

梅香拜把子——都是奴几。

意思是我们同样是丫鬟奴婢，你又有什么资格骂我呢。这句话气得赵姨娘打了芳官两耳光。芳官捱了打，更不肯屈服，当场抱头打滚地哭闹起来，还撞到赵姨娘怀里让她打。这时，整个怡红院分作两个阵营，那些受过芳官刻薄、敢怒不敢言的婆子们口中念佛、拍手称快，而同样出身的小伶人们则非常团结，藕官、蕊官、葵官、豆官等人都跑来为芳官助威，拥着赵姨娘放声大哭，"手撕头撞"，把怡红院闹了个天翻地覆。而这时芳官是"直挺挺躺在地下，哭得死过去"。在《红楼梦》中，简直找不到第二个女孩子能做出这番惊天动地的出格举动了。

在这件事中，虽然芳官一开始也算不得有错，但按照封建大家族的礼仪规矩，赵姨娘的身份不能算彻底的"奴几"，并不是她能打得、骂得的。后来，这桩纷争移交给了探春，她客观地和赵姨娘分析了此事的利害得失，明言母亲和芳官冲突是"自己不尊重"身份：

> 那些小丫头子们原是些顽意儿，喜欢呢，和他说说笑笑；不喜欢便可以不理他。便他不好了，也如同猫儿狗儿抓咬了一下子，可恕就恕，不恕时也只该叫了管家媳妇们去说给他去责罚，何苦自己不尊重，大吆小喝失了体统。

这番话虽是为了安抚赵姨娘，但也代表了贵族阶级对小伶人的基本态度。在当时的社会中，伶人的地位是极其低下的，相当于养在家中的"玩物"，只不过依仗主人的抬举和纵容才拥有一点体面和自由。这说明贾府的主人们一向纵容芳官，但并不是像宝玉一样平等地尊重她的人格，而是将她看作同猫儿狗儿一样的玩物，只拿她逗趣解闷罢了。

但芳官显然没有意识到自己的身份和处境，也忘记了伶人出身所带来的种种限制。她的张狂为未来的悲剧命运埋下了祸根——她几次三番的所作所为早就传至王夫人耳中。在第七十七回中，王夫人亲临怡红院，对宝玉身边的人进行了一番"清洗"。面对盛怒的王夫人，骄傲如晴雯者都收敛锋芒、避之不及，芳官却仍认不清形势，还敢与王夫人顶嘴。面对王夫人"可就该安分守己才是"，怎么反而"调唆着宝玉无所不为"等训诫，芳官笑辩道："并不敢调唆什么。"气得王夫人直接喝命她的干娘来领人，而且连带其他唱戏的女孩子也一概不许留在园中。芳官在长期的纵容和一次次挑战权威成功之后，已经完全忘记自己所倚仗的一切不过是贾府主人偶然的"恩赐"，忽略了自己的每一次胜利都是无根之木，随时都有可能被上位者彻底收回。

芳官被撵出大观园时百口莫辩，就连宝玉反省起这件事来，都说"只是芳官尚小，过于伶俐些，未免倚强压倒了人，惹人厌"。那些与芳官结怨的仆妇们固然是《红楼梦》所批评的一类人物，但她们也有自己的诉求和尊严，芳官在反抗她们的侵夺时，采取的态度却是丝毫不考虑他人感受的，这给她招来过犹不及、物极必反的伤害。

芳官在大观园中经历了一番跌宕起伏。她的悲剧半是性格使然、半是由于根深蒂固的阶级观念。她敢于反抗不公平的封建法则，但在贾府这个人情关系如同风刀霜剑的环境中，不仅没能为自己争来应有的公平，还连累了其他与她一样出身的姐妹。如果将这个人物的行为简单理解为"作"是不够的，她的经历能够体现《红楼梦》这部人情小说铺写一个个立体人物的意义。芳官的命运，一方面让我们看到了一个在污浊环境中敢于积极抗争的底层小人物的生命光彩；另一方面也让我们认识到，无法掌控自己命运的无根之人，其人生结局会是多么惨烈。

12. 为什么说芳官是宝玉的"影子"？

《红楼梦》为主要人物安排了很多个相似的"影子"，曾有学者分析认为，芳官也是宝玉的影子。

首先，芳官在外形上与宝玉颇有几分相似之处。扮演正旦的她，在十二小戏子中，容貌想必极其出挑。《红楼梦》中用了很多笔墨描写芳官进入怡红院后的穿着打扮。在第五十八回中，她和干娘吵架，哭得像泪人一般，书中专门写到她此时的形容："只穿着海棠红的小棉袄，底下丝绸撒花袷裤，敞着裤腿，一头乌油似的头发披在脑后。"麝月见了，说这是"把一个莺莺小姐，反弄成拷打红娘了"。在第六十三回"寿怡红群芳开夜宴"中，作者也将芳官与贾宝玉的容貌对照着写。当时宝玉嫌热，把正装都脱了，头上随便挽着纂儿，只穿一件大红棉纱小袄子，下面绿绫弹墨袷裤，散着裤脚，倚着一个各色玫瑰芍药花瓣装的玉色夹纱新枕头和芳官划拳。这时笔锋一转，我们看到芳官也是满口嚷热，通体的穿着打扮是：

> 只穿着一件玉色红青酡绒三色缎子斗的水田小夹袄，束着一条柳绿汗巾，底下是水红撒花夹裤，也散着裤腿。

头上眉额编着一圈小辫，总归至顶心，结一根鹅卵粗细的总辫，拖在脑后。右耳眼内只塞着米粒大小的一个小玉塞子，左耳上单带着一个白果大小的硬红镶金大坠子，越显的面如满月犹白，眼如秋水还清。

这里划拳的两个人穿着打扮如此相似，连梳的发型都差不多，引得众人说道："他两个倒像是双生的弟兄两个。"从这处细节也可以看出，宝玉对芳官的喜爱，又和对其他女孩子不同。芳官的脾气秉性有时如男孩子般直率爽利，让宝玉找到了与性情相投的男性玩伴般无拘无束、恣意挥洒的快乐。

其次，芳官与宝玉对"情"的态度也是一致的。芳官曾和宝玉分享过藕官的一个秘密。宝玉在大观园中偶然撞见了满面泪痕、正在偷偷烧纸的藕官，忙上去问她内情，还让她告诉自己受祭奠之人的姓名，好叫小厮打了包袱写上名姓，到外面去烧。因为按照贾府的规矩，丫鬟私自烧纸，在大观园中是不被允许的行为，若被他人看到，必定要受到处罚。这时，果然有婆子跑过来训斥藕官，宝玉又帮她遮掩了过去，说她是帮自己和林妹妹烧纸钱饯祭杏花神的。藕官感激宝玉的庇护，却不好意思告诉宝玉实情，只说："我这事，除了你屋里的芳官并宝姑娘的蕊官，并没第三个人知道……我也不便和你面说，你只回去背人悄问芳官就知道了。"

后来，宝玉果然去问芳官。芳官听到他是要问这件事时，满面含笑地叹了一口气。原来，藕官偷偷祭奠的是死去的菂官。他们本来在戏文中饰演夫妻，后来竟假戏真做，在戏外也成了温存体贴、你恩我爱的同性夫妻。在菂官去世后，藕官哭得死去活来，每到节日还要烧纸祭奠。后来补了蕊官，众人见藕官和蕊官也是一样的恩爱，就问她是不是喜新厌旧。藕官便说了一番道理：

> 比如男子丧了妻，或有必当续弦者，也必要续弦为是。便只是不把死的丢过不提，便是情深意重了。若一味因死的不续，孤守一世，妨了大节，也不是理，死者反不安了。

这个故事令宝玉动容。他又是悲叹，又是称奇道绝："天既生这样人，又何用我这须眉浊物玷辱世界。"通过芳官的讲述，宝玉对情的理解又有了新的开悟。这件事也让宝玉和芳官交了心。因为从对待这件事的态度来看，芳官认为此事"可笑又可叹"——她对这种性情之至的事不仅不反对，而且是赞叹的。这和宝玉达成了情感价值上的认同。由此宝玉也认定，芳官是同一品性、可以交心之人。

第三，芳官还是宝玉出家结局的暗示者。在宝玉的寿宴上，芳官唱了一首《赏花时》。这支曲子出自戏剧《邯郸梦》，开头是：

翠凤毛翎扎帚叉，闲为仙人扫落花。您看那风起玉尘沙。猛可的那一层云下，抵多少门外即天涯。

作者为什么安排芳官唱这样一段戏文呢？让我们把镜头拉远，回到元妃省亲的那个夜晚。元妃点的第三出戏叫作《仙缘》，也出自《邯郸梦》。脂砚斋于此有一条批语："伏甄宝玉送玉。"在寿宴上，芳官再次唱起这段与宝玉命运息息相关的戏文，宝玉听完"眼看着芳官不语"，似乎从中听出了某种命运的玄机。《邯郸梦》的主角卢生后来代替何仙姑成为"扫花人"，这也在某种程度上暗示着宝玉的结局——在群芳落尽之后，他或许会成为那个收拾落花的葬花人。而他此后的结局，或许也和卢生一样，会归于一个寂寥之地。

芳官的结局与宝玉出家的结局形成了重叠的影子。离开大观园后，芳官没有嫁给任何人，而是去水月庵做了尼姑。这个大观园中曾经的宠儿，最后却被排挤、驱逐，遁入空门。

宝玉也是如此。他曾是贾府中最受宠遇的继承人，用赵姨娘的话说，贾府得了宝玉竟像"得了活龙"一般。但在贾府之外，他背负着"纨绔子弟"之名，人格品性并不被世人所理解，甚至是被怀疑和否定的。冷子兴演说荣国府时，是用一种嘲笑的态度来描述贾宝玉的，说他抓周的时候只抓那些"脂粉钗环"，还总说"女儿是水作的骨肉，男人是泥作的骨肉"的谬论，"将来色鬼无疑了"。冷子兴是王夫人陪房周瑞家的女婿，这也从侧面说明，宝玉素日的为人，已经被身边人传扬出去。小说中还写到，有婆子看到宝玉喜欢同燕子、鱼儿说话，说他是"可笑"的呆子。在林黛玉的母亲、贾宝玉的姑母贾敏口中，他也并非什么成才之人，而是"顽劣异常，极恶读书，最喜在内帏厮混；外祖母又极溺爱，无人敢管"。

基于这些评价，贾府之外的勋贵之家似乎也没有多少人愿意将闺秀许配给宝玉。书中提到想给宝玉做媒的只有两个人：一个是张道士，介绍的小姐也并未明言是什么名门望族；之后还有一个叫傅试的人，这人名字的谐音就是"附势"，是个没有根基的暴发户，想把自己二十三岁的妹妹傅秋芳嫁给宝玉。按小说的设定，这些人的身份与贾府的门第相差是比较悬殊的，在等级森严的封建社会，身为皇亲国戚的侯门公府嫡子娶亲，似乎轮不到这样的人来提议，但宝玉的两次议亲都是由这样身份的人来提出，这也从侧面透露出，宝玉在外的名声似乎并不太好。

而且，在贾府的长辈中，只有贾母和王夫人对宝玉钟爱异常，而其他人上至贾赦、邢夫人，下至赵姨娘等，对宝玉继承家产并不服膺。这些人也是贾府权力斗争中的一股暗流。有研究者推测，他们最终有可能通过指向宝玉的流言来实现争夺家产的目的。宝玉的命运有可能同芳官一样，虽然曾经被纵容、宠溺，但最终却因告密和诽谤，走上出家的道路。

因此，说芳官是宝玉的影子，既指她与宝玉趣味相投、性情相似，又指她的命运对宝玉结局的暗示作用。芳官是《红楼梦》中很小的一个角色，但即使是这样一个小人物，也有着完整的性格形成过程和跌宕起伏的命运线，这正是《红楼梦》这部小说的伟大之处。这些小人物的故事，也构成了对主角人物的一笔侧写，通过这种主副相间的人物体系，我们更能体味到作者在贾宝玉身上投注的隐喻和寄托。

13. 作为"影子"的副钗是小说中的"工具人"吗？

《红楼梦》中有一种"影身"叙事的写法。所谓"影身"叙事，是指宝、黛、钗等主要人物为"身"；作者又安排了很多个次要人物作为他们的"影"，从不同侧面突出主要人物身上的特质。这种"影身"写法的基础，是作者有意将书中人物划分为三种类型。

清代涂瀛最早在《红楼梦问答》中分析过这个问题。他不仅提到袭人是宝钗的影子、晴雯是黛玉的影子，还认为凤姐在地藏庵拆散的姻缘、龄官划蔷、潘又安与司棋、柳湘莲与尤三姐都是宝黛爱情的影子；再如藕官、龄官，都是林黛玉不同层面的影子。

以黛玉为例，作者为她安排了很多个"影子"。除了晴雯以外，还有尤三姐、龄官等人。凤姐曾戏言，龄官打扮起来活像林黛玉的样子；此后作者还通过宝玉的眼睛，形容龄官"眉蹙春山，眼颦秋水，面薄腰纤，袅袅婷婷，大有林黛玉之态"。龄官与黛玉的性格也有相似之处。她倔强、执拗、敏感，言语尖刻，将人人艳羡的大观园比作"牢坑"，这和黛玉《葬花吟》中的"风刀霜剑严相逼"有异曲同工之妙。在描写龄官与贾蔷的爱情时，心系贾蔷的龄官在五月的蔷薇架旁默默抠土流泪，身上"单薄"、心里"熬煎"。在"情悟梨香院"一回中，又写到盛暑时节，她因病弱、咳血而自怜，为一份缺乏安全感的爱情劳心伤神。她在贾蔷面前若即若离、患得患失的小儿女情态，与黛玉歪派宝玉时的样子如出一辙。她和贾蔷的这段感情或许也难成正果，因为二人的身份地位相差悬殊。她在微贱处境中表现出的反抗性比黛玉和晴雯更为激烈，对此俞平伯先生有过如此评价："黛晴之所不能、不敢为者，而龄官为之。"

而尤三姐则宛如"在野"的黛玉。她们在本质上都有着对爱情的执着和勇敢，也都受到世俗的排斥和戕害，最终都主动选择了"未若锦囊收艳骨，一抔净土掩风流"的结局，只不过因为身份地位和成长环境的不同，一个较为含蓄，一个较为激烈。

晴雯、龄官和尤三姐以不同身份、处境，从不同侧面衬托着黛玉。一片冰心的晴雯是怡红院丫鬟群体中的黛玉，为爱所困的龄官是梨香院小戏子中的黛玉，不平则鸣的尤三姐是来自民间、带有几分市井气的黛玉。她们皆有向往真情、赤诚却狷介的个性，以"一段风流态度"孤标傲世地活着。

贾宝玉也有很多个影子。比如与宝玉形神相似、气质相投的秦钟、柳湘莲、蒋玉菡等人，这些影子是宝玉的"正衬"，可以理解为宝玉这种品性的人物在薄宦、优伶、游侠等不同阶层中的不同境遇；而甄宝玉则是一个"反衬"的"倒影"，二人在年纪相貌、家族身份、生活品性上完全一致，但在精神实质和最终选择的道路上却分道扬镳。

《红楼梦》中主角的人格是多面的、立体的，作者对主要人物品质的展现也是含蓄蕴藉的。小说通过安排一些次要人物作为他们的影子，从不同侧面来衬托主要人物的核心特征。这些次要人物的性格往往更加集中、情感丰度也更为浓烈，比如袭人在人生际遇上的争取，对"好风频借力，送我上青云"诗意的体现比宝钗更为集中。

当然，"影身"的写法并不会影响到人物的独立性。即使是副册、又副册中的小人物，在曹雪芹笔下也有其来有自的生命历程。"影身"只是在这几类人物的命运之间放上了一面镜子，让读者看到某一人物的行为或结局之时，有豁然贯通之感，读者会自然地对其他对应的人物产生更为深刻的理解。以黛玉和晴雯为例，她们的"情"与"真"是相对应的，然而在日常生活中，晴雯外放的性格与黛玉的内敛自伤则完全相反。这是由于人在不同的成长环境、教育背景影响下，会发展出不同的行为方式。但当我们看到晴雯的结局时，会更加深刻地理解黛玉的选择——这就是"影身"写法的意义所在。

第九编 「套中人」贾政

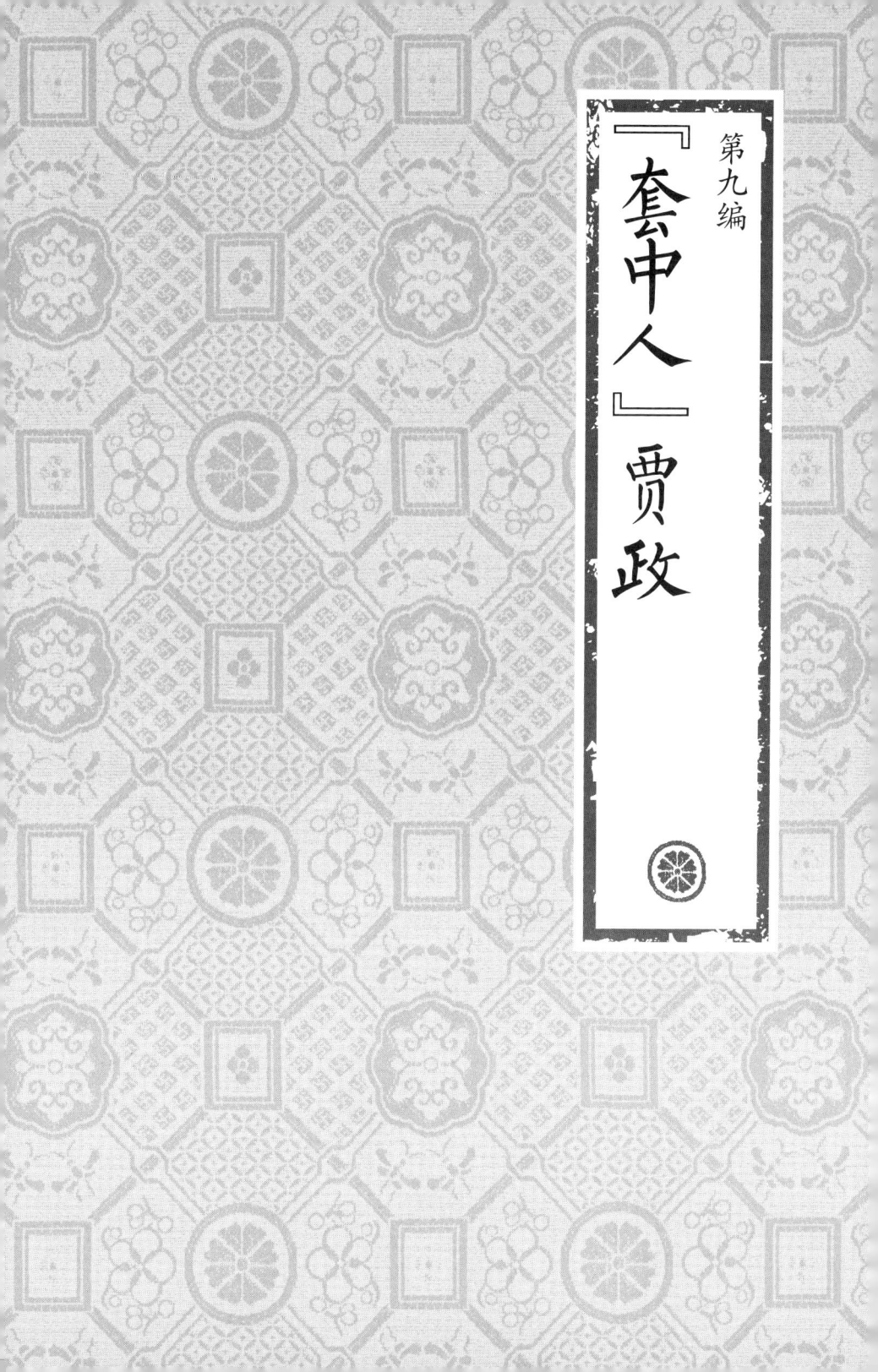

1. 贾政真的是"假正经"吗？

对贾政其人其名的评价，历来众说纷纭、难下定论。比如俞平伯先生曾将"贾政"解读为"假正经"；还有人说"贾政"谐音"假正"，甚至认为他字"存周"是"存粥"之意，是讽刺他"混饭吃罢了"。实际上，贾政并不是一个游手好闲、甘于混口饭吃的人。他的名字寓意"假正"，但并非"假正经"的意思，而是说被他视作"正道"、始终捍卫的封建标准并非真正的"正道"。

贾政心中的"正道"，体现在他对贾宝玉的要求之中：一是希望他通过科举进业，能在仕途中谋得一席之地，振兴家族门第，远离无益于仕途经济的"秾词艳赋"、诗词小道；二是要求他品格端正，继承祖辈"礼贤下士，济弱扶危"的家风。贾政也始终在身体力行地践行这样的要求。林黛玉的父亲林如海曾说这位二内兄"为人谦恭厚道，大有祖父遗风，非膏粱轻薄仕宦之流"，评价是很中肯的。

书中描写贾政的日常生活是简单甚至单调的，要么是参加朝会、派往外任、参与贺吊往来等公干、交际事务，要么是在家中与清客们看书、下棋，逢年过节到内院来应个景，参与家庭聚会，俨然一个本本分分的公务员。

贾政是如何走上这样一条人生道路的？通过书中的一些细节，我们可以大致梳理出贾政的人生轨迹。在第二回中，曹雪芹借冷子兴之口，说他"自幼酷喜读书，祖、父最疼"。除了"四书五经"以外，他读书也很可能杂学旁收，包括诗词歌赋甚至《西厢记》《牡丹亭》这样的禁书。而"祖、父最疼"说明他当时也如宝玉得宠于贾母一样，颇受府中老一辈的宠爱。在第七十八回中，作者直接出面评道："近日贾政年迈，名利大灰，然起初天性也是个诗酒放诞之人。"这些细节都说明，贾政并非从一开始就是板起面孔的道学先生，在其青年时代，甚至有可能和如今的贾宝玉一样，沉浸在诗词、戏文这些"小道"之中，喜欢文人之间的翰墨往来之事。

但是，在为人生道路做出选择的阶段，彼时的贾政显然做出了与贾宝玉截然不同的决定——他代替兄长贾赦成为贾府实际的管理者。多了沉甸甸的责任感，贾政首先要思考的问题是如何让家族发展得更长远。

贾政的同辈兄弟中，几乎没有可堪继承家业的人。宁国府的贾敬一味求仙问道，留下荒唐放荡的儿子贾珍管理祖业，"把宁国府翻过来，也没人敢管"；荣国府的大老爷贾赦一味好色，小老婆多到"贪多嚼不烂"的地步，还仗势欺人，为抢几把文物古扇不惜草萱人命；下一辈的贾珍、贾琏都从小就沾染了花天酒地的恶习。成长在这样的环境中，本来没有职责继承家业的贾政不得不收敛起自己的诗酒放诞的本性，承担起振兴家业的责任，由年少时的风流公子变为如今的古板老爷。

书中写到贾政的言谈举止，读者会发现，贾政的语言风格与他人不同，略带一点书面语的感觉。比如水溶夸宝玉的时候，贾政忙陪笑道："犬子岂敢谬承金奖。赖藩郡余祯，果如是言，亦荫生辈之幸矣。"类似的说法方式也出现在他与元妃、贾母之间。如果留心的话就会发现，贾政说话的用词和语气多半是端肃的，这体现出他作为儒家规范下"忠臣孝子"的自觉。

尽管贾政已经按照封建时代忠臣孝子的标准努力将自己塑造成家族期待的样子，但细看之下就会发现，他在家族中的影响力和话语权非常有限，完全无法阻止这个大家族走向没落。比如，在秦可卿的葬礼上，贾珍执意要用曾属于亲王的樯木装殓秦可卿，贾政劝道："此物恐非常人可享者，殓以上等杉木也就是了。"但这句话并未得到贾珍的回应。在第七十九回中，贾赦执意把迎春许聘给"中山狼"孙绍祖，贾政也曾劝过两次，认为孙家不过是祖上希慕荣宁之势，并非诗礼名族之裔，但这丝毫未能动摇贾赦的决心。从这些细节中，我们可以看出贾政平素与兄弟子侄相处的模式：他虽然表面上拥有理家的权力，但丝毫没有匡正族风的实权。这一点同样被薛蟠看得透彻，他曾说，贾政虽然"训子有方，治家有法"，但"族大人多",难免照管不到,而且现任族长是贾珍,族中事务自有他掌管,轮不到贾政置喙。可见,贾政自恃的"正道",对家族复兴的作用是微乎其微的。

　　从本质上说,贾政像是没有经历过反抗的贾宝玉。他是那个时代中有着自己的性灵与热爱、却最终屈从于封建社会评价标准的青年士子的缩影。对《红楼梦》而言,贾政这个人物身上有着浓重的悲剧色彩,寄托了曹雪芹对家族前途、人生道路的反省和思考。为了家族使命,他压抑了本真的性情,扭转了人生道路,努力按照社会准则和祖辈规训来框定自身、为人处事,但在很多方面都是失败的。在仕途上,他的官职并非通过科举谋得,而是依靠祖荫,额外被赐予主事之衔。在秉性上,他并不擅长应付官场上的往来,也没有可堪功名的真才实学,无法在权贵之间游刃有余地周旋。在家庭中,他是无法妥善处理亲密关系的中年男人,无论哪个场合,只要有他在场就难免尴尬。他表现得越"端正",越显现出这种努力的徒劳。说到底,作为荣国府的掌舵人,贾政本质上只是一介"百无一用"的书生,对家族既无突出贡献,也无实际的影响力,是被封建礼教和"祖宗基业"规训和异化的人。

2. 贾政身边的清客真的"清"吗?

　　贾政身边围绕着很多清客,他们陪侍在贾政身边,亲切地称呼他为"老世翁",附和他的言论,在他责骂宝玉时从旁劝解。然而,《红楼梦》中的清客群体虽占着一个"清"字,却并不"清白"。

"清客"的传统可以追溯到先秦时期,当时曾有孟尝君门客三千的美谈。到了清代,清客大多是未出仕或出仕前的寒士,地位低微,家境贫寒,为了生计依附豪门,帮助他们处理案牍事务,闲时也陪附庸风雅的达官贵人们消遣。这样既能解决自己的生计问题,又能打开交际圈,于将来的仕途有所助益。

贾政身边的清客也主要承担着这两方面的职能,他们一方面陪贾政闲谈、下棋、吃酒,另一方面偶尔也会帮他出谋划策、处理家中琐碎事务。

没有一技之长是做不了清客的。比如《红楼梦》中就写到詹光善画工细楼台,程日兴能够鉴别古董、善画美女,王作梅善下棋,嵇好古善弹琴……作者从没有写过贾政有什么花天酒地、斗鸡走狗的行径,我们也很少看到他和家族里的纨绔弟兄们混在一处,他的娱乐活动主要是和府内清客们一起进行的。在第四回中,薛蟠曾形容过他眼中的姨夫:"公私冗杂,且素性潇洒,不以俗务为要,每公暇之时,不过看书着棋而已,余事多不介意。"这些清客各自擅长的领域,可以勾勒出贾政闲暇时的主要生活图景,不过是琴棋书画等文人雅事而已。

同时,这些清客也是贾府中的"帮闲"。贾政的清客们在修建大观园时发挥了一些作用,比如山子野是园林设计大师,大观园的设计图就是他来画的，在园中堆山凿池、起楼竖阁、种竹栽花也都由他来筹划，再由詹光，程日兴等几人安插摆布。单聘仁、卜固修懂戏曲，跟随贾蔷下姑苏聘请教习、采买女孩子、置办乐器行头等事。贾蔷本身不懂戏曲，这项事务应该主要是由这两位清客执行的。

　　这些清客大都品行低劣。他们在贾府帮忙，一则是因为这些差事中大有油水可捞，二则是看中贾府的门楣势力。《红楼梦》中多次用谐音来讽刺奸恶小人，贾政身边清客的名字几乎全是用这种讽刺手法捏出的。

　　比如在第八回中，宝玉准备去梨香院探望宝钗，途中遇到了好几位贾政的清客。有个人名叫"詹光"，谐音"沾光"；和他一起的还有一位"单聘仁"，谐音是"善骗人"。他们看到宝玉，"便都笑着赶上来，一个抱住腰，一个携着手"，满口中喊的是"我的菩萨哥儿"，还说自己"做了好梦"才遇见了宝玉，又请安又问好，说了半日阿谀奉承的话。再比如第十六回中提到过一个清客叫"卜固修"，谐音"不顾羞"，可以想见这大概是一个连脸面都不顾的人。在第三十五回中有一个叫"傅试"的门生，谐音"附势"，书中说他历来依赖贾家的名势，还因此沾沾自喜，而贾政也对他另眼相看，时常遣人走动。

　　贾政平日的交际圈中充斥着这样的一群好沾光、善骗人、不顾羞的书生。虽然他自己未必会行什么贪赃枉法之事，但他终日与这些阿谀奉承、各怀鬼胎的清客为伍，还接济了像贾雨村这样善于见风使舵的势力文人。不难想见，这群生徒打着他的旗号，背地里会是什么样的做派。

这些人或许也是日后贾府之祸的伏笔。贾政与清客们的相处模式，与"小荣枯"中的甄士隐、贾雨村如出一辙。从这种对应性来推测，贾家落败之后，这些清客很可能也会如贾雨村一样"飞鸟各投林"。面对贾府的困境，他们非但不会伸出援手，很可能还会暗中作梗，落井下石，或谋取财物，或投靠仇敌，甚至为自己的前途做顺水人情而出卖旧主。

甄士隐为《好了歌》做的注解中有这样几句："因嫌纱帽小，致使锁枷杠；昨怜破袄寒，今嫌紫蟒长；乱烘烘你方唱罢我登场。"用这几句来总结贾政与清客之间的关系，再贴切不过了。

3. 贾政真的受贾母偏爱吗？

《红楼梦》第七十五回的中秋家宴上，贾赦借着说笑话的场合抱怨贾母偏心弟弟贾政。但书中写到贾政与贾母的关系时，却又常常出现贾政受到母亲斥责的尴尬场面。贾政到底受不受母亲偏爱？为什么他在母亲面前总显得有些尴尬、局促呢？

少年时期的贾政曾备受祖辈、父辈疼爱，与父母的关系应当是亲密融洽的。在第二回中，冷子兴说贾政"自幼酷喜读书，祖、父最疼"。赦、政二人相比，贾政的人品和学识都要高于兄长。贾母本人也有识人之明，对两个儿子的品行和才干心知肚明，因此才将管家权交予次子，并跟随次子一同居住。她对次子一房所出的元春、探春、宝玉的偏爱显然高过长房子女贾琏、迎春。种种迹象都表明，作为贾府"话事人"的贾母，对贾政这位次子是相当认可并倚重的。

但随着贾政成长为贾府的继承人，对家族前途的忧心使他越来越难以融入贾母营造的热烈、亲密的家庭氛围之中，与母亲的关系变得有些尴尬、疏离。书中几次写到贾政出席家庭聚会的尴尬场面——他每每想说吉利话讨母亲欢心，但总以尴尬或扫兴收场。

第一次是在第二十二回中。元妃省亲之后，还在正月里，贾政朝罢，见母亲高兴，晚间也来承欢取乐。在猜灯谜环节，贾政为哄母亲开心，故意猜不对贾母制的谜语，罚了许多东西，颇有些"彩衣娱亲"的意味；又把自己做的谜语答案偷偷告诉宝玉，让宝玉悄悄告诉贾母。贾母猜中后，他故意哄着母亲说："到底是老太太，一猜就是。"马上呈上灯节里新巧的贺彩。贾母高兴得很，还命宝玉给贾政斟酒。但在这个其乐融融的场合，儿女拟的谜语却让贾政感到深深的不安——谜底不是一响而散的爆竹，就是飘飘浮荡的风筝。不祥的谶语让贾政"心内愈思愈闷"，只是碍于在母亲跟前，不好表现出来。贾母敏锐地察觉到他的情绪变化,看他垂头丧气,未免觉得扫兴,便命他退下。而他回到房中还在不断思索,翻来覆去竟难成寐,不由得悲伤感慨。

整部《红楼梦》中,这样直接描写贾政心理活动的地方不多。作为贾府的继承人,他是第一个感觉到山雨欲来、大厦将倾的人。这里的心理描写除了是为接下来的情节做预告,也反映出作为大家长的贾政,内心有非常沉重的家族责任感。怀揣着这样的责任感,贾政的状态是时刻紧绷的,必然没有办法融入欢宴的氛围,反而时常流露出忧心焦虑的情绪。这也是他常常让在场的人感到不自在的原因,也影响着年事已高,只求眼前富贵团圆、家庭融洽的母亲的心情。因为常常"扫兴",每逢家族欢宴、共享天伦的时刻,贾政总是早早就被贾母遣走,叫他"应个景便自去休息"。

但这并非造成贾政与母亲关系裂痕的根源。真正导致贾政和母亲之间爆发激烈冲突的,是宝玉的教育问题。贾政和贾母的教育理念相差悬殊,他完全不认可母亲对宝玉的溺爱。他采取的态度是"阳奉阴违":母亲在场的时候不敢强争;但在贾母不在场的场合,他对宝玉的教训可以说是极端严苛的,不仅会给他布置繁重的功课,还时时"训话"打压,导致宝玉一听到"老爷叫你",便如"打了个焦雷一般"。对贾政的"阳奉阴违",贾母心知肚明,一有风吹草动,早有各色人等做"耳报神",把消息递到贾母跟前。对这种严苛的教育方式，贾母是很不满的。故而一遇到宝玉生病或者烦心，贾母就会把罪责扣到贾政头上："又搭着他老子逼着他念书，生生的把个孩子逼出病来了。"

"宝玉挨打"是二人矛盾的一次总爆发。看到自己最疼爱的孙儿被打得气息奄奄，贾母对贾政说的一番话，可谓字字诛心。见贾母气喘吁吁地赶来，贾政忙丢下板子，上前躬身赔笑道："大暑热天，母亲有何生气亲自走来？有话只该叫了儿子进去吩咐。"这话从母子之间的孝亲关系说起，明显是在缓和气氛。但贾母此时已经气极，一点面子也不给，兜头就否定了他所谓的"孝亲"："我倒有话吩咐，只是可怜我一生没养个好儿子，却叫我和谁说去！"这句话说得很重，直接给贾政扣上了忤逆不孝的罪名。贾政只好下跪请罪，贾母却仍然不给他台阶下，嚷着要回南京老家去，还对王夫人说出了最重的一番话：

> 你也不必哭了。如今宝玉年纪小，你疼他，他将来长大成人，为官作宰的，也未必想着你是他母亲了。你如今倒不要疼他，只怕将来还少生一口气呢。

言下之意是，你如今当了官，已经全然不把我放在眼里，忘记了母亲对你的养育之恩。当着众人在儿媳面前讽刺儿子，直接把作为一家之主的贾政说得无立足之地，只能苦苦叩头认罪。曹雪芹形容他这时的心情是"又急又痛",既担忧母亲气坏身体,又痛心母亲不理解自己的一番苦意。设想一下贾政当时的心情:儿子在母亲和妻子的宠溺下成长为一个耽溺于风月情事、醉心于秾词艳赋、不务正业的浪荡纨绔;自己努力修正教育上的失败,却不被母亲、妻子所理解,苦心经营的母子关系也由此被母亲彻底否定,他的内心一定是非常崩溃的。

宝玉挨打之后,贾政在宝玉的教育上"缺席"了很长一段时间。在第三十六回中,宝玉伤势刚好,贾母便直接吩咐跟随贾政的小厮头儿:"你老爷要叫宝玉,你不用上来传话。"相当于直接断绝了贾政管教宝玉的通路。紧接着下一回中,贾政点了学差,被派往外省任职。在贾政"缺席"的这段时间里,宝玉在大观园内"任意纵性的逛荡",结诗社、识分定,还祸延古人,将除"四书"外的其他书一并焚了,且"每每甘心为诸丫鬟充役",连宝钗等姐妹都看不下去,时常劝导。这相当于不仅没有将挨打的"罪行"重新改过,反而变本加厉。正是在这段时期内,宝玉形成了与贾政所期望的道路完全相悖的人生观、价值观。这与贾母对他的袒护和纵溺是分不开的,也宣告了此前贾政的"笞挞教育"尽付东流。

贾政就像一个活在礼仪、规矩和制度中的"套中人",希望自己的一言一行都能符合伦理秩序与道德规范。但是,他所信奉的规范不能帮助他解决实际问题。在家庭关系上,贾政的处境始终是尴尬且事与愿违的。当然,他和母亲之间并没有深仇大恨,对宝玉的教育问题说到底只是观念上的冲突。随着情节的发展，贾政年纪渐长、名利渐灰，在对宝玉的态度和教育观念上有所松动，与贾母的关系也缓和下来，于是出现了第七十五回第二次中秋家宴上其乐融融说笑话的温馨场面，母子之间言语亲切，一如从前。从这一次家宴的场面也可看出，贾母与贾政的关系大体是融洽的，母子之间并没有难以开解的隔阂。贾赦意味深长的"偏心"笑话也并非一句闲言，而是为后文的争产情节埋下了伏笔。

4. 贾政是一个"怕老婆"的丈夫吗？

以往有人说贾政有怕老婆的嫌疑。这个说法源自第七十五回中秋夜宴上的一则笑话。为了哄母亲开心，贾政讲了一个笑话，开口说的第一句是："一家子一个人最怕老婆的。"有人认为，这个笑话就如同贾赦说贾母偏心的故事一样，是在影射自身，意有所指。但实际上，贾政并不怕老婆，他和王夫人的婚姻是封建时代夫妻关系的缩影——二人谈不上感情多深厚，但分工明确、相敬如宾。

贾政在中秋宴上说笑话的表现，有点类似"二十四孝"中的"彩衣娱亲"。众人大笑是因为不曾见过贾政说笑话。这个笑话的结尾是："并不是奶奶的脚脏。只因昨晚吃多了黄酒，又吃了几块月饼馅子，所以今日有些作酸呢。"故事虽然粗俗，但充满了市井色彩，正合贾母的喜好。果然贾母与众人哄堂大笑，又取了烧酒来喝。在这段情节中，作者并没有写王夫人的反应，似乎她并未因此触发什么联想。

"怕老婆"这个笑话，是在呈现贾政的内心温情与行事端肃之间的反差。他虽行事古板，但也有细心和温暖之处。从日常生活来看，贾政并不算一个太坏的丈夫。他对王夫人很尊重，对亲戚的周济一向十分慷慨。夫人的妹妹来京，他考虑得很周到，说"姨太太已有了春秋，外甥年轻不知世路，在外住着恐有人生事"，于是将东北角上梨香院一所十来间房拨给薛家人住。薛家住在贾家的原因固然很多，但想必很多人已经忘记，最早提出这个建议的人是贾政。

但是，贾政与王夫人的关系也是比较微妙的。二人在书中很少有私人性质的对话。凡是他们同时出现的场景，基本都是在商议事情。王夫人每次都尊敬地称丈夫为"老爷"，但贾政这位"老爷"在家庭中的实际话语权却不大。他安排的事情没有一件被贯彻下来，反而王夫人总是先斩后奏，办好事情之后才向丈夫解释。这是因为贾政夫妇的婚姻存在一个比较重大的缺陷——这对夫妻的性情乃至三观相去甚远，且二人之间缺乏基本的沟通。所以很多王夫人做的事，贾政是蒙在鼓里的。这种不谐在金钏儿事件上有着集中的体现。贾政听到金钏儿自杀后大为惊讶，在他的印象中，近百年来，家族对待下人很宽厚，很少会闹出下人自杀的事情。他更不会料到，对奴仆的苛责在日后还会愈演愈烈，抄检大观园时，王夫人对她不喜欢的女仆做了一次彻底的清理。另一桩重大事件是王夫人早早选定袭人给宝玉做妾，而这件事贾政根本不知道。直到赵姨娘想拐弯抹角地把丫鬟彩霞留下给贾环做妾之时，贾政才说，自己已看中了两个丫头，一个给宝玉，一个给环儿，但两个儿子年龄尚小，现在不要耽误他们读书。直到这时，他才从赵姨娘口中得知，"宝玉已有了二年了，老爷还不知道？"贾政听后十分惊讶，忙问是谁给的。但这时，他们的对话被打断了。小说没有再交代下文，而是用另一件事掩了过去。但是，后文不见贾政再提要给宝玉纳妾的事情。可见，在内宅事务上无能为力，似乎是贾政始终面临的一个难题。

另一方面，贾政始终没有能力平息后宅的纷争。首先，他无法协调妻妾之间的矛盾。王夫人不喜欢赵姨娘，书中写到二人同时在场的时候，总是不和谐的。在第二十五回中，贾环故意碰倒烛台，烫伤了宝玉的脸。王夫人不骂贾环，反而叫过赵姨娘来骂道："养出这样黑心不知道理下流种子来，也不管管！几番几次我都不理论，你们得了意了，越发上来了！"可见二人平素多有龃龉，赵姨娘也没有停止过"兴风作浪"。而王夫人的这次叱骂，引发了一次妻妾矛盾的集中爆发——"魇魔法姊弟逢五鬼"，赵姨娘想借助马道婆的巫术除掉宝玉。而贾政对内宅的争斗竟全然不知。又或许他虽知情，却不闻不问，这种沉默最终会导致妻妾之争发展到难以收拾的局面。在书中，嫡庶之间暗流涌动屡有伏脉，贾政房中的妻妾之争也是一条草蛇灰线。赵姨娘一直觊觎贾府财产的继承权。到了第七十五回，贾赦当场夸赞贾环可以袭爵，贾政的财产继承问题被摆上了台面，在佚书中，或许会有更大的风波。

从小说中的种种细节来看，贾政内心虽有温情和体贴，但他将自己包装成按封建正道行事的君子，与王夫人、赵姨娘之间完全是封建社会所提倡的"贤妻美妾"模式，只有婚姻关系，并无夫妻感情。作为家庭中的"老爷"，贾政对内宅似乎并无实际控制权，也无力处理复杂的家庭矛盾。处在这种尴尬的位置上，他越努力维持正常的伦常关系，也就越无法拥有正常的亲情。

5. 贾政到底喜不喜欢贾宝玉？

在我们的印象中，贾政是打压式教育的忠实奉行者。他见到宝玉，不分青红皂白，总是劈头盖脸一顿喝骂。《红楼梦》中写贾政教子的话简直让人捧腹。宝玉要上学去，贾政见到他说的第一句话是"你如果再提'上学'两个字，连我也羞死了"。宝玉去书房回话，贾政又训斥道："仔细站脏了我这地，靠脏了我的门！"哪怕是宝玉的诗文有所进益，也要硬被说成是"不务正"，"学了些精致的淘气"。贾政训诫宝玉为何如此严厉呢？难道他真的憎恶这个儿子吗？

从个人情感来讲，贾政并不讨厌贾宝玉，甚至是比较欣赏他的。

宝玉的相貌和气质在族中年轻一辈的后生中是极为出挑的，《红楼梦》中曾借贾政的眼睛，写到过贾宝玉和弟弟贾环的形貌对比。在第二十三回中，贾政领了元妃的旨，要叫众姊妹搬进大观园居住，于是唤了养在膝下的子女们齐聚一堂，宣布这件大事。贾政一举目，见宝玉站在跟前，神采飘逸，秀色夺人；再看贾环，人物委琐，举止荒疏，反差极为明显。作者写到他这时的内心活动，是"把素日嫌恶处分宝玉之心不觉减了八九"，完全是一个父亲对儿子本能的喜爱和欣赏。事实上，虽然贾政总对宝玉"在稚词艳赋上作功夫"不以为然，但他内心很偏爱宝玉的才情。书中用了很多曲笔，来描写贾政这种微妙的心理状态。比如在第十七、十八回"大观园试才题对额"中，贾政有意考较宝玉的才情。曹雪芹写到贾政对宝玉题咏的态度，连用了七个"笑"字，这在父子二人的相处中是极为罕见的。在第七十八回"老学士闲征姽婳词"中，贾政将宝玉与环、兰一同唤来，又写到了一段他当时的心理活动：贾环、贾兰若论举业一道，似高过宝玉，若论杂学，则远不能及，而且他二人才思滞钝，不及宝玉空灵娟逸，每作诗亦如八股之法，未免拘板庸涩。当宝玉说要为林四娘做一首长篇歌行时，贾政的反应是"自提笔向纸上要写"。虽然此时他对宝玉说的仍是打压式的"反话"，但语气近乎玩笑亲昵："如此，你念我写。若不好了，我捶你那肉。"宝玉的长篇歌行合了贾政的心意，因为他的天性本是与宝玉一样的诗酒放诞之人。可想而知，对与自己本性相近、相貌才情俱高一筹的亲生儿子，贾政是不可能是从心底里厌恶的。

那贾政为什么每每对宝玉恶言相向，甚至大加笞挞呢？他对宝玉的管教，实为爱之深、责之切。大儿子贾珠英年早逝，二儿子宝玉成了继承家业、振兴家族的唯一希望，他只能以培养家族继承人的方式来要求这位幼子。

贾政是完全按照当时社会的传统方式来处理父子关系的。封建社会常将父子关系与君臣关系对举，父子、兄弟之间横亘着自上而下的纲常伦理、等级观念，儿子对父亲、弟弟对兄长在情感上往往是敬畏多于亲密。贾府传统的家庭关系亦是如此。我们在《红楼梦》中看到的贾政，始终是以老爷、父亲的身份出现，但在第四十五回中，贾府中的一位老仆赖嬷嬷回忆往昔时说：

> 当日老爷小时挨你爷爷的打，谁没看见的。老爷小时，何曾像你这么天不怕地不怕的了。还有那大老爷，虽然淘气，也没像你这扎窝子的样儿，也是天天打。还有东府里你珍哥儿的爷爷，那才是火上浇油的性子，说声恼了，什么儿子，竟是审贼！如今我眼里看着，耳朵里听着，那珍大爷管儿子倒也像当日老祖宗的规矩，只是管的到三不着两的。

在第二十回中，正月里贾环同莺儿玩，输了钱，便耍赖啼哭不止。宝玉看见贾环哭，走来过问。这里写到作为旁观者的宝钗的一段心理活动:"宝钗素知他家规矩,凡作兄弟的,都怕哥哥",于是替贾环遮掩起来。可见严父责子、长兄如父是贾府代代相传的"家风传统"。

贾政想做个严父,敦促儿子好好读书,走仕途经济的道路,结果却事与愿违,只令儿子一味地怕他,并不能理解他这番苦心,甚至与他的期望完全背道而驰,认为家族兴衰与自己无关。造成这样的局面,贾政自身有很大责任,因为他的沟通方式大有问题,打压式教育只会把孩子推得越来越远。

最典型的一个例子仍是上文提到的"大观园试才题对额"。贾政的"笑"在宝玉开始当众反驳他的观点时消失了。行至稻香村,宝玉先直接否定了清客们直题"杏花村"的建议,又把贾政所喜爱的景致说成是"人力穿凿扭捏而成"。一套"天然论"头头是道,却将贾政的面子驳了个彻底。这时贾政气得发抖,怒喝:"又出去!"此后,他便时时摆出做父亲的谱,对宝玉题拟的匾联一概无由打压,口中只剩下"不好,不好""更不好""胡说""偏不用""谁问你来"等呵斥和批评了。

这种近乎喜怒无常的表现,让身为人子的贾宝玉捉摸不透又提心吊胆。一路上,他战战兢兢地跟随父亲,打起十二分精神题咏匾联,想必已是心力交瘁。等题咏完毕,宝玉的表现满足了父亲的虚荣心,却并没有得到夸奖,只换来一句断喝:"你还不去? 难道还逛不足! 也不想逛了这半日,老太太必悬挂着。快进去,疼你也白疼了。"明明是他拉着宝玉走了一大圈，又是拟匾又是题对联，结果却成了儿子贪玩"逛不足"，末了还给扣上一顶不孝的大帽子，这简直活画了传统封建大家长的典型做派。

贾政与贾宝玉矛盾的集中爆发是在"宝玉挨打"的情节中。细究宝玉挨打的情由，一半该当、一半受屈。但贾政并不是冷血无情的父亲，他在盛怒之下将儿子打得气息奄奄，内心也是极为痛楚的。听到王夫人说，宝玉是我们望五十岁的人后半生唯一的依靠时，贾政的反应是到椅子上坐了，长叹一声，泪如雨下。书中很少写到贾政失态至此，这个细节让我们看到了他作为父亲的无力感。站在"过来人"的角度，他以祖辈那样严厉的方式教育儿子，是希望他能成才，承担起振兴家族的责任，这既是作为父亲的殷殷期待，也是他作为家族继承人的责任。

在父辈期待之下修正自己人生道路的贾政，内心或许也有过痛苦、彷徨，但他既没有反思过这种痛苦的根源，也没有反思过伦理纲常框架下的家庭关系和教育方式给孩子成长所带来的摧残与伤害。宝玉挨打之后，父子二人的关系降至冰点，贾政越是责骂，宝玉越是看清了自己的好恶。此后，贾政被安排了一个外省的官职，从宝玉的成长里淡出了很长一段时间。没有父亲管教的宝玉在大观园中任由性灵自然生长，最终走上了与父亲的设想背道而驰的人生道路。

贾政的教育目标和父子关系都是彻底失败的，最后宝玉出家、悬崖撒手，这位孤独的父亲或许就是那个看到大地一片白茫茫真干净的人。

6. 贾政是一个拿女儿当政治筹码的无情父亲吗？

贾政是贾府里孩子最多的父亲，但在家庭关系中，他却是一个孤独的父亲，时时游离在热闹的家庭氛围之外，鲜少有与子女舐犊情深、共享天伦之乐的融洽场面。贾政与孩子之间的隔膜，不仅体现在他与贾宝玉的关系上，也体现在他与女儿们的关系上。他不是一个冷漠无情的父亲，却是个无能为力的父亲。他无法对子女的人生道路做出妥帖的提点与指引，只能眼睁睁地看着他们各自走向悲剧的人生。

贾政共有三子两女，嫡妻王夫人育有两子一女，分别是早逝的大儿子贾珠、二儿子贾宝玉和被送进宫的大女儿贾元春。妾室赵姨娘也为他生了一子一女：三儿子贾环和三姑娘贾探春。贾政和两个儿子的关系都是比较疏离、紧张的，贾政与贾环的相处模式基本是他与宝玉的翻版。但他与女儿之间的关系并不像父子关系那样剑拔弩张，书中并未出现过他训诫女儿的描写。贾政与女儿们的关系究竟如何？"元春省亲"一回中的种种细节便能透露一二。

故事一开场，大女儿元春便已"缺席"。在第二回中，曹雪芹借冷子兴之口，交代了元春的去向，是因"贤孝才德，选入宫中作女史去了"。所以元春入宫时的身份并非嫔妃，而是女官。深宫禁苑，消息难通，她在宫中生活的情形是祸福难料的。在第十六回中有一处细节，得知元春封妃那天，恰好是贾政的生日，宁荣二府人丁齐集，热闹非常。就在这个时候，贾政、贾赦突然被夏太监宣召入朝，众人皆不知是何兆头。行文至此，小说的气氛陡然紧张起来，贾母等人心中皆"惶惶不定"，不住使人飞马报信，内宅女眷都站在大堂廊下等消息。可以想见，贾府众人对元春宫中生活的真实境况并不能及时知晓。

对这位被送进宫中的大女儿，贾政抱有怎样的感情？书中并没有直接描写过贾政对元春的态度，但通过"元春省亲"一回的种种细节，我们可以读出这位父亲对女儿的舐犊深情。省亲当天，虽是回到从小生活的故宅，但君臣有别，父女只能隔帘相望。元春在帘内哭泣着说："田舍之家，虽齑盐布帛，终能聚天伦之乐；今虽富贵已极，骨肉各方，然终无意趣！"贾政在外面听到这话，泪水涌了上来，这是难得一见的真情流露。但他接下来说的一番话，却像呈报了一篇公文给皇帝听似的：

> 臣，草莽寒门，鸠群鸦属之中，岂意得征凤鸾之瑞。今贵人上锡天恩，下昭祖德，此皆山川日月之精奇、祖宗之远德钟于一人，幸及政夫妇。

过去有人认为，元春省亲时的一番父女对答，说明贾政是个无趣也无情的人，面对久别的女儿仍然表现出一副公事公办的官僚模样。其实不然。在省亲这样的特殊场合中，容不得身处其中的人有真实情感的流露。元妃说宫中是"不得见人的去处"，"终无意趣"，这些话是非常危险的。在这样关涉皇家礼仪和颜面的场合中，贾政不仅是父亲，也是皇帝的臣子，更是家族的责任人，必须保持清醒、克制感情。所以贾政这番话是顾及皇家礼仪、家族兴亡和女儿前途而做出的最得体的回答。经过提醒，元春也收敛了悲伤情绪，接下来的活动都在"公事公办"的规则下进行。贾政的这番提醒非常及时，也起到了相应的效果。

让我们再细细分析一下这段话。在这样一个极正式的场合，贾政的语气看似公事公办，实则话里有话，充分发挥了语言的艺术。他短暂地表达了对女儿的思念和伤感，既饱含深情，又流露出一种无力感。

这番话既强调了"天恩"，又提及"祖德"，这是父亲对女儿的嘱托，也近乎一种提醒和祈求。作为荣府的继承者和掌舵人，他深知族中下一代已无爵位可以承袭，也没有在朝中掌握实权的要害人物，贾府的家业仰赖于皇帝的恩宠，被送入深宫的元春肩负着得到皇帝"天恩"、延续贾家基业的使命。作为父亲和家业继承者，他所能发挥的作用非常有限，实际上是身不由己的。所

以,即使知道女儿在深宫中处境凶险,他所能做的,也只有劝说元妃尽量保持乐观:

> 且今上启天地生物之大德,垂古今未有之旷恩,虽肝脑涂地,臣子岂能得报于万一!惟朝乾夕惕,忠于厥职外,愿我君万寿千秋,乃天下苍生之同幸也。

他说,当今皇帝是旷古未有的盛世明君,我们唯有尽职尽责地辅佐明君。但愿事情向着好的方向发展,皇帝能长久宠幸、眷顾你。接下来,他进一步叮嘱元春:

> 贵妃切勿以政夫妇残犁为念,懑愤金怀,更祈自加珍爱。惟业业兢兢,勤慎恭肃以侍上,庶不负上体贴眷爱如此之隆恩也。

言下之意是嘱咐元春谨慎小心、尽职尽责。这一番话既流露出父亲对女儿的关怀与忧心,也隐隐透着对命运安排的无力感。

　　元春入宫是身不由己,贾政送别女儿是出于无奈。像贾府这样家庭的女儿,到了年龄必须参加选秀,这是制度的约束,远非个人力量所能改变。贾政并非一个漠视子女的人,这一点和他的哥哥贾赦形成了鲜明的对比。迎春几乎是被贾赦"卖"给中山狼孙绍祖的。

议定亲事的时候，贾政也曾劝过两三次，但最终未能改变迎春的命运。贾政在家族中的影响力尚且有限，面对皇家的命令，就更没有商量的余地。这一番冠冕堂皇、无可奈何的劝勉之词的内蕴是伤感而凄凉的，与大观园中繁华已极的热闹盛景形成了鲜明对比，将以乐景写哀词的艺术发挥到了极致。贾政劝元春自加珍爱、勿以父母为念的话语，不免令人联想到探春《分骨肉》曲子中那句"从今分两地，各自保平安"。此时他还未预料到，另一个女儿探春日后也将被家族推上"一帆风雨路三千"的远嫁之路，同一入宫门深似海的元春一样，如断线的风筝，一去再难相见。

经历了贾珠的早逝、元春的薨逝、探春的远嫁和宝玉的悬崖撒手，贾政与甄士隐的命运形成了一种对举。根据书中留下的线索和判词推测，作者给贾政安排的结局，或许是历尽浮世聚散的悲哀，见证家族一败涂地，落得一片白茫茫大地真干净。

7. 贾政的结局会是官复原职吗？

程高本给贾政安排了一个有着"大团圆"色彩的结局，朝廷非但没有治他的罪，还归还了家产，让他官复原职。根据前八十回的线索和判词留下的蛛丝马迹推测，这样的安排似乎并不符合曹雪芹的原意。在前八十回中，作者已经透露，随着年纪渐长，贾政的人生观也在发生改变，渐渐"名利大灰"。前文我们已做出推测，作者给他安排的结局，应当是亲眼见证家族的离散。贾政很有可能与贾宝玉一样，在结局时悟到了人生的解脱之道。

从目前留存的线索推断，围绕贾府的继承权，佚稿中似乎会有一番争斗。这关系到贾政最后究竟会走向什么结局。在前八十回中，贾政与贾赦之间的矛盾已经初露端倪。贾赦求娶鸳鸯不成，意味着他妄图通过贾母身边人谋取遗产的阴谋失败。而随着贾母年事渐高，他大概非常担心实际管家的贾政最后会获得家族财产的继承权。

贾赦在第七十五回的中秋宴会上讲了一个偏心的笑话，说有个母亲病了，请了个婆子来针灸，可是心见铁即死。大家听了都很害怕，但那婆子解释说，针是不会插进心脏的，要落针的地方其实是肋条，因为——你不知天下父母心偏的多呢。众人听说，都笑起来。贾母也只得吃半杯酒，半日笑道："我也得这个婆子针一针就好了。"

贾赦这段话暴露出他的企图，并且引起了贾母的注意。在这之后，他还做出了一个奇怪的举动，突然当着众人的面抬举贾环。在这场家宴上，宝玉、贾环、贾兰都作了诗，贾环虽有长进，但作的并不比宝玉好，并且因为诗中夹杂着不喜读书的意思，被贾政半真半假地批评了一番。未料此时贾赦突然将诗要去，看后连声赞好。他用一种嘲讽读书的口气，说了番耐人寻味的话：

> 这诗据我看甚是有骨气。想来咱们这样人家，原不比那起寒酸，定要"雪窗荧火"，一日蟾宫折桂，方得扬眉吐气。咱们的子弟都原该读些书，不过比别人略明白些，可以做得官时就跑不了一个官的。何必多费了工夫，反弄出书呆子来。所以我爱他这诗，竟不失咱们侯门的气概。

这番话和贾政提倡苦读的思想是完全相反的。贾赦回头吩咐人去取了自己的许多玩物赏赐给贾环，还拍着贾环的头说："以后就这么做去，方是咱们的口气，将来这世袭的前程定跑不了你袭呢。"贾政听了忙劝他不要这样说："那里就论到后事了。"

有研究者认为，这一段情节并非闲笔，而是佚稿中长幼、嫡庶争夺家产的伏笔。贾赦与贾政这对兄弟三观完全不同，平日里长期积累的矛盾终有一天会集中爆发。就如探春所说，从内部杀起来，直到一败涂地。

细读情节我们会发现，从第七十五回开始，贾政对儿子的态度已逐渐和缓。他会带着贾宝玉出入一些应酬交际的场合，为他积累名声，甚至当着贾环、贾兰的面夸宝玉："宝玉读书不如你两个，论题联和诗这种聪明，你们皆不及他。"小说还着重强调："王夫人等自来不曾听见这等考语，真是意外之喜。"

这种转变是从他外任回京后逐渐发生的。在第七十一回中写到，贾政此时已经逐渐年老，事重身衰，"一应大小事物一概益发付于度外,只是看书,闷了便与清客们下棋吃酒,或日间在里面母子夫妻共叙天伦庭闱之乐",所以才有了第七十五回说笑话的情节。贾政逐渐脱去了功名之求,卸下了身上的威严和呆板,略有些年少时诗酒放诞的影子。

小说怕我们无法理解贾政的变化,于是在第七十八回贾宝玉做《姽婳词》的时候,特意写出了贾政当时的心态:

> 近日贾政年迈,名利大灰……遂也不强以举业逼他了。

逐渐步入"知命之年"的贾政不再对自己的仕途抱有期待,对人生道路的追求也发生了变化,不再以名利为务。这不只体现在他对儿子的要求上,还影响着他对自己未来人生的安排。

贾政最后的结局,很可能并不是官复原职。和宝玉相似,他的人生也是一个复还本质的过程。在见证过家族荣枯、儿女去世、出家,经历过兄长和庶子争夺家产等种种剧变之后,贾政的人生归宿大概就如同他第一次踏入大观园时,在潇湘馆发出的那段感慨——他会归返自然,"村居养静",流连诗酒,归农隐居,寻回最初的那份"童心"。

第十编

「富贵闲人」贾母

1. 贾母是如何无声"炫富"的？

贾母作为金陵世勋史侯之女，嫁入贾府时正值荣宁二府勋名鼎盛的上升期。其夫贾代善坐袭父荫，她也作为直接参与者见证过数次迎接圣驾的大排场。《红楼梦》中的许多场景都体现了这位"老祖宗"曾经优渥的生活。

贾母的生活品位，概括来说是"浓淡相宜"，将富贵与日常相融合，处处彰显着大家风范，却不流于夸张炫耀。比如在饮食方面，贾母常称自己年纪大、胃口不好，在乡下人刘姥姥面前说自己"不过嚼的动的吃两口"。但在第六十一回中，厨房管事人柳嫂曾说，贾母如今的生活是"把天下所有的菜蔬用水牌写了，天天转着吃"，可见她对生活的追求是"质而实绮，似癯实腴"的。

高雅的文化艺术修养是贾母富足生活最集中的体现。她精通日用陈设、酒令灯谜、鼓书戏曲等生活艺术，且品位独到。在房间布置方面，贾母称自己"最会收拾屋子"。所谓"收拾"，是基于个人审美，将房间布置成符合自己文化身份的样子。在第四十回中，她就亲自为林黛玉、薛宝钗二人"收拾"了房间。

在这一回中,贾母携刘姥姥和贾府众人同游大观园,看到潇湘馆的窗纱颜色旧了,就很自然地对王夫人说,绿窗纱与这院子中的千竿翠竹并不匹配,要用其他颜色的窗纱换上。这时王熙凤提到,库房中有一种银红"蝉翼纱"。王熙凤接这句话,本意是借机表现自己对库房存物的熟稔,证明她在管家事务上亲力亲为。但贾母听完只笑她"连这个纱还不认得"。她向众人解释道,这并不是"蝉翼纱",而是叫"软烟罗",还细细分析了各种颜色的不同用处:

> 那个软烟罗只有四样颜色:一样雨过天晴,一样秋香色,一样松绿的,一样就是银红的,若是做了帐子,糊了窗屉,远远的看着,就似烟雾一样,所以叫作"软烟罗"。那银红的又叫作"霞影纱"。如今上用的府纱也没有这样软厚轻密的了。

这一番话和之前王熙凤口中的"折枝花样的,也有流云卍福花样的,也有百蝶穿花花样的"可谓天壤之别。贾母并没有强调这些纱有多显富贵,而是在讲它们各得其用时的雅致。在薛宝钗的房间,贾母又提出,自己的审美理念是"大方又素净",并且当场做出指示:只将"石头盆景儿""纱桌屏""墨烟冻石鼎"三样摆在案上,然后用"水墨字画白绫帐子"替换了原来的青纱帐幔。这些"点铁成金"的指导，体现出贾母作为"富贵闲人"的审美修养，因为这不仅需要敏锐的审美洞察力，还需要对名物足够的熟稔。

书中多次写到贾母主导的文化活动。这样一个站在封建大家族最高层的人，在日常生活中又不失人情味和烟火气，在恪尽礼仪、待人接物方面更是自然又大方。所以她赏月、赏雪、观梅、听笛，谈"软烟罗"、忆"枕霞阁"，皆显得自然平常，无炫耀之态。

在这些活动中，贾母尤爱听戏。贾母听戏喜欢热闹戏文，似乎是府中众所周知的，因此薛宝钗、王熙凤都专门点"热闹戏文"来讨贾母的欢心。但她对戏文的审美，绝不像贾珍等人仅爱那些"繁华热闹到如此不堪的田地"的场面。贾母听戏是有审美判断、有创新意识、有情感投入的。

在第五十四回中，贾母提议说要"弄个新样儿"，叫芳官来唱一出《寻梦》，只用胡琴和箫管伴奏，笙笛之类的合奏一概不用。这时在旁众人的反应十分有趣，是"鸦雀无闻"，说明谁都没有见过这样的戏，连看过几百班戏的薛姨妈都说，"从没见用箫管的"。

这时，贾母讲到自己在戏曲方面的"家学渊源"。中国古典戏曲讲究"程式"，很多表现音乐的场景并不会真的被演奏出来，只用相应的道具和固定的动作应景而已。贾母说，自己像湘云那么大的时候，家中戏班里有一位擅长弹琴的小演员，《西厢记》《玉簪记》《续琵琶》等戏曲中弹琴的场面，都是由演员真实演奏的。贾府众人对这种演法都啧啧称奇。但贾母却说,"这算什么出奇",只是"主人讲究不讲究罢了"。

同样体现贾母高雅艺术品位的还有第七十六回中秋赏月时的情节。月至中天之时,贾母提议赏月要配笛子,便叫乐工上来。按照贾府乐班惯例,演奏一般是"箫管悠扬,笙笛并发",但贾母说,"音乐多了,反失雅致,只用吹笛的远远的吹起来就够了"。众人赏桂花、喝暖酒,正说着闲话,忽然就有一阵呜呜咽咽、悠悠扬扬的笛声从桂花树下传来。当时正值"明月清风,天空地静",众人瞬间"烦心顿解,万虑齐除,都肃然危坐,默默相赏"。贾母仍觉不足,说:"这还不大好,须得拣那曲谱越慢的吹来越好。"于是不一会儿,笛音便越发凄凉呜咽起来。大家"寂然而坐",贾母也"有触于心","堕下泪来"。

贾母的晚年生活是安适恬淡的。传闻北宋的"富贵宰相"晏殊曾说:"余每言富贵不言金玉锦绣,惟说气象。"贾母的晚年生活便有如此气象。

2. 为什么说贾母是《红楼梦》中情商最高的人?

在《红楼梦》中,贾母从一出场便是一位安富尊荣的贵族老太太。她自嘲是"老废物",但似乎所有儿女都围着她、哄着她。细读贾母说过的话，可以发现这位"老祖宗"始终以高超的情商凝聚着家族中的各种势力，以四两拨千斤的方式调谐着大家庭的气氛。

贾母的情商是在常年的家族事务中培养起来的。贾母学问有限，若论诗书，比不上宝钗、黛玉、湘云等人，对家中女孩子读书的要求也只是"不过是认得两个字，不是睁眼的瞎子罢了"。但她出身名门，成长在家族鼎盛时期，自幼受长辈言传身教，又早早嫁入高门大族，从"进了这门子作重孙子媳妇起"，到"有了重孙子媳妇"，其间历经"连头带尾五十四年"，经过"大惊大险千奇百怪的事"，磨炼出了非常老练的处理人情世故的能力。

从当家人位置退下来的贾母虽然年事已高，却仍是精明机警的，这最直观地体现在她的谈吐上。贾母非常有口才，能游刃有余地应对一些很难接的话，而且应对得机智、风趣，丝毫没有卖弄的痕迹。在第五十三回中，宁国府除夕祭宗祠，尤氏为了尽孝道，诚心请贾母吃饭。但尤氏不太会说话，说出口的是：

> 每年都不肯赏些体面用过晚饭过去，果然我们就不及凤丫头不成？

这好像是在埋怨贾母偏心了。但贾母并没有生气，只是笑着说：

> 你这里供着祖宗，忙的什么似的，那里搁得住我闹。

> 况且每年我不吃，你们也要送去的。不如还送了去，我吃
> 不了留着明儿再吃，岂不多吃些。

这段话先表达了对尤氏操持祭祀的体谅，然后解释说，自己不在此用饭，是怕让尤氏更添辛苦，又说自己已领会了她的孝心，送去的饭菜定会好好品尝，甚至还要"多吃些"。言语间既婉拒了主人的挽留，又对尤氏报以极大的体谅和尊重，一番话说得自然又体面。

平日调笑间，贾母也很擅长拿捏分寸，只打趣可以打趣的人，从不做"交浅言深"的事情。在第五十四回中的元宵节晚宴上，众人在贾母的主持下玩起"击鼓传花"的游戏，按照规则，输了的人要说一个笑话。贾母讲的笑话是：一家子有十个媳妇儿，九个媳妇都不如最小的那个心巧嘴乖。她们感到不服，要到阎王庙去问个究竟。结果遇到孙行者对她们说，小媳妇之所以嘴巧，是因为托生时喝了他撒下的一泡尿。这个笑话说得很贴心，给了李纨等木讷嘴笨的媳妇一个打趣的机会。因为素来只有凤姐伶牙俐齿，在众人面前出尽风头，妯娌间难免有暗自不服者，认为贾母偏心。凤姐作为贾母跟前的第一"捧哏"，听完还故意说："幸而我们都笨嘴笨腮的，不然也就吃了猴儿尿了。"这时尤氏、娄氏、李纨等媳妇都道："咱们这里谁是吃过猴儿尿的，别装没事人儿。"连薛姨妈都说笑话妙在"对景就发笑"。可见，贾母对儿孙辈妯娌之间暗藏的龃龉、众

人的想法都心知肚明。她知深浅、懂分寸，在阖家团圆的温馨场合用一个笑话轻松调节了人与人之间的关系。

贾母的玩笑话也并非全是凑趣，其言语间也常隐藏着思想的锋芒。这与凤姐为了哄她开心而说的玩笑话不同。贾母的思想高度、格局立场都远超凤姐。以贾母对儿孙教育的态度为例，她宠爱宝玉，但面对外人的赞赏时却说：

> 你我这样人家的孩子们，凭他们有什么刁钻古怪的毛病儿，见了外人，必是要还出正经礼数来的。……若一味他只管没里没外，不与大人争光，凭他生的怎样，也是该打死的。

此前宝玉在见贾雨村时是非常没有礼数的，贾母心下了然。她明白，对子孙不能一味放纵，所以即便平时不直言指责，也会时常委婉敲打。

有贾母这样一位情商极高又分寸得宜的老太太做主心骨，贾府的整体氛围是和谐温暖的。贾母的隔代之爱几乎遍及所有可爱的年轻女孩，无论是自己的孙子孙女，还是像鸳鸯、袭人、晴雯这样的丫头，她都或多或少给予过关爱和指点，他们对贾母也孝敬、顺从、热爱、忠诚。

当然，贾母虽然总是以慈祥和善、体恤下人的面目出现，但她对封建等级制度是坚决维护的，心中对主仆身份之别有着一条明确的红线。在第五十四回中，恰逢元宵节看戏，她发现袭人不在宝玉身边服侍，只有麝月、秋纹并几个小丫头跟着，便严厉地说，袭人"如今也有些拿大了，单支使小女孩儿出来"。听说袭人"因有热孝，不便前头来"，立刻反驳道："跟主子却讲不起这孝与不孝。若是他还跟我，难道这会子也不在这里不成？皆因我们太宽了，有人使，不查这些，竟成了例了。"说完这些，才问起袭人的妈是什么时候去世，是否给了银子发送。从这些恩威并施的细节就能看出，贾母管家时期的贾府一定是等级分明、规矩森严的，暗合了贾敏曾告诉过黛玉"外祖母家与别家不同"的大家气象。

贾母还善于协调各种矛盾。贾家家族庞大，人口众多。她深知"大有大的难处"，能洞察上下人等各种错综复杂的关系，并妥善处理矛盾纷争。同族孙女喜姐儿和四姐儿进园子来玩，贾母先告诫家人不许小看她们，因为她深知"咱们家的男男女女都是'一个富贵心，两只体面眼'"。与刘姥姥拉家常、说故事时，心态之平和、姿态之和缓，毫无倨傲之态，亦绝非伪装，而是大家礼数的自然流露。

在任用凤姐管家这件事上，也能体现出贾母过人的识人之明。作为大家族里辈分最高的人，她需要在选人、用人上做决断。这是一件有大学问的事情。大儿媳邢夫人贪财鄙吝，唯贾赦之命是从，如果将贾府交到她手中，早早就会被贾赦败光了根本；二儿媳王夫人也管过事,但并无足够的理家才干;大孙媳李纨性格安静,为人宽厚,丧夫之后不宜抛头露面。所以贾母敢放手让年纪轻轻的凤姐管理荣府,这并不是因为王熙凤伶牙俐齿、会哄自己开心,而是经过深思熟虑、反复考量的。

贾母看重王熙凤什么呢？是她在应对家务事上的洞察力和行动力,也就是不用多做指示就能把事情办好的能力。比如在第五十一、五十二回中,因冬天里天寒日短,凤姐提议在大观园中另设一间小厨房,免去姊妹们为了吃饭,从园中跑回府里的劳苦。贾母非常赞同这项提议,说自己早就有这样的心思,但怕说出来给办事的人添负担,让这些当家奶奶们觉得自己"只顾疼这些小孙子孙女儿们,就不体贴你们这当家人"。为了这件事,贾母专门在王夫人、薛姨妈和前来请安的邢夫人、尤氏等所有媳妇面前夸赞了王熙凤,说她们中没有一个人能像凤姐这样考虑周到。

情商极高的贾母,被薛宝钗称为贾府中最"巧"的人。在第三十五回中,凤姐想趁宝玉挨打想喝"莲叶羹"的机会,拿官中的钱做人情,被贾母当场点破。这时宝钗便当着众人的面笑道:"我来了这么几年,留神看起来,凤丫头凭他怎么巧,再巧不过老太太去。"这个"巧"字怎么理解呢？首先是会办事、做事考虑周到;其次是会说话。这两样都是王熙凤的"当家本领",但贾母却要比凤姐更胜一筹。较之于凤姐,贾母的智慧在于她行事果决,但又不会过于显露锋芒,看似隐退幕后,但对头绪繁多的家族事务却能面面俱到，一眼看出其中的关窍，在人际关系的周旋中能全身而退。

这个"巧"字明显说到了贾母的心坎里。她当仁不让地承认："我如今老了，那里还巧什么。当日我像凤哥儿这么大年纪，比他还来得呢。"年近耄耋的"老祖宗"尚且保持如此"巧"劲，也让我们对贾母年轻时的风采有了很多遐想的空间。

3. 贾赦为什么会说贾母偏心？

贾母在世时，贾府虽然没有分家，但长幼两房的矛盾却已经浮出水面。贾赦和贾政两兄弟的作风可谓是背道而驰，但又都不是堪当重任的顶梁之才；邢夫人和王夫人两位媳妇彼此不睦，但又都不善于料理家务。亲族骨肉之间明争暗斗，贾母是众人唯一有所忌惮的家族核心，贾母的存在既是凝聚两房儿女的核心力量，又是双方争宠的关键所在。

"偏心"这个词是长子贾赦直接说给贾母听的。在第七十五回的中秋夜宴上，贾赦讲了这样一个笑话：

> 一家子一个儿子最孝顺。偏生母亲病了，各处求医不得，便请了一个针灸的婆子来。这婆子原不知道脉理，只说是心火，如今用针灸之法，针灸针灸就好了。这儿子慌

了,便问:"心见铁即死,如何针得?"婆子道:"不用针心,只针肋条就是了。"儿子道:"肋条离心甚远,怎么就好?"婆子道:"不妨事,你不知天下父母心偏的多呢。"

其中措辞可以说是意味深长。这个"最孝顺"的儿子,有贾赦自我标榜的意味。"母亲病了"的情节,也与贾母身体每况愈下相契合。儿子请来的医生出了一个"虎狼方",要拿针灸治疗病人的心火,笑话最终落在了"肋条离心甚远""天下父母心偏的多呢"这两句话上。这则笑话的言下之意是:母亲偏心,需要我这个孝顺儿子给您治一治。笑话是"冒犯的艺术",贾母听了也不好发怒,只好吃了半杯酒,隔了好一会儿才笑道:"我也得这个婆子针一针就好了。"

贾母真的偏心吗? 贾赦与贾政这一对兄弟在贾府中的地位的确十分微妙。长子贾赦袭了一等将军的爵,按理说应是贾府家产的继承人,但他却不参与府中事务。贾赦的住处是在由荣府花园隔出的一道"黑油大门"之中。其子贾琏在荣国府帮忙,对外的说法是在"乃叔政老爷家住着,帮着料理些家务"。周汝昌先生也说过,贾赦与荣国府的关系是"名虽一家,实分门户"。

但有一种观点认为,贾政分家未必是出于贾母的意思。书中写到的男性角色中,与贾赦最相像的当数薛蟠。薛蟠进京时,极不愿受亲戚长辈管辖,因此在薛姨妈的允准下,自己出去挑宅子住着。

贾赦在荣府中隔出一道门单独居住，也可能是出于自愿，是为了不受贾母和官中账房的辖制。而且书中写到，贾赦不愿管理族中事务，在修建大观园时，"贾赦只在家高卧，有芥豆之事，贾珍等或自去回明，或写略节；或有话说，便传呼贾琏、赖大等领命"。可见，贾赦在居住和账面上与荣府分门别户，但其贾府大老爷的地位是没有改变的。

关于贾赦的尴尬身份，历来众说纷纭。有学者说他是"过继"来的，也有学者说他是"庶长子"，还有学者推测在曹雪芹早期的稿本中，贾政和贾赦的长幼次序本是颠倒过来的。但无论是哪种推测，贾赦在贾府中边缘化的地位都是显而易见的。

贾赦与贾母之间的矛盾主要在于"利"。矛盾的集中显露是在第四十六回中。这回写到邢夫人突然把王熙凤叫到府中，说贾赦看上了老太太身边的大丫鬟鸳鸯，让她想办法向老太太讨人。鸳鸯是贾母最倚重的人，不但安排着她的生活，也掌管着她的财产。李纨曾有言："老太太那些穿戴的，别人不记得，他都记得，要不是他经管着，不知叫人诓骗了多少去呢。"如果说平儿是王熙凤的"总钥匙"，那么鸳鸯就相当于贾母的"总钥匙"。贾赦要讨小老婆，偏偏想要鸳鸯，这同他想侵吞母亲的私房不能说毫无关系。不然，尽管邢夫人惧怕贾赦，也不至于如此热心地亲自出来做媒。事情闹出来，贾母"气的浑身乱战"，甚至迁怒于一向孝顺的王夫人，其中有一句话非常关键："弄开了他（鸳鸯），好摆弄我……我这里有钱，叫他只管一万八千的买去。"她看透了贾赦夫妻是在打她财产的主意，因此忍无可忍。"鸳鸯事件"不妨说是贾府中一次激烈的权力斗争，斗争的结果是贾赦再也无颜面对贾母，自此告病，只让邢夫人与贾琏每日过去请安，而他自己又花了八百两银子，从外面买来一个十七岁的女孩子做妾。

贾赦的欲壑难填与邢夫人的为虎作伥，早已被贾府上下看得清清楚楚，一旦荣国府的财政大权交给了贾赦夫妇，一定会像王熙凤所评价的那样，"家下一应大小事务，俱由贾赦摆布"，这也是贾母不愿将财产交与这个长子的主要原因。

这件事之后，贾赦仍未放下对母亲财产的觊觎之心，以至于到了第七十五回时，当众直白地指斥贾母"偏心"。在这个尴尬的场合中，贾赦甚至变本加厉地对庶出的贾环谈论起继承权的问题。他夸赞贾环作的诗"不失咱们侯门的气概"，"将来这世袭的前程定跑不了你袭呢"。这番话既不得体又逾矩。连贾政都没有袭爵的资格，自然更轮不到他的庶子。而贾赦在贾母、贾政面前说出这种话来，无异于又一次宣战，直截了当地将谋求家产继承权的企图摆在了贾母面前。书中没有交代贾母听到这段话的反应，但贾政忙不迭地劝道："那里就论到后事了。"贾母对儿孙辈的争端当然了然于心，但她仍然像往常一样，没有对家产分割的事情做出正面的表态。细想之下，不表态未尝不是一种表态。在这件事上，贾母和贾政采取了同样的回避态度，未尝不是母子二人之间的一种默契。

曹雪芹是带着对一位老祖母的敬爱之情来描写贾母的，因此书中的贾母似乎只对孙辈宠爱有加，对两个儿子却没有足够的热情，甚至时常加以斥责。但贾母对贾政与贾赦的态度，在对两个儿子实际利益的安排上已经有所体现。而这种利益倾斜，也为贾府最后的权力争斗埋下了伏笔。

4. 贾母是看不出贾府的衰败还是故意装糊涂？

曾有评点家认为，贾母是"福、寿、才、德""四字兼全"，第二十九回的回目名"享福人福深还祷福"可谓是对她的一句定评。这样一位洞彻世事、人情练达的"过来人"，对贾府日薄西山的衰颓之势，当然不会看不出来。但书中从未正面写到贾母对家族前景的忧心——她从未公开表露过这种担心。这一方面是因为，作为贾府实际的"主心骨"，辈分和地位最高的贾母是维持家族体面的象征，她不允许自己在公开场合承认这一事实。另一方面，她错误预判了贾府衰败的时间，未料到贾府的败落会"忽喇喇似大厦倾"，突然发生在这一代。在贾府"树倒猢狲散"的过程中，贾母如第二十二回的那句灯谜一样，是"猴子身轻站树梢"，她眼睁睁看着这棵大树被蛀空，仁慈与风趣的人生智慧也平息不住贾府种种矛盾的爆发。

事实上，贾府面临圣眷不稳、家底日空的危机，贾母一早就有所觉察。她虽然深居内宅，但对直接关系到贾府存亡的圣眷恩遇却有着清醒的认识和敏锐的预感。元春才选凤藻宫之前，宫里突然派太监来宣贾政入朝，却并未言明所为何事。凭借迎驾多次的阅历和政治敏感，贾母预感到这种突如其来、不说因由的宣召不是大喜便是大祸。这时书中写到各人的反应，贾母第一个表现出"心神不定"，"不住的使人飞马来往报信"，会同全家女眷在大堂廊下伫立着等待消息，直到细细询问过跟着进宫的仆人，知道是喜事之后"方心神安定"。这一次的"大喜"也是日后"大祸"突然降临的预演。不难想象，贾府事败被抄没之日，或许阖宅女眷也会像这次一样，聚集在一处，惶惶不安地等待消息。

贾母虽然平日里几乎不过问管家事宜，但作为曾经的掌家人，她对府内的日常用度、开销花费是很敏感的。在第四十三回中，众人攒金为凤姐做寿，凑了一百五十两银子，贾母十分自然地说了一句："一日戏酒用不了。"想来，对贾府"出的多，进的少""内囊却也尽上来了"的情形，她心中大致是有成算的。第七十五回写到贾母日常吃饭的光景，连比较金贵的红稻米也已经是"可着头做帽子""一点儿富馀也不能"了，经济上的衰败被摊开来摆到桌面上。贾母见到各房仍按旧例送菜来孝敬自己，便主动提出要把这项花销蠲免掉："如今比不得在先辐辏的时光了。"正是在这一回中，写到了贾府第二次中秋夜宴，尽管贾母仍然勉力维持着筵席的排场和氛围,带领阖家击鼓传花、说笑话、作诗、听曲,但她内心对贾府入不敷出、难以为继的局面应当是很焦虑的。在第七十六回中,席间她时常流露出伤感的情绪,先是长叹人间离合,"天下事总难十全",又闻笛声悲怨,"有触于心,禁不住堕下泪来"。让贾母"有触于心"的是什么事,作者没有明写,但联系前文,其中或许有她感叹人事荣枯改易,为贾府的败落、子孙的前途感到忧心的复杂情绪。

作为贾府鼎盛时期的掌家人,贾母理家有手段、有才干。即使年事已高、不再操持具体事务,但对府中的制度、规矩和人事纠纷,也并非一味的慈祥宽和,一旦动怒,她的手段甚至比凤姐、探春更加果决。比如在第七十三回中,贾母听说园内有人聚赌,便敏锐地意识到,这件事背后必然隐藏着"门户任意开锁""藏贼引奸引盗"等更大的危险,还想到园内皆为女性,恐怕会沾带些更为不堪的事情,因此下令"即刻查了头家赌家来"。查出结果后,"便命将骰子牌一并烧毁,所有的钱入官分散与众人,将为首者每人打四十大板,撵出,总不许再入;从者每人二十大板,革去三月月钱,拨入圊厕行内。又将林之孝家的申饬了一番",以雷霆手段迅速解决了府中的一项积弊。与此相比,探春理家的措施只能算是蜻蜓点水,而王夫人抄检大观园的手段更像是乱哄哄的闹剧,并未起到实际效果。由此可见,贾母虽然退居幕后,但她对贾府事务仍有相当的掌控权,在贾府败落的过程中也并非没有施展作为的空间。

但令人感到奇怪的是,有见识、有手段的贾母非但不曾对每况愈下的家族境况采取措施，反而是睁一只眼闭一只眼，采取消极回避的态度。

最明显的表现是，贾母不愿谈及贾府外头好看、内里空虚的局面，也不愿让别人谈及。在第七十五回中，甄家被抄没了家私，还要进京治罪。贾母听说这件事后，感到浑身"不自在"，却借故说道："咱们别管人家的事，且商量咱们八月十五日赏月是正经。"在饭桌上，后来的人吃不着金贵的红稻米饭，鸳鸯、王夫人先后都说起穷话来："如今都是可着头做帽子了，要一点儿富馀也不能的。"贾母虽然采取了实际行动，蠲免了各家孝敬的例菜，但口头上只用"巧媳妇做不出没米的粥"一句笑话轻描淡写地将此事揭过，把谈话的气氛扭转过来了。

不仅如此，对家族后辈荒疏不端乃至贪赃枉法的行径，她也不加以约束，甚至装聋作哑。贾琏在凤姐生日与鲍二家的媳妇私通，被凤姐撞破后，借着酒劲拿起剑来大闹。贾母却轻描淡写地说："什么要紧的事……从小儿世人都打这么过的。"王夫人处置晴雯，贾母起初并不赞同，但当王夫人谎称晴雯有女儿痨，又说她"调歪"、不大沉重的时候，她只婉转讲了几句，便扯开了话题，并不会因为屈死的晴雯给王夫人难堪。再如王夫人逼死金钏儿、司棋，贾赦把石呆子搞得家破人亡，贾琏和凤姐变着法子将府中的贵重之物搬出去换钱，鸳鸯将贾母不用的梯己借给别人放贷，乃至王熙凤设计害死尤二姐……这些事情她不可能一概无闻，却始终不曾出面约束。

经历过人事改易、繁华荣枯的贾母，为什么不约束后辈的行为呢？

究其原因，此时贾母年事已高，精力不足，已无开拓进取之心，只想守住家业、长保富贵。她最在意的是维持家族的体面，只要贾府的"架子"还如旧日一般漂亮繁华，在不触及礼法这样的原则性问题时，她对儿女的行为便不做过多的追问。因为这样可以维系大家族内部的和谐，尽可能避免各方势力之间的冲突。

相应地，她明确提出反对意见的事多与维系家族的体面有关。带刘姥姥游大观园时，她看到薛宝钗的屋子"雪洞一般，一色玩器全无"，便颇为严厉地指出，作为大家小姐，在生活上"不要很离了格儿"。在第七十四回抄检大观园前夕，凤姐与王夫人商议要裁撤丫鬟，王夫人说"只怕老太太未必就依"。对减少吃穿用度的改革，贾母非但不会支持，反而会视之为"不祥"。

可惜的是，这样的处事之道只是封建大家族上位者的侥幸心理，贾母沉浸在皇恩和祖业带来的繁荣与稳定感中不愿醒来，不曾反思家族走向衰颓的根由，也未曾预料贾府的败落来得这样突然。作者曾借冷子兴之口反思过贾府衰败之由："主仆上下，安富尊荣者尽多，运筹谋画者无一；其日用排场费用，又不能将就省俭。""安富尊荣""日用排场""不能将就省俭"正是老年贾母的日常做派，这无异于给贾府的危机蒙上了一层"遮羞布"，上行下效，以致"后手不接"，终究掩盖不住大厦将倾的局势。贾母就像是她所代表的那一代人一样，凭借在封建礼法制度中锻炼出的智慧度过了安稳尊荣的一生,却无法超越时代的局限,没能探索出一条让家族事业长盛不衰的道路,给子孙留下了无尽的憾恨。

5. 贾母是宝黛恋爱的支持者吗?

从前八十回的种种细节来看,贾母对黛玉的偏爱多于宝钗,对宝黛的婚事也始终抱着支持的态度。只不过,作为封建大家族的当家祖母,她还有维护家族礼法的责任,宝黛的婚事绝不能绕过礼法成规肆意发展。

从黛玉初进贾府开始,贾母便非常怜爱这个外孙女。因为黛玉的母亲贾敏是贾母最疼爱的女儿,黛玉身上自然也带着贾敏的影子。贾敏的早逝、黛玉的凤惠再加上隔代的亲情,让贾母对黛玉格外宠爱。

宝黛姻缘的种子一开始便是在贾母跟前种下的。宝玉和黛玉两人自幼住在贾母房中,由贾母亲自照看长大,吃穿用度也是同一待遇。以贾母的敏锐,她对这对小儿女感情的发展不会毫无知觉。在第二十九回中,因为宝玉和黛玉时常口角,她甚至"自己抱怨着也哭了",还总结了一句"不是冤家不聚头"。庚辰本此回的回前总评认为,贾母这句话是为宝黛关系做定评,乃是"通部书之大旨"。

在明清通俗小说中，这句话的确带有撮合姻缘的意味。比如冯梦龙编《警世通言·一窟鬼癞道人除怪》中就有"不是冤家不聚会，好教官人得知，却有一头好亲在这里"的说法。

贾母对事对人的态度，凤姐一向揣摩得最准，在宝黛婚事上也不例外。在第二十五回中，凤姐当众开黛玉的玩笑："你既吃了我们家的茶，怎么还不给我们家作媳妇？"在第三十回中，凤姐还在贾母面前用"黄鹰抓住了鹞子的脚"来形容宝黛二人的关系，说"两个都扣了环了，那里还要人去说合"。贾母属意凤姐理家，就是看重她的机敏，对自己的态度往往有超前的预判。从凤姐的种种行迹来看，贾母对宝黛的婚姻早早就有支持的倾向。

在这件事中，让读者感到不解的是贾母对薛宝钗的态度。宝钗是在黛玉和宝玉的感情有了萌芽之后才来到贾府的，随之而来的，还有"要拣有玉的才可正配"的预言。宝钗的到来也为贾母带来了一道选择的难题，她聪明美丽不在黛玉之下，而且随分从时、待人和睦，恪守封建社会崇尚的女子道德规范及处世哲学，赢得了贾府上上下下的赏识。

在贾府中，第一个给予薛宝钗高度评价的人正是贾母。在第二十二回中，贾母因为宝钗刚到贾府，又喜欢她"稳重和平"的性格，亲自蠲资二十两，破例提出给宝钗办十五岁"及笄"的生日宴。到第三十五回中，她还当着众人的面，极力夸奖宝钗："从我们家四个女孩儿算起，全不如宝丫头。"

很多人将这件事当作贾母对宝钗有好感的例子。但细细想来，这些举动恰恰说明，贾母心中"亲疏有别"，较之黛玉，她是将宝钗当作亲戚家的孩子。贾母说"我们家四个女孩儿"并非元迎探惜四姐妹，因为此时元春已是皇妃，不再是"我们家"的人，也不再是贾母跟前的女孩儿了。此处贾母所指，应是三春和黛玉。

贾母并未属意宝钗，这从她故意对薛宝琴表现出极为喜爱的态度上可见一斑。贾母一见到薛宝琴，就打听起她的生辰八字，暗自流露出一副要给宝玉说亲的态度，还把非常珍贵的"凫靥裘"送给她。这一系列举动，让一向稳重的宝钗都带上了醋意，笑问宝琴"我就不信我那些儿不如你"。因为书中从未写过贾母将什么珍贵物什赠与宝钗。

贾母这一系列行为可谓大有深意。有研究者认为，这是她的"障眼法"，在婉拒薛家的亲事。薛姨妈借住贾府，将"金玉良缘"的预言散布出去，确实带有几分攀亲的想法。宝钗比宝琴年纪大些，且每日陪伴在贾母身边，贾母却从没有向薛姨妈询问过宝钗的生辰八字和亲事。古代许聘有很长的流程，一般在许聘的过程中，这种联姻关系就会不胫而走。宝琴此前许了人家的消息，贾母应当有所耳闻，这番打探，颇有几分明知故问的意味。这或许是在向薛姨妈委婉地表达：你们薛家的女儿，我看上的这位，你们已经许出去了啊。

"慧紫鹃情辞试忙玉"也是宝黛关系显露痕迹的重要关目,而贾母在这件事上的态度意味深长。在第五十七回中,紫鹃为了试探宝玉对黛玉的心意,故意对他说,林姑娘要回苏州了。宝玉一听这句玩笑话,立刻犯了病,因"急痛迷心"几近丧命。贾母知道宝玉的病因后,眼中落泪,语气却颇为释然:"我当有什么要紧大事,原来是这句顽话。"贾母落泪的原因很复杂。梁归智教授认为,从这时候开始,贾母便下定决心要将黛玉许配给宝玉,促成自己的两个"心肝儿肉"结合为一体。

　　从这个时候开始,作为旁观者的薛姨妈也看清了贾母的态度。虽然她表面上还在为宝黛遮掩,说"可巧林姑娘又是从小儿来的,他姊妹两个一处长了这么大,比别的姊妹更不同",但在接下来的情节中,薛姨妈将黛玉认作干女儿,开玩笑说要找贾母提亲,把黛玉配给宝玉,还说"我一出这主意,老太太必喜欢的"。这时,潇湘馆的婆子丫鬟们都附和说此言不差,认为这门亲事与老太太一商议定是千妥万妥的。再往后,又有小厮兴儿对尤二姐说,宝黛二人的婚事只等"再过三二年,老太太便一开言,那是再无不准的了"。可见,贾母对宝黛婚姻的支持有目共睹,阖府上下皆认为宝黛是"一对好姻缘",以至于薛姨妈都放弃了将宝钗嫁入贾府的想法,转而顺应贾母之意,支持起宝黛的婚事。

　　但不可忽略的是,贾母支持宝黛婚姻,并不意味着她能够接受宝黛有超越礼法的"出格"举动。在第五十四回中,黛玉当着众人的面,将自己的酒杯放在宝玉唇边,宝玉也很自然地一气饮干。这种毫不避忌的行为对"诗礼簪缨之族"的大家礼仪来说,无疑是一种极大的冲击。因此凤姐赶紧委婉劝宝玉"别喝冷酒",还补充说:"我知道没有,不过白嘱咐你。"对这种逾矩的行为,贾母当然也不会熟视无睹。在听女先儿说《凤求鸾》故事的时候,她马上对才子佳人小说中那些不遵父母之命、媒妁之言而私定终身的女子大加鞭挞,说她们"鬼不成鬼、贼不成贼","便是满腹文章,做出这些事来,也算不得是佳人了",旗帜鲜明地反对青年男女私定终身。有研究者推测,这个情节绝非偶然,有可能是在为结局埋伏笔。宝黛对纲常礼法的违逆,或许是贾母最终无法支持这段儿女姻缘的重要原因。

6. 贾母为什么没有促成宝黛的婚事?

一向对林黛玉无限疼爱、对宝黛婚姻有着部分决定权的贾母,为什么最终以疏代亲、舍黛取钗? 有研究者认为,这或许是因为黛玉蒙受了一场不白之冤。

前文我们已经讲过,宝黛之间的感情越来越浓烈,以至于贾府上下都心照不宣。但是在封建大家族中,男女之间自由恋爱是不被允许的,一定会遭到长辈的打压。有研究者推断,在《红楼梦》

的佚稿中，宝黛爱情或许使得林黛玉被扣上一顶无法推卸的"大帽子"，成为王夫人等人推翻"木石前盟"的有力武器，即便是贾母也难以挽救。

宝黛的婚姻问题，始终是贾母与王夫人矛盾的焦点。对宝玉的婚事，贾母和王夫人都有一定的话语权。因为王夫人是宝玉的亲生母亲，又是贾府的当家主母，她的话语权和影响力甚至要超过贾母。联系前文，王夫人为宝玉选姨娘时，可以先斩后奏，将贾母挑选的晴雯逐出大观园，自作主张将袭人的分例挪至自己的月例中。当贾母、贾政等人知情时，大局已定，他们唯有同意而已。

而且，贾母与王夫人的意见也并非截然相反。贾母喜欢伶俐机敏之人，但对不善言辞的人也并无恶感。比如她一方面喜欢晴雯言辞爽利，另一方面也认为袭人安稳可靠，得知晴雯被逐之后，最终也只是一声叹息。在选择孙媳的标准方面，贾母最在意的并非才情和品貌，而是要按照礼法纲常的原则和底线行事。在这一点上，贾母和王夫人的价值观是完全一致的。

对王夫人来说，她绝对不允许宝玉的妻子是一个不守礼法的女子。当宝玉与金钏儿调笑的言语略微"出格"时，王夫人不顾身份怒斥金钏儿，甚至狠心地将这位侍奉自己十余年的贴身丫鬟撵出府去。在贬逐晴雯、清理怡红院的时候，王夫人对这位"眉眼又有些像你林妹妹的"丫鬟表达了强烈的鄙薄，说自己"很看不上那个狂样子","天天作这轻狂样儿给谁看",一遍遍强调"好好的宝玉,倘或叫这蹄子勾引坏了,那还了得","我通共一个宝玉,就白放心凭你们勾引坏了不成"。这些言语都说明,"男女之大防"是她心中不可触碰的底线。在封建大家长的眼中,妻子的责任是辅佐、规箴丈夫,女子的风流灵巧、聪明伶俐都要让位于礼教的规范。因此王夫人说:"宝玉房里常见我的只有袭人麝月,这两个笨笨的倒好。"这些偏见与教条是社会环境对女子做出的规训,在封建制度最为鼎盛的时期,仅凭一两人的力量想要去冲破规则的禁锢,最终就会演变成晴雯被逐这样的惨烈结局。宝黛爱情的最终破灭或许也是如此。

一开始,宝黛二人年龄尚小,王夫人对他们的打闹拌嘴和互相关心并没有显露出太多的意见。但随着两人年龄渐长,爱情的种子破土萌发,王夫人明确表现出担忧甚至反对的态度。所谓"晴为黛影",晴雯被逐一事就是拆散宝黛爱情的一次预演。晴雯背负了"私情蜜意"勾引宝玉的冤屈罪名,不免令人联想到黛玉的《葬花吟》中有"质本洁来还洁去,强于污淖陷渠沟"的强烈控诉之句。有种猜测认为,在佚稿中,黛玉可能受到流言的攻击,陷入与当年晴雯一样百口莫辩的境地。这在前八十回中也有伏笔。在第五十七回"慧紫鹃情辞试忙玉"的情节中,宝玉听说黛玉要回苏州,瞬间急痛迷心,暴露了两人之间的感情。此时黛玉"心中暗叹"。但她想着"幸喜众人都知宝玉原有些呆气,自幼是他二人亲密,如今紫鹃之戏语亦是常情，宝玉之病亦非罕事，因不疑到别事去"。敏锐的黛玉由此想到，二人的关系或许会因这件事而暴露，而在一贯人际复杂、善于捕风捉影的贾府，这件事也的确有着传出流言蜚语的可能。

那么，为什么宝黛爱情最终会招来旁人的陷害呢？有研究者认为，这仍然与贾府中的权力争斗有关。贾宝玉是家产的继承人，在他即将成人、继承家产之时，会有很多势力冒出头来。而攻击宝玉时，宝黛之间的"丑祸"就是一条有力的罪名。这种舆论势力在小说中始终被施以烟云模糊之笔，如在第四十五回中，宝钗建议黛玉吃燕窝粥，黛玉就表达过隐隐的担忧。她说，看看府里的形势，因为老太太多疼了宝玉、凤姐，"那些人"还背地里言三语四的，何况我又不是正经主子，是无依无靠投奔来的，早就多嫌着我了。后来薛姨妈也心疼地对黛玉说过："你这里人多口杂，说好话的人少，说歹话的人多。"这里频频写到的"那些人"只是模糊代词，或许就是指要争夺财产的那股暗流。而这股势力的构成又比较复杂，可能包括贾赦、邢夫人、赵姨娘、贾环等人。

宝黛关系被卷入权力斗争，在"抄检大观园"一事中也有所显露。当时，邢夫人的陪房王善保家的从紫鹃的箱子中抄出了宝玉平日用过的一些物品。王善保家的登时"得了意"，质问道："这些东西从那里来的？"此时还是凤姐出来打圆场，说宝玉和黛玉、紫鹃"从小儿在一处混了几年",所以不算什么罕事。紫鹃也顺着这话说:"连我也忘了是那年月日有的了。"可见,宝黛青梅竹马、两小无猜的交谊此时已经隐隐有难以服众的意味,好事者开始将怀疑的目光投注到他们身上,隐隐猜测他们之间有超越礼教大防的男女私情。

在八十回以后,贾府内部对财产继承权和管理权的争夺想必会日趋激烈,对宝黛关系的评判也可能成为斗争的一个焦点。王夫人本就不大喜欢黛玉这一类人,这时恐怕更觉黛玉是个祸根。为了让宝玉顺利继承家产,她或许会"复刻"选袭人、逐晴雯的事件,让贾母不得不接受弃黛选钗的安排。

对孤女黛玉来说,她的婚姻只能由贾母做主。在第五十五回中,凤姐就说过:"宝玉和林妹妹他两个一娶一嫁,可以使不着官中的钱,老太太自有梯己拿出来。"而在此之后的情节中,黛玉已经渐渐到了适婚年龄,但贾母的身体日益衰弱下去,黛玉身边的人时常表现出一种焦虑的态度。在第五十七回中,紫鹃对黛玉说:"趁早儿老太太还明白硬朗的时节,作定了大事要紧……若是姑娘这样的人,有老太太一日还好一日,若没了老太太,也只是凭人去欺负了。"但贾母毕竟年事已高,在贾府后期权力争斗逐渐激烈的时候,已自顾不暇,黛玉的婚事便只好长期处于无人做主的搁置状态。

至于贾母究竟是在活着的时候决定弃黛选钗,还是在其死后,因王夫人掌权而导致黛玉失去靠山,这一点已经难以确定。但可以肯定的是,贾母的态度是宝黛婚姻发展走向的关键,她的妥协也使"木石前盟"走向了终结。